D1573715

Millésime

Gaëlle BONNASSIEUX

Couverture réalisée par Fox Graphisme
Relecture : Thomas Thérèze ; Blanche Mazeran

Gaëlle BONNASSIEUX
Tous droits réservés © — 2021
Independently published
Rhône-Alpes
Dépôt légal : Août 2021
ISBN : 9798541337242

Prologue

Le printemps.
La saison parfaite pour les enfants qui aiment jouer au parc.
Cet après-midi-là, alors que le soleil apparaissait entre les nuages et chauffait juste un peu Roseville dans le Minnesota, les aires de jeux étaient prises d'assaut. Toboggans, balançoires et tourniquets avaient été assaillis par les bambins de la ville. Certains faisaient la course, jouaient à chat, là où d'autres préparaient des potions magiques à l'aide de fleurs et de terre. Le bac à sable était une zone neutre ou filles et garçons se retrouvaient pour faire des châteaux de sable.
Une fillette aux cheveux noirs, nommée Tanna, façonnait une tortue de sable, papotant toute seule. Elle adorait les constructions. Au loin, un petit garçon aux yeux bleus sautait de branche en branche, dans un arbre. Hugo aimait le goût du risque.
Alors qu'il atteignait le sommet, il aperçut un groupe de ses confrères s'approcher de la fille à la tortue. En toute méchanceté, ils écrasèrent sa création avant de la pousser brusquement hors du bac à sable.
Hugo sauta de son arbre et courut vers Tanna. Il lui tendit une main pour l'aider à se relever. Elle pleurait. Elle s'était écorché le genou. Courageuse, elle prit la main que lui tendait l'inconnu. Hugo la releva, regarda son bobo et essuya le sang avec son pouce. Elle sourit et ce fut le plus beau sourire qu'il n'eut jamais vu. Elle l'embrassa sur la joue puis, ensemble, ils retournèrent dans le bac à sable réparer la tortue.
Le début d'une amitié indestructible.

Depuis ce jour, Tanna et Hugo furent inséparables.
Jusqu'à ce que la vie les sépare.

Janna

J'avais vécu toute ma vie à Roseville.

Située au fin fond du Minnesota, dans l'ombre de Minneapolis et Saint Paul, mes parents furent séduits par son charme et sa tranquillité bien avant ma naissance. Quartiers pavillonnaires, zones urbaines et parcs naturels – et presque aucune activité à faire –, Roseville était loin d'être la destination préférée des Américains. Après tout, ce n'était pas New York, Miami ou Los Angeles. Avec ses près de trente-six mille habitants – et bientôt un de plus –, c'était déjà bien assez grand pour moi.

En ce jour de rentrée scolaire, j'aspirais à me retirer de la société pour partir vivre dans une grotte. Être ermite me semblait un projet d'avenir très tentant. D'accord, il faudrait cohabiter avec des insectes, le froid, le manque de nourriture et de communication, mais ce n'était qu'un détail. Au moins, je n'aurais pas à le revoir, *lui*.

Que les choses soient claires : j'aimais bien le lycée. C'était ma dernière année et je comptais la réussir. Je voulais obtenir mon diplôme et partir à l'université. Je rêvais depuis petite de ce lieu de tous les possibles. J'avais envie de sortir de ma zone de confort et de quitter cette ville morne, de découvrir de nouveaux horizons. Les sororités, les fêtes, les innombrables matières, les rencontres... J'en salivais d'avance.

J'avais un bon niveau, un bon dossier, de la motivation... Je visais de grandes universités. Princeton, Yale, Duck... Pourquoi pas ? Mes parents avaient économisé toute leur vie pour nous offrir des études supérieures à ma sœur Billie et moi. J'étais ambitieuse.

Non, l'école n'était pas le problème.
Le problème, c'était *lui*.
Hugo Jones.
Mon meilleur ami.
Ou plutôt, mon ex-meilleur ami.
Lui aussi avait passé toute sa vie à Roseville, jusqu'à ce qu'un drame éclate dans sa famille. Les rumeurs allant bon train, j'avais tout entendu, du simple accident au meurtre en passant par la théorie des extraterrestres.
Ce que je savais se résumait à cela : Gregor et Lisbeth Jones étaient décédés dans de terribles circonstances et Hugo avait dû quitter la ville. Cela s'était produit trois ans plus tôt. Depuis, je n'avais plus jamais eu de ses nouvelles.
Nous avions quatorze ans et nous étions inséparables. Je n'avais même pas pu lui dire au revoir. Je l'avais vu, deux pâtés de maisons plus loin, se faire embarquer par les services de protection de l'enfance sans comprendre, pensant qu'il reviendrait dès le lendemain.
Il n'était jamais revenu.
Jusqu'à aujourd'hui.
Pourquoi ? Comment ? Dans quel but ? Mystère et boule de gomme.
J'avais questionné mes parents à ce sujet et ils m'avaient répondu par un haussement d'épaules. Ils n'avaient jamais rien dit à propos d'Hugo mais, à la suite de son départ, ils froncèrent les sourcils à chaque fois que son nom fut prononcé. Qu'avait-il bien pu faire ? J'avais tenté de mener mon enquête et j'avais fait chou blanc. Le temps avait fait son œuvre, j'avais beaucoup pleuré et j'étais passée à autre chose.
Du moins, je le croyais.
Il revenait. Dans le même lycée que moi. Dans la maison de son oncle et de sa tante, à l'autre bout de la rue. Après trois ans d'absence.
Qu'étais-je censée faire ? Lui sauter dessus comme s'il ne s'était jamais rien passé ? Inimaginable. Je n'étais même pas sûre de le reconnaître. D'ailleurs, peut-être qu'il ne me reconnaîtrait pas non plus. J'avais changé. Trois ans, c'était long.
Je soupirai. Je n'avais pas encore touché à mon petit-déjeuner.

Ma mère finissait sa fournée de churros – spécialité mexicaine – dans la cuisine et ma sœur ne tarderait pas à descendre. Il ne me restait qu'une poignée de minutes pour me reprendre. Je devrais faire semblant de ne pas être morte de trouille à l'idée de revoir la personne qui avait partagé ma vie pendant presque dix ans, avant d'en disparaître complètement.

Mon regard se perdit à travers la fenêtre. Quelques nuages glissaient sur le ciel bleu, atténuant les rayons du soleil levant. Les températures n'étaient jamais trop extrêmes ici. Le temps restait agréable. Une brise de vent se promenait entre les arbres qui bordaient l'allée principale du quartier. Tout était tranquille. Une matinée comme les autres pour la majorité de mes voisins. Comme je les enviais...

— Tout va bien, ma chérie ?

Je sursautai. Je n'avais pas remarqué que ma mère était revenue dans le salon. Elle déposa deux churros fourrés aux myrtilles – mes favoris – tout chauds dans mon assiette et me pressa doucement l'épaule.

— Oui. Juste le stress habituel de la rentrée, mentis-je.

Ma mère me connaissait trop bien. Elle me coula un regard amusé, de ses beaux yeux noisette.

— Tout ira bien. Mange un peu.

Nous savions toutes les deux qu'elle ne parlait pas de l'école. Je lui souris et croquai dans un de mes churros. Après une caresse sur la joue, elle repartit dans la cuisine, ses longs cheveux noir corbeau ondulant dans son dos. Je possédais la même chevelure sombre et lisse qui cascadait jusqu'à mes reins. C'était une fierté, tout comme mes yeux de la couleur de l'ambre.

— Hello, la famille !

Billie débarqua dans les escaliers, toute belle dans la robe neuve qu'elle avait choisie pour la rentrée. Contrairement à moi et maman, elle avait les cheveux courts et frisés de notre père.

À seulement quatorze ans, elle avait une personnalité pétillante et un excès de confiance en elle qui me faisait halluciner. Coquette et élégante, elle était l'inverse de moi qui aimait les jeans et les pulls. Je me sentais vulnérable dans des tenues près du corps ou des vêtements courts. Billie se fichait de l'avis des autres, elle n'avait pas sa langue dans sa poche et son je-m'en-foutisme à toute épreuve me donnait régulièrement le sourire. Un vrai petit électron libre.

Elle m'embrassa sur la joue et fit de même avec notre mère avant de s'installer à table. Un churro chaud atterrit presque aussitôt dans son assiette puis dans celle de mon père qui venait d'arriver.

— Salut, parvins-je à dire entre deux bouchées de petit-déjeuner.

Notre père, Steven, tapota mon épaule et celle de Billie avant d'embrasser maman. Je m'étais toujours demandé d'où venait cette alliance américano-mexicaine de Steven et Rodriguez, mais le mystère restait entier. En tout cas, les gens souriaient lorsque mon père se présentait. Mes parents avaient perpétué cette tradition bizarre en nommant ma sœur Billie.

— C'est ça que tu mets pour la rentrée ? grommela cette dernière en me reluquant des pieds à la tête.

— Quoi ? C'est bien. Simple.

Je baissai les yeux sur ma salopette en jean bleu clair, mon tee-shirt rayé de différentes nuances de vert et mauve et mes Converses blanches. Billie grimaça dans son churro et ma mère me sourit.

— C'est très bien. Ça ne sert à rien d'en faire trop pour la rentrée.

Et dire que je considérais avoir fait un effort... Je ne savais pas comment le prendre.

— Remplace la salopette par un jean taille haute, me conseilla Billie. Tu resteras simple tout en ayant la classe. En plus, ton haut fait ressortir tes yeux, je valide.

— Bon ! J'y vais moi ! À ce soir.

Je terminai mon verre de jus d'orange et grimpai dans ma chambre récupérer mon sac de cours. En apercevant mon reflet dans le miroir, je fis la moue. À toute vitesse, je retirai ma salopette et enfilai un jean noir. Billie avait raison ; c'était mieux. J'essayais d'écouter ses conseils la plupart du temps, car je savais qu'elle en avait de bons. J'aurais aimé porter tout et n'importe quoi, seulement je n'osais pas. J'avais peur que les regards se portent sur mes hanches ou ma poitrine. Le malaise était là, dans ma tête.

Je tressai rapidement mes longs cheveux noirs, appliquai une touche de baume coloré sur mes lèvres pour me donner bonne mine et filai. Après un signe de la main et un sourire au reste de ma famille, je sortis. J'avais l'estomac dans les chaussettes et les mains moites. Mon churro et mon jus menaçaient de s'enfuir de mon ventre à tout instant.

Les jambes tremblantes, je m'engageai dans la rue. Était-il dans sa maison ? Je devais passer devant pour prendre le bus. J'aurais pu faire un détour, mais ce serait long et j'arriverais en retard.

— Tanna, reprends-toi ! m'exhortai-je en adoptant un pas plus déterminé. Tu es ridicule !

Je me mettais dans tous mes états pour un type qui ne se souvenait même plus de moi et qui n'avait jamais cherché à avoir de mes nouvelles. Qu'il soit là ou pas, je m'en fichais. J'avais tourné la page. Hors de question que ce revenant ne hante ma rentrée.

J'inspirai profondément et mon angoisse se dissipa un peu. Mon sac sur le dos, j'enfonçai mes mains dans les poches de ma veste en jean et passai devant la maison sans même la regarder.

Sans plus me faire de souci, j'accélérai, me sentant prête à affronter cette journée.

Tanna

En montant dans le bus, je souris de toutes mes dents.

Julian m'attendait à notre place habituelle, juste derrière Abby et Tess, mes deux meilleures amies. Je leur fis un petit signe de la main et m'engouffrai à côté de mon petit ami, qui me vola aussitôt un baiser. Avec son débardeur, ses cheveux bruns coupés ras, ses yeux verts et son rictus malicieux, il avait tout du mauvais garçon. Tout, sauf le comportement.

Julian Davis, quarterback dans l'équipe de football américain du lycée, disposait d'une notoriété incroyable au sein de l'établissement. Personne n'avait donc compris pourquoi cette célébrité en devenir m'avait choisie, moi, Tanna Rodriguez, la fille passe-partout et gentille. Cependant, j'étais bien plus que ça et Julian l'avait vu. Tout comme lui était bien plus qu'un physique de tombeur. C'était un garçon simple, toujours là pour moi et qui me traitait bien. Notre relation évoluait doucement depuis quelques mois et tout se passait à merveille.

Le bus était une blague entre nous. Julian possédait une voiture et m'avait proposé de me récupérer le matin pour m'emmener au lycée, mais j'avais décliné parce que je ne voulais pas avoir l'air de me servir de lui. Et puis, j'aimais bien les trajets en bus. C'était un préambule avant les couloirs bondés et bruyants, et Tess et Abby me mettaient au courant des derniers ragots. C'étaient des petits moments entre filles, jusqu'à ce que Julian décide de prendre le bus de temps en temps, histoire d'être en ma compagnie, exactement comme ce matin.

— Tu m'as manqué, me sourit-il en m'embrassant doucement.

— Toi aussi !

Les vacances d'été avaient été rythmées d'allées et venues entre nos maisons respectives, néanmoins nous avions passé ces trois dernières semaines éloignés, car Julian était parti en vacances avec sa famille. En fait, j'avais assez bien vécu son absence, mais je ne voulais pas le vexer. Ce n'était pas contre lui, j'aimais bien la solitude et vaquer à mes occupations. J'étais tout de même très contente de le retrouver. Je me collai contre lui et plaçai ma tête sur son épaule.

— Alors, les filles, comment se sont passées vos vacances ? demandai-je à mes amies, qui mouraient d'envie de me raconter leurs derniers exploits.

— C'était chiant ! soupira Abby en recoiffant brièvement sa chevelure rousse. J'ai passé l'été chez mes grands-parents, à la campagne. Il n'y avait rien à faire et, à part le petit-fils du fermier d'à côté, c'était zéro niveau garçons !

Je pouffai de rire tandis que Tess levait les yeux au ciel dans le dos d'Abby. Le goût de cette dernière pour les garçons n'était inconnu pour personne. Elle changeait de copain tous les mois et en avait même parfois plusieurs à la fois. Pourtant, Abby aimait chacune de ses conquêtes, profondément. Elle pleurait après chaque rupture. Elle avait juste besoin de beaucoup d'attention et de tendresse et se qualifiait de polyamoureuse. C'était un beau concept, même si, pour ma part, être avec une seule personne me demandait déjà suffisamment d'énergie.

J'admirais beaucoup Abby car moi, je n'étais même pas sûre de connaître vraiment l'Amour alors elle qui en avait par-dessus la tête... En tout cas, elle nous faisait rire avec ses déboires amoureux et ses peines de cœur.

Tess, avec ses cheveux courts blond platine et son look de rockeuse, dégageait une aura particulière. Sûre d'elle, elle ne s'intéressait pas à l'amour. Elle prônait le célibat et l'indépendance.

Moi, je validais aussi bien l'opinion d'Abby que celle de Tess, mais j'étais une éternelle romantique dans l'âme. Je pensais que les sentiments, les vrais, les puissants, ne se contrôlaient pas lorsqu'ils nous tombaient dessus et que peu importait nos croyances dans ce cas-là ; c'était le raz-de-marée.

— Abby, tu sais, arrivera un jour où tu auras épuisé tous les hommes de ce monde et alors, tu devras te mettre aux filles, la taquina Tess, un coude négligemment posé sur le dossier de son siège.
— C'est prévu ! répliqua Abby en riant.
— J'ai hâte de voir ça, blagua Julian.

Je lui adressai un petit coup de coude dans les côtes et il me fit un clin d'œil. Le bus, qui patientait à mon arrêt depuis cinq minutes pour les retardataires, ferma ses portes et démarra. Je fronçai les sourcils.

Il n'était pas là.

J'aurais parié qu'il prendrait le bus. Je jetai un coup d'œil par la fenêtre ; rien. Peut-être avait-il une voiture. Peut-être qu'il ne viendrait pas en cours aujourd'hui.

— Et toi tes vacances, Tanna ?
— Oh, euh, j'ai surtout passé du temps avec ma sœur. J'ai fait du bénévolat à l'animalerie et travaillé un peu. Et j'ai vu Tess !
— Qu'entends-je !? Mes meilleures amies se liguent contre moi et m'oublient ! exagéra Abby.
— Ouais, c'est parce qu'on était tellement jalouses que tu partes à la campagne... ricana Tess. Tu sais à quel point les fermiers me font fantasmer !

Abby la frappa et elles se mirent à se chamailler tandis que Julian et moi rigolions. L'un de ses potes finit par débarquer et ils se mirent à parler de foot. Je me désintéressais aussitôt de la conversation.

Me concentrer sur mes amies me permit de me changer les idées et, lorsque je sortis du bus, toutes mes craintes s'étaient envolées. Julian m'entraîna vers son équipe pour retrouver ses camarades. Ceux-ci ne m'accordèrent pas une grande attention. J'avais l'habitude. Ils ne m'aimaient pas et c'était réciproque, donc nous cohabitions dans l'indifférence. D'ailleurs, je n'aimais pas vraiment Julian quand il traînait avec l'équipe de foot. Un phénomène extraordinaire se produisait si l'on réunissait tous ces hommes bourrés de testostérone au même endroit ; ils devenaient machos, irrespectueux, presque misogynes et carrément cons. J'avais appris à ne pas y faire attention et, heureusement pour lui, Julian ne dépassait jamais les limites.

— Si on allait récupérer nos emplois du temps ? chuchotai-je à l'oreille de Julian en voyant les minutes défiler.

— Ouais, à plus tard, les gars !

Il passa un bras autour de mes épaules et nous nous rendîmes au secrétariat. À peine arrivés, je faillis faire une syncope. Une queue monstrueuse d'élèves se tenait devant le bureau de la secrétaire pour récupérer le précieux bout de papier. Nous n'arriverions jamais à être à l'heure en cours. La première sonnerie devait retentir d'ici quelques minutes.

— Détends-toi, c'est le premier jour ! me rassura Julian.

— Hum.

Je patientai deux minutes en me tordant les doigts, anxieuse. Julian fredonnait, détendu, faisant des signes de la main à tous les élèves qu'il reconnaissait, c'est-à-dire tout le lycée. J'étais contente de passer inaperçue ; ça me fatiguait rien que de le voir faire. Je n'aspirais pas à la popularité. À vouloir être ami avec tout le monde, on était ami avec personne. Tess et Abby me suffisaient.

D'ailleurs, en parlant d'elles, je les vis émerger de la marée d'élèves. Elles se dirigèrent vers nous et nous tendirent nos emplois du temps.

— Vous avez de la chance qu'on soit sympas, grommela Tess.

— Merci ! soufflai-je, soulagée.

— Il y a des nouveaux ! s'extasia Abby les mains sur les joues et des paillettes dans les yeux.

— Ce n'est que le premier jour et tu m'épuises déjà, répliqua Tess.

— Arrête ! Je sais que je te fais rire !

Abby lui donna un petit coup de hanche avant de dévorer les garçons alentour du regard. Mon estomac se noua. Oui, il y avait des nouveaux. Certainement *un* en particulier…

J'examinai mon emploi du temps, afin de m'occuper l'esprit. J'avais un peu plus de vingt heures de cours avec les matières principales et mes options, droit et sciences occultes. Les deux n'avaient rien à voir, cependant je voulais me diversifier au maximum pour avoir le meilleur dossier possible. Au plus j'aurais de connaissances, au mieux je pourrais choisir la voie qui me conviendrait.

— Sciences occultes ? M'aurais-tu fait boire un philtre

d'amour, chère sorcière ? me taquina Julian en examinant mon emploi du temps par-dessus mon épaule.

— Qui sait ?

— Moi aussi j'ai pris ça ! On va bien se marrer ! s'enthousiasma Tess. J'ai toujours rêvé de faire du vaudou.

— Oh lala, pas sur moi j'espère ! frissonna Abby.

— Spécifiquement sur toi. J'ai déjà récupéré tes cheveux que tu laisses traîner sur ma brosse quand tu viens dormir à la maison !

La rouquine pâlit et nous éclatâmes tous de rire. Abby était vraiment... unique en son genre ! Tout comme Tess.

Mon rire mourut dans ma gorge lorsque j'aperçus une tignasse brune près des casiers. Mon cœur fit un bond.

Était-ce... ?

— Tanna, tu as vu un fantôme ? rit Tess en passant une main devant mes yeux.

— Euh, non. Je viens juste de me rappeler que je dois poser mes affaires dans mon casier.

— On t'accompagne ! proposa Julian.

La sonnerie retentit au même moment et je secouai la tête.

— Non, allez-y ! Je me dépêche, je vous rejoins.

Julian déposa un baiser sur mes lèvres et Tess me coula un regard interrogateur. De tous les trois, c'était la personne qui me connaissait le mieux et qui savait reconnaître chacune de mes bizarreries. Je lui décochai un sourire et me dirigeai vers les casiers. Mon cœur battait si fort qu'il risquait de s'envoler. Ou de s'écraser sur le sol.

Mon numéro était le deux cent dix-neuf. Le garçon se trouvait à seulement quelques mètres de moi. Les mains tremblantes, je déposai mes livres de cours. Il claqua la porte de son casier et, lorsque je refermai la mienne, je découvris son visage.

Je cessai de respirer.

Des cheveux châtain clair mi-longs encadraient son visage et une barbe épaisse de la même couleur claire mangeait sa mâchoire carrée. Il ne ressemblait en rien au petit garçon aux joues rondelettes et à l'expression joyeuse que j'avais connu. Je ne l'aurais même pas reconnu si je n'avais pas plongé mes yeux dans les siens. Jamais je n'aurais pu oublier ce bleu foncé éblouissant et mystérieux où l'on pouvait trouver toutes les constellations de la planète. Je m'amusais à compter les étoiles au fond de ses iris, étant petite. J'aurais reconnu cette couleur parmi des millions d'autres.

C'était bien *lui*.

Cet homme à l'air renfrogné et au regard dur, à la beauté brute, qui faisait deux bonnes têtes de plus que moi et qui était baraqué comme un rugbyman, c'était bien mon Hugo. Je n'arrivais pas à y croire. Il avait tellement changé... L'image du petit garçon qu'il avait été se superposait difficilement à ce jeune homme fougueux.

Nos regards s'accrochèrent durant plusieurs secondes. Au loin, les rires, les discussions et les pas précipités des autres élèves formaient un brouhaha qui ne m'atteignait pas. J'avais le souffle coupé. J'aurais aimé qu'il fasse quelque chose pour montrer qu'il m'avait reconnue, lui aussi. Mais il ne fit rien. Il ne dit rien.

Il rompit notre échange et tourna les talons, sans un mot, dans l'indifférence totale. Mon cœur se brisa en mille morceaux.

Je me décollai des casiers et, chancelante, m'élançai à sa suite. Sans réfléchir, je l'attrapai par la manche.

— Hugo !

Il se retourna. Des élèves s'étaient arrêtés près de nous, observant la scène avec curiosité et se demandant ce que moi, la petite amie du quarterback le plus populaire du lycée, fichais avec un nouveau. Celui-ci regarda mes doigts qui agrippaient sa manche et s'en débarrassa d'un coup sec.

— On se connaît ? lança-t-il d'une voix grave et désinvolte tout en affichant un sourire insolent sur son visage. Je ne crois pas. Alors pas touche et dégage.

Il m'aurait fait moins de mal en me giflant. Je crus que j'allais m'effondrer.

Trois ans. Je n'avais jamais eu d'explications, rien. Je lui avais laissé le bénéfice du doute jusqu'à présent, pensant qu'il avait une raison valable de faire le mort. Mais la vérité m'éclatait au visage.

Hugo Jones n'avait jamais tenu à me recontacter. Il se foutait de moi. Il se pointait là dans mon lycée et détruisait mes espoirs à coups de massue.

La fureur et la rage prirent le pas sur tout le reste, étouffant ma peine. Je tournai les talons et le plantai là, sous les ricanements des autres élèves qui ne savaient rien sur rien.

J'avais cru... Je ne savais pas ce que j'avais espéré, mais

certainement pas ça ! Pas de problème. Au moins, il m'avait ouvert les yeux.

Hugo Jones n'était absolument plus le meilleur ami que j'avais connu et aimé.

Il n'était rien.

Hugo

Quelle journée de merde.

Déjà que je détestais les jours de rentrée scolaire... Ça faisait chier. D'autant plus que j'étais arrivé dans cette maudite ville que la veille. Pas le temps de prendre mes repères, de faire ami-ami avec mon oncle et ma tante, de me familiariser avec leur baraque... Nada. Non.

Au lycée, Hugo ! À croire qu'il n'y avait que ça qui comptait. Alors que tous savaient que je n'étais pas à ma place ici, à Roseville, la ville de tous les mensonges, de tous les péchés, de toutes les immondices... J'avais aimé cet endroit pourtant. Lorsque j'étais petit. Que ma vie était facile, dénuée de violence et que je n'étais qu'un petit garçon innocent plein de rêves et d'envies.

Mais c'était fini tout ça. Je n'étais plus le même. Et ça, personne ne semblait vouloir l'accepter.

Surtout pas *elle*.

Je savais que je la reverrais. Tanna Rodriguez n'était pas du genre à quitter sa ville natale. Et elle n'était pas du genre à abandonner les gens qu'elle aimait. Pas comme moi.

J'avais décidé d'aller au bahut à pied. Je n'avais aucune envie de la croiser dans le bus et de mal commencer ma journée. En plus, la malchance ne cessait de me frapper ; mon oncle et ma tante vivaient à quelques maisons seulement de la sienne. Putain de karma.

Je shootai dans le caillou qui avait osé se mettre sur mon chemin. Aller en cours... Je m'en foutais à un point inimaginable.

Je n'avais pas la tête à ça.

J'étouffai la montagne de souvenirs qui menaçait de me submerger. Je ne voulais pas me rappeler les secrets, les rires, les bobos et les problèmes que nous avions partagés. Je ne voulais pas me rappeler les soirées pyjama dans son lit ou dans le mien, les après-midis à la piscine du coin, les anniversaires et les Noëls.

C'était fini.

Pendant trois longues années, je m'étais efforcé de l'oublier et de tirer un trait sur mon passé. Ça avait été un travail long et difficile, mais j'avais réussi. Jusqu'à ce que mes crétins d'oncle et tante décident de m'accueillir chez eux.

Je ne comprenais pas leur choix. Un délinquant comme moi... J'en avais créé des problèmes au centre de détention. J'avais même été la star de l'établissement. J'aurais dix-huit ans d'ici quelques mois et j'avais cru que je pourrais partir loin de toute cette merde et me débrouiller par moi-même. Mais non. La famille Jones avait cru bon de venir foutre son grain de sel dans cette affaire et de me ramener ici. Jusqu'à mes vingt-et-un ans. Trois putains d'années de plus à me coltiner cette ville et ses habitants à la con, et *elle*. J'avais touché le gros lot.

Il n'y avait plus personne dans les couloirs du lycée. J'étais en retard. La sonnerie avait retenti depuis dix bonnes minutes. Je jetai un regard autour de moi. Une fois sûr que je ne serais dérangé par personne, je m'adossai contre un mur. J'avais besoin de souffler et de faire le point. De réfléchir à ce qu'il venait de se passer et à la suite des événements.

Je l'avais repérée dès que j'avais mis les pieds dans le bahut. Comment ne pas la reconnaître ? J'avais entendu son rire et ma tête s'était tournée vers elle contre ma volonté. Alors, je l'avais vue et j'avais flanché.

Elle ne ressemblait plus à la petite fille que j'avais connue. J'avais souvent pensé à quoi elle ressemblerait en tant que jeune femme ; mon imagination ne lui avait pas rendu justice. La même chevelure noire, le même sourire contagieux qui donnait envie de lui décrocher le soleil et les mêmes yeux de la couleur de l'ambre, rieurs et sauvages à la fois.

C'était Tanna, sans être elle tout à fait. Elle avait pris plusieurs centimètres et des formes... qui m'avaient fait beuguer pendant une longue minute avant que je ne trouve la force de me reprendre. Désinvolte, j'avais continué à l'observer en catimini et je l'avais vue, dans les bras de ce joueur de foot. Le mépris, le dégoût et le choc s'étaient emparés de moi. Elle m'avait oublié. Elle avait refait sa vie. Exactement comme j'espérais qu'elle le fasse. Sans vraiment pourtant l'espérer. Et maintenant que je le constatais de mes propres yeux... J'aurais dû être heureux ; j'avais eu ce que je voulais. Mais j'étais furieux et blessé.

— À quoi tu t'attendais ? murmurai-je à moi-même en jouant avec mon briquet dans la poche de mon jean noir.

Cette année, je comptais bien faire comprendre à toute cette ville de merde que Hugo Jones ne rigolait pas. J'avais l'apparence et la mentalité d'un délinquant. Je créais des ennuis. Je tabassais les têtes de con qui m'agaçaient. J'avais changé. Je n'épargnerais personne.

Surtout pas *elle*.

J'avais sursauté en l'entendant prononcer mon prénom. Je ne m'y attendais pas. Je ne l'avais même pas vue approcher, à vrai dire. Un mélange de soulagement et d'horreur avait tourbillonné en moi. Parce que finalement, elle m'avait reconnu. Elle ne m'avait pas oublié. Et j'avais agi comme le parfait connard que j'étais.

Pas touche et dégage...

Ces paroles tournaient en boucle dans ma tête. Avant, jamais je ne lui aurais parlé ainsi. En fait, je n'aurais parlé ainsi à personne. J'avais vu dans ses yeux ambrés le choc et à quel point je l'avais blessée. Je n'avais rien ressenti. Pas vrai ? J'essayais de me convaincre que je n'avais rien ressenti.

Tanna Rodriguez n'était rien. Elle avait été ma meilleure amie, je ne pouvais pas le nier. Mais jamais rien ne serait plus comme avant. Il fallait qu'elle le comprenne et qu'elle se fasse une raison. Je n'étais pas revenu pour elle. Je n'en avais rien à foutre d'elle. Qu'elle reste avec son tocard de petit ami.

Maintenant, elle ne viendrait plus me tourner autour. Elle prendrait ses distances et je ne m'en porterais que mieux. Je n'avais pas besoin d'une chieuse comme elle dans ma vie. Je n'avais besoin de personne. Voilà qui Hugo Jones était devenu.

J'inspirai doucement et je sortis une clope de ma poche, que j'allumai aussitôt. La fumée commença à se répandre autour de moi tandis que j'expirais. Je souris en constatant que j'étais sous un détecteur de fumée et devant une pancarte « Interdiction de fumer ». Quoi ? Pardon ? Le mot « interdiction » ne faisait pas partie de mon vocabulaire.

Plus vite je me ferais virer, plus vite mon oncle se débarrasserait de moi et plus vite j'aurais enfin la paix. Moi, mes pensées et mes conneries pourrions enfin partir loin de Roseville.

Combien de temps cela prendrait-il pour que je me fasse virer ? Hum. Si je me débrouillais bien, pas plus de quelques semaines.

Je recrachai une nouvelle bouffée de fumée et son image apparut devant mes yeux, avec son regard blessé et son expression choquée. Je secouai la tête pour dissiper cela. J'avais besoin de quelque chose de plus fort. Dommage que je n'aie pas de joint sur moi, ni d'alcool.

— J'éteindrais ça si j'étais toi.

Je tournai la tête en direction de la voix qui venait de m'interpeller. Un visage presque androgyne, des cheveux blond platine et un sourire insolent peint sur les lèvres… Pantalon bouffant aux multiples poches, tee-shirt noir en résille et grosses boots noires… J'aimais bien son look et sa façon de faire. Mais elle ne me trompait pas. Son regard vert n'avait pas une once de méchanceté. De l'insolence, une volonté de se différencier, la pratique de l'ironie et de la moquerie… Je validais tout. Toutefois, on ne jouait pas dans la même cour de récré.

J'étais un vrai méchant. Cette fille se donnait juste un genre et j'étais persuadé qu'elle aimait les bonnes notes et les belles histoires d'amour au fond de son petit cœur.

— Qu'est-ce que tu veux ? grognai-je sans cesser de fumer.

— Rien. Je passais par là, c'est tout.

Son ton narquois m'amusait. Elle se donnait du mal pour m'impressionner ; c'était peine perdue.

— Dégage, soupirai-je.

— Tu devrais changer de disque, me tacla-t-elle. La même réplique pour toutes les filles, tu vas faire des jalouses…

Je haussai un sourcil, surprise. Avait-elle assisté à mon altercation avec Tanna ? Sûrement. Elle me lança un regard lourd de sous-entendus, jeta un coup d'œil amusé au détecteur de fumée puis tourna les talons. Cette fille avait un sacré culot. Ça m'écorchait la gueule de le reconnaître, mais j'aimais bien ça.

J'écrasai ma cigarette contre le mur, la balançai par terre et suivis cette mystérieuse tête brûlée tandis que le détecteur se mettait en route. Un grognement m'échappa lorsque je compris où la fille se rendait. Elle se permit de me faire un clin d'œil avant d'entrer dans la salle. Le professeur qui se trouvait à l'intérieur tourna la tête dans notre direction et je n'eus pas d'autre choix que de rentrer à mon tour.

Cette peste m'avait attiré en cours. Je m'étais fait avoir comme un bleu. Intéressant. Avais-je trouvé une adversaire à ma taille ? Impossible.

Le seul adversaire d'Hugo Jones était Hugo Jones.

Tess

J'avais un don.
Ou un sixième sens, au choix.
Je savais lire les gens. Voir ce qui se trouvait dans leur cœur. Et je savais reconnaître une bonne personne quand j'en voyais une. Impossible de me tromper.

Le nouveau me faisait bien rire. Il se croyait mauvais garçon et il l'était sûrement dans une certaine mesure. Je voyais déjà se profiler le tableau ; cigarettes, joints et alcool, insolence et décadence, petit sourire narquois et total look noir... Ça ne me faisait pas peur. Il pensait être le grand méchant loup de ce lycée, mais les garçons comme ça étaient juste des grands blessés qui se cachaient derrière de la méchanceté. Il pouvait faire le vilain autant qu'il le voudrait, je connaissais son secret. Et Tanna aussi, même si elle ne s'en apercevait pas encore. Le temps viendrait. Je lui ouvrirais les yeux. Je connaissais les plus sombres secrets de ma meilleure amie et je comptais bien m'en servir.

J'avais un plan. Un plan fou et risqué, mais si je m'y prenais bien... Tout se passerait à merveille.

J'étais un peu comme la sorcière du lycée. Je rôdais dans les couloirs telle une petite souris, j'écoutais chaque conversation et me servais des confidences quand c'était nécessaire. On ne faisait pas attention à moi, parce que j'étais le genre de fille cool et bizarre à la fois, que le gratin du bahut n'avait pas envie de fréquenter. Je passais inaperçue.

Pourtant, j'étais partout, à surveiller, à emmagasiner des informations qui me seraient utiles... Mes amies étaient toujours étonnées que je sache tout sur tout. Je n'y pouvais rien ; j'avais un don. Le don d'être une vraie fouine. Et en plus de ça, j'aimais mettre mon grain de sel dans les affaires des autres.

Mais tout ça, personne ne le savait. La discrétion avant tout.

Pas étonnant que j'aie pris l'option Sciences Occultes.

Hugo

Les cours...

Qu'est-ce que j'en avais à foutre de savoir calculer la longueur du côté d'un triangle ou de connaître la biographie de Melville ? Ce monde avait vraiment des priorités douteuses.

Se construire un avenir ? D'accord, je ne disais pas non. Mais je voyais difficilement en quoi savoir mes tables de multiplication par cœur me servirait. J'étais peut-être de mauvaise foi, c'était l'une de mes spécialités. Seulement, je considérais que l'avenir ne s'apprenait pas à l'école. Il se vivait au présent. Et puis, à quoi bon s'occuper de l'avenir ? Je pouvais très bien crever le lendemain et alors je serais vraiment énervé d'avoir passé le dernier jour de ma vie le cul sur une chaise devant un tableau et un professeur soporifique.

Plutôt fier de mon raisonnement, je décidai de sécher ma dernière heure. Ce n'était que le premier jour, ce n'était pas comme si nous allions nous coltiner des exams et puis au pire, pour ce que j'en avais à faire...

Les mains dans les poches, je marchais à contresens tandis que tous ces crétins se rendaient en classe. À croire qu'ils jouaient leur vie. J'aperçus le mec de Tanna qui rigolait avec le reste de son équipe de cons et mes poings me démangèrent. Sa tête ne me revenait pas.

— Tu sèches dès le premier jour ?

La fille que j'avais croisée le matin même apparut devant mes yeux. Je faillis la repousser. Ce n'était pas ma faute ; j'avais des pulsions. Je voulais bien me montrer patient, mais si cette débile continuait à me harceler, elle ne ferait pas long feu.

— En quoi ça te regarde ? Tu n'as rien d'autre à faire de ta vie ? Écouter des chansons d'amour ou aller jouer à la poupée comme les gamines de ton âge ?

— Waouh, c'est tellement méchant, je crois que je vais pleurer, ricana la blondasse. Travaille tes répliques, parce que tu n'iras pas loin comme ça.

— Tu sais Barbie Croque-mort, je n'ai aucun scrupule à taper les filles, grognai-je en la poussant contre le mur sans ménagement.

Des hoquets choqués retentirent autour de nous et une fille rousse se précipita sur nous. Je les dégageai de mon chemin toutes les deux. Elles me retenaient dans l'établissement plus que de raison et j'avais autre chose à foutre que rester à leur faire la causette.

Je dévalai les escaliers tandis que mon nom retentissait dans les haut-parleurs. Allons, bon, j'étais convoqué chez le proviseur... Cool ! J'étais fier de mon coup.

Décidé à poursuivre sur ma lancée, je sortis sans répondre à ma convocation. Mon oncle et ma tante seraient prévenus et me feraient la morale dès ce soir. Un régal.

Comme ce matin, je décidai de rentrer à pied. Je n'avais aucune envie de faire de mauvaises rencontres dans le bus. Et marcher m'aidait à canaliser mon surplus d'énergie négative. J'en avais assez fait pour aujourd'hui, il fallait que j'en garde pour les jours à venir. Mon cerveau débordait d'idées plus fantastiques les unes que les autres. Brûler le lycée, cambrioler cette poupée croque-mort, faire un croche-patte dans les escaliers à ce connard de footballeur... Je n'étais pas inquiet pour le reste de la semaine, mais je voulais faire les choses petit à petit. Faire monter la sauce jusqu'à l'explosion finale, le craquage collectif.

Pour fêter ça, je sortis une cigarette et laissai la fumée emplir ma bouche avec insolence avant de la recracher en un nuage parfait.

— Aïe !

Je m'arrêtai net et regardai tout autour de moi.

Personne.

Pourtant, j'avais bien entendu une voix. Et je ne pensais pas avoir d'hallucinations. Du moins pas encore, puisque je n'étais qu'à la cigarette.

Je fronçai les sourcils. Des sons étouffés provenaient d'un peu plus loin, vers le bord de la route où se situait un ravin qui avait vu périr plus d'un conducteur malchanceux et avait réceptionné plus d'un gamin maladroit. À mon humble avis, un crétin avait dû s'empêtrer les pieds dans l'herbe et chuter.

Ne pouvant pas résister à un aussi beau spectacle et à une occasion de me moquer de quelqu'un, je me dirigeai vers la source des bruits. J'apercevais déjà les buissons bouger. Il fallait vraiment être débile pour se foutre dans une situation pareille !

En arrivant au bord, quelle ne fut pas ma surprise lorsque je découvris que la débile en question n'était autre que Tanna Rodriguez. Assise au beau milieu des branchages, des cailloux et des brindilles, son sac renversé sur le sol, elle se frictionnait la cheville. Plusieurs mèches de ses longs cheveux noirs s'étaient échappées de sa tresse, vestiges de sa chute. Elle ne m'avait pas encore vu.

Je me raidis aussitôt. Un mélange d'agacement monta en moi, dissimulant l'inquiétude qui m'étreignait malgré moi. Tanna avait toujours été maladroite. Petit, j'avais cessé de compter les milliers de fois où elle s'était écorchée, tordu les chevilles et poignets, piquée, blessée, et je ne parlais même pas des chutes. Seulement, j'étais là pour la rassurer, la réconforter et lui faire oublier tous ses bobos. Je me demandais bien comment elle avait survécu après mon départ. Qu'elle soit encore vivante aujourd'hui relevait du miracle.

Cela dit, *elle* n'était plus mon problème.

Je continuai à fumer en la regardant tripoter sa cheville. Elle avait dû vraiment se faire mal, pourtant elle ne semblait pas plus dérangée que ça par cette constatation. Elle devait avoir l'habitude. Ma conscience m'embêtait. Je n'avais pas envie de penser à cette foutue fille.

— Qu'est-ce que tu fais là !? grogna-t-elle après avoir relevé la tête.

Son regard ambré se posa sur moi, enragé, et je crus fondre devant sa fureur. Cette dernière était entièrement dirigée contre moi et je me sentais tout chose. Ça faisait bien longtemps que je ne m'étais pas senti ainsi. J'avais l'impression de me faire gronder et en même temps qu'elle me passait aux rayons X. C'était plus que dérangeant.

— Le ravin est à tout le monde, à ce que je sache, répliquai-je en recrachant une nouvelle volute de fumée.

— Ahah, tu te crois drôle ? Va jouer plus loin, ici c'est occupé !

— C'est qu'elle mordrait…

J'avais dit ça à voix haute alors qu'il s'agissait d'une simple réflexion destinée à moi-même. J'étais aussi surpris qu'amusé par la Tanna qui se trouvait face à moi. Ou plutôt à mes pieds. Je me souvenais d'une fillette douce et calme qui manquait de répondant et qui ne cherchait pas les ennuis. Jamais elle ne m'aurait parlé avec autant d'aplomb auparavant. À croire qu'il n'y avait pas que moi qui avais changé finalement. Ça ne me déplaisait pas, ce qui m'énervait car j'aurais voulu que ça me déplaise. Je voulais détester cette fille. Je voulais m'en foutre. Je voulais l'oublier, comme j'avais si bien réussi à le faire ces trois dernières années.

— Si j'avais la rage, je te mordrais en effet ! Pour le plaisir de te la refiler !

Je me mordis l'intérieur des joues pour ne pas éclater de rire. Franchement, son comportement était à mourir de rire. Elle me terrifiait autant qu'un chaton avec ses menaces ridicules. Au moins, ça avait eu le mérite de me détendre.

Je jetai ma cigarette par terre et descendis dans le ravin. Comment avait-elle fait son coup ? Ce n'était pas la mer à boire de tenir sur ses deux pieds !

Sans un mot, je m'accroupis près d'elle et attrapai sa cheville. Elle sursauta comme si je l'avais brûlée et je faillis faire de même. Depuis combien de temps n'avais-je pas touché quelqu'un sans lui faire de mal ? Des siècles. Cette soudaine proximité me perturbait autant qu'elle.

Je profitai de son instant de flottement pour examiner sa cheville avant qu'elle ne me repousse brutalement. Wow. Tanna avait développé ses petits muscles, j'étais impressionné.

— Ne me touche pas, espèce de malade ! exigea-t-elle en rassemblant ses affaires.

— Moi, malade ?

— Il faut être malade pour faire semblant de ne pas reconnaître sa meilleure amie après l'avoir abandonnée trois ans plus tôt !

Je me figeai sur-le-champ, comme si elle m'avait planté un poignard en plein cœur. Elle ne savait pas ce qu'elle disait. Jamais... Jamais je ne l'aurais abandonnée.

C'était donc ce qu'elle croyait ? Comment pouvait-elle penser ça ? J'avais envie de tout casser et de lui hurler la vérité au visage. Mais ce serait contre-productif. Après tout, je voulais qu'elle me déteste et ce qu'elle pensait pouvait servir mes desseins.

— Je ne vois pas de quoi tu parles, déclarai-je avec froideur.

— C'est bien ce que je dis, tu n'es qu'un malade.

Elle attrapa rageusement son dernier cahier et se releva en s'agrippant au buisson le plus proche. La colère semblait lui donner des ailes. Elle fit deux pas, tressaillit et manqua de s'effondrer à nouveau sur le sol. Je ne fis aucun geste pour l'aider.

— Bon, puisque je ne suis qu'un malade et que ta cheville n'est pas cassée, je te laisse à tes activités, la provoquai-je en fourrant mes mains dans mes poches. Essaye de ne pas te tuer en rentrant chez toi, ça me ferait chier de devoir me déplacer pour ton enterrement.

Son joli visage se décomposa et je vis dans ses yeux à quel point ce que je venais de lui dire la blessait. À quel point je lui faisais du mal. Et ça me fit du mal. Mais je n'avais pas d'autre choix. Je n'étais plus son meilleur ami. Elle se ferait une raison.

Je me détournai d'elle et je remontai le ravin.

— Qu'est-ce que tu fais !? m'interpella-t-elle. Tu ne vas pas me laisser ici ? Je n'arriverai jamais à remonter toute seule !

Je fis comme si je ne l'entendais pas. Et si, je comptais exactement la laisser là où elle se trouvait. Elle comprendrait le message.

— Hugo !

Son appel réveilla en moi un sentiment douloureux. Je ressentais le besoin étouffant de faire demi-tour, de lui dire que ce n'était qu'une mauvaise blague et de l'aider. J'avais chaud. L'épreuve était extrêmement difficile. Toutefois, c'était nécessaire.

Alors j'accélérai et, sans un regard de plus en arrière, je me barrai.

Comme le malade que j'étais.

Tanna

Je me laissai tomber sur le sol et me pris la tête dans les mains.

Je n'arrivais pas à croire ce qu'il venait de se passer. Les étoiles s'étaient-elles alignées pour faire de ma vie un enfer ? C'était la Saint Tanna aujourd'hui, ou quoi ? Déjà que le coup de la cheville, c'était pénible, mais maintenant Hugo qui faisait à nouveau des siennes… Je ne *le* comprenais pas.

Pourquoi se comportait-il ainsi ? Je l'avais attendu pendant des jours et j'avais pleuré des nuits entières en suppliant qu'il revienne. Comment pouvait-il se montrer aussi cruel ?

Si j'avais été stressée en pensant à son retour, ce n'était rien comparé à ce que je ressentais désormais. J'avais l'impression de le perdre à nouveau. Lorsqu'il était loin, j'avais l'espoir fou qu'il pensait à moi et qu'il essayait de me retrouver. Là, mon espoir avait été fracassé à coups d'Hugo. Il n'en avait plus rien à faire de moi.

J'aurais préféré qu'il ne revienne pas.

Cette constatation m'acheva et je m'allongeai dans les buissons pour contempler le ciel. C'était ridicule, cependant j'avais besoin de prendre quelques minutes. Ma cheville me lançait et ma peau me brûlait encore à l'endroit où *il* m'avait touchée. Cette journée de cours m'avait donné mal à la tête et Hugo mal au ventre.

J'aurais mieux fait de rester au lit. De toute façon, j'aurais dû le prévoir ; il m'arrivait tout le temps des catastrophes. Alors me retrouver couchée au fond d'un ravin n'avait rien de bizarre pour moi. C'était mon quotidien.

Les nuages s'étalaient sur le ciel bleu, formant des dessins. La nostalgie m'étreignit le cœur. Petite, j'avais l'habitude de me coucher dans l'herbe avec Hugo et nous rigolions pendant des heures en imaginant des formes folles que nous trouvions dans les nuages. Ce souvenir m'avait hantée pendant ces trois dernières années.

Je me sentais stupide. J'avais passé trois ans à l'attendre. Tout ça pour quoi ? Pour qu'il se comporte comme un vrai connard. Il me manquait la pièce du puzzle. Mais avais-je réellement envie d'aller chercher cette pièce de puzzle ? Je risquais de me brûler face au caractère enflammé de ce nouvel Hugo. Que lui était-il arrivé pour qu'il devienne aussi méchant ? Surtout avec moi… C'était peut-être de l'égocentrisme, pourtant j'avais cru qu'il tenait à moi et que j'étais l'unique chose qui l'avait poussé à revenir à Roseville. Je m'étais trompée, bien comme il faut.

Devais-je lui courir après ? Devais-je me lancer dans cette aventure ? Mon orgueil, blessé, m'encourageait à le laisser se débrouiller. Toutefois, quelque chose au fond de moi me soufflait de ne pas l'abandonner et de m'accrocher encore, parce qu'il en valait la peine.

— Tu es la copine la plus bizarre que je n'ai jamais eue.

Je quittai le ciel des yeux et les posai sur Julian. Il se trouvait en haut du ravin, à l'endroit même où se tenait Hugo plusieurs minutes auparavant. Avec sa veste de l'équipe de foot sur les épaules et son petit air malicieux, il était à tomber – littéralement. Je me redressai en position assise et il descendit me rejoindre.

— Merci, souris-je de toutes mes dents.

Julian soupira et prit place à côté de moi. Il attrapa ma cheville dans ses mains chaudes et massa doucement. Je grimaçai, ce qui le fit éclater de rire.

— Qu'est-ce que tu as fait cette fois ? Tu regardais encore les nuages ?

Julian me connaissait bien, même s'il ignorait d'où venait ma passion pour ces petites boules de coton.

— Nan. Je cherchais mes clés dans mon sac à dos.

Il secoua la tête, dépité. Il était toujours un peu ronchon lorsque je me faisais mal et ça arrivait assez souvent.

— Tu as bien fait de m'envoyer un message. Allez viens, on rentre !

Julian m'aida à me relever. Je grimaçai légèrement lorsque je posai le pied par terre ; c'était supportable. Un bandage, une nuit de repos et je pourrais tuer Hugo à coups de cheville d'ici demain.

Julian passa un bras autour de ma taille et je m'appuyai contre lui, mon sac sur l'épaule. Il me soutint et, ensemble, nous remontâmes la butte.

— Tu sais, à force, je crois que tu vas devenir mon infirmier personnel, le taquinai-je tandis que nous nous dirigions vers chez moi.

— Je préférerais que ce soit toi, l'infirmière !

Je gloussai et il me vola un baiser. C'était facile d'être avec Julian. Peut-être un peu trop. Je ne me posais pas de questions, parce que j'aimais bien ce côté « je me laisse vivre » qu'il m'apportait. Cela me faisait du bien de ne pas penser et de laisser les choses se faire, même si, en vérité, je recherchais plus que la relation que j'avais avec Julian. J'avais envie de goûter au véritable amour, fort, brutal, passionnel et, pour l'instant, ce n'était pas encore ça avec mon copain actuel.

— Dis-moi... m'interpella Julian.

— Moi.

Il leva les yeux au ciel et me poussa d'un coup de hanche.

— Il paraît que tu as eu une altercation avec un nouveau ce matin ? me demanda-t-il, sérieux. Tu le connais ? Il t'a fait quelque chose ? Tu veux que je m'occupe de lui ?

Je me raidis aussitôt. Pourquoi fallait-il qu'Hugo revienne sans cesse sur le tapis ? Si lui m'avait oubliée, je voulais également faire de même. Le monde ne tournait pas autour de cet abruti. Enfin... le mien si, quand même un peu.

— Non, non, protestai-je en me collant contre Julian. Ne t'inquiète pas, ce n'était rien.

— D'accord. Tu me le dis sinon, hein ?

Je me retins de lever les yeux au ciel. Cela m'agaçait qu'il pense que je n'étais pas capable de me débrouiller seule.

— Oui !

Pas suspicieux pour un sou, Julian me sourit et je lui rendis son sourire. J'agrippai sa main, désirant changer de sujet.

— C'était bien l'entraînement ?

— Ouais, cool. Ça fait toujours plaisir de retrouver les gars !

J'écoutai Julian d'une oreille distraite tandis qu'il me

récapitulait sa journée. Ma décision était prise. Je me prendrais sans doute beaucoup de remarques déplaisantes qui me blesseraient, mais je ne pouvais pas laisser tomber. Hugo avait abandonné ; pas moi. J'avais de l'espoir et de l'énergie pour deux. Il voulait faire comme s'il ne me connaissait pas ? Parfait. Je m'acharnerais à lui faire admettre l'inverse.

Quelque chose clochait avec lui. Je voulais trouver de quoi il s'agissait. Et je voulais le réparer.

Tant pis si je me brûlais les ailes en essayant.

Hugo

Le bruit.

Fort et envahissant, plongeant jusqu'aux tympans pour anesthésier le cerveau et les pensées...

Il n'y avait que ça de vrai. Et surtout, il n'y avait que ça qui m'aidait à obtenir quelques instants de répit.

Quand j'écoutais de la musique, la radio, la télé, la pluie qui cogne ou n'importe quelle autre connerie qui fait du bruit, mes pensées me laissaient tranquille. C'était l'accalmie et je pouvais me rappeler, accéder à mes souvenirs les plus joyeux.

J'avais besoin de bruit.

Parce que le silence est violent.

Au milieu des notes, je la revoyais elle, avec sa tortue, sa maladresse et son sourire d'ingénue. Cette image se superposait à celle d'aujourd'hui, à ce regard de lionne empli de flammes et à ce tempérament incandescent. Ce mélange de douceur et de volonté l'avait transformée en une fille de caractère qui ne me laissait pas indifférent. Cependant, je ne pouvais pas me permettre de la laisser entrer encore une fois dans ma vie. Elle m'avait fait trop de mal, même si rien n'était sa faute.

Le son me détruisait l'ouïe à coups de basse et de batterie, mais il appliquait de la pommade sur mon cœur. Et, bien sûr, comme à chaque fois que j'étais en paix, il fallait toujours que l'on vienne me casser les couilles.

La porte de ma chambre s'entrebâilla et le visage rond et doux de Sophie, ma tante, apparut.

— Hugo ?

J'avais développé la faculté de lire sur les lèvres pour ne plus avoir besoin d'écouter, surtout quand je ne pouvais pas – ou ne voulais pas – entendre et c'était également pratique pour espionner les conversations des autres de loin. Ça m'avait sauvé les fesses à plusieurs reprises.

Nonchalamment, je retirai mon casque de mes oreilles et je retins un « Quoi !? » agacé pour me montrer sous mon meilleur jour.

— Oui ? grognai-je.

Le lycée avait-il déjà convoqué mon oncle et ma tante ? Ça ne m'aurait pas étonné.

— Il y a quelqu'un pour toi en bas, m'annonça Sophie avec un sourire malicieux.

Ah, ça par contre, ça m'étonnait. Quel abruti pouvait bien venir me gaver dans ma propre maison ?

— Qui !?

— Descends et tu verras, répondit ma tante en me gratifiant d'un clin d'œil.

Elle referma la porte de ma chambre et je serrai les poings. Si ça n'avait tenu qu'à ma rage, j'aurais poussé cette chère Sophie dans les escaliers et fait flamber mon oncle William.

J'avais tant de colère en moi. C'était difficile de la maîtriser, pourtant je me forçais à le faire, car William et Sophie Jones étaient des gens bien et la seule famille qu'il me restait. Ils avaient eu l'idée débile de me récupérer et, même si c'était con, je leur en étais reconnaissant. J'étais mieux ici avec eux que là-bas, en prison. Et puis, j'avais le même nom qu'eux puisque j'avais pris celui de ma mère. Rester avec le frère de cette dernière m'aidait à me souvenir d'elle.

— Merde, murmurai-je à voix haute.

J'avais autant envie de descendre que de me pendre.

Je me levai et sortis de ma chambre dépourvue de verrou – au cas où j'aurais mené des actions illégales dans mon lit – et descendis.

Je me figeai en bas des escaliers lorsque je découvris la personne qui m'attendait dans le salon, un panier de Tamales de Dulce à la main, une spécialité mexicaine. Putain de merde. J'aurais dû le prévoir. Nous habitions presque à côté et, avec son caractère

de cochon, ça ne m'étonnait pas qu'*elle* soit là.
— Qu'est-ce que tu fous là ?

Ses yeux ambrés se posèrent sur moi avec une colère froide et, en cet instant, elle me fit plus que jamais penser à une lionne sur le point d'attaquer. Sexy. La colère disparut dès que mon oncle entra dans la pièce et un sourire naquit sur son visage. Elle jouait bien la comédie.

— Tanna ! Tu as tellement grandi ! Hier encore tu n'étais qu'une petite fille... Je ne t'aurais jamais reconnue si Sophie ne m'avait pas dit que c'était toi ! Ça nous fait plaisir de te voir !

— Ça me fait également plaisir ! J'espère que nous pourrons rattraper le temps perdu ! assura-t-elle en lui offrant le panier de Tamales.

— Bien sûr ! Tu seras toujours la bienvenue ici et ça fait des lustres que je n'ai pas vu tes parents ! Alors qu'on habite à côté... Enfin ! Fais comme chez toi, tu connais la maison !

William lui fit un clin d'œil et me donna une tape sur l'épaule, aux anges. Oui, qui de mieux que ma meilleure amie d'enfance pour me faire changer et me ramener sur le droit chemin ? Mais personne ne pouvait me changer. Les espoirs de mon oncle seraient très vite réduits à néant, tout comme Tanna.

Il quitta la pièce et un silence lourd de colère s'immisça entre elle et moi. Mes yeux dérivèrent vers sa cheville bandée et je serrai les dents. Il fallait qu'elle soit vraiment idiote pour gambader alors qu'elle était blessée.

— Tu n'as pas autre chose à faire, comme soigner ton bobo par exemple ?

— Comme tu me l'as si gentiment fait remarquer tout à l'heure, ce n'est pas cassé.

Je retiens un sourire amusé.

— Rentre chez toi, déclarai-je sans plus de cérémonie.

Si elle avait pu me tuer, elle l'aurait fait sur-le-champ.

— Rentre chez toi ? C'est tout ce que tu as à dire ?

Elle avança jusqu'à moi, furieuse, et me frappa le torse. Je haussai un sourcil, surpris par son geste.

— Je ne sais pas quel est ton problème, siffla-t-elle en me cognant l'épaule, mais je ne suis pas ton chien, donc tes ordres tu peux te les garder. Maintenant tu peux continuer à faire comme si tu ne me connaissais pas, mais nous savons tous les deux que c'est faux. Je ne te lâcherai pas jusqu'à ce que tu l'admettes.

— Pourquoi ?

J'étais partagé entre l'envie de la planter là et le besoin de la serrer contre moi. Ridicule. J'opterais pour la première option si elle me poussait à bout. Elle me parlait tellement mal. Personne n'aurait jamais osé me parler sur ce ton. Soit elle était débile, soit inconsciente, soit trop innocente. La connaissant, ce devait être un mélange des trois.

— J'ai besoin que tu l'admettes. J'ai besoin de savoir que je ne t'ai pas attendu toutes ces années pour rien, avoua-t-elle avec un air agacé.

— Super, tu m'as attendu. Je devrais te remercier ? ricanai-je, odieux, alors que mon cœur tambourinait à toute allure à cause de cette révélation. J'ai une info pour toi : tu as perdu ton temps.

— Tu es un vrai connard, tu le sais ça ?

Cette insulte, dans sa bouche, me fit plus mal que tous les coups que j'avais pu recevoir. Ce n'était que justice, non ? Après tout, je venais de blesser Tanna peut-être au-delà du réparable. Je voyais sa peine miroiter dans ses yeux ambrés. Plus vite elle comprendrait que je ne voulais pas d'elle, mieux ce serait.

— Je sais et tu n'as encore rien vu, fanfaronnai-je. Allez, sois mignonne et rentre chez toi avant que je ne m'énerve pour de vrai.

— Que tu t'énerves pour de vrai ? répéta-t-elle en secouant la tête. Tu crois que tu me fais peur ? Qu'est-ce que tu vas faire ? Tu vas me frapper ?

Elle me défia du regard, absolument pas intimidée par mes menaces. Mes pulsions de violence, jamais très loin, bouillonnèrent en moi. Elle ne savait pas à quel point je pouvais péter les plombs.

— Je n'ai jamais eu de remords à frapper les filles, susurrai-je en approchant brutalement mon visage du sien.

Elle ne cilla même pas. N'avait-elle donc aucun instinct de survie ?

— Je ne suis pas n'importe quelle fille et tu le sais très bien, me balança-t-elle.

Son assurance était remarquable. Une part de moi était fière de constater que ma Tanna savait se défendre. L'autre part de moi... J'aurais aimé tout casser, elle y compris parce qu'elle avait raison.

Malgré toute ma bonne volonté et mes efforts, jamais je ne pourrais lever la main sur elle. Pas grave. Avec Tanna, les mots blessaient plus que les gestes et j'avais déjà fait pas mal de dégâts.

— Pourquoi tu n'irais pas retrouver ton copain footballeur ? Je suis sûr qu'il se languit de toi et ce n'est pas mon cas. Je t'ai assez vue pour la journée.

Un éclair de surprise transperça son regard ambré. Oui, j'étais au courant pour son mec. Elle s'était dégotté une vraie lumière, con comme ses pieds.

— Qu'est-ce qu'il t'est arrivé ? se contenta-t-elle de murmurer en me dévisageant.

J'eus l'impression qu'elle me passait aux rayons X. Tanna possédait des yeux si particuliers... Ambrés, dorés, avec une multitude de paillettes de différentes nuances... Quand elle heurtait mon regard, j'avais la sensation de tomber dans le vide et d'être mis à nu. J'avais la sensation qu'elle voyait tout et qu'elle me comprenait.

Mais il ne s'agissait que d'une fantaisie, parce qu'elle ne voyait rien et ne comprenait rien. Je voulais qu'elle disparaisse de mon champ de vision et surtout de ma vie.

— Barre-toi ! crachai-je en explosant d'un coup de poing le vase à côté d'elle.

Elle sursauta et blanchit alors que les éclats de verre volaient dans tous les sens. Enfin, elle recula.

— Qu'est-ce qu'il se passe ici ? gronda mon oncle en débarquant dans le salon.

La déception envahit son visage lorsqu'il comprit que son plan avait pris l'eau. Tanna ne me sauverait pas. Dommage pour lui. Il secoua la tête et éloigna Tanna de moi. L'envie de le frapper me titilla.

— Tu n'as rien ? l'interrogea-t-il en l'examinant.

— Non.

Évidemment qu'elle n'a rien, m'agaçai-je.

Que croyait-il !?

— Je te raccompagne chez toi, décida William.

Tanna me décocha un regard glacé avant de disparaître à l'extérieur.

Enfin, j'étais à nouveau seul, sans elle. Pourtant, ma solitude n'avait jamais été aussi douloureuse...

Tanna

Les jours passèrent et je ne décolérais pas. Je n'arrivais pas à croire qu'Hugo se soit transformé en monstre. Je loupais quelque chose, forcément. Les paroles qu'il m'avait adressées et sa violence physique... Ce n'était pas le petit garçon que je gardais en mémoire. Je ne voulais pas accepter ce changement radical.

— Tanna, tu es un peu sur les nerfs en ce moment, souligna Abby. C'est les cours qui te rendent comme ça ? On vient à peine de commencer l'année.

Les cours ? Si elle savait à quel point je m'en fichais... J'étais une bonne élève ; je n'aurais aucun problème avec cette année. Non, mon problème principal était Hugo Jones. Il était la pire équation qu'on m'ait jamais donnée.

— Non, elle est encore en train de rêver, c'est tout, déclara Julian. Ça doit être une littéraire !

Tess s'étrangla avec sa boisson et je fusillai mon copain du regard. Parfois, il avait vraiment des réflexions débiles.

— Donc toi, si tu comptes les frites dans ton assiette, tu es mathématicien !? rétorquai-je, agacée.

Je croisai le regard d'Hugo à l'autre bout du réfectoire et j'aurais juré voir ses lèvres frémir.

Il ne peut pas m'avoir entendue... songeai-je.

J'étais si obsédée par cet abruti que je lui inventais une vie. Pitoyable. Ça ne pouvait pas durer toute l'année, je deviendrais folle. J'avais encore de l'espoir et ça m'enrageait. Je continuais à m'attacher à quelqu'un qui n'existait plus. J'aurais aimé arrêter, mais j'en étais incapable. Avant, il me fallait des réponses.

Julian leva les mains en l'air en signe de reddition. Il attrapa son plateau, m'embrassa sur le front et partit rejoindre ses camarades. C'était ce qu'il faisait toujours lorsque j'étais de mauvaise humeur. Ça arrivait souvent ces derniers jours.

— Quel couard celui-là, ricana Tess en croquant dans son hamburger.

— Arrêêêête ! Il est super, le défendit Abby. Je suis à fond pour Julianna.

Tess grimaça. Les trucs cucul, c'étaient très peu pour elle. Même pour moi, Julianna passait mal.

— Chacun ses goûts, n'est-ce pas ? sourit Tess.

Elle se taisait, mais n'en pensait pas moins. Je connaissais son avis sur Julian et je m'en fichais. Ça me convenait comme ça.

— Cela dit, reprit-elle, tu es quand même ronchon en ce moment. Je vais finir par t'éviter dans les couloirs de peur que tu me refiles la ronchonite aiguë.

C'était si inattendu que j'éclatai de rire. Abby se joignit à moi. Tess possédait ce pouvoir magique de toujours détourner l'attention des gens pour les faire sourire. C'était l'une des raisons pour lesquelles je l'adorais.

— Je crois que je vais rentrer chez moi, annonçai-je en jouant avec ma fourchette.

— Ouh... À peine quelques jours de cours et elle sèche déjà. *Bad girl*, me taquina Tess.

Je levai les yeux au ciel en rigolant. Un frisson me parcourut l'échine et je posai à nouveau mes yeux sur Hugo. Il me dévisageait d'un air bizarre, sans que je n'arrive à interpréter son expression. Il finit par se lever et quitta la pièce.

— Tanna ! me sortit Abby de mes pensées. Tu viens ce soir ?

J'échangeai un regard avec Tess. Elle me connaissait si bien que nous n'avions même plus besoin de mots.

— Allô ! Ce soir ! La fête ! Vous venez, c'est obligé, insista notre amie.

— Oui, j'y vais avec Julian.

— Tu sais que tu n'es pas obligée d'aller partout où ton copain va ? grogna la blonde platine.

— Je suis au courant ! C'est juste que je lui avais déjà dit oui.

Abby explosa de joie tandis que Tess me communiquait toute

sa désapprobation à travers son regard vert. J'avais pas mal changé depuis que j'étais avec Julian. Du moins, c'était ce que mon amie pensait. Selon moi, je faisais juste des concessions et si ça lui faisait plaisir que je l'accompagne à des fêtes pourries alors très bien. Ce n'était pas si horrible. Parfois, je m'amusais même.

— Tu peux bien parler, toi tu vas à toutes les fêtes ! se moqua Abby.

— Oui, mais moi c'est différent. J'aime me mêler dans la foule ivre et observer l'humanité dans sa plus grande déchéance. En plus, c'est là où on apprend le plus de ragots. Avec l'alcool, les langues se délient !

— Tu es vraiment une grande malade, rigola la rouquine.

— Merci, sourit Tess d'un air mystérieux.

— Je vous aime toutes les deux, mais j'y vais ! On se voit ce soir.

Je leur collai un bisou sur la joue à chacune et filai. J'avais besoin de m'aérer l'esprit. Je me rongeais les sangs à cause d'Hugo. Une pause me ferait le plus grand bien. J'en avais marre de l'avoir sous les yeux à chaque minute.

Malheureusement, le sort s'acharnait contre moi. Je n'avais pas fait deux pas hors de l'établissement que je découvris Hugo Jones, adossé à un arbre, en train de fumer je ne savais quoi. L'envie irrépressible de le gifler me saisit. J'avais eu du mal à me retenir la dernière fois lorsqu'il s'était montré odieux mais là, de le voir fumer... Ça complétait la panoplie de la petite frappe insupportable.

Sans réfléchir, je me dirigeai vers lui. Je savais que je n'étais qu'une idiote et que c'était moi que j'aurais dû gifler, toutefois je ne pouvais pas m'empêcher de toujours croire en lui.

— Tu fumes maintenant ?

— Bien observé. Et toi tu sèches, Mademoiselle Parfaite ?

Une vision de moi en train de l'étrangler me brouilla l'esprit le temps d'une seconde. Il faisait ressortir ce qu'il y avait de pire en moi.

J'attrapai son joint, lui arrachai des mains et le balançai au loin. Son air furieux me fit le plus grand bien. Il se redressa en serrant plusieurs fois les poings. Avait-il envie de me frapper ? Oserait-il réellement lever la main sur moi si je le poussais à bout ? Je supposais que non, cependant j'avais conscience de ne pas connaître cet homme colérique qui me faisait face.

Je sursautai lorsqu'il m'attrapa par les épaules et me poussa contre un arbre. Mon dos heurta l'écorce et ses mains ne me quittèrent pas. Il était plus proche de moi que jamais, dans tous les sens du terme. Mon cœur tambourinait à toute allure, poussé par l'adrénaline et... autre chose. Ses mains me brûlaient et sa proximité m'asphyxiait. Je n'avais qu'une envie : qu'il s'éloigne. Sinon, je ne répondrais plus de moi.

— Tu n'as rien d'autre à foutre de ta vie que de me courir après ? D'un, tu ne me rattraperas jamais et de deux, je n'aime pas les filles faciles.

Je ne pus pas me retenir : ma main partit contre mon gré et vint s'écraser sur sa joue dans un bruit sec. Il écarquilla les yeux, surpris, comme s'il venait de sortir d'un long sommeil. J'étais tout aussi surprise que lui. Ce devait être la première fois de ma vie que je giflais quelqu'un. Je sentis la pression sur mes épaules se relâcher, mais il ne retira pas ses mains pour autant.

— Tu viens de me gifler, remarqua-t-il laconiquement.
— Je crois que oui. Mais je n'ai pas fait exprès, je t'assure.

Il m'adressa un regard amusé, le premier depuis qu'il était revenu, et mon cœur se serra.

— Tu n'as pas fait exprès de me gifler ? se moqua-t-il.
— Qu'est-ce que tu veux que je te dise ? Tu es imbuvable.

Je me sentais coupable de l'avoir frappé et plutôt honteuse. Cela dit, il était hors de question que je m'excuse. Il avait mérité cette gifle.

— D'accord, je suis allé un peu loin, admit-il, ce qui manqua de me faire tomber sur les fesses.
— Tu crois ? ironisai-je.

J'étais soulagée qu'il le reconnaisse. Ça me prouvait qu'il n'avait pas totalement perdu l'esprit. Peut-être qu'il y avait encore quelque chose à sauver chez lui.

Il grimaça et me lâcha enfin. Ça faisait tout bizarre. J'inspirai. J'avais l'impression que je n'avais pas respiré depuis des siècles.

— Tanna, soupira-t-il. Que faut-il que je fasse pour que tu comprennes que je ne veux pas de toi ?

Un pieu dans le cœur. Il n'aurait pas pu dire pire. Je l'aurais bien giflé une nouvelle fois, mais la peine m'enlevait toute énergie.

— Ok. J'ai compris, murmurai-je d'une voix blanche.

Je crus apercevoir un éclair de tristesse dans ses yeux. À moins que je ne l'imagine… Ce nouvel Hugo n'avait plus d'émotions.

J'attrapai mon sac, qui était tombé dans la confrontation, et tournai les talons. Il ne dit rien. Il ne fit rien. Il n'essaya pas de me retenir. C'était bel et bien terminé. Je devais tirer un trait sur Hugo Jones. Mon ancien meilleur ami, mon protecteur à la bouille d'ange et au cœur d'or.

Cette part de lui était morte. Définitivement.

Hugo

Ribambelle de beats et de lumières. Odeurs d'alcool, de sueur et d'haleines sucrées. Le brouhaha de la musique, les discussions, les cris. J'étais noyé.

Dans la folie de la soirée ou dans l'alcool que j'avais ingurgité ?

Je voulais tuer ma douleur. L'étouffer, l'asphyxier, la noyer dans la vodka. J'avais voulu qu'elle parte et elle était partie. Bien joué.

Ouais, pauvre con. Tu penses être amorphe ? Alors pourquoi t'as mal comme ça ?

J'inspirai, nauséeux. J'avais éliminé l'ultime personne qui me liait à mon ancienne vie. J'avais cru que c'était la chose à faire pour arriver à tout oublier. Grave erreur. Tout était pire qu'avant. Mais c'était mieux comme ça. Tanna était une fille extraordinaire et moi j'étais un vrai fumier pourri jusqu'à la moelle. Je ne voulais pas la briser. Elle se remettrait de sa déception et de mes mots durs. En revanche…

Personne ne se remettait jamais de moi.

J'avalai mon verre de vodka d'une traite en la voyant arriver. Que foutait-elle là ? Encore au bras de ce footballeur de merde ? Il ne la méritait pas. Dans sa robe noire, Tanna Rodriguez était une femme dangereuse, surtout avec sa chevelure lâchée et son regard de lionne. Elle ne se rendait même pas compte de l'effet qu'elle produisait sur son entourage et des regards qu'elle attirait. Son mec passa un bras autour de sa taille et lui donna un verre de punch.

J'écrasai brusquement mon gobelet dans mon poing. Pourquoi

voulait-il la faire boire ? Quelles étaient ses intentions ? S'il lui faisait du mal… J'allais le tuer.

— Tu sais que c'est une fête et que l'alcool est obligatoire ?

Je fis volte-face. La blonde platine qui se plaisait à me les briser au bahut, dès qu'elle m'y croisait, se trouvait à quelques centimètres de moi, appuyée contre le mur et un verre de soda à la main. Elle me sortait par les yeux et, telle une mouche, j'avais essayé de l'écraser à de nombreuses reprises, mais elle restait tenace.

— Je ne vois pas de quoi tu parles, rétorquai-je en la poussant.

— Tu la dévores du regard. Si tu étais moins débile, tu ravalerais ta fierté et tu irais la voir.

D'où sortait cette malade ? Comment pouvait-elle savoir ? Observation poussée à l'extrême ?

— Merde, mais t'es ma conscience ou quoi ?

— J'essaie de l'être.

— Pourquoi ?

— Parce que certains blessés peuvent parfois être sauvés.

— Je ne suis pas intéressé. Barre-toi. Un jour ou l'autre, je vais perdre patience et on retrouvera ton cadavre fourré dans un des casiers du bahut.

— Bouh, j'ai peur.

Elle avait beau être une belle grosse mouche à merde chiante, elle me divertissait quand même pas mal avec ses répliques à la con. Je m'étais presque habitué à sa présence. Elle devait être fan de moi, car elle s'arrangeait pour me trouver peu importe l'endroit. Chiottes, gymnase, couloirs… Elle rythmait mes journées avec ses piques et m'offrait la possibilité de mener une guéguerre contre quelqu'un : elle. Ça me faisait un bien fou. Tant de bien que je me ramollissais de jour en jour.

— Tu devrais. Qu'est-ce que ça peut te foutre que je sois un con avec les filles ?

— Je m'en fous, c'est juste cette fille-là qui m'importe. Et je crois qu'elle t'importe aussi.

En plein dans le mille.

— Ta gueule.

— Waouh, j'adore nos conversations, surtout quand tu la fermes et que tu m'écoutes.

— Je ne t'écoute pas.

Elle me tapota le bras avec un sourire mielleux et disparut dans la foule.

C'est parti pour le mauvais mood...

Je partis me chercher un nouveau verre. Personne ne m'avait invité, mais tout le monde se foutait que je sois là. Et j'aimais trouver des distractions pour oublier. Alors voilà. C'était toujours mieux que de rester chez William et Sophie. Chez moi. Difficile d'encaisser que j'avais de nouveau un chez-moi. Je ne voulais même pas commencer à y penser.

Un abruti me bouscula dans la foule. Je serrai les poings et me retournai pour les lui coller dans la figure ; c'était le footballeur à la con. Et il avait Tanna dans les bras. Le regard qu'elle me lança me glaça le sang et je me contentai d'un grognement avant de fuir. Ça ne me ressemblait pas. Tôt ou tard, je referais le portrait de son petit copain. Mais pas ce soir.

Je bouillonnais. J'avais trop de choses en tête et je l'avais surtout elle. Amoureux d'elle depuis à peu près toujours, j'avais détruit mes sentiments avec la haine. Visiblement, ça n'avait pas été suffisant puisque, dès l'instant où je l'avais vue, j'avais replongé.

Raison de plus pour me tenir loin d'elle...

Dans le jardin, la musique était un peu moins forte et la foule moins dense. Quelques couples se bécotaient, se croyant à l'abri des regards. Une bouteille de rhum m'attendait près d'un muret. Je grimpai sur celui-ci et bus. Il n'y avait que ça à faire.

Je ne sus combien de temps passa avant qu'elle n'arrive, mais j'étais presque à la fin de la bouteille. Au fond du trou. Et pas d'humeur. J'étais instable. Si elle insistait trop, je risquais de ne pas pouvoir la repousser et ce serait le drame. Il suffisait d'une fois. Une seule fois, une toute petite ouverture ou étincelle pour que Tanna récupère l'espoir insensé de me sauver.

— C'est ça la personne que tu es devenue ? Un crétin qui passe son temps seul à se bourrer la gueule ?

Elle était furieuse. Elle voulait me blesser comme je l'avais blessée elle. Ce qu'elle ne comprenait pas, c'était que je me blessais déjà tout seul, comme un grand, à travers elle.

— Ouais, répondis-je d'une voix pâteuse.

Je sentis son regard me brûler. Je m'obstinai à ne pas poser les yeux sur elle. Une longue minute fila et je commençai à me sentir mal à l'aise. Il n'existait rien de plus terrible qu'une Tanna silencieuse. Elle réfléchissait et donc préparait un mauvais coup.

Brusquement, elle attrapa ma bouteille de rhum et engloutis une énorme gorgée en grimaçant. Je bondis sur mes pieds et lui arrachai des mains.

— T'es malade ou quoi ? Qu'est-ce que tu fous ?

— Quoi ? Tu ne veux pas que je boive, peut-être ? me lança-t-elle avec un air de défi.

Je secouai la tête. Je voyais très bien où elle voulait en venir.

— Tu devrais t'en foutre non, puisque tu n'en as rien à foutre de moi ?

J'avais envie de la secouer dans tous les sens. Faire ressortir mon côté surprotecteur... C'était un coup bas.

— Je ne suis plus une petite fille ! Je n'ai pas besoin de baby-sitter.

J'avais remarqué. J'avais même beaucoup trop remarqué.

— Alors, rends-moi cette bouteille que je m'amuse, exigea-t-elle.

Je me crispai. Je me trouvais dans une impasse. Je ne voulais pas la laisser boire. C'était plus fort que moi. Mon instinct protecteur me forçait à veiller à ce qu'elle ne fasse pas de conneries. À veiller sur elle. Je ne pouvais pas non plus ne pas lui donner cette bouteille sinon, elle saurait que je tenais à elle et s'accrocherait à nouveau à moi et... Je gâcherais tout.

Résultat, je jetai le problème par terre.

— Oups, elle m'a échappé, la narguai-je.

Elle haussa les épaules.

— Pas grave. Ce n'est pas l'alcool qui manque ici.

Sur ce, elle me planta comme un con pour retourner à l'intérieur. Des milliers d'images d'elle en train de faire de la merde me traversèrent l'esprit. Je serrai les poings. Une fois. Deux fois. Trois fois.

Et je craquai.

— Je vais la tuer... marmonnai-je avant de m'élancer derrière elle.

Tanna Rodriguez.

Elle aurait ma peau.

Janna

J'avais trouvé le plan parfait.

J'avais réfléchi encore et encore jusqu'à ce que je croise son regard furieux. Alors tout s'était éclairci. Quoi de mieux que de me comporter exactement comme lui pour le faire réagir ? Si je me mettais en danger et que j'agissais de manière irresponsable, peut-être qu'il comprendrait. Il n'était pas totalement perdu. J'en étais convaincue. J'allais donc le pousser dans ses retranchements.

Je voulais mon meilleur ami. Celui à qui je pouvais tout confier, celui qui me faisait rire et avec qui nous faisions les bêtises les plus folles sans nous soucier des conséquences. Bien sûr, nous n'étions plus des enfants et tout avait changé, cependant je ne pouvais pas me résoudre à l'abandonner. Pas encore. Sûrement jamais. C'était plus fort que moi. Il était important pour moi. Malheureusement, il était encore plus têtu que moi.

J'attrapai un verre au hasard et l'engloutis cul sec. Je grimaçai aussitôt. L'alcool n'était vraiment pas mon truc. Mais aux grands maux les grands remèdes. J'étais prête à tout.

Second verre, nouvelle grimace. Oh lala... J'espérais ne pas me tromper. Si Hugo s'en fichait réellement et ne réagissait pas, j'étais dans la méga cata. Tess et Abby s'étaient éclipsées de leur côté, tout comme Julian. Il me faudrait un moment pour les retrouver si jamais je me sentais mal. Non. Je croyais en mon plan. Troisième verre...

Je le portai à mes lèvres. Hugo me l'arracha brutalement des mains, renversant la moitié de son contenu sur ma jolie robe. Je l'avais cherché.

— Tu arrêtes immédiatement, gronda-t-il, menaçant.
— Sinon quoi ? le défiai-je en saisissant un autre gobelet.

Il l'écrasa entre ses mains et ce geste eut le mérite de me faire sursauter. J'avais beau être une tête brûlée, Hugo restait impressionnant quand il était en colère.

— Où est ton abruti de copain ?
— Avec ses potes.
— Et tes imbéciles d'amies ? La rousse, là ?

Je haussai les épaules, cachant mon étonnement. Il avait prêté attention à mes amies ?

Tandis qu'il fouillait la foule du regard, j'en profitai pour chiper une bouteille de bière. J'en sirotai quelques gorgées avant qu'il ne me remarque et ne me l'enlève aussitôt. Tant mieux parce que ma tête commençait à tourner. Je n'avais jamais vraiment bu et je n'étais pas sûre de tenir l'alcool.

Voyant mon air perdu, Hugo me poussa sans ménagement vers la sortie. Je me pris les pieds dans le tapis du salon et il me rattrapa juste avant que je ne m'écrase par terre. Il ne fit aucune remarque, ne se moqua pas et ne s'énerva pas. Il se contenta de serrer son bras autour de moi et de me guider à l'extérieur. Tout le contraire de Julian. Ce constat me troubla.

L'air frais me fit du bien. J'avais super chaud.

L'alcool ou Hugo ?

Il retira son bras de ma taille et se recula. Je me dirigeai vers le muret et m'y adossai en soupirant. Mes cheveux me gênaient, alors je récupérai l'élastique à mon poignet et me fis une queue de cheval. Voilà qui était mieux.

— Tu ne bois jamais, pas vrai ? me gronda Hugo en me rejoignant, les mains dans les poches.

Cachait-il ses poings pour éviter de me les envoyer au visage ? Il semblait gêné par la situation et maladroit. J'aurais mis ma main au feu que c'était parce qu'il n'avait pas l'habitude de prendre soin des autres. Avec son rôle de mauvais garçon, l'occasion ne devait pas se présenter souvent et il ne fallait surtout pas qu'il laisse tomber son masque.

— Tu es nul, déclarai-je sans répondre à sa question.
— Moi ? Qui est la folle qui se bourre la gueule rien que pour m'énerver ? C'est toi qui es nulle.

Entendre ce mot si sage dans sa bouche me fit glousser. Je portai ma main à ma bouche et rigolai à nouveau. Son visage parut d'adoucir. Ou alors c'était une hallucination due à l'alcool.
— Tu me fatigues, soupira-t-il. Allez, viens.
— Non.
— Non ?
— Non. Non, non, non, rigolai-je, légère comme une plume.
— Tanna.
— Hugo.

Il me dévisagea pendant plusieurs secondes et je soutins son regard. Je me sentais libre et plus du tout en colère. Juste amusée.
— On rentre, déclara-t-il avec fermeté.

Je secouai la tête. J'avais envie de rentrer chez moi, toutefois c'était beaucoup plus drôle de faire l'inverse de ce qu'il voulait. Il leva les yeux au ciel et m'attrapa le bras. Je grimaçai. Il desserra légèrement son emprise et m'entraîna sur la route. Je traînai les pieds. Et trébuchai à nouveau. Typique.

Je m'étalai de tout mon long sur le dos d'Hugo qui finit par terre, déséquilibré par son inattention et mon poids. Une pluie d'injures sortit de sa bouche pendant que je riais aux éclats.

Il se retourna d'un coup, m'envoyant valser sur le bitume, mais ça ne m'empêcha pas de continuer à rigoler. Je ne savais plus vraiment ce que je faisais et, le lendemain, je regretterais sûrement de m'être montrée vulnérable en présence d'Hugo. Pour l'instant... je profitais.

Il se redressa en passant une main agacée dans ses cheveux châtain clair. Lorsqu'il se débarrassait de son air de gros dur, je retrouvais les traits que j'avais connus. Cela me rassurait. Et dans ce bleu foncé profond qu'il venait de poser sur moi, je discernais les constellations que je cherchais dans ses yeux en étant petite.

La révélation me frappa. Ou l'alcool, au choix. Je pouvais sauver Hugo Jones. Je devais juste faire preuve de patience.
— Tu es un vrai petit démon, déclarai-je alors qu'il se relevait et attendait que je fasse de même sans daigner m'aider. Ce n'est pas grave. Je serai ton ange !

Je tanguai sur mes pieds en me mettant debout. Il se rapprocha de moi, le visage sombre.
— Les anges, je les détruis, chuchota-t-il sur le ton de la

confidence. Maintenant arrête tes conneries, je n'ai pas toute la nuit.

— Pourquoi ?

Je ne savais pas trop si ma question était destinée à sa réflexion sur les anges ou sur ce qu'il comptait faire du reste de sa nuit. Sûrement un peu des deux.

Il ne répondit pas, de toute façon. J'étais assez fière de lui ce soir, il faisait preuve d'une grande retenue.

Alors que tu joues avec le feu, souffla une petite voix dans ma tête.

Je rosis. Nous ne cessions de jouer au chat et à la souris. Je le cherchais, puis je prenais mes distances et, dès que je m'éloignais, il revenait inconsciemment avec ses regards mystérieux et ses actions en contradiction avec ses mots durs.

Nous étions pires que des aimants.

— Ça m'a brisé le cœur quand tu es parti, avouai-je en un murmure sous l'influence de l'alcool. Tu ne m'as même pas dit au revoir. Tu n'as jamais cherché à me contacter, à m'expliquer et je...

— La ferme ! me coupa-t-il en revenant vers moi.

Il s'arrêta à deux centimètres de mon visage, le regard fou, essoufflé par la colère.

— Tanna. Arrête de parler. Je n'ai aucune envie d'entendre ça.

— Je m'en fiche de ce dont tu as envie. Tu t'en fichais bien de ce dont moi j'avais envie quand tu es parti, ou de ce que je voulais entendre ou pas.

J'avais poussé le bouchon trop loin apparemment, parce qu'Hugo tourna les talons et partit. Encore. Ça commençait à devenir une habitude.

Je savais que ça n'avait pas dû être facile pour lui. Après tout, j'avais perdu mon meilleur ami, mais lui avait perdu ses parents. Cela changeait une personne. Je comprenais sa douleur. À quatorze ans, il avait dû se retrouver complètement perdu et Dieu seul savait où il avait fini. Dans une famille d'accueil peut-être ? Ça avait dû être horrible. Et c'était pour cette raison que je m'accrochais à lui et que je souhaitais l'aider.

Mais comment faire s'il ne me disait rien et s'il me rejetait sans cesse ? Comment faire s'il passait son temps à fuir et à se murer dans la violence ? Il ne parviendrait qu'à s'autodétruire.

Malgré tout ça, je lui en voulais. Je lui en voulais tellement de m'avoir abandonnée ! Je n'étais qu'une gamine et la pilule avait encore du mal à passer.

— T'as raison, fuis ! lui criai-je. C'est ce que tu sais faire de mieux !

Je le regardai s'éloigner. Il finit par disparaître au milieu de l'obscurité. Je soufflai. J'avais chaud et froid en même temps et la fatigue alourdissait mes paupières.

Bravo, tu t'es débrouillée comme une cheffe.

Je me retrouvais seule au milieu de la nuit et au milieu de nulle part. J'étais incapable de réfléchir plus de cinq minutes et encore moins de marcher. Je n'avais pas mon sac à main avec moi ni mon portable.

Super...

Comme dans toute situation de crise, je m'assis sur le trottoir et attendis que le temps passe. J'avais l'habitude. Avec ma maladresse légendaire, je me mettais souvent dans des situations impossibles et j'avais appris que la panique ne servait à rien. Me poser et réfléchir m'était plus utile.

— Quelle belle soirée, Tanna. Tu as vraiment été incroyablement conne, me disputai-je à voix haute.

Je soupirai et posai mon front contre le tronc d'arbre à côté de moi. J'essayai de ne pas penser aux milliers de fourmis et autres insectes qui devaient grouiller sur et sous l'écorce et tentai de me détendre.

J'inspectai l'horizon. Il n'y avait pas un chat. J'entendais encore le bruit de la fête au loin, mais je n'avais aucune envie d'y retourner.

Alors, je fis ce que je savais faire de mieux : attendre.

Hugo

Tanna avait un don. Le don de me mettre hors de moi.

Elle avait ses raisons d'être en colère, de m'en vouloir et d'exiger des explications. Mais je n'en avais rien à battre, d'elle, de tout, de ce putain de monde de merde. Ce n'était pas ma faute si Madame n'était pas contente. Elle aurait beau chercher à comprendre, jamais je ne lui dirais. Alors ses jérémiades, elle pouvait se les garder.

Excédé, je continuai à marcher. Sans but, je cherchais simplement à me défouler. Tanna Rodriguez épuisait toute ma patience et je n'en avais pas beaucoup. Merde, je n'en avais pas du tout !

Pendant près d'une quinzaine de minutes, je poursuivis ma route, dans le silence et l'obscurité, qui m'aidèrent à me calmer. Ce ne fut qu'une fois les idées claires que je me rendis compte de ma connerie. J'avais laissé Tanna seule, au milieu de nulle part alors qu'elle était complètement bourrée. Non pas que je me souciais tant que ça d'elle mais... C'était clairement irresponsable de laisser une femme seule dans cet état. N'importe qui aurait pu la trouver et profiter de sa faiblesse.

J'étais un vrai con et beaucoup d'autres choses, mais...

Elle aurait mérité de rester dans sa merde, idiote qu'elle était, mais...

Elle m'énervait au plus haut point, mais...

Je fis demi-tour.

Effort surhumain. D'habitude, ma fierté écrasait tout et tout le monde, y compris ma raison. Je la détestais pour ce qu'elle me faisait. Elle me forçait à me soucier d'elle, à penser et avoir des valeurs, tout ce que je réfutais depuis trois ans. Elle m'obligeait à sortir de ma coquille, de ma bulle de rage et de violence.

Est-ce si mal que cela ?

J'accélérai pour faire taire mes pensées. En arrivant là où je l'avais quittée plus tôt, j'étais prêt à étriper quiconque aurait croisé ma route. Tanna était allongée sur le sol, inerte, ce qui me fit passer toute envie de meurtre.

Mon cœur cessa de battre et mon estomac tomba dans mes chaussettes. Je n'arrivais plus à respirer. La simple idée qu'il ait pu lui arriver quelque chose me tétanisait. Mon sang était glacé dans mes veines, sur le point d'exploser. Je sentis un semblant de panique m'envahir, chose que je n'avais pas ressentie depuis plus de trois ans.

Qu'est-ce qu'il m'arrive ?

La boule au ventre, je me précipitai à ses côtés. Pelotonnée dans l'herbe, ses genoux à demi ramenés contre son ventre, elle avait les yeux fermés. Sa poitrine se soulevait au rythme de sa respiration paisible et son visage exprimait une innocence qu'on ne retrouve que dans le sommeil.

J'expulsai tout l'air qui menaçait de faire imploser mes poumons devant cette constatation. Elle dormait. Elle avait failli me tuer d'inquiétude. J'aurais dû la réveiller et la secouer dans tous les sens pour la peine ! Seulement, je préférais de loin son silence à ses reproches. Ces derniers ne faisaient que me rappeler à quel point je l'avais blessée. À quel point j'étais une mauvaise personne. À quel point je méritais tout ce qui m'arrivait et à quel point je devais rester seul, pour toujours.

J'inspirai à plusieurs reprises pour chasser ces émotions désagréables qui m'avaient surpris le temps d'un instant. Ça ne devait plus se reproduire. Je ne pouvais pas ressentir.

Je suis un monstre, me répétai-je.

Voilà pourquoi je passais mon temps à repousser toutes les personnes qui s'approchaient de moi. Mon oncle William et sa femme Sophie, Barbie Gothique et Tanna. Je ne rigolais pas en disant que je détruisais tout. Même les êtres humains. Surtout les êtres humains. Mon oncle le savait bien pourtant. C'était à cause de moi si sa sœur était morte.

Ma mère.

Je secouai la tête. Ici, seul et sans musique pour étouffer mes pensées, je recommençais à ressasser. Les mêmes images repassaient dans ma tête, en boucle. Les images de cette nuit-là. La dernière nuit.

Les poings crispés jusqu'à m'en faire éclater les phalanges, je tentai de me concentrer sur Tanna. Sur sa respiration tranquille et son visage détendu. Elle voyait encore en moi le petit garçon qui l'avait sauvée des méchants enfants dans le bac à sable et qui avait reconstruit sa tortue, néanmoins cette part de moi était morte.

Je contemplai ses bras enroulés autour d'elle pour se protéger du froid et ses mains que j'avais soignées tant de fois à l'aide de bisous magiques. Je remontai sur sa poitrine, celle qui était née pendant mon absence et qui me troublait tant, puis sur son visage à nouveau. Ses lèvres s'entrouvraient légèrement et ses longs cils noirs assortis à sa chevelure sauvage reposaient sur sa peau hâlée. Ses paupières fermées cachaient ses iris de lionne où brillait le feu de son caractère et c'était pour le mieux, parce que je n'en pouvais plus de supporter son regard lourd de sous-entendus. Une mèche noire s'étalait sur sa pommette.

Je la repoussai derrière son oreille pour dégager son visage. Un sourire amusé dévora mes lèvres. Si quelqu'un passait par là en ce moment même, il me prendrait pour un fou psychopathe s'apprêtant à tuer une jeune fille assoupie.

Les apparences sont parfois trompeuses.

— Allez, soupirai-je, calmé. C'est l'heure de se débarrasser d'elle.

Si seulement ! Malheureusement pour moi, Tanna Rodriguez était la seule personne sur cette planète de fous à qui je ne pouvais pas faire de mal. Physiquement parlant. J'avais ce besoin ridicule de la savoir en sécurité. C'était comme un mantra que l'on se répète en étant gosse : « Si je vois pas le monstre, il me verra pas » ou « Si je mange de la soupe, je grandirai. »

Là, mon mantra était : « Si Tanna n'a rien, tout ira bien. » J'étais prêt à la blesser autant de fois que nécessaire avec mes paroles horribles pour lui éviter de vraiment souffrir à mes côtés. Logique à la con pour la protéger de moi.

Je passai mes bras autour d'elle et la soulevai. Levant les yeux au ciel et grognant, je réajustai sa robe encore humide d'alcool sur ses jambes. Apparemment, cette nuit, j'étais livreur. Elle se pressa contre moi et sa tête roula jusqu'à mon cou. Mon corps entier se tendit lorsque son souffle vint effleurer ma peau.

Respire, Hugo, respire…

Je n'avais eu aucun contact physique ou presque durant ces trois dernières années – en dehors des quelques filles que j'avais invitées dans mon lit – et cette proximité m'asphyxiait. J'avais l'impression que c'était mal, que c'était… trop intime. Je ne voulais pas de cette proximité avec elle. Je pouvais résister à ses reproches, à ses insultes, à ses airs blessés et à sa colère, mais je ne pouvais pas résister à l'effet qu'elle produisait en moi. À ces sensations qu'elle réveillait en moi. C'était de la torture.

J'accélérai, courant presque, en la tenant à bout de bras pour oublier qu'elle était contre moi. Il fallait que je me débarrasse d'elle. L'empressement finit par payer et ce fut le soulagement lorsque j'aperçus sa maison.

Et maintenant ?

Je n'avais pas envie de tomber sur ses parents. Les souvenirs m'assailliraient et… Je n'en voulais pas. On me faisait revenir dans cette ville maudite, avec les gens que je connaissais, avec mon ancienne meilleure amie… C'était comme replonger dans un affreux cauchemar, encore et encore, sans jamais pouvoir me réveiller. D'accord, Tanna semblait être ma bouteille d'oxygène au milieu de tout ça, mais à Roseville, j'asphyxiais.

Comment oublier si je continuais à vivre ici ? Comment avancer ?

C'était sans fin.

Bref. Pas de parents. Je ne pouvais pas jeter Tanna par la fenêtre, d'autant plus que si mes souvenirs étaient bons – ils étaient excellents en dépit de tous mes efforts pour les annihiler – sa chambre se situait à l'étage supérieur.

Je passai devant la porte-fenêtre du salon et aperçus une adolescente. La stupeur m'arrêta dans ma course. Je l'aurais juré, il s'agissait de Billie, la petite sœur de Tanna. Elle avait tant grandi ! Cheveux courts et frisés, comme ceux de Steven, son père. Elle n'avait que onze ans lorsque j'étais parti. Peut-être m'avait-elle oublié ?

Je tapotai contre la vitre du bout des doigts afin d'attirer l'attention de la gamine. Ça marcha aussitôt. Elle releva la tête et darda son regard ambré – moins que celui de sa sœur, mais tout aussi dérangeant – sur moi. Elle fronça les sourcils, regarda autour d'elle et vint à ma rencontre. L'aplomb avec lequel elle ouvrit la porte-fenêtre me stupéfia. Pour une gamine, elle n'avait pas froid aux yeux. On n'ouvrait pas aux inconnus comme ça, bon sang !

— Tu sais que je pourrais être un cambrioleur ou un fou furieux ? la sermonnai-je alors qu'elle attendait que je parle, les mains sur les hanches.

— Un cambrioleur ne taperait pas sur la vitre pour m'avertir de sa présence et ne se ramènerait pas avec ma sœur dans les bras ! Et puis je sais qui tu es.

— T'es pas trop bête pour ton âge, marmonnai-je. Ah oui ? Et qui je suis ?

— Hugo.

Je fronçai les sourcils. Merde. Je n'échapperais pas aux questions à la con finalement.

— Tu montes ma sœur dans son lit où tu attends qu'elle attrape une pneumonie, là ? me secoua Billie.

J'esquissai un sourire amusé. Aussi téméraire que sa sœur. Je me dépêchai d'entrer et de monter à l'étage, en coup de vent, Billie sur mes talons. Je ne voulais pas faire attention à ces pièces, à cette odeur, à tout. Je voulais juste partir au plus vite.

— Que s'est-il passé ? Où est Julian ? m'interrogea Billie avec suspicion.

— Tanna a bu et je ne sais pas.

— Tanna a bu ? C'est la meilleure de l'année. Tu as dû l'énerver comme pas possible.

— Ouais, ça me ressemble bien, ricanai-je.

— Tu étais moins con dans mes souvenirs.

— Dis donc, la gosse ! Si tu ne veux pas que je t'encastre dans le mur le plus proche, tu ferais mieux de la fermer.

Elle leva les yeux au ciel, l'air de dire qu'elle n'en avait rien à faire de mes menaces. Je déposai Tanna dans son lit sans m'attarder dans sa chambre. Je ne voulais pas voir les photos de nous enfants, les mêmes que j'avais toutes brûlées. La pièce portait son odeur. Ça me tuait. Je la couvris rapidement et, avant de partir, je me penchai sur elle pour lui murmurer à l'oreille :

— T'es une vraie chieuse, Tanna Rodriguez. Ça m'avait manqué.

Je ne savais pas pourquoi j'avais dit cela. Sûrement un trop-plein d'agacement et d'émotions pour la soirée. Et puis, la certitude qu'elle ne se rappellerait de rien le lendemain me rassurait.

Je n'attendis pas que Billie m'interroge davantage. J'étais déjà dehors. Prêt à tout effacer de ma mémoire.

Encore une fois, je me fis le serment de ne plus jamais m'approcher de Tanna Rodriguez.

Après tout, c'était ce que je voulais. La solitude.

Et la paix.

Tanna

Je m'éveillai le lendemain matin avec une migraine éléphantesque.

Je me cachai sous mon oreiller. Presque aussitôt, je me redressai et découvris ma chambre. Froncement de sourcils. Comment diable étais-je arrivée là ? Les images de la soirée de la veille me revenaient en tête petit à petit. Mes fous rires avec Abby et Tess, mes danses avec Julian, mon altercation avec Hugo et mes âneries... L'alcool... Mes aveux...

Tu es une vraie chieuse, Tanna Rodriguez. Ça m'avait manqué.

Si Hugo croyait que c'était tombé dans l'oreille d'une sourde, il se fourvoyait. Je ne savais pas trop quoi penser de cela. Que je sois une chieuse n'était pas forcément une nouveauté, mais que ça lui ait manqué... Étaient-ce ses aveux à lui ? Rendait-il enfin les armes ? Non, bien sûr que non. Si je le croisais de nouveau, il feindrait l'ignorance et l'indifférence, comme toujours.

J'avais besoin de plus que d'une phrase balancée au hasard.

Je geignis lorsque je relevai la tête. Cette dernière pesait une tonne. Décidément, l'alcool et moi... Je n'arrivais pas à croire que j'avais fait ça. Pour prouver qu'IL tenait à moi. J'étais ridicule.

Je tapotai la table de nuit pour récupérer mon téléphone avant de me souvenir que je l'avais laissé à la soirée, avec mon sac à main. Bon sang. J'étais inconsciente. Julian et les filles avaient dû se faire un sang d'encre. Je m'en voulais. Et en même temps... Je ne regrettais rien. Si avant je m'accrochais à Hugo sans espoir, j'avais désormais une preuve qu'il n'était pas si monstrueux qu'il voulait le faire croire. Il avait pris soin de moi. Il m'avait ramenée ici, chez moi, au lieu de me laisser dans la rue, ivre morte. Ça signifiait bien quelque chose, non ?

— Alors l'ivrogne, on se réveille !?

Je sursautai alors que la porte de ma chambre s'ouvrait brutalement, dévoilant une Billie mi-amusée, mi-énervée. Comme à son habitude, elle portait une tenue à la pointe de la mode. Jupe taille haute et crop top avec des tennis et un chouchou assorti à la couleur de sa jupe. Si après tout ce qu'elle me faisait endurer côté mode elle ne finissait pas styliste...

— Moins fort, Billie ! la réprimandai-je en me massant les tempes.

— Oh, t'inquiète, Papa et Maman ne savent rien.

Elle me rejoignit dans mon lit, faisant rebondir le matelas. Une espèce de nausée me remua le ventre.

— Bien sûr qu'ils ne savent rien. Je parlais de ta voix. Moins fort, j'ai mal à la tête.

— Oh, Madame l'ivrogne a mal à la tête ! cria-t-elle dans mon oreille. Quelle surprise !

— Ça va ! J'ai compris le message !

Ce qu'elle était pénible ! C'était bien ma petite sœur. Heureusement, elle savait quand s'arrêter.

— Raconte ! Qu'est-ce qui t'est passé par la tête ? Et Hugo Jones ? Vraiment ?

— Ne m'en parle pas, soupirai-je, amusée.

Je lui fis un rapide résumé de la soirée en évitant les détails croustillants.

— M'ouais. Je suis contente de voir que tu commences à t'amuser, commenta-t-elle. À ton âge, il était temps que tu fasses la fête comme il se doit ! Mais préviens la prochaine fois.

Interloquée par cette réponse, je la dévisageai tandis qu'elle sortait de ma chambre, contente d'avoir eu le fin mot de l'histoire. Billie était vraiment une enfant bizarre. Quelle petite sœur sortait des phrases pareilles ? En tout cas, je pouvais lui faire confiance ; elle ne moucharderait pas auprès de nos parents.

Je m'apprêtais à me lever et à assumer mon sale état pour la journée lorsque deux tornades débarquèrent dans ma chambre et se jetèrent sur moi, me faisant retomber sur mon lit. C'était pire qu'un moulin ici !

— Tanna, tu as craqué ton slip ! déclara Abby en secouant mon sac à main devant mes yeux.

Je soupirai de soulagement. Mon portable et mon porte-monnaie étaient encore à l'intérieur.

— Merci de me l'avoir ramené !

— La base ! fit la rouquine en levant les yeux au ciel. Bon, qu'est-ce que t'as fabriqué ? Julian était dans tous ses états, le pauvre chou.

— Oh oui, une fois qu'il a remarqué que tu n'étais plus là, trois heures après ton départ, il était dans tous ses états, ironisa Tess avec son flegme habituel.

Abby lui décocha un regard noir et elle haussa les épaules avec un petit sourire contrit. Elle tourna ensuite la tête vers moi et m'examina brièvement, un air mystérieux sur le visage.

— Que s'est-il passé hier soir ? m'interrogea-t-elle.

— Il paraît que tu t'es mise à boire selon des sources sûres !

— On dirait que je suis devenue alcoolique à t'entendre ! rigolai-je, ce qui me transperça le crâne. Et des sources sûres dans une soirée où tout le monde est bourré... ?

— Ouais, tu sais ce qu'on dit : la vérité sort de la bouche de l'alcool !

Tess et moi éclatâmes de rire. Abby ne s'arrêtait jamais. Elle avait cette exubérance étrange et ce naturel qui la rendaient marrante en dépit de toutes les âneries qu'elle sortait. Et elle en sortait beaucoup.

— J'ai bu quelques verres, éludai-je, n'ayant pas envie de parler d'Hugo à mes meilleures amies.

C'était mon secret. Je savais qu'elles me jugeraient et me diraient d'arrêter de lui courir après. Elles auraient raison. Le regard de Tess me dérangea. Elle me contemplait comme si elle en savait plus qu'elle n'aurait dû.

— Et après ? s'enquit-elle, un sourire en coin.

— Après je suis rentrée à la maison.

— Selon des sources sûres, tu aurais été vue en compagnie d'un vilain garçon, souffla Abby.

— Bon sang, mais qui sont ces sources sûres ? Le FBI ? râlai-je.

Mes amies rigolèrent, cependant ça ne suffit pas à les détourner de leur objectif : me démasquer.

— Quelqu'un m'a raccompagnée, révélai-je, mal à l'aise.
— Qui ? demanda Abby.
— Le même garçon avec qui tu t'es disputée le jour de la rentrée ? devina Tess.
— Ce n'était pas une dispute ! Mais oui. Et avant que vous n'en fassiez tout un fromage, il ne s'est rien passé !
— Julian ne va pas être content ! se plaignit Abby en secouant la tête.
— On s'en tape, grommela Tess.
— J'expliquerai ce qu'il s'est passé à Julian et il comprendra. Il n'y a pas mort d'homme. J'ai un peu trop bu, c'était une erreur de parcours.
— Ça oui ! s'offusqua la rouquine. Tu aurais pu boire avec nous quand même !

Je pouffai de rire. J'avais un peu moins le cœur dans les chaussettes grâce aux filles.

— Allez, viens ! Manger te fera du bien, m'assura Tess en me tirant du lit. Atelier cuisine pour ce samedi matin !

Je grognai avant de la suivre. La nourriture était mon point faible. Mes parents étaient déjà dans la cuisine en train de petit-déjeuner et accueillirent mes amies avec enthousiasme. Depuis le temps, c'était un peu comme si elles faisaient partie de la famille.

Avec l'aide de Billie et les conseils de ma maman, nous nous lançâmes dans la préparation d'un Pan de Elote, un gâteau mexicain à base de maïs. Je fis bonne figure devant mes parents, n'ayant aucune envie qu'ils apprennent que leur fille s'était retrouvée à roupiller dans une rue au beau milieu de la nuit.

Au milieu des rires et d'une bataille de farine, je parvins à sortir Hugo de mes pensées, une fois n'est pas coutume. J'avais besoin de souffler, alors je passai la journée avec Tess et Abby. Shopping, pause-café et nous terminâmes chez Abby pour une soirée entre filles. Ça faisait un moment que je n'avais pas passé du temps ainsi avec mes amies et j'avais presque oublié à quel point c'était bon.

Froussarde, je m'étais contentée d'envoyer un message à Julian pour lui expliquer mon absence de la veille puis j'avais éteint mon portable. Je lui devais des explications en face à face mais... Plus tard. Là, je voulais profiter de ma soirée avec mes amies, sans prise de tête, et je voulais rigoler jusqu'à en avoir mal aux abdos.

— Bon les filles, je me désigne pour aller chercher la glace ! acceptai-je après dix minutes de chamailleries et de rigolade.

— Tu es un ange !

— Abby, n'en fais pas trop ! rigolai-je. C'est toi qui as oublié d'en acheter, je te ferais remarquer !

— Je sais, tu es un ange !

Tess fit mine de vomir dans son dos et je ris de plus belle. Nous avions prévu de regarder *Friends* en nous goinfrant de glace au chocolat, mais notre tête de linotte d'amie avait encore fait des siennes ! Entre l'écervelée, la maladroite – moi – et la sorcière, nous formions un trio de choc.

— Tan', l'épicerie est au coin de la rue. Essaye de ne pas te faire écraser ou kidnapper par les extraterrestres sur le chemin, me recommanda Tess.

— Je vais faire de mon mieux ! pouffai-je.

Nous étions déjà en pyjama, cependant ça n'avait pas une grande importance. Tess avait toujours l'air morbide avec sa nuisette noire couverte de phrases latines et d'os et Abby était adorable dans son petit ensemble rose bonbon qui jurait avec sa rousseur. Moi... Je portais un jogging et un tee-shirt, tout ce qu'il y avait de plus basique. C'était d'ailleurs la raison pour laquelle j'avais été choisie pour braver la nuit à la recherche de glace.

— Et dépêche-toi, je vais faire une hypoglycémie, cria Abby alors que je refermais la porte derrière moi.

Je secouai la tête, amusée. Cette journée me faisait vraiment du bien. J'avais de la chance d'avoir Tess et Abby. En dépit de mes changements et de mes moments de négligence, elles étaient toujours là pour moi. Bon, Abby avait tendance à nous oublier dès qu'elle se trouvait un nouveau garçon avec lequel s'amuser et Tess appréciait tant sa solitude qu'elle nous faisait parfois des phases « je-reste-enfermée-chez-moi-sans-parler-pour-réfléchir-à-mon-existence-et-déprimer », mais ce n'étaient que des détails.

En arrivant près de l'épicerie, je jetai machinalement un coup d'œil vers le terrain vague de l'autre côté de la route. Je n'avais jamais aimé cet endroit dans le quartier où habitait Abby, pourtant assez chic et calme. Il y avait quelque chose dans ces balançoires abandonnées, ce tourniquet fracassé et ces rampes de skate obscures qui me donnait la chair de poule.

Un remake de film d'horreur...

Mes yeux scannèrent distraitement l'endroit et se posèrent sur une silhouette. Grande, les cheveux mi-longs, tee-shirt noir, allure désinvolte... Oh non. Je l'aurais reconnu entre mille. Qu'avais-je fait pour mériter ça ?

C'était LUI.

Que fichait-il ici ?

J'aperçus deux autres silhouettes masculines et un mauvais pressentiment me saisit. Dans quoi s'était-il encore fourré ? Il n'en ratait pas une. Sûrement du trafic de drogue. Plus rien ne m'étonnait avec lui. À chaque fois que j'entrapercevais une lueur chez lui, patatras ! tout s'effondrait et je le redécouvrais comme le nouveau Lucifer de ce monde, à faire toutes les horreurs possibles et inimaginables.

— Non. Pas ce soir, décidai-je à voix haute.

J'étais avec mes amies et je voulais passer du bon temps. Je ne pouvais pas toujours lui courir après et vérifier qu'il se comporte bien.

Je dus me faire violence pour me détourner parce que, malgré tout, une force irrésistible me poussait vers lui. J'entrai dans l'épicerie en vitesse, craignant de changer d'avis et de m'élancer à sa rencontre pour lui passer un savon.

Mieux vaut ne pas savoir, songeai-je.

Je me concentrai sur mes achats. Quoi de mieux qu'un bon pot de crème glacée pour oublier ?

Hugo

— Non mais j'hallucine, murmurai-je dans ma barbe.
— Hein ?

Je détournai mon attention de l'épicerie dans laquelle Tanna venait d'entrer pour river mes yeux sur mon client. Le moment était mal choisi. Que fichait-elle ici ? Il était tard, elle était seule, non loin de personnes peu fréquentables – et je ne parlais pas de moi... Sa leçon de la veille ne lui avait pas suffi ?

J'avais cru pouvoir me débarrasser d'elle et me la sortir de la tête aujourd'hui. Ça avait marché jusqu'à présent. Et voilà qu'elle apparaissait alors que je faisais affaire avec Big Ben, le leader du gang de la ville... Il fallait bien que je gagne ma croûte. William et Sophie refusaient de me laisser travailler au cas où j'aurais l'idée de cambrioler mon patron... Donc, j'avais décidé de passer par des moyens pas très légaux pour me faire du fric. Ils me filaient bien de l'argent de poche, mais ça ne me paraissait pas légitime de l'accepter. Je le déposais sur le compte qu'ils m'avaient ouvert et basta.

— T'as dit quoi ? grogna-t-il.
— Je t'apporterai ce que tu m'as demandé dans la semaine, lui promis-je. Mais je veux la moitié de l'argent maintenant. Pas d'arnaque.
— Qu'est-ce que tu crois !? siffla le colosse.
— J'assure mes arrières. Ce n'est pas la première fois qu'on travaille ensemble. L'argent.

Je ne cessais de jeter des coups d'œil vers l'épicerie pour apercevoir Tanna. J'étais sûr qu'elle m'avait vu alors pourquoi ne venait-elle pas me taper un scandale ? C'était bien la première fois qu'elle faisait preuve de bon sens.

— Ok, accepta Big Ben.

Il fit un signe à l'un de ses sous-fifres, qui me tendit aussitôt une enveloppe. Je vérifiai la somme à l'intérieur. Deux cent cinquante dollars. Pas mal.

— Parfait. Je te recontacte dès que j'ai la marchandise, affirmai-je avec autorité et nonchalance.

Le secret avec les gros durs comme Big Ben ? Avoir l'air encore plus *badass* qu'eux. Je ne craignais rien ni personne. J'avais déjà connu le pire.

— Fais gaffe Jones, on t'a à l'œil, m'informa-t-il.

— Je n'en doute pas, rétorquai-je, moqueur.

Échange de regards noirs. Démonstration de force. Je ne céderais pas. C'était la cinquième fois que je marchandais avec ce type et il commençait tout juste à comprendre que je n'étais pas comme les autres gars qu'il martyrisait. Intimidations, menaces, violence... Je ne pliais devant rien. Et c'est pourquoi il se méfiait autant de moi.

Après une longue minute de silence, Big Ben rassembla ses trois nigauds d'un mouvement de tête. Dernier regard à mon encontre et ils s'éloignèrent. J'attendis un instant avant de me diriger vers l'épicerie, les mains dans les poches.

Le comportement de Tanna m'étonnait. Ça ne lui ressemblait pas de me laisser vivre ma vie sans me casser les bonbons. Peut-être qu'elle avait décidé de me foutre la paix et de renoncer à moi ?

Étrangement, cette idée me dérangea.

T'es con. Qu'une merde. Tu ne peux pas passer ton temps à revenir vers elle...

Énervé, je repoussai cette petite voix. Je m'apprêtais à entrer lorsque la porte s'ouvrit. Je renversai presque Tanna, qui sortait les bras chargés de pots de glace. Elle tangua, cherchant à protéger la glace de la chute et l'une de mes mains trouva naturellement sa place sur sa hanche pour l'aider à se stabiliser. Son contact me brûla et je retirai aussitôt ma paume tandis qu'elle levait son regard ambré sur moi. J'y lus à l'intérieur un mélange de curiosité et de froideur.

Je reculai et me passai la main dans les cheveux. Son silence, en plus de me surprendre, me mettait mal à l'aise. Toutefois, il ne chassait pas l'agacement qui m'avait saisi en la trouvant sur les lieux du crime. De mon crime, plus précisément.

— Qu'est-ce que tu fais là ? l'interrogeai-je rudement.

— Comme tu peux le voir, je viens acheter de la glace, répondit-elle calmement.

Elle ne s'énervait pas. Bizarre.

— Pourquoi ?

— Pour la manger, fit-elle en se mordant la lèvre pour ne pas sourire.

Sans savoir pourquoi, je souris aussi. Je me repris vite et réajustai mon masque de petit con insolent et je-m'en-foutiste.

— Tu ne devrais pas être là, seule, au milieu de la nuit, balançai-je, l'air dur.

— Bon. Hugo. Merci pour ton inquiétude et merci pour hier soir, mais je suis une grande fille. De plus, aujourd'hui, j'ai décidé que ce serait une journée sans Hugo Jones, donc je ne vais pas me disputer avec toi, je ne vais pas te demander ce que tu faisais ici avec des gens louches et je ne vais pas me mettre en danger dans le seul but de te faire réagir. Tu peux retourner à tes occupations.

— Tu m'en vois ravi.

Une journée off, quelle bonne idée.

Si seulement je pouvais avoir des journées sans penser à elle...

Elle me dévisageait, attendant que je m'écarte de son chemin. Je plongeai mon regard dans ses yeux ambrés et m'y perdis. J'avais espéré la déstabiliser, mais elle me rendait mon regard, m'interrogeant silencieusement et se demandant sûrement à quel jeu je jouais. Les secondes semblèrent s'éterniser tandis que nous nous contemplions et nous cherchions. Je devinais toutes ses questions et elle devait deviner mes réponses, ma réserve, tout ce que je ne dirais jamais à voix haute.

Je cachai ma gêne en rompant l'échange visuel et en me décalant pour la laisser passer.

— Je ne te retiens pas.

— Quel gentleman ! me tacla-t-elle.

J'aimais son répondant. Enfin. Non. Si ?

Par pure provocation, j'exécutai une courbette. Cette fois-ci, elle ne put s'empêcher de sourire et se détourna pour le cacher.

Ouais. Je l'énervais à ce point-là.

— Je ne savais pas qu'il existait des journées anti Hugo Jones, remarquai-je, cherchant à la retenir.

Ça me changeait qu'elle ne cherche pas à savoir ce que je manigançais ou qu'elle ne me dispute pas. Plus relaxée, son visage restait fatigué à cause de la veille. Des cernes ornaient ses yeux et ses cheveux étaient attachés à la va-vite en un chignon à moitié défait. Quant à sa tenue... Tee-shirt et jogging. Bizarrement, je la trouvais sexy. Bordel. Le joint de ce matin m'avait vraiment retourné le cerveau.

Elle repoussa une mèche de ses cheveux en soufflant dessus, les bras toujours chargés, et haussa les épaules.

— Tu sais maintenant. C'est du travail à plein-temps de gérer tes âneries, j'ai besoin de congés et de vacances au soleil, plaisanta-t-elle.

— Je prends note.

Ne sachant pas si je la raillais ou non, elle se contenta de lever les yeux au ciel. Puis, elle se détourna à nouveau et commença à remonter la rue. Je la regardai faire, les yeux rivés sur le roulement de ses hanches, que je décelais sous son jogging.

— Tanna ! la rappelai-je en m'adossant contre la porte de l'épicerie.

Elle se retourna, un sourcil haussé, dans l'expectative.

— Sympa ton jogging.

Ses joues se teintèrent de rose juste avant qu'elle ne file, d'un pas pressé. Je ricanai. J'avais réussi à la perturber finalement. Je m'étais perturbé tout seul d'ailleurs. Avec ce foutu jogging...

Je ne la lâchai pas des yeux jusqu'à ce qu'elle s'engouffre dans le hall d'un immeuble. Chez qui allait-elle ? Son mec ? Cette idée m'énerva. Au moins, elle était rentrée saine et sauve.

Et moi, j'allais pouvoir reprendre mes activités, à savoir : échapper au sommeil par n'importe quel moyen...

Janna

— Tu as bu et tu es rentrée avec un inconnu ? Sans même me prévenir !?

Julian me dévisageait, bras croisés et furieux d'avoir été ignoré pendant un week-end entier. Nous étions lundi matin, devant le lycée. J'avais passé un samedi soir génial avec Tess et Abby, à rigoler comme une folle, si bien que j'en avais eu mal au ventre. À moins que ça ne soit la remarque d'Hugo concernant mon jogging qui m'avait perturbée au point de faire des saltos dans mon estomac...

— Oui, c'est ça, répondis-je.

— Tu es complètement malade !! Je me suis fait un sang d'encre ! Qu'est-ce qui t'est passé par la tête !?

Son agacement était légitime, toutefois je n'aimais pas le ton sur lequel il me parlait. Je faisais beaucoup de concessions pour lui et j'acceptais tout, mais je n'étais pas sa chose, à devoir faire ce qu'il exigeait et je n'étais pas non plus débile.

— Julian, si tu avais été là au lieu de faire le pitre avec ta maudite équipe de foot, les choses auraient sûrement été différentes ! lui balançai-je, excédée de toujours devoir être dans la retenue avec lui.

Il prit un air blessé et je m'en voulus aussitôt. J'étais fautive dans cette histoire et ce n'était pas juste de m'en prendre à lui.

— Très bien, on se voit plus tard ! fit-il, vexé, avant de filer.

— Eh bien ! Il va neiger ! Je n'aurais jamais cru vivre assez longtemps pour voir le jour où tu le remettrais à sa place.

Je levai les yeux au ciel en me tournant pour découvrir une

Tess ravie. Je ne l'avais pas vue arriver. Elle était vraiment partout, et toujours à fourrer son nez dans les affaires des autres.

— Tess, ce n'est pas le moment !

— Je suis contente de retrouver ma Tanna. La vraie, précisa-t-elle.

Ses yeux verts pétillèrent de malice sous son eye-liner. Elle repoussa une mèche de ses courts cheveux platine, m'embrassa sur la joue et prit la poudre d'escampette.

Tess disparaissait souvent pour vaquer à ses occupations et partir à la chasse aux ragots. C'était son truc de rôder dans l'ombre et de tout savoir sur tout le monde. Elle adorait ce sentiment mélangeant omniprésence et omnipotence, qui terrorisait la plupart des élèves du lycée. Ceux qui la connaissaient mal. Moi, je savais que sous ses airs de commère et de cachottière, elle cherchait à aider les personnes qu'elle estimait. Cependant, j'avais l'impression que, ces derniers temps, elle me cachait quelque chose. À moi. Sa meilleure amie. À Abby également. Je n'aurais pas exactement su dire pourquoi, mais je finirais par avoir le fin mot de l'histoire. Comme pour Hugo.

Je l'avais oublié, l'espace d'un instant. J'avais fini mon week-end « off » et je ne pouvais m'empêcher de penser à ce qu'il fichait dans ce terrain vague. Des centaines de théories sordides me passaient sans cesse par la tête. Ça avait le don de m'énerver. Je ne voulais pas que cette tête de mule se mette en danger. Déjà qu'il se battait tous les jours au lycée, qu'il séchait les cours, jouait avec la patience des professeurs et faisait preuve d'une insolence incroyable… Ce qu'il faisait la nuit, ça, c'était plus grave. À partir de maintenant, je comptais bien le garder à l'œil.

— Tu ne vas pas en cours ?

Je sursautai lorsqu'Abby me tapota l'épaule. Avec son regard de biche qui m'interrogeait et son sourire poli, je compris qu'elle s'inquiétait pour moi. J'étais plutôt changeante ces derniers temps, alors je pouvais le concevoir. Je lui offris un sourire rassurant.

— Si, j'y vais ! Ce n'est pas parce que j'ai séché une fois que je suis une délinquante, Abby !

— On ne sait jamais ! On trébuche et puis on finit avec les deux jambes et les deux bras cassés !

J'explosai de rire, dépitée de comprendre où elle voulait en venir malgré son exemple discutable. Bras dessus, bras dessous, je filai en cours avec mon amie, de bien meilleure humeur.

J'étais presque arrivée devant la salle de classe quand j'aperçus le seul, l'unique, le terrible, Hugo Jones. Caché à l'angle du couloir, il fumait un joint. Bon sang ! En plein dans l'établissement, devant tout le monde ! À croire qu'il cherchait à se faire virer.

Une partie de moi admirait le culot d'Hugo. On pouvait lui reprocher tout ce qu'on voulait, mais il se moquait bien du regard des autres et je considérais cela comme une qualité. En un sens, il était libre. Mais bon ! Je ne cautionnais pas ses idioties pour autant.

Je poussai Abby dans la salle et me dirigeai vers Hugo, bien décidée à lui remonter les bretelles. J'espérais qu'il prendrait mon avis en considération et que j'arriverais à l'attirer en cours. Fol espoir...

— Qu'est-ce que tu fabriques ? Viens en cours au lieu de te détruire les poumons.

Son regard passa à travers moi et un sourire insolent étira ses lèvres.

— On se connaît... ?

Il continuait... ? Ça y est, il était redevenu con ? Mais qu'est-ce qui lui passait par la tête !?

— Ange la nuit et démon le jour, c'est ça ?

Il m'envoya une bouffée de fumée en plein visage et je fronçai le nez.

— Faut-il que j'aille jouer avec les couteaux de la cafétéria pour faire revenir le vrai Hugo ?

— Même pas cap ! me nargua-t-il, ayant l'air de n'en avoir rien à faire.

Rien à faire de moi.

Je ne comprenais pas pourquoi ça faisait autant mal à chaque fois. Je ne comprenais rien à cette histoire entre lui et moi. Il avait le don de me faire sortir de mes gonds. Je m'apprêtais à répondre ; la vie ne m'en laissa pas le temps.

— Tout va bien ici ?

Je me retournai et vis Julian qui venait à notre encontre. Veste de l'équipe sur le dos, visage fermé et sourcils froncés, il semblait décidé à en découdre. Il n'était pas dupe et voyait bien que je parlais souvent à ce garçon qu'il ne connaissait pas. Il avait dû apprendre que c'était lui qui m'avait raccompagnée chez moi lors de la fête. Autant dire que de voir un autre garçon me tourner autour de devait pas vraiment lui plaire et, à en juger par son expression énervée, il avait atteint ses limites.

Il se planta face à Hugo et passa un bras possessif autour de ma taille, histoire de montrer que je lui appartenais. Cette attitude m'agaça au plus haut point. J'étais sûre qu'Hugo n'apprécierait pas. Il réagissait toujours mal à la provocation.

— Tanna, il t'emmerde ? me demanda-t-il en fixant Hugo d'un regard dur.

— Voyons, si tu connaissais bien ta copine, tu saurais que c'est elle qui emmerde les autres, rétorqua le concerné en crachant sa fumée de cigarette au visage de Julian.

— Qu'est-ce que tu viens de dire !? s'excita ce dernier en me lâchant.

Il fit craquer les articulations de ses doigts et je levai les yeux au ciel. C'était ridicule ! On aurait dit un coq dans une basse-cour.

Hugo continua à fumer, absolument pas intimidé par mon copain. L'intégralité de son corps était tendue. Et surtout, les constellations qui habitaient son regard s'obscurcissaient furieusement, signe que le danger approchait. Malgré tout son mépris et ses répliques cassantes, je n'avais jamais vu cette noirceur qui résidait au fond de ses yeux se diriger contre moi. Le jour où Hugo me dévisagerait de cette manière, je saurais que tout serait perdu. Là, Julian était en mauvaise posture.

— Baisse d'un ton, veux-tu ? murmura Hugo sans le quitter des yeux.

— T'as un problème peut-être ? Tu crois que je n'ai pas vu ton petit jeu, à tourner autour de ma copine ?

— C'est elle qui tourne autour de moi.

Merci bien de remettre la faute sur moi !

Il n'avait pas forcément tort, mais ce n'était pas une raison…

— Qu'est-ce que tu sous-entends ? Tu crois que je ne connais pas Tanna ? Elle est à moi !

Je fronçai les sourcils, prête à lui mettre une bonne gifle. J'étais à lui ? Et mon pied dans son tibia, il serait à lui aussi ? On nageait en plein délire. Il parlait de moi comme d'un vulgaire objet, comme si je n'étais même pas là, juste à côté de lui.

Hugo écrasa sa cigarette sur le mur et se tourna vers moi.

— Je fais quoi ? Je lui refais le portrait ou je lui broie les noix ?

C'était si inattendu que je dus me mordre l'intérieur des joues pour ne pas éclater de rire. Hugo le remarqua et son regard s'adoucit. Un chouïa. Il faisait de ma vie un enfer, pourtant il semblerait que nous restions soudés dans l'adversité.

Peu importe à quel point Hugo tenait à m'éloigner, je continuerais à m'accrocher. Je ne savais pas à quel point il était brisé, néanmoins je voulais le découvrir et être là pour lui, afin de recoller les morceaux. Alors j'encaisserais ses changements d'humeur et, comme je n'étais pas patiente, je m'énerverais sûrement des tas de fois... Pour mieux revenir.

— Ne t'adresse pas à elle ! gronda Julian en me poussant sur le côté. Elle n'en a rien à foutre de toi et c'est avec moi que tu as un problème.

Trop, c'était trop. À mon tour, je poussai Julian en me plaçant devant Hugo.

— Excuse-moi de t'interrompre, Julian, mais je suis juste là ! Je n'ai pas besoin de toi pour parler en mon nom et encore moins pour me pousser comme si je n'étais qu'un vulgaire objet.

— Mais... je... Il...

— Il ne t'a rien fait du tout, c'est toi qui es venu le provoquer ! sifflai-je, furieuse. Et c'est un comportement qui ne te ressemble pas et que je ne cautionne pas.

— Ah oui !? fit-il en approchant son visage du mien. Ça ne te gêne pas qu'IL provoque tout ce qui bouge mais moi, ça ne te convient pas ? Tu choisis bien tes moments pour l'ouvrir, Tanna.

J'hallucinais. Pour qui se prenait-il ?

Je le frappai au niveau du torse pour qu'il recule et qu'il me rende mon espace vital. Il me fusilla du regard et je lui rendis toute la haine que je ressentais pour lui en cet instant. Je n'acceptais pas qu'il me parle de cette manière ni qu'il me traite ainsi. J'avais fait preuve de patience, j'avais fait des compromis et j'avais toujours fait ce qu'il voulait ! Maintenant, oui, je décidais de « l'ouvrir ». Il esquissa un mouvement vers moi, l'air penaud.

— Tanna...

— Non ! Va-t'en ! Je n'ai aucune envie de te parler ni de te voir.

Il parut hésiter le temps d'une minute puis, agacé, balança ses mains en l'air en signe de reddition et partit d'un pas lourd. Malgré mon coup d'éclat, je comprenais sa colère et, si j'avais été à sa place, je n'aurais pas apprécié que ma copine traîne avec le voyou du lycée et surtout, qu'elle le défende. Seulement, son comportement m'était intolérable.

Je me tournai vers Hugo qui, pour une fois, restait étonnamment calme. Il me contemplait, l'air à la fois songeur et suffisant. C'était difficile à interpréter, comme toujours avec lui.

— Un problème !?

Il secoua la tête, un rictus amusé sur les lèvres.

— Pas du tout, je n'ai aucune envie d'avoir affaire à la méchante Tanna.

Je lui donnai une bourrade sur l'épaule. Ma colère retombait doucement, contre Julian, contre Hugo, contre tout et, plus les secondes défilaient, plus j'avais du mal à me souvenir la raison de cet emportement soudain. Depuis l'arrivée d'Hugo, je perdais tout le temps mon sang-froid, alors que ça ne m'arrivait jamais auparavant.

— Je dois avouer que je suis estomaqué, poursuivit-il. Qui aurait cru que tu serais capable de tant d'agressivité ? J'aurai tout vu.

— La ferme.

Je m'appuyai contre le mur en soufflant. C'était ce qui arrivait après la colère ? La fatigue ? Était-ce pour cela qu'Hugo nourrissait cette rage ? Pour s'anesthésier ?

Nous restâmes plusieurs minutes ainsi, dans le plus grand silence. J'étais encore en train de rater un cours… À côté de moi, les mains dans les poches, Hugo se balançait d'avant en arrière. Il avait l'air mal à l'aise et me jetait des coups d'œil de temps à autre.

— Je t'offre une glace pour fêter ton exploit ? finit-il par proposer à toute vitesse.

Je le fixai avec de grands yeux ronds. Il parut se rendre compte de l'énormité qu'il venait de sortir car il se renfrogna aussitôt.

— Laisse tomber, grommela-t-il en s'éloignant.

— D'accord ! acceptai-je sans réfléchir.

Je ne croyais pas ce qu'il était en train de se passer. La carapace d'Hugo venait de se fissurer. Je ne pouvais pas laisser passer cette chance. Il finirait par rentrer à nouveau dans sa coquille et... Je préférais profiter de ce moment d'accalmie avant le retour de la tempête.

— Prête à sécher les cours pour de bon ? ricana-t-il, presque méchamment. Tu deviens une vraie racaille.

— J'aime toujours le caramel beurre salé, annonçai-je avec aplomb.

Il me lança un regard agacé et accéléra. Je le suivis.

Mes lèvres arboraient le sourire de la victoire.

Hugo

Voilà.
Ça devait arriver un jour ou l'autre.
J'avais complètement pété les plombs.
Proposer d'offrir une glace à Tanna... Quelle idée de merde ! Je ne savais pas ce qui m'avait pris. Un moment de faiblesse. Maintenant, il était trop tard pour reculer et puis, je n'avais pas l'énergie de tuer l'espoir naissant dans les yeux ambrés de Tanna.

J'avais été surpris de la voir s'opposer à son mec. Je croyais que sa colère m'était uniquement réservée. Et pourtant... Elle s'était enfin affirmée. Contempler le visage de ce cher Julian se décomposer avait été le clou du spectacle. Je détestais la manière qu'il avait de s'approprier Tanna. Elle aussi, apparemment.

Peut-être que tu n'es pas aussi néfaste que tu le crois...

La glace... C'était une idée impulsive. J'avais vu la peine et la fatigue dans le regard de Tanna et j'avais compris. Si elle adorait passer ses nerfs sur moi, ça lui coûtait de se dresser contre le reste du monde. Elle voulait toujours être gentille, se contenir, rester dans le contrôle... Elle s'auto-censurait.

La petite voix en moi – ma conscience ? – m'avait poussé à faire quelque chose. N'importe quoi. Alors j'avais fait n'importe quoi et une chose en entraînant une autre... La glace. J'avais juste eu envie de la consoler. D'être là pour elle. Je m'étais pourtant promis d'arrêter. Je ne pouvais pas être son ami. Je ne pouvais pas être dans sa vie.

Tu ne la mérites pas...

Les poings serrés dans mes poches, je marchais d'un pas

pressé. Je ne faisais pas attention à elle et je m'en foutais si elle n'arrivait pas à tenir le rythme. J'étais furieux contre moi-même. Pourquoi, putain de merde, n'arrivais-je pas à me tenir loin d'elle ? Ce n'était pourtant pas compliqué...

Pour son bien, m'exhortai-je. *Je dois garder mes distances pour son bien...*

Dans le silence le plus complet, je poursuivis ma route. Je franchis le portail du lycée sans un regard en arrière et me dirigeai vers le centre-ville. Il n'y avait pas trente-six endroits qui proposaient des glaces dignes de ce nom. Le *Smoking Iceberg* était le seul endroit décent. Malheureusement, c'était le lieu où nous nous rendions tout le temps lorsque nous étions petits. Je n'avais aucune envie de me remémorer tous nos souvenirs.

— Tu es ronchon, soupira-t-elle, loin derrière moi.

— Si c'est un synonyme de je-n'en-ai-rien-à-foutre-de-toi, alors oui, je suis très ronchon.

Je m'attendais à une réplique cinglante ; rien ne vint. Je fronçai les sourcils et me retournai. Elle s'était arrêtée et me fixait d'un air indéchiffrable. C'était un mélange de « Je vais te tuer », de « Pauvre Hugo, j'ai de la peine pour lui » et... d'autre chose.

Elle combla la distance qui nous séparait, ses yeux ambrés rivés sur moi. Elle s'arrêta à quelques millimètres de mon visage. J'étais pétrifié. La panique que je ressentais face à cette proximité me donnait envie de fuir. Mais... Il y avait autre chose... Quelque chose qui me donnait chaud et qui faisait vriller mes pensées. Elle était si proche que je crus qu'elle allait m'embrasser.

Elle passa à côté de moi et je me remis à respirer. Je me retournai et la vis en train de ramasser le gobelet en plastique dans lequel je venais de shooter pour le mettre à la poubelle. C'était du Tanna tout craché.

— Tu t'es mise à l'écologie ? la piquai-je en la suivant.

— Rien à voir. Ça s'appelle du respect et de l'éducation. Tout ce que tu n'as pas en somme.

Je devais être masochiste, parce que putain quand elle me taclait de cette façon... J'adorais ça. C'était sûrement ce que je trouvais de plus sexy chez elle : son aptitude à me tenir tête. Cette fille me perturbait sévère.

— N'empêche que c'est bien aussi l'écologie, marmonnai-je

dans ma barbe.

Elle tourna la tête vers moi, faisant voler sa crinière noire dans son sillage. Elle haussa un sourcil, à moitié amusée et à moitié agacée.

— Tu sais de quoi tu parles, toi qui fumes tout et n'importe quoi. Et tu jettes tes mégots de cigarette par terre.

— Non, pas n'importe quoi, objectai-je. Tu devrais essayer un joint de temps en temps, ça te détendrait.

— Tu sais quoi ? C'est une super idée. On fait ça juste après la glace.

Ma mâchoire se décrocha. Je n'en croyais pas mes oreilles. C'était de la pure provocation de ma part, mais Tanna semblait meilleure que moi à ce jeu-là. Je secouai la tête.

— Désolé de détruire tes rêves, junkie en herbe : je n'ai plus rien sur moi.

Elle leva les yeux au ciel et se rapprocha de nouveau de moi. Il fallait qu'elle arrête ça. Je ne répondais plus de moi.

— Ah oui ? Donc je peux te fouiller ?

— Merde ! Mon corps d'Apollon a encore fait des siennes. Tanna, c'est trop d'attention, vraiment ça me gêne ! Si tu veux me tâter, dis-le tout de suite, mais arrête d'inventer des excuses ridicules.

Elle rosit furieusement et je me félicitai. Puis elle me frappa l'épaule et étouffa un petit rire alors que je riais à gorge déployée. La voir si gênée... Ça faisait bizarre, de rigoler. La dernière fois que j'avais dû rire d'aussi bon cœur remontait à... trois ans.

Ce constat me coupa toute envie de poursuivre l'expérience. J'avais mal aux joues.

À force de faire tout le temps la gueule...

— Hugo ! me rabroua-t-elle.

Mon prénom entre ses lèvres m'acheva.

Tanna Rodriguez me tuerait. C'était désormais une certitude.

Son poing, qui avait frappé mon épaule deux secondes plus tôt, se délia et ses doigts s'égarèrent le long de mon bras alors qu'elle redescendait sa main. À quoi jouait-elle ? Ça ne servait à rien de poser la question, elle ne devait pas être au courant vu l'expression songeuse qu'elle arborait. Elle ne devrait pas... Je ne pouvais pas...

Une caresse d'elle me faisait perdre tout contrôle.
— Euh, bon... Cette glace... ? m'impatientai-je.
Je n'étais plus moi-même en sa présence.
À moins que je ne redevienne moi-même ?
J'aurais dû tourner les talons et partir en courant. L'ignorer, la blesser, déménager... Tout plutôt que de me laisser tenter.
Au lieu de ça, je remis mes poings dans mes poches – alors que je mourais d'envie d'attraper l'une des siennes et de l'attirer contre moi – et avançai en direction du *Smoking Iceberg*.

Janna

Le caramel beurre salé.

Sans doute la meilleure saveur qui existe sur cette planète. Ce sucre doux et pétillant associé à la piqûre délicate du sel qui explose en bouche... Exquis ! Je n'en avais pas mangé depuis... trois ans. Parce que c'était le parfum que j'associais à Hugo, celui que nous avions partagé tant de fois, ici, chez moi, chez lui et ailleurs.

Je ne savais pas ce que je faisais ici, avec Hugo, à faire comme si nous étions amis. Nous ne l'étions pas, il s'acharnait à me le faire comprendre. Cependant, je ne voulais plus me poser de questions. Ça ne servait à rien. Je voulais être avec lui.

C'était l'instinct, le destin, la bêtise ou une force surnaturelle... Aucune importance. Je me contentais de savourer les rares instants où il me laissait entrer dans sa bulle. C'était involontaire, j'en avais conscience. Dès qu'il s'en apercevait, il se refermait comme une huître. Tant pis. J'espérais que ça serait suffisant pour le ramener à la raison.

Je relevai les yeux et découvris ceux d'Hugo posés sur moi. Un sourire amusé titillait ses lèvres. Je l'interrogeai du regard. Il haussa les épaules. Alors je lui mis un coup de pied sous la table et il leva les yeux au ciel avant de céder :

— Tu as de la glace au coin des lèvres.

J'attrapai une serviette et m'essuyai. Le regard d'Hugo s'attarda une fois de plus sur mes lèvres et un fourmillement étrange me parcourut le corps. Il m'arracha la serviette des mains et la passa délicatement près de ma bouche.

— Je me demande vraiment comment tu as survécu pendant

autant de temps en étant aussi empotée, soupira-t-il.

— Je me le demande aussi...

Ses yeux se posèrent sur moi, interrogateurs. Je décelais presque une certaine curiosité dans son expression, mais c'était difficile à dire avec lui. J'avais envie de lui poser des milliers de questions. Néanmoins, je savais que je n'obtiendrais que des réponses désagréables, alors je mangeai ma glace en silence tandis qu'il me jaugeait du regard. C'était bizarre de sentir le poids de son intérêt sur moi. J'en perdais tous mes moyens.

— Comment tu comptes rattraper les cours que tu es en train de sécher ?

— Tu t'inquiètes pour mon avenir ? Comme c'est mignon, le taquinai-je en lui tirant la langue.

Il me cogna la jambe sous la table avec son pied, de manière volontaire, et je rougis. C'était plus gênant que douloureux.

— Ne fais pas ça.

— Je ne vois pas de quoi tu parles, sourit-il en recommençant.

Je retrouvais mon Hugo taquin. Je lui mis un coup de pied en guise de réprimande.

— Qu'est-ce que tu faisais sur ce terrain vague l'autre soir ?

La question venait de franchir mes lèvres sans que je ne puisse la retenir. Je n'avais pas réfléchi. Ça m'arrivait souvent avec Hugo. Et c'était agréable de lâcher prise. J'avais l'impression qu'avec lui, je pouvais être moi-même. Sans faire de concessions et sans avoir peur.

Son visage s'assombrit et il baissa les yeux sur sa glace. Il tapota le bord de la table avec son index, sans s'en rendre compte. Il faisait cela souvent lorsqu'il était agacé.

— Tu ne veux pas le savoir, répondit-il d'un ton sombre.

Était-ce si grave que cela ? Était-il mêlé à de sombres affaires ? Je m'inquiétais pour lui. Il était à peine revenu et... Plus les jours passaient, plus il multipliait les idioties, les provocations, les mises en danger... Que cherchait-il à faire ?

— Où étais-tu ces trois dernières années ?

Je récoltai un regard noir. Il se crispa et je crus qu'il allait partir et me planter là.

— Dans un centre de détention pour mineurs.

Je m'étouffai avec ma glace. Je crus qu'il plaisantait mais, en le voyant me fixer avec sérieux, je compris que ce n'était pas le cas. Je mis plusieurs minutes à faire cesser ma toux, sans qu'il ne me quitte des yeux. Il attendait une réaction de ma part. Je ne voulais pas tout gâcher.

Des milliers de questions supplémentaires faillirent noyer mon esprit. Cependant, j'avais obtenu quelque chose de lui et c'était déjà énorme. Il fallait savoir s'arrêter.

— D'accord, me contentai-je de dire alors que je le contemplais, dans l'espoir de découvrir tous ses secrets.

Il soutint mon regard. Parfois, avec lui, je me retrouvais plongée dans le doute et l'incertitude, poussée par l'adrénaline... Le goût du risque... J'adorais cette sensation autant que je la craignais. Elle me faisait me sentir vivante.

Un centre de détention pour mineurs ? Qu'était-il allé faire là-bas ? Ses parents étaient décédés, ce n'était pas une raison valable pour envoyer un adolescent dans un endroit pareil... À moins qu'il ne soit responsable d'une quelconque manière ?

Je devais avoir l'air d'avoir vu un fantôme car Hugo se referma totalement. Il avait sûrement suivi mon raisonnement et devait savoir que j'avais compris qu'il y avait quelque chose de bizarre dans cette histoire.

Le silence s'installa entre nous. Dans d'autres circonstances, ça ne m'aurait pas dérangée, seulement je craignais qu'il ne s'imagine des choses et qu'il pense que mon regard sur lui avait changé. Ce n'était pas le cas. Je cherchais juste à comprendre.

Un centre de détention... Il avait passé trois années de sa vie en prison. Pas étonnant qu'il ait autant changé et qu'il soit devenu si dur. Je n'osais pas imaginer ce qu'il avait dû vivre là-bas. Et moi qui avais été si égoïste en ne pensant qu'à moi et en me demandant pourquoi il ne m'avait pas contactée... Cette déclaration changeait tout.

Je me sentais coupable, perdue, furieuse de ne pas avoir su... J'aurais peut-être pu faire quelque chose et l'aider. L'impuissance s'immisça en moi et je me jurai sur l'instant de ne plus jamais l'abandonner. Même s'il n'était plus le même et qu'il s'efforçait de me repousser. Qu'avait-il vécu ? Pourquoi ce silence ?

— Tu as peur ? m'interrogea-t-il farouchement, le regard noir.
— De quoi devrais-je avoir peur ?

— Réponds à la question.
— Non. Je n'ai pas peur de toi, rétorquai-je, agacée. Je suis juste... curieuse.

Hugo parut se détendre imperceptiblement. Les traits de son visage se relaxèrent, même s'il veilla à conserver un air de brute, histoire que je comprenne bien qu'il était toujours méchant et qu'il se contrefichait de mon opinion. Je n'avais jamais eu peur de mon meilleur ami, ce n'était pas aujourd'hui que ça allait commencer.

— Pourquoi ?

Il restait sec et brusque, presque violent, et ça m'intimidait. Que cherchait-il à prouver ?

— Pourquoi quoi ?
— Pourquoi tu n'as pas peur ?
— Parce que.
— Tanna !
— Hugo !

Sa main se crispa sur la table. La pauvre gémit en un grincement sinistre. Un serveur vint nous débarrasser de nos coupes vides. Heureusement, sinon elles auraient sans doute valsé à travers la pièce. Avec Hugo, mieux valait éviter les objets dangereux, coupants, lourds... Tous les objets.

— Parce que c'est toi ! avouai-je, de plus en plus énervée par son comportement.

Tout se passait bien et voilà qu'il se comportait comme un imbécile, à m'ordonner telle ou telle chose et à gronder pour rien... Certes, cette conversation était d'une importance capitale pour lui mais... Il m'exaspérait !

Il secoua la tête, apparemment peu ravi par mon aveu.

— Si tu n'es pas prêt à obtenir des réponses, ça ne sert à rien de me poser des questions ! grommelai-je en agrippant son regard.

— C'est l'instant philosophie ? se moqua-t-il, amusé.

Bon sang, il changeait aussi vite d'humeur que moi. Ensemble, nous risquions de devenir explosifs.

Je m'apprêtais à répondre lorsque j'aperçus Tess passer devant la vitre de l'établissement. Elle finissait plus tôt qu'Abby, Julian et moi aujourd'hui. Que faisait-elle là ? Je savais qu'elle aimait rôder pour ne pas faillir à sa réputation de Mademoiselle-je-sais-tout, cependant c'était étrange de la trouver ici. Avec ses cheveux blond platine, son jean noir troué et ses Rangers à grosses semelles, elle détonnait un peu.

J'eus un instant de panique. Je n'avais aucune envie qu'elle se penche sur mon cas. Elle connaissait mon passé et mon attachement pour l'ancien Hugo. Je préférais garder ces instants avec lui pour moi. J'étais déjà suffisamment perdue sans devoir me confronter aux interrogations de mon amie.

Nos regards se croisèrent. Elle haussa un sourcil en remarquant Hugo. Voilà, j'étais fichue. Je secouai brièvement la tête en l'implorant du regard. Elle leva les pouces pour me montrer qu'elle avait compris et fit mine de sceller ses lèvres avec une clé invisible. Le soulagement m'envahit. C'était pour cela que je l'aimais autant, cette incroyable Tess. Je souris et, le temps qu'Hugo se retourne pour voir à qui je souriais, mon amie avait déjà disparu.

— Tu t'amuses bien avec Casper ?

— Plus qu'avec toi ! le remballai-je derechef.

Il soupira, mais il ne me trompa pas. Il aimait ce petit jeu entre nous.

— Puisque c'est ainsi... Je te laisse avec Casper !

Hugo se leva et quitta le *Smoking Iceberg* sans régler l'addition. Non mais ! C'était un véritable ascenseur émotionnel avec ce crétin ! Il m'énervait autant qu'il me faisait rire.

Je me dépêchai de payer de peur qu'on nous prenne pour des voleurs et sortis à mon tour. Il était déjà loin. Ça ne servait à rien de le rattraper. Il s'était dévoilé plus qu'il ne l'aurait souhaité durant ce tête-à-tête. Si je le rejoignais, il se sentirait pris au piège. Je devais lui laisser l'espace et le temps dont il avait besoin.

— Hé ! l'interpellai-je.

Il m'avait entendue, mais fit comme si de rien n'était. Je me baissai, attrapai un petit caillou et lui jetai dessus. Le projectile l'atteignit au milieu du dos et il sursauta en se retournant, surpris.

— Tu me dois une glace, andouille ! lui criai-je.

Interloqué, il me dévisagea durant une longue seconde, le temps que l'information n'arrive jusqu'à son cerveau. Puis son visage se fendit d'un grand sourire malicieux qui me fit sauter le cœur. Lorsqu'il souriait... C'était magique.

— Dans tes rêves, sale peste !

Et il me planta là. Je le regardai s'éloigner les mains dans les poches et l'air lugubre, sans cesser de sourire.

Tanna

Un rayon de soleil est toujours suivi d'une tornade.

Du moins, c'est ce que j'en déduisis le lendemain matin, lorsqu'Hugo ne vint pas au lycée.

J'étais légèrement sur les nerfs. Billie m'avait fait changer trois fois de tenue, histoire que je n'aie pas un look négligé. C'était fou ; ma petite sœur se préoccupait plus de mon apparence que moi. Bon, j'avais peut-être exagéré avec le jogging puis le haut de pyjama… Quand je n'étais pas d'humeur, je ne faisais aucun effort.

Ma mauvaise humeur avait ses raisons. J'étais stressée à cause de ce qu'il s'était passé avec Julian. Silence radio de son côté comme du mien. Et je craignais que Tess ne se soit empressée de raconter mon entrevue avec Hugo à Abby. Heureusement, en arrivant dans le bus, je constatai qu'Abby parlait encore et toujours de garçons et donc qu'elle n'était au courant de rien. J'échangeai un regard avec Tess qui fit mine de ne pas comprendre. Elle ne me trahirait pas.

— Qu'est-ce que tu penses des petits nouveaux de Seconde ? m'interrogea Abby quand je pris place à côté d'elle.

— Il y a tellement de choses qui ne vont pas dans cette question que je ne sais quoi répondre, déclarai-je en cherchant Hugo du regard.

Il ne prenait jamais le bus. Et je savais qu'il n'avait pas de voiture. Seuls William et Sophie en possédaient une. Oui, j'avais vérifié et non, je n'étais pas du tout obsédée. Je me faisais juste du souci pour Hugo.

— C'était la seule réponse possible, Tanna, je valide

carrément, me soutint Tess en riant.

Et les deux filles commencèrent à se chamailler. Je levai les yeux au ciel, amusée. Le bus démarra. Pas de Julian en vue. Pouvait-on arranger les choses ? Je tenais à lui, mais depuis qu'Hugo était revenu... Ce n'était plus pareil.

Après son départ, je m'étais renfermée sur moi-même, recroquevillée dans mes questions et mes doutes. Je connaissais déjà Tess et nous nous étions rapprochées, puis Abby était arrivée dans l'équation... Ensuite Julian.

Pourtant, jusqu'à présent, je n'avais jamais été véritablement moi. Comme si une part de ma personnalité s'était effacée. Je n'osais plus m'opposer aux autres ni même faire part de mon avis, j'évitais les conflits et je vivais dans la sécurité et le contrôle. Hugo me sortait de mon long sommeil. Je m'affirmais à nouveau. Je redevenais moi. Julian le supporterait-il ? Il était tombé amoureux d'une fille timide et docile. Je craignais que la situation ne soit désormais irrécupérable.

Hugo Jones avait réveillé la lionne qui sommeillait en moi.

Dès que j'arrivai au lycée, je le cherchai du regard. J'aurais aimé dire qu'il s'agissait de Julian mais non. Je voulais savoir où était Hugo, c'était plus fort que moi.

— Ça va s'arranger avec ton prince charmant, ne t'inquiète pas ! se méprit Abby.

Elle me regardait avec tant d'espoir que je n'eus pas le courage de lui avouer mes craintes à ce sujet. Ma rouquine était une vraie fleur bleue et elle croyait en toutes les histoires d'amour, surtout les siennes. Je la serrai brièvement dans mes bras pour l'apaiser.

— Merci, Abby.

Dans son dos, Tess ricana. Je la fusillai du regard et elle se reprit, affichant un air faussement peiné histoire de jouer le jeu pour Abby. Je me mordis la lèvre, contenant un fou rire. Elles m'épuisaient aussi bien l'une que l'autre ; dans le bon sens du terme.

— Bon, sorcière à la chevelure de feu, la taquina Tess. Ce n'est pas tout ça, mais nos sciences occultes nous attendent ! On se retrouve au réfectoire à notre table habituelle !

Sur ce, elle colla un bisou sur la joue d'Abby et m'entraîna avec elle. Doucement, elle me pressa la main, ses yeux verts rivés sur moi. Je frissonnai. Elle me donnait l'impression de sonder mon âme.

— Tu sais Tanna, parfois, le changement est plus sincère que ce qui dure indéfiniment.

— Euh... D'accord ?

Je n'étais pas certaine de saisir le sens de cette phrase. Néanmoins, j'avais l'habitude. Tess sortait souvent des répliques abracadabrantes qu'elle n'expliquait jamais. Nous ne les comprenions pas tout de suite mais, le moment venu, tout faisait sens.

— N'aie pas peur de qui tu es réellement, ajouta-t-elle et, cette fois, je la compris.

— Bon ! Tu as fini ? Tu commences à me faire peur ! changeai-je de sujet, car je ne souhaitais pas m'aventurer sur ce terrain-là avec elle.

— Ce n'est que le début ! Place au vaudou !

J'éclatai de rire. Décidément... Tess m'étonnerait toujours !

La matinée passa en un éclair, principalement parce que j'étais préoccupée. Hugo n'était pas au lycée. Je ne l'avais pas vu et je ne sentais pas sa présence, ni l'irritation qui allait souvent avec. Ça m'inquiétait. Qu'avait-il encore fait ?

Le soir venu, avant de rentrer chez moi, je passai au secrétariat avec une idée derrière la tête. Prenant mon courage à deux mains, je m'avançai vers la secrétaire. La cinquantaine, un chignon tiré à quatre épingles et des lunettes en demi-lune... Elle ne semblait pas commode.

— Bonjour, j'aurais besoin d'un renseignement, débutai-je avec une confiance que je ne possédais pas totalement.

— Oui ?

Elle ne releva même pas les yeux et resta plongée dans sa paperasse. Encourageant. Je n'arrivais pas à croire que j'étais en train de soustraire des informations secrètes à la secrétaire du lycée. Hugo me poussait vraiment dans mes retranchements.

— Voilà, je dois travailler sur un exposé en binôme avec un certain Hugo Jones et impossible de lui mettre la main dessus, alors je me demandais si vous...

— Ah. Pauvre gamine, tu n'as pas été épargnée pour cet exposé, fit-elle d'une voix sèche en me lançant toutefois un regard compatissant. Jones a été expulsé pour trois jours. Une vraie plaie celui-là ! Si j'étais toi, je ferais cet exposé seule. Mieux vaut ça que d'avoir de mauvaises fréquentations.

Je ne laissai pas transparaître ma surprise, encore moins mon agacement. De quel droit cette secrétaire jugeait-elle Hugo ?

— Oh, très bien. Il a fait quelque chose de grave ?

— Plutôt oui ! Tabasser un élève de Seconde... Je me demande ce que les jeunes d'aujourd'hui ont dans la cervelle !

Je sentis mon sang quitter mon visage. J'avais bien fait d'aller à la pêche aux informations... Qu'est-ce qui lui avait pris ?

La fureur grandit doucement en moi, prenant possession de tout mon être et de toute ma raison. Trop, c'était trop.

Je remerciai la secrétaire et filai, à la fois perturbée et furieuse.

Bon sang ! Qui devait encore aller remonter les bretelles de Monsieur Jones ? Ah oui ! Moi, bien sûr !

Il avait intérêt à avoir une bonne explication...

Tess

La magie est partout lorsqu'on veut bien la voir.

Moi, j'avais non seulement le don de la voir, mais aussi de la créer. Et oui, mes chevilles allaient très bien. Quand on a du talent, il ne sert à rien de l'étouffer.

Je comptais faire des miracles avec mes nouvelles cibles. Je commençais petit ; je finirais grand. Je remarquais déjà quelques changements au niveau des comportements. J'agissais dans l'ombre, pourtant toutes mes actions, tel un battement d'ailes de papillon, avaient des conséquences énormes. Et lorsque les protagonistes s'en apercevraient, il serait déjà trop tard pour eux.

C'était parfois pénible de faire tout le boulot. Mais il fallait bien que quelqu'un s'en charge.

Je soupirai pour chasser l'agacement qui me titillait. Une mèche de mes cheveux blonds retomba devant mes yeux. Je la repoussai et frappai à la porte. Pas de réponse. Ce n'était pas très malin ; je savais qu'il était là. Je l'avais vu tabasser ce pauvre garçon à la sortie du lycée la veille au soir et j'avais assisté à son expulsion. Son oncle et sa tante étaient au travail, impuissants comme toujours concernant leur neveu. L'occasion était trop belle.

N'ayant pas de temps à perdre, je sortis de sous ma veste le matériel dont j'avais besoin et qui se trouvait toujours sur moi en cas d'urgence. Mes épingles, mon entraîneur et mon crochet à la main, je me mis au travail.

La serrure se déverrouilla deux minutes plus tard avec un petit cliquetis. Je poussai la porte et entrai sans inquiétude. Je gravis les escaliers en direction du vacarme à l'étage. La musique pulsait si fort qu'elle en faisait trembler les murs. Je n'aurais pas cru que ma victime préférée était un fan inconditionnel de musique. Belle découverte.

Arrivée à l'étage, des bruits de coups flottèrent jusqu'à mes oreilles. Était-il encore en train de se battre ? Je poussai la porte de ce que je présumais être sa chambre.

Hugo était là. Torse et poings nus, il cognait de toutes ses forces dans un punching-ball. Il écumait de rage ; c'était impressionnant à voir. J'avais peut-être sous-estimé la colère qu'il avait en lui. Ses piques régulières ne m'atteignaient pas et je ne le prenais jamais au sérieux, parce que je savais qu'il était loin d'être une brute épaisse. Je devrais lui accorder plus de crédit à l'avenir.

À cause de la musique, il ne m'avait pas entendue. Je m'avançai et il dut apercevoir mon mouvement du coin de l'œil, car il se retourna brusquement et m'envoya son poing à la figure. Je ne dus ma survie qu'à un réflexe inné qui me poussa à me laisser tomber par terre. Comme avec les animaux, faire le mort dans une situation qui dégénère est souvent la meilleure solution.

Il s'arrêta juste avant de me mettre un coup de pied dans les côtes. Ouf, je l'avais échappé belle. Il fronça les sourcils en me reconnaissant. Super ; il était encore de charmante humeur.

— Qu'est-ce que tu fous là ? grogna-t-il. Comment t'es entrée ? Et comment tu sais où j'habite !?

— J'ai crocheté la serrure, déclarai-je calmement. Quant à savoir où tu habites... Ce n'est pas bien compliqué.

— Tu as crocheté la serrure ?

— C'est ce que je viens de dire.

— Mais qu'est-ce qui cloche chez toi ?

— Tellement de choses ! ricanai-je.

Hugo me regarda comme si j'étais folle. Je ne pouvais pas lui en vouloir : c'était un peu le cas.

— Alors comme ça, on tabasse les petits de Seconde ?

— Qu'est-ce que ça peut te faire ? Tu préfèrerais que je te tabasse toi ?

— Voyons, tu te ferais mal !

— Bon, Barbie Gothique, qu'est-ce que tu me veux ?

— Je venais voir si tu avais besoin de compagnie.

Il parut interloqué. Je le comprenais ; j'étais difficile à cerner.

Il secoua la tête et, sans plus me prêter attention, se remit à cogner dans son punching-ball. Je profitai de ce moment d'inattention pour me relever.

Il bouillonnait de rage. Arriverais-je à en faire quelque chose ? Sûrement. J'avais foi en mes talents.

— Elle était bonne ta glace hier ? l'interrogeai-je, l'air de rien.

Son punching-ball manqua de s'écraser sur le sol. J'aimais le pousser à bout. Je jouais avec le feu, j'en avais conscience, mais qui ne tente rien n'a rien. Il se retourna, l'air mauvais.

— Qu'est-ce que tu viens de dire ?

— Tu as très bien entendu.

Hugo ne faisait pas dans la dentelle. Il comprenait vite et bien les sous-entendus. Il avança vers moi, menaçant, presque hors de lui.

— Écoute-moi, pauvre fille. Que tu me suives et que tu te mêles de mes affaires passe encore, mais si tu oses t'en prendre à Tanna d'une quelconque manière...

— Ouh, on dirait que j'ai touché un point sensible, l'interrompis-je.

La manière dont il réagissait par rapport à Tanna était extrêmement intéressante. Je n'aurais pas cru qu'il serait si protecteur.

Il m'attrapa brusquement par l'épaule pour me secouer dans tous les sens. Grave erreur. Aussitôt qu'il mit sa main sur moi, j'attrapai son poignet et, d'un geste vif, le retournai derrière son dos. Déséquilibré, il chancela et j'en profitai pour le pousser sur le lit, tordant toujours son bras.

— Alors quoi, Jones ? Tu ne t'attendais pas à ce qu'une fille te la mette à l'envers ? Tu devrais savoir que tous les coups sont permis. Fais attention à toi.

Il grogna. Cependant, il eut le mérite de reconnaître sa défaite et de se calmer.

— Ok, Barbie, un point pour toi. Ne fais pas trop la maligne, tu n'auras pas autant de chance la prochaine fois.

Je le lâchai sans répondre. Je jetai un coup d'œil par la fenêtre et écarquillai les yeux. Que diable voyais-je !?

— Tanna.

— Merde, arrête de parler d'elle ! Un mot de plus et...

— Non crétin ! Tanna est là. Devant chez toi.

Il pâlit en bondissant devant la fenêtre et je retins un sourire. La sonnette retentit. Il resta figé.

— Qu'est-ce que t'attends ? Va ouvrir !

Je le poussai vers les escaliers et il finit par sortir de son micro-coma. Qu'il était ridicule... En tout cas, je me frottais les mains quant à la scène à venir. Ça risquait d'être extrêmement productif ! Si même le destin fourrait son nez dans cette histoire…

Avec un grand sourire, j'endossai mon rôle de petite souris pour espionner tout ce qu'il se dirait entre Hugo et Tanna. Après tout, c'était mon job.

Place au spectacle !

Hugo

J'avais connu plusieurs journées de merde, mais je devais admettre que celle-ci était particulièrement intolérable. L'exclusion m'avait ravi, puisque j'avais enfin atteint mon but. Toutefois, les conséquences que cela avait entraînées m'avaient foutu les nerfs.

Au lieu de se débarrasser de moi comme je le prévoyais et de me haïr, William et Sophie s'étaient montrés compréhensifs, patients et aimables. Pas de disputes, pas de promesses de me foutre dehors, rien que de la compassion. Ils avaient trouvé le moyen de m'énerver et ils le savaient. Faire le contraire de ce que j'espérais, c'était le plan parfait. Pourtant, ils finiraient bien par craquer. Tôt ou tard, ils en auraient marre et m'abandonneraient.

Comme tout le monde.

Barbie Gothique m'avait bien agacé aussi. Sérieux. Quelle cinglée crochetait une serrure ? J'en avais eu des filles insupportables qui me collaient au cul mais celle-là, c'était le pompon !

Et maintenant Tanna...

Je faisais de mon mieux pour me tenir à distance et j'échouais constamment. J'avais envie d'être mauvais, d'être vulgaire, d'être violent. C'était mon comportement habituel. Toutefois, dès qu'elle était dans les environs, tout s'effondrait. C'était trop dur de lutter. Elle détruisait tout ce que j'avais entrepris de construire pour me protéger. J'étais si fatigué de la repousser et de devoir me contrôler...

Sur les nerfs, je descendis les escaliers en trombe et ouvris la porte tout aussi brusquement. Tanna, sur le palier, sursauta. Je me forçai à regarder au-delà d'elle, mais ça ne m'empêcha pas de remarquer la courbe de ses hanches dans le jean bleu qu'elle portait, ni ses cheveux noirs qui ondulaient autour d'elle et encore moins son regard ambré de lionne.

Je me tendis immédiatement. Elle me détailla du regard et j'aurais juré la voir rosir en apercevant mon torse nu. J'avais l'habitude des regards envieux, pourtant celui de Tanna me faisait me sentir tout chose.

Sans un mot, elle me poussa pour entrer. J'aurais voulu la planter sur le pas de la porte, mais la main douce qu'elle posa sur mon bras pour me repousser me fit beuguer. Je vivais une véritable descente aux enfers. Malgré tous mes efforts, je ne parvenais pas à la traiter comme les autres. Mon passé me rattrapait et cette sensation m'étouffait.

Avec elle, j'étais faible. Et je la haïssais pour cela.

— Pourquoi tu as fait ça ? balança-t-elle de but en blanc en se tournant brusquement pour me faire face.

— Je n'ai aucun compte à te rendre.

— C'est vrai. Mais j'aimerais comprendre. Alors explique-moi.

Je n'arrivais pas à savoir si elle était furieuse ou curieuse. Sûrement un mélange des deux.

— T'expliquer quoi ?

— Ce que ça te fait de frapper des plus faibles que toi.

J'eus l'impression de recevoir un coup dans l'estomac.

J'avais conscience de ce que je faisais et je savais que tabasser ce gamin n'était pas bien. Je n'avais pas eu le choix. Je travaillais avec le gang de la ville et je faisais ce que j'avais à faire.

Alors pourquoi les paroles de Tanna me blessaient-elles autant ? Peut-être parce que je savais ce que c'était de se sentir impuissant et de ne pas arriver à se défendre ? Je connaissais cette sensation ; je l'avais vécue. Et à cause de cela… J'avais tout perdu.

Voilà pourquoi je me complaisais dans la violence : je me sentais puissant. Je ne pouvais pas lui dire tout cela.

— Pas de réponse ? insista-t-elle en se rapprochant de moi. C'est curieux. Tu ne parles qu'avec tes poings peut-être ? Dans ce cas tu devrais essayer de me frapper. Tu en meurs sûrement d'envie, non ?

Elle se rapprocha de nouveau et me donna un coup sur l'épaule. Je ne réagis pas. Que cherchait-elle à faire ? Elle me provoquait, mais pourquoi ? Pour que je cède ? Voulait-elle que je lui montre la pire version de moi-même ?

— Hugo ? Tu as envie de me frapper ? Je suis plus faible que toi, non ? Tu te sens bien en faisant ça ? Tu te sens puissant ? Ça t'excite peut-être !?

— Bon sang, arrête !

Son petit poing s'encastra sur le haut de mon torse. Ça me fit autant d'effet que si une mouche m'avait heurté, mais je frissonnai néanmoins et je reculai aussitôt.

Son contact me brûlait. Je ne comprenais pas. D'ordinaire, je la connaissais par cœur. Je savais comment la blesser, comment la provoquer, comment la faire réagir, comment la faire sortir de ses gonds... Pourtant, là, quelque chose m'échappait.

Elle savait que je m'en étais pris à plus petit et plus faible que moi. Que j'étais donc un monstre. Réalisait-elle enfin ? Avait-elle besoin de se défouler ? J'étais déstabilisé.

— Réponds-moi ! cria-t-elle en me donnant un coup de pied dans le tibia. Qu'est-ce que ça te fait d'être comme ça !? Tu aimes ça ? Gifle-moi ! Allez, vas-y ! Frappe-moi, fais-toi plaisir !

— Tanna... la prévins-je, les poings serrés.

Elle se mit à me frapper de toutes ses forces. Ses gestes me faisaient mal. Pas physiquement ; la volonté qu'elle mettait à me détester semblait me détruire plus vite que ses coups. Je ne comprenais rien à ce qu'il se passait ni à ce qu'il m'arrivait.

— Qu'est-ce que tu attends !? hurla-t-elle, démente, sans cesser de me cogner.

Je reculai tant bien que mal jusqu'à ce que je sente le mur dans mon dos. C'était hors de question que je la touche. Je pouvais la blesser autant que je le voulais avec mes mots, mais jamais je ne franchirais la limite en levant la main sur elle.

Elle se trompait ; de nous deux, c'était moi le plus faible.

Acculé contre le mur, le sang bouillonnant, la rage mordante et le cœur brisé, je me demandais d'où me venait cette volonté furieuse qui m'empêchait de péter les plombs et de la tuer.

Après tout, j'étais un meurtrier.

Cette idée me tordit les entrailles et j'eus peur. Pire, je fus terrifié. Toutes mes inquiétudes me heurtèrent de plein fouet et je me sentis couler sous l'angoisse.

Et si je n'arrivais plus à me contrôler ? Et si je lui faisais du mal ? Et si je la détruisais ? Si je l'entraînais dans ma descente aux enfers ? Et si je... pétais les plombs et... ?

Je suffoquais.

Mes mains agrippèrent brusquement ses poignets. D'un mouvement rapide, j'échangeai nos positions et la plaquai face contre le mur. Dos à moi, les poignets écrasés contre son abdomen et emprisonnés par mes mains, elle tenta de se libérer en se tortillant. Je me pressai contre elle et son dos se cogna à mon torse. Elle poussa un cri rageur sans cesser de gigoter et je la serrai plus fort encore entre le mur et moi.

En fait, je m'agrippais à elle comme si ma vie en dépendait, même si elle ne s'en rendait pas compte.

Les minutes s'écoulèrent. Je la laissai se fatiguer et évacuer sa colère. La mienne semblait avoir totalement disparu. J'étais exténué, brisé, et je gardais les yeux fermés, le menton posé sur le haut de sa tête. Sa chaleur corporelle me réchauffait et son odeur m'apaisait. Mieux ; elle me rassurait. C'était agréable de la sentir près de moi. Dans mes bras.

Quelque chose en moi venait de se fissurer.

C'était irréparable.

J'avais arrêté de lutter apparemment. Contre mon gré.

Qu'allait-il se passer à présent ?

J'avais peur de sombrer.

Tanna ne bougeait plus. Dans quel état d'esprit était-elle ? Aussi épuisée que moi, certainement.

— Tu peux me lâcher maintenant, murmura Tanna d'une voix rauque.

Je rouvris les yeux. Non, je ne pouvais pas.

L'intégralité de mon corps était pressée contre elle et mes mains restaient crispées autour de ses poignets. Elle représentait ma bouée de sauvetage. Si je la lâchais... Je devais pourtant m'y résoudre.

Avec volonté, je libérai ses mains et reculai d'un pas. C'était difficile. J'avais l'impression qu'un gouffre entier venait de se créer entre nous alors que seuls trois ridicules centimètres nous séparaient.

Encore dos à moi, elle se massa les poignets. La nausée m'envahit. Lui avais-je fait mal ? Je n'avais pas fait attention, je n'avais pas mesuré ma force...

Je jetai un coup d'œil discret ; elle n'avait aucune marque. Elle se retourna pour me faire face. Ses joues étaient rosies par son accès de colère mais, en dehors de cela, elle paraissait égale à elle-même. Calme.

Ses yeux se rivèrent sur les miens. Son regard me liquéfia. Tout ce que je lisais à l'intérieur me submergeait. Colère, regret, tristesse, dégoût, des questions... C'était un véritable ouvrage sur lequel se superposaient des tonnes de pages et de mots silencieux. En ambre liquide.

— Parle-moi, exigea-t-elle.

Je compris ce qu'elle voulait. Mais je ne pouvais pas satisfaire ses attentes. Je n'avais rien à dire. Aucune chance que je lui raconte toute l'histoire. C'était au-delà de mes forces.

— Je ne peux pas.

Elle hocha la tête, encaissant la déception. Elle voulait tellement y croire... Moi, je ne croyais plus en rien.

Je me contentai de soutenir son regard, le temps qu'elle se fasse à l'idée et qu'elle trouve le courage de m'abandonner. Le hasard fait bien les choses car, dans ce silence pesant, le parquet de l'étage craqua et des bruits de pas retentirent. Barbie Gothique... Je l'avais oubliée.

Eh merde...

Tanna sortit aussitôt de sa contemplation. Elle leva les yeux au plafond puis les reposa sur moi. Elle passa de mon torse nu à mes cheveux décoiffés et elle en arriva à la conclusion qui s'imposait ; j'avais une fille dans mon lit. Franchement ? J'aurais pensé la même chose.

Elle détourna le regard et une lueur s'éteignit à l'intérieur de ses yeux ambrés. Qu'est-ce que ça voulait dire ? Qu'elle m'abandonnait définitivement ? Avait-elle enfin compris que j'étais une cause perdue ?

Apparemment oui.

Tanna me repoussa et tourna les talons. Je ne cherchai pas à la retenir. C'était déjà trop tard. J'entendis la porte claquer et mon cœur claqua à son tour, un peu comme un élastique sur lequel on avait trop tiré.

Cette fois, c'est fini.

Janna

Un mois.

Le plus long de ma vie.

J'avais réussi à me tenir à distance d'Hugo pendant tout ce temps. Il avait gagné. J'essayais de passer à autre chose et de l'oublier pour de vrai.

Au bout de trois ans.

C'était le comble.

Je ne me souciais plus de lui. Il fumait tout ce qu'il voulait, se soûlait à outrance et cumulait renvoi sur renvoi. Sans parler des bagarres... Il en revenait souvent couvert d'ecchymoses. Je remarquais tout cela, sans pour autant intervenir. Il était libre comme l'air.

Libre de moi.

Julian et moi nous étions rabibochés. Il était prêt à accepter les changements qui s'opéraient en moi. D'après moi, il était surtout ravi que je me sois éloignée d'Hugo. Maintenant qu'il n'avait plus aucune raison d'être jaloux, tout allait pour le mieux. Abby était aux anges et Tess multipliait les commentaires négatifs et les œillades, si bien que j'avais développé une technique d'évitement la concernant. Je la voyais au lycée mais, à l'heure du repas, je restais avec Julian et déclinais les soirées pyjama. Je n'avais pas envie de parler de toute façon.

Plus les jours passaient, plus je trouvais ce garçon inintéressant, niais et bête. À mes yeux, il n'avait plus que des défauts. Cependant, je n'arrivais pas à trouver le courage de le laisser partir et de lui faire de la peine. Il s'investissait tellement...

Je prenais peu à peu mes distances pour essayer de le préparer à la nouvelle. Jusqu'à présent, impossible de trouver le bon moment.

Au point où j'en étais, cela m'importait peu. Je me sentais déprimée tout le temps. Hugo m'avait donné une raison d'être moi-même, puis me l'avait reprise aussitôt, me laissant déboussolée et perdue. Qui étais-je ? La fille timide et muette ou la lionne enragée ? Sans Hugo, j'avais du mal à faire la part des choses et à prendre position.

Je ne ressentais même plus de colère envers lui. Comment lui en vouloir ? Il était brisé au-delà du réparable. J'avais cru pouvoir lui être utile ; je m'étais trompée. Je me sentais juste vide et impuissante. Je le regardais s'autodétruire, sans rien pouvoir faire.

Je m'en voulais. J'avais voulu lui arracher les yeux ce jour-là, chez lui, lorsque j'avais perdu pied et encore plus lorsque j'avais compris qu'il était en bonne compagnie. Ça m'avait fendu le cœur de l'imaginer dans les bras d'une fille. J'avais cru... J'ignorais ce que j'avais cru. La seule chose dont j'étais sûre était que, quand je m'étais retrouvée dans ses bras, après la tempête, collée à son torse chaud, je m'étais sentie bien. Rassurée, apaisée, à ma place.

Puis tout avait basculé. C'était comme ça avec lui : tout ou rien.

Aujourd'hui, je n'avais plus rien.

— Tu es bien lugubre ces derniers temps, ma fille !

Je relevai les yeux sur ma mère. Les poings sur les hanches, elle me dévisageait avec inquiétude. Elle avait noué ses longs cheveux noirs en un chignon et était prête à aller travailler, sa blouse de pédiatre enfilée par-dessus sa robe.

Affalée devant mon bol de céréales depuis dix bonnes minutes, ce n'était pas étonnant qu'elle s'interroge. Je haussai les épaules et me mis à manger, histoire de lui montrer qu'elle n'avait pas à s'inquiéter.

— Tout va bien avec Julian ? me demanda-t-elle en s'asseyant près de moi.

Je hochai la tête en levant les pouces, la bouche pleine. Mon attitude lui arracha un éclat de rire et Billie, que je n'avais même pas vue arriver à table, rigola à son tour. C'était un défilé de mode tous les jours avec elle ! Au menu aujourd'hui : col roulé à manches courtes turquoise associé à une jupe en velours blanche, le tout rehaussé d'une foule de bijoux. On aurait dit un oiseau en pleine parade.

— C'est Abby et Tess alors ? Tu les vois moins en ce moment...

— Non, non, ça va super.

Ma mère échangea un regard complice avec Billie. Qu'est-ce qu'elles manigançaient toutes les deux ?

— Hum, alors... Voyons voir... La cause de ta déprime ne serait pas un certain Hugo à tout hasard ? me taquina-t-elle en souriant.

Je fusillai aussitôt ma sœur du regard. Elle allait se retrouver avec une tenue beaucoup plus *destroy* dans cinq minutes. Je lui jetai ma serviette au visage.

— Hé ! bougonna-t-elle en se recoiffant immédiatement.

— Tu lui as dit !?

Elle écarquilla les yeux en secouant la tête. Oh-oh. Je reportai aussitôt mon attention sur maman.

— Vous me prenez pour un lapin de deux semaines toutes les deux !? explosa-t-elle de rire avant d'arborer un air plus sérieux. Enfin ! Je sais tout ce qu'il se passe dans cette maison, y compris lorsqu'un garçon s'y introduit illégalement pour aller déposer ma grande fille bourrée dans son lit !

Je pâlis et Billie n'en mena pas large non plus.

— Vous avez de la chance que le garçon en question soit Hugo ! Et que tu n'aies pas vomi !

— Quoi ? Mais... Tu aimes bien Hugo ? Je croyais que...

— Que je le détestais ? me coupa-t-elle. Eh bien, c'est sûr qu'il existe de meilleures fréquentations, mais ce n'est pas un mauvais garçon. Je l'ai vu grandir après tout et je sais à quel point il compte pour toi.

— Plus maintenant ! précisai-je sèchement.

— Si tu le dis. Continue à te mentir à toi-même, mais pas à moi, Tanna. Sur ce, je file au travail ! Bonne journée, mes chéries !

Manuella Rodriguez, alias l'espionne de la maison, nous embrassa tour à tour sur le front avant de quitter la maison. Ma sœur et moi nous regardâmes, perplexes.

Une longue minute s'écoula avant que nous explosions de rire. Je faillis même m'étouffer avec mes céréales et Billie recracha son jus d'orange par le nez, si bien que nous rigolâmes de plus belle.

— Hé sœurette ! Ça te dit d'aller faire un peu de shopping ce week-end ?

Je crus que je lui avais décroché la lune. Son visage s'illumina de joie et elle me sauta au cou. Je n'aurais pas pu lui faire plus plaisir.

— C'est vrai ? Tu ne me fais pas marcher !? s'assura-t-elle.

— Non, je t'assure. J'ai besoin d'un bon relooking et de passer un bon moment avec ma sœur que j'aime !

— OUAIIIS !! Je ne sais pas ce qu'Hugo a fait, mais je vais le remercier ! Du shopping ! Tu illumines ma journée ! J'ai trop hâte !

Je rigolai tandis qu'elle énumérait tous les nouveaux vêtements qu'elle souhaitait acheter. J'aurais pu avoir peur face à son enthousiasme débordant, pourtant sa réaction me réconforta. Moi aussi j'avais hâte de me changer les idées.

Et de changer de look…

Janna

Ce samedi était plutôt gris. Autant au niveau du temps que de mon humeur. Mes pensées tournaient sans cesse autour de *lui*, sans jamais me laisser de répit. Que faisait-il ? Où était-il ? Dans quel pétrin s'était-il encore fourré ? Au moins, lorsque nous nous disputions et qu'il me blessait, je savais où il se trouvait et ce qu'il faisait. Là, c'était le néant total et je ne pouvais pas m'empêcher de m'inquiéter pour lui.

Heureusement pour moi, Billie et sa folie de la mode me redonneraient le sourire. J'étais prête pour mon relooking !

— Bon ! C'est l'heure des choses sérieuses, déclarai-je dès notre entrée dans le centre commercial. Qu'est-ce que tu me conseilles, Billie ?

— On va commencer par la lingerie !

Je crus avoir mal entendu mais, lorsqu'elle m'entraîna dans une boutique d'ensembles tout en froufrous et dentelle, je faillis faire demi-tour.

— Euh...

— Il n'y a pas de « Euh » qui tienne ! Un relooking n'est pas une chose à prendre à la légère ! Les brassières, ça va bien deux minutes, mais ce temps-là est révolu !

— C'est confortable ! me défendis-je en croisant les bras.

— Le confort est un argument recevable, nota ma sœur en trifouillant ses cheveux. Néanmoins, je pense qu'il ne faut jamais négliger la lingerie. Voyons voir...

J'écarquillai les yeux quand elle me fourra dans les bras un body noir entièrement fait de dentelle.

Hors de question que je porte ça, m'inquiétai-je.
— Dis-moi, Billie...
— Moi.

Je souris en levant les yeux au ciel : nous n'étions pas sœurs pour rien.

— D'où te vient cette obsession pour les sous-vêtements ? l'interrogeai-je en pointant le body du doigt.

— Les défilés de mode, évidemment ! Et avant que tu t'insurges, t'inquiète je n'en porte pas... encore.

Je retiens un sourire amusé. Rassurée, je me prêtai au jeu et acceptai toutes les propositions de ma coach. Une fois dans la cabine d'essayage, je fus surprise de constater que les bodys en dentelle n'étaient pas aussi inconfortables que je le craignais. De temps en temps... Pourquoi pas ? Je n'étais pas très grande, cependant l'échancrure sur mes hanches me donnait l'impression d'avoir des jambes longilignes. Se pourrait-il que ma petite sœur ait eu raison ?

— Alors ? s'impatienta Billie de l'autre côté de la cabine.
— J'aime bien !
— Je le savais !

Je rigolai en me rhabillant et sélectionnai deux bodys et deux ensembles. C'était plutôt agréable de sortir de ma zone de confort.

Je me laissai guider par Billie pour les boutiques suivantes. Elle ne me donna aucun répit, me poussant dans chaque cabine pour enfiler plus de vêtements que je n'en mettrais jamais. J'étais devenue la poupée de ma sœur. Peut-être même sa création. Elle était aux anges.

Arrivée au rayon maquillage, j'avais déjà des sacs plein les bras. Presque l'intégralité de l'argent que j'avais gagné cet été en réalisant de petites tâches pour mes voisins et à l'animalerie était passée dans ces achats. Heureusement qu'il me restait également les sous de mes anniversaires de côté.

— Je n'ai pas besoin de maquillage.

— Ça va les chevilles ? Madame est si belle au naturel qu'elle ne tolère pas le rouge à lèvres ? me sermonna Billie, taquine.

— Mais non enfin ! Et puis, toutes les femmes sont belles au naturel !

— Les hommes aussi ! ajouta-t-elle, un sourcil haussé.

— Bien sûr.

— Ton mascara doit être en train de moisir dans ta trousse de toilette depuis un an ! Tu as besoin de nouveaux produits.

Billie repoussa une bouclette de ses cheveux blonds en arrière, sûre d'elle et déterminée. Je soupirai et elle s'éclipsa pour me composer un panier garni de produits de beauté.

— Mais qui voilà ! m'interpella une voix dans mon dos.

Je me retournai et découvris deux filles de mon lycée. Cheveux châtains et maquillage exagéré... Je les avais déjà vues. Cindy et Lola. Elles faisaient partie de l'équipe de pom-pom girls donc traînaient souvent avec Julian et ses amis. J'aurais aimé dire qu'en sortant avec Julian, j'avais gagné des amis, mais ce n'était pas le cas. Les « populaires » me toléraient sans pourtant m'apprécier.

Je me préparai mentalement à affronter Tic et Tac. Les deux filles étaient si semblables qu'il était difficile de les différencier.

— Tu es venue acheter un peu de maquillage pour un ravalement de façade plus que nécessaire ? me lança Cindy, un sourire mauvais sur ses lèvres bordeaux.

Je n'avais aucune envie d'entrer dans un conflit aussi ridicule.

— Eh oui, comme quoi, tout peut arriver ! rétorquai-je aimablement.

Elles échangèrent un regard étonné et perdu, ne sachant pas comment réagir. Les gens pensaient-ils tous que je n'étais pas capable d'ouvrir la boucle ? Réservée ne voulait pas dire docile.

— Ouais bah, il va falloir beaucoup de fond de teint pour cacher ta face de rat ! cracha Lola, fière de sa réplique.

Je me mordis l'intérieur des joues pour ne pas rigoler. Je ne voulais pas les offenser. Croyaient-elles me toucher avec ce genre de remarques ? Elles avaient un pois chiche à la place du cerveau.

— Vous savez les filles, soupirai-je, il n'y a pas que le fond de teint dans la vie. Si vous leviez un peu le nez de votre de nombril, vous pourriez peut-être trouver des choses plus percutantes à dire aux personnes que vous n'aimez pas.

Lola devint rouge écarlate, si bien que je crus qu'elle allait exploser. Elle fourra ses sacs de shopping dans les bras de Cindy et fit mine de se ruer sur moi. Son amie la rattrapa pour lui murmurer quelque chose à l'oreille. Lola se calma aussitôt et un sourire égaya son visage de gamine capricieuse.

— On n'a pas de temps à perdre avec toi, Rodriguez, déclara Cindy, hautaine. Retourne donc manger ton chorizo et ta paëlla en Espagne !

Je portai ma main à ma bouche pour cacher mon sourire. Alors celle-là, on ne me l'avait jamais faite. À croire que Cindy n'était pas au courant de la mixité qui faisait des États-Unis un pays entier et hétérogène ! Si je m'appelais Rodriguez, je venais sûrement d'Espagne... Qu'est-ce qu'il ne fallait pas entendre !

— Avec plaisir ! rigolai-je. Dis-moi, comment va Jason ? Il est au courant pour Warren ?

Cindy pâlit instantanément. J'avais tout de même quelques avantages à sortir avec l'étoile montante du lycée. Niveau potins, c'était le top et je ne savais que trop bien ce qui se passait entre les pom-pom girls et les joueurs de l'équipe.

— Et toi, tu es au courant que ton mec est bien content de me trouver quand il a besoin d'un peu de tendresse ? mordit Lola. Je ne ferais pas trop la maligne, si j'étais toi !

Sur ce, elle me bouscula et sortit du magasin. Cindy me rentra dedans à son tour avant de suivre son acolyte. Je ne réagis même pas. Je me sentais nauséeuse. Julian... Lola avait-elle dit cela dans le seul but de me déstabiliser ? Même si je n'avais plus de sentiments et que notre couple battait de l'aile, j'espérais qu'il ne m'avait pas prise pour une imbécile à ce point-là.

— J'ai trouvé tout ce qu'il te fallait ! s'exclama Billie en agitant un petit panier sous mes yeux. En caisse !

— Laisse tomber, on y va.

— Mais pourquoi !? Tu en as besoin !

— Billie...

Elle dut lire dans mon regard que ce n'était plus le moment de s'amuser, car elle reposa le panier sans chipoter. Je la serrai brièvement contre moi et la poussai vers la sortie. Je passai entre les portiques de sécurité derrière Billie et ces derniers se mirent à sonner. Surprise, je m'arrêtai, le cœur battant, comme à chaque fois qu'un truc comme ça m'arrivait. C'était stupide, mais j'avais toujours peur d'avoir une étiquette sur moi et de me faire sermonner.

Je repassai entre les portiques et sonnai à nouveau. Deux

agents de la sécurité débarquèrent, l'un petit au crâne rasé et l'autre dans la quarantaine, les cheveux grisonnants et l'air dur.

— Avez-vous acheté quelque chose dans cette boutique ? me demanda l'un d'entre eux.

— Bonjour, non absolument rien.

— Veuillez ouvrir vos sacs.

Je m'exécutai de bonne grâce, Billie s'impatientant à mes côtés. Les agents fouillèrent dans mes sacs et je devins livide lorsqu'ils en ressortirent une poignée de mascaras et de crayons à lèvres.

— C'est quoi ça ? m'interrogea le petit baraqué.

— Je ne sais pas ! Je vous assure que je ne sais pas ce que ça fait dans mon sac ! J'ai tous mes tickets de caisse…

— Encore une qui croit être au-dessus de la loi ! lança le quarantenaire à son camarade.

— Pas du tout ! Enfin ! Qu'est-ce que je ferais avec dix mascaras identiques, bon sang !?

— À toi de me le dire, gamine ! grommela le plus âgé. Dieu seul sait ce que les gosses d'aujourd'hui fabriquent ! Tu pourrais très bien les revendre sur Internet pour te faire de l'argent de poche !

— Ma sœur n'est pas une voleuse ! intervint Billie tandis que je passais par toutes les couleurs.

Les deux agents vérifièrent les sacs de ma sœur sans rien trouver. Et alors, je compris. Je revis Cindy murmurer à l'oreille de Lola avant de me bousculer. Elles avaient dû mettre le maquillage dans mon sac. Quelles… pestes !

— Tu vas venir avec nous dans l'arrière-boutique en attendant que les flics arrivent, annonça le petit baraqué.

— Quoi !? Non, je peux payer les articles si vous le souhaitez, mais vous n'allez pas faire venir la police pour un malentendu !

— Il fallait y penser avant ! En route !

— Vous êtes malades ! Lâchez ma sœur sur-le-champ ! s'égosilla Billie.

Elle se jeta sur le dos de l'agent au crâne rasé. Les yeux ronds, la bouche entrouverte, je n'eus même pas la présence d'esprit de réagir. Voir ma sœur dans sa robe à paillettes en train d'agresser quelqu'un était… inouï.

Tout se passa très vite. Le plus âgé attrapa ma sœur pour la coller contre un mur. Je me jetai à mon tour sur lui, hors de moi. De quel droit touchait-il à Billie !? Je fus attrapée par l'autre agent et fus à mon tour maîtrisée. Des murmures résonnaient autour de nous ; nous étions l'attraction de la journée.

Mon sang bouillonnait. Comment la situation avait-elle pu à ce point déraper ? J'adressai un petit sourire à ma sœur, qui me fixait avec terreur. Ainsi coincées par le quarantenaire, il nous était impossible de bouger.

À ce stade, autant ne pas parler : tout ce que nous pourrions dire serait retenu contre nous. J'intimai à Billie de se taire. Même si je n'étais pas responsable, je me sentais coupable de mêler ma petite sœur à ce carnage. Elle épela silencieusement « maman ». Je grimaçai. Nos parents allaient nous tuer.

— Restez là, ne bougez pas !

L'homme nous relâcha enfin. Nous nous empressâmes de nous serrer l'une contre l'autre. Les minutes défilèrent. Ils passèrent des coups de fil, discutèrent avec le gérant de la boutique... Mon estomac noué m'était douloureux. Billie tremblait contre moi. La scène avait été plus qu'impressionnante.

Au bout d'une éternité, les deux hommes revinrent près de nous.

— On vous embarque au poste de police pour vol à l'étalage, outrage à agent public et agression. Vos parents ont été prévenus. Ils viendront vous récupérer en début de soirée.

Nous pâlîmes en même temps. Le poste de police, vraiment ? Nos parents allaient nous tuer. Sans un mot, nous suivîmes les deux agents. J'avais du mal à contenir ma colère.

Cindy et Lola... Qu'elles prient pour que je ne les recroise pas !

Hugo

…
……

Un bourdonnement désagréable résonnait dans mes oreilles et me tapait dans la tête. Je grognai en enfouissant mon visage sous mon oreiller. Je replongeai dans mon semi-coma le temps d'une courte minute avant que le bourdonnement ne recommence. Je balançai mon oreiller à travers ma chambre en me redressant avec brusquerie. Les bouteilles d'alcool vides que je gardais dans mon lit roulèrent et s'éclatèrent sur le sol. Je me frottai les yeux, déboussolé par la lumière qui éclairait ma chambre.

J'étais défoncé.

Je m'étais bourré la gueule toute la nuit et, ce matin, j'avais fumé un joint. Duo gagnant pour un sommeil de plomb réussi pouvant mener droit à une mort certaine. Et voilà que ce foutu bourdonnement m'avait sorti de ma misère. Je ne pouvais jamais être tranquille.

Le moindre son m'agressait les tympans si bien que, lorsque la sonnerie de mon téléphone recommença à sonner pour la troisième fois, je faillis balancer l'objet par la fenêtre. Je me levai afin d'aller le récupérer sur mon bureau. Ce n'est qu'une fois au milieu de ma chambre que je remarquai des taches rouges sur le parquet. Je baissai les yeux. Mon pied pissait le sang.

— Merde, grognai-je.

Je jetai un coup d'œil aux éclats de verre qui jonchait le sol et retirai celui qui se trouvait sous la plante de mon pied. Une cicatrice de plus. Et du ménage à faire. Ma journée commençait fort !

L'énervement montant doucement en moi, je me saisis de mon téléphone et décrochai avec rage.
— Quoi ?
— C'est Billie, m'interrompit une petite voix.
C'était si inattendu que je redescendis aussitôt. Billie ? La sœur de Tanna... Comment avait-elle eu mon numéro ? Plus grave encore, pourquoi m'appelait-elle ? L'appréhension m'envahit.
Je me sentis vaguement coupable d'avoir crié alors j'adoptai une attitude plus calme. Comme je n'étais pas au mieux de ma forme et que j'avais la tête dans le cul, ce n'était pas facile.
— Un problème ?
— Hum, ben. Est-ce que tu pourrais venir au commissariat ?
Bizarrement, ma fatigue disparut immédiatement. L'envie de raccrocher me saisit mais la curiosité et pire, l'inquiétude, me poussèrent à interroger Billie.
— Raconte-moi tout.
— On faisait les boutiques et des filles du lycée ont piégé Tanna. Elle s'est retrouvée avec du maquillage dans son sac. Des agents sont arrivés et j'ai... Bon, j'ai peut-être surréagi. Ils ont appelé Maman et Papa, mais ils ne vont pas arriver avant plusieurs heures. On est toutes seules et j'ai pensé...
— J'arrive, l'interrompis-je. S'il y a quoi que ce soit, tu m'envoies un message. Et ne répondez à aucune de leurs questions. Ils n'ont pas le droit d'interroger des mineurs sans représentant légal.
— D'accord. Mer...
Je raccrochai avant de l'entendre me balancer sa reconnaissance au visage.
J'enfilai rapidement un jean et un tee-shirt et me ruai hors de ma chambre. Mon esprit s'éclaircissait, même si les effets de l'alcool et de la fumette n'étaient pas totalement dissipés. J'aurais bien continué ma sieste, toutefois je ne pouvais pas laisser Billie et Tanna en prison. L'idée me fit sourire. De nous deux, j'aurais cru que je finirais au trou bien avant elle. La vie réservait son lot de surprises !
— Hugo ? m'interpella mon oncle alors que je passais en coup de vent dans le salon. Où est-ce que tu vas encore ? Je te rappelle que tu es consigné dans ta chambre jusqu'à nouvel ordre.

Ah oui. Il me l'avait dit deux trois jours auparavant. À force de me faire exclure du lycée et de revenir le visage couvert de sang, mon oncle avait fini par sévir. Comme si ça m'empêchait de m'échapper de cette baraque...

Je levai les yeux au ciel sans répondre et me dirigeai vers la porte. Sophie débarqua pour me bloquer le passage. William la rejoignit et, tous les deux, ils me firent face.

— Si tu veux sortir, il va falloir nous dire où tu vas, mon garçon, affirma-t-il. Tu as déjà fait le mur cette nuit, ne nous prends pas pour des idiots.

— Tu n'es pas notre prisonnier, Hugo, m'assura doucement Sophie en m'étreignant le bras. Si tu as une bonne raison de sortir, il n'y a aucun souci, mais tu dois nous mettre au courant.

J'avais vraiment envie de les secouer dans tous les sens. Néanmoins, je n'avais plus de temps à perdre. Les flics de la ville n'étaient pas réputés pour leur gentillesse. J'étais bien placé pour le savoir, puisque j'avais déjà fait pas mal de visites au poste. Pour cette fois, je devais céder.

— Tanna et Billie... ont un petit souci, arrangeai-je la vérité. Je vais voir ce qu'il se passe et les aider à régler leur problème.

Ils parurent surpris de ma confidence. Ils avaient l'habitude de mes silences, de mes colères et de mes fuites mais ça, c'était nouveau. Perturbés, ils échangèrent un regard. Je les comprenais. Si j'avais été à leur place, j'aurais douté de ma bonne foi aussi.

— D'accord, j'espère que nous pouvons te faire confiance, Hugo, déclara Sophie en s'écartant. Tu peux y aller.

Sans un mot de plus, je les dépassai et sortis. Je pressai le pas, le sang de ma blessure de guerre imbibant ma chaussette. C'était désagréable, toutefois je ne ressentais plus la douleur physique depuis bien longtemps.

J'enfourchai le scooter que j'avais acheté avec le fric que je me faisais illégalement et démarrai. La voiture, c'était trop cher et puis, ayant passé ces trois dernières années enfermé, je n'avais pas eu le temps de m'intéresser à la conduite. Le permis, ça serait pour plus tard. En attendant, mon scooter me sauvait la mise lorsque j'avais besoin de prendre la poudre d'escampette. J'aurais pu m'enfuir mais... Pour aller où ?

De toute façon, autant ne pas se voiler la face : quelque chose,

ou plutôt quelqu'un, me retenait dans cette maudite ville.
　Tanna Rodriguez.
　Encore et toujours.
　Qu'est-ce que je ne ferais pas pour elle…

Hugo

La vitesse et le moteur vrombissant me grisaient. Je me sentais libre comme je ne l'avais jamais été.

Le vent fouettait mon visage et mon corps. Je respirais à pleins poumons et le temps n'avait plus d'emprise sur moi. Personne n'était là pour me casser les pieds. C'était un peu comme avec la musique ; en plus radical.

Pendant tout le trajet, en dépit de cette sensation de légèreté, je ne cessai de m'inquiéter pour Tanna. Cette situation me donnait envie de tout casser, et de vomir aussi. À moins que ça ne soit les restants d'alcool dansant dans mon estomac ? Je n'avais rien mangé depuis la veille, ce n'était pas du joli-joli tout ça. Merde, il fallait que je sois foutrement culotté pour me pointer chez les flics dans cet état. Je n'étais plus à une provocation près.

Je me garai devant l'entrée du poste de police, sur un stationnement interdit. Je me félicitai ; ça les ferait bien chier. J'entrai et, connaissant les lieux sur le bout des doigts, me dirigeai au premier étage, où ils plaçaient leurs criminels dans des salles vides pour les faire patienter dans la joie et la bonne humeur. Je passai devant les deux salles d'attente après avoir attrapé les clés qui pendaient près de la machine à café, dans le bureau du chef. C'était le seul que je supportais parmi toutes ces têtes de cons.

Personne ne m'arrêta lorsque j'introduisis les clés dans la première salle. Je découvris Billie et Tanna à l'intérieur. La tête que cette dernière fit quand elle me vit dans l'encadrement de la porte valait tout l'or du monde. Assise sur sa chaise, elle avait les bras croisés dans une position de défense et de protection et son regard brillait d'inquiétude. S'ils avaient touché à ne serait-ce qu'un seul de ses cheveux...

— Hugo !? Qu'est-ce que tu fais là !?
— Tu es venu ! s'exclama Billie en se précipitant vers moi.

Tanna fronça les sourcils avant de se lever à son tour.

— Billie m'a appelé.

La lionne se tourna vers sa sœur, qui se pressa contre moi. Je me retins de la repousser : la peur se lisait encore sur son visage.

— J'ai vraiment peur, Tan'. J'ai pensé qu'Hugo pourrait... Je ne sais pas trop. Il a l'air de s'y connaître.

Je ne sais pas comment le prendre...

Tanna darda son regard ambré sur moi. Une expression bizarre passa sur son visage et mon cœur se serra. Était-ce une lueur d'espoir que je voyais là ? J'avais peur de me faire des idées. Nos joutes verbales et ses crises de colère me manquaient.

Je croyais que je coulerais avec elle, mais je coulais sans elle. Difficile à avouer. Donc elle ne le saurait jamais et, une fois que je l'aurais sortie de ce mauvais pas, tout redeviendrait comme avant. Ma vodka m'attendait à la maison.

Garde tes distances, Hugo. C'est ce qui est le mieux pour elle.

— Bon, euh, racontez-moi, changeai-je de sujet, nerveux.

Tanna devait être fatiguée, car elle laissa Billie se charger du récit. La sortie shopping, les deux garces du lycée, le maquillage volé et enfin la confrontation avec les deux agents.

Eh ben... De vraies sauvages ces deux-là.

Pendant que sa petite sœur parlait, je n'avais pas quitté Tanna des yeux. Nous nous cherchions mutuellement, nous interrogions... Je m'apprêtais à répondre à cette histoire rocambolesque, mais l'on m'en ôta toute chance.

— Hé ! Qu'est-ce que tu fais là toi ?

Je tournai la tête et vis un flic au ventre rebondi s'approcher de nous. Agent Titus.

Il ne manquait plus que lui !

— Tu t'es déjà lassé de la prison que tu reviens te jeter dans la gueule du loup ? persifla-t-il en s'approchant.

Je me tendis, aussitôt sur la défensive. Je ne voulais pas qu'il s'approche des deux filles. Surtout pas. C'était un incompétent et un abruti fini.

Les choses risquaient de se corser...

Janna

Mon cœur fit un bond dans ma poitrine lorsque le policier apparut. Je ne comprenais pas exactement ce qu'Hugo faisait ici, cependant sa présence me rassurait. C'était plus fort que moi ; dès qu'il était là, le monde se remettait à tourner dans le bon sens.

Seulement, nous avions un plus gros problème. Hugo n'était pas réputé pour sa patience ni sa politesse donc je craignais le pire. Le poste grouillait de flics, les personnes qu'il devait détester le plus au monde. Je voyais la catastrophe se profiler.

Instinctivement, je me rapprochai de lui et posai la main sur son bras. Il sentait l'alcool. Je fronçai le nez. Il n'avait pas osé débarquer ici après avoir bu, quand même ?

Le policier fit un pas vers nous, le sourire mauvais. Billie se pressa contre moi. Cette situation la chamboulait plus que je ne l'aurais cru. Quoique... La nausée qui m'étreignait était bien réelle. Entre ces murs, dans cette atmosphère, je ne me sentais pas à l'aise du tout.

— Alors, on vient chercher sa copine ? railla le policier. Tu incites les jeunes filles à la débauche, maintenant ?

Sentant qu'Hugo risquait de se jeter à la gorge de notre interlocuteur à tout moment, je me plaçai devant lui. Ainsi, il ne ferait rien. Parce qu'il ne me ferait jamais de mal.

— Pouvons-nous partir ? S'il vous plaît ? Nous ne devrions pas être ici. Il s'agit d'un malentendu.

— Ça, c'est pas mon problème, ma cocotte ! Je viens pour l'interrogatoire...

— Interroger deux mineures sans représentant légal va en

revanche être un de tes problèmes, intervint Hugo, qui avait regagné un semblant de concentration. Aïe, je n'aimerais pas être à ta place.

Stupéfaite, je levai les yeux sur Hugo. Sûr de lui, il fusillait l'homme du regard. Il ne blaguait pas. L'air vibrait de menaces. Ils s'affrontèrent du regard. Billie et moi n'osions pas bouger.

— Qu'est-ce qu'il se passe ici ?

Nous tournâmes tous les quatre la tête vers le nouvel arrivant. C'était le chef de la police. L'homme que nous attendions. Les cheveux grisonnants et la barbe assortie, ses yeux verts semblaient sévères, mais justes. Les rides qu'il portait dans le coin des yeux démontraient une nature bienveillante qui m'apaisa un peu. Peut-être qu'en lui expliquant la situation, il pourrait nous laisser partir ?

— Hugo, j'espérais ne pas te revoir avant un bon moment, déclara l'homme avec un regard lourd de sous-entendus.

— Ouais, je compte respecter le contrat. Mais mes amies ont été injustement arrêtées. Et votre ami le gros porc incompétent et con comme ses pieds s'apprêtait à les questionner…

L'homme paraissait habitué à l'insolence d'Hugo, car il le considéra un instant avant de reporter son attention sur Billie et moi.

— Alexander Davis, se présenta-t-il avec fermeté. Racontez-moi votre version de l'histoire, si vous le voulez bien.

Je m'exécutai sur-le-champ, saisissant ma chance. Avec le plus de précision possible, je racontai comment Tic et Tac avaient mis le maquillage dans mon sac, comment les agents de sécurité étaient intervenus sans plus chercher à comprendre, la réaction de ma sœur et le traitement que Titus nous avait réservé, avec ses remarques grasses et désagréables. À la fin de mon histoire, Alexander Davis se tourna vers son camarade, impassible.

— Titus, avez-vous vérifié les caméras de surveillance pour vérifier la version de ces demoiselles ?

— Pas encore...

— Alors faites-le ! Immédiatement !

Le petit homme partit comme une flèche. Hugo étouffa un rire moqueur, ce qui lui valut de se faire fusiller du regard par l'agent Davis.

— Je suis obligé de vous demander d'attendre en salle

d'attente, le temps de vérifier les caméras de surveillance et d'attendre l'arrivée de vos parents, déclara-t-il avant d'adopter un ton plus rassurant. Toute cette histoire devrait être derrière nous d'ici quelques heures et aucune charge ne sera retenue contre vous.

— Mais... Et nos parents ? s'inquiéta Billie.

— Je me chargerai de leur faire un compte-rendu de cette méprise.

— Merci, soufflai-je avec soulagement.

Inconsciemment, je m'appuyai contre Hugo. Il nous entraîna vers la salle d'attente de mauvaise grâce. Davis nous suivit en silence, les sourcils froncés. Je me sentais bien mieux. Le chef nous avait crues. Tout cela n'était qu'un malentendu. Les agents de sécurité avaient surréagi et notre comportement n'avait pas été exemplaire, pourtant tout finissait bien. Nous n'irions pas en prison, nos parents devraient comprendre et j'avais retrouvé ce garçon insupportable qui m'avait terriblement manqué au cours de ces dernières semaines.

Le chef de la police s'éclaircit la voix.

— Je suis content de voir que tu as de meilleures fréquentations, Hugo. C'est un progrès. Quant à toi, Tanna, si je peux me permettre, je te demanderais de faire bien attention à lui. Il en vaut la peine. Si vous avez le moindre problème, vous savez où me trouver. Bonne fin de journée à tous les trois.

Il nous planta là sans plus de cérémonie. Davis et Hugo paraissaient liés d'une manière plus intime et personnelle que je ne l'avais cru. Je pris place sur une chaise dans la salle d'attente, un bras passé autour des épaules de Billie. Ses yeux étaient rougis par les larmes qu'elle ne s'autorisait pas à verser.

Le silence reprit possession de notre trio. Je mourais d'envie d'assaillir mon ancien meilleur ami de questions. Grâce à lui, tout s'était arrangé.

« Il en vaut la peine... »

C'était étrange d'entendre ça, surtout de la part d'un représentant de l'ordre. Malgré toutes les preuves qu'il me donnait à longueur de journée, comme quoi ce n'était qu'un mauvais garçon, je commençais de plus en plus à m'accrocher à l'idée que, oui, il en valait vraiment la peine. Il était venu nous chercher. Ça comptait pour beaucoup.

— Ça va ?

Surprise, je tournai la tête vers Hugo. Ses yeux étaient cernés, son visage défait et ses cheveux en bataille, néanmoins il avait l'air réellement soucieux de la réponse.

— Mieux depuis que tu es arrivé.

Il leva les yeux au ciel et se détourna. Ça semblait bête de répondre cela, mais c'était sincère. Il ne laisserait rien nous arriver.

— Comment tu connais Alexander Davis ? l'interrogea Billie de but en blanc.

Il planta ses yeux de ce bleu foncé éblouissant aux mille constellations dans les miens et je frémis. Ce que je lus à l'intérieur de son regard me glaça le sang.

— C'est le flic qui s'est occupé de l'affaire de mes parents.

— C'est-à-dire ?

— Billie… Ce n'est pas le moment.

Ma sœur se renfrogna. Elle se leva et partit vers le distributeur. Elle avait besoin de quelques instants.

De nouveau, je croisai le regard d'Hugo. J'ignorais ce qu'il s'était passé avec ses parents. Ils étaient décédés et Hugo avait fini en centre de détention. Avait-il quelque chose à voir avec la mort de ses parents ? Si j'obtenais quelques réponses, j'avais toujours plus de questions. Peut-être que Davis pourrait me renseigner ?

— Toi, tu prépares un mauvais coup, devina Hugo.

Je m'empêchai de rosir. Comment pouvait-il le savoir ? Je revêtis mon air le plus innocent et battis des cils.

— Pas du tout.

Il haussa un sourcil et son regard passa de mes yeux à mes lèvres. Mon cœur bondit et mon ventre se serra. C'était troublant d'être face à Hugo alors qu'il me dévisageait, chose qu'il ne faisait jamais puisqu'il passait son temps à me fuir.

— Tu es une mauvaise menteuse, remarqua-t-il. Tu n'aurais pas fait long feu ici.

— Pfff !

Je croisai les bras, vexée, et il laissa échapper un petit rire qui me fit chavirer. C'était si rare que je crus qu'il allait pleuvoir des grenouilles. Comptait-il enfin cesser de s'obstiner à me fuir ?

Dans le silence, les heures défilèrent. Hugo faisait preuve d'une patience dont je ne l'aurais pas cru capable. Billie, qui allait un peu mieux après avoir dévoré son paquet de M&M's, faisait la conversation. Une agente vint à plusieurs reprises vérifier nos identités.

Quelle journée...

Épuisée par le stress de la journée, je posai ma tête sur l'épaule d'Hugo. Il sursauta et se raidit. Je me redressai, mais il se colla contre moi pour me faire comprendre que ça ne le dérangeait pas. Je me repositionnai contre lui, sous le regard moqueur de Billie. L'odeur de sa lessive et de son parfum, altérée par l'alcool et le tabac m'enveloppa. J'avais imaginé que son odeur resterait celle de son enfance mais non. C'était une odeur masculine et bizarrement réconfortante.

— Billie, Tanna ! Vous êtes là !

Nos parents apparurent dans l'encadrement de la porte. Billie bondit sur ses pieds et se jeta dans les bras de mon père en pleurant.

— Vous êtes libres de partir, grommela Titus, derrière nous.

Le pas traînant et le visage constipé par la honte de ne pas savoir faire son travail correctement, il regagna son bureau. Livide, je rejoignis ma famille. À quel point mes parents étaient-ils en colère ?

— Vous allez bien ? Monsieur Davis nous a raconté ce qu'il s'était passé, expliqua mon père. On est venus aussi vite qu'on a pu, avec le travail...

— Merci, Hugo, d'être venu, souffla ma mère en me serrant contre elle.

Le concerné écarquilla les yeux, ne s'attendant sans doute pas à cela. Il haussa les épaules, muet comme une carpe.

— Est-ce qu'on peut rentrer ? supplia Billie. Je ne veux plus jamais remettre les pieds ici !

Mes parents hochèrent aussitôt la tête et nous poussèrent vers la sortie.

Sans réfléchir, j'attrapai la main d'Hugo pour l'entraîner à ma suite. Il me suivit, mais retira sa main comme si je l'avais brûlé. Un peu blessée, j'accélérai, réinstaurant cette distance froide et bizarre qui caractérisait notre relation. J'avais simplement voulu... sentir son contact, être rassurée...

Une fois dehors, je lâchai un soupir. Enfin libre. Le vent sur mon visage acheva de me réconforter. Tout allait bien. Ou presque.

Parce que, depuis qu'Hugo Jones était réapparu dans ma vie, je jouais au chamboule-tout tous les jours…

Hugo

Ma main me brûlait.

Tout mon corps me brûlait. Tendu à l'extrême, il ne réclamait qu'une chose : Tanna.

Lorsqu'elle avait posé sa tête sur mon épaule, je m'étais enfin senti complet. Comme si tous les morceaux cassés à l'intérieur de moi s'étaient recollés, sans effort.

J'en avais le tournis.

Même la fraîcheur de l'extérieur ne parvenait pas à m'apaiser. C'était de la torture.

Elle se tenait devant moi, ses longs cheveux noirs ondulant dans son dos. La lueur synthétique des lampadaires éclairait son visage où se lisait encore le soulagement d'avoir été libérée de ce maudit endroit. Dans la semi-pénombre, l'ambre de ses yeux de lionne semblait miroiter.

Elle était belle à se damner.

J'eus envie de m'enfuir en courant.

Je n'aurais jamais dû venir. Je regrettais. Parce qu'après tout ce temps, je craquais finalement. Alcool, drogue, fatigue ou pure connerie, je ne pouvais juste plus me passer d'elle et je l'admettais. Je ne voulais pas qu'elle m'abandonne encore et, à ce stade, je me sentais prêt à tout pour la retenir. Le problème ? Nous étions tous les deux vulnérables ce soir. Ça ne pouvait que mal se terminer et causer des dégâts. Pourtant…

Ma volonté d'acier s'était barrée en vacances.

À quoi bon lutter ?

Je savais depuis le début que ça ne servirait à rien. J'étais un monstre. J'étais mauvais pour elle. Mais il y avait toujours ce « et si... ? » insupportable qui subsistait et qui me poussait à espérer. Et, tel un foutu aimant, elle m'attirait et n'arrivait jamais à me repousser suffisamment loin.

Je revenais toujours.

— William et Sophie ne sont pas là ce soir... annonçai-je avec maladresse.

Elle me dévisagea comme si j'étais tombé sur la tête.

— C'est une invitation ? me demanda-t-elle, à la fois amusée et stupéfaite.

Dis non ! Il le faut !

— Peut-être.

Super. Je n'arrivais même plus à me battre contre les mots ; ils sortaient de ma bouche avant que je ne puisse les transformer. Je fourrai mes mains dans mes poches, de plus en plus mal à l'aise. Tanna paraissait dans le même état que moi. À force, elle ne devait plus savoir sur quel pied danser avec moi. Ma proposition était inattendue et même moi, j'ignorais d'où elle sortait...

Elle interrogea ses parents du regard. Steven et Manuella me dévisagèrent de la tête aux pieds. Je les sentais aussi bouleversés de me revoir que réticents de me laisser seul avec leur fille.

— Je ne suis pas sûr que...

— Steven ! l'interrompit son épouse. Elle va avoir dix-huit ans ! Laisse-la un peu tranquille. Ne fais pas attention à ton père, ma chérie, et amuse-toi bien. Tu en as besoin après cette journée pleine d'émotions...

Rouge écarlate, Tanna bafouilla quelques mots. Son père me coula un regard lourd de menaces avant de se détourner. Je crus que Billie allait s'évanouir. Ses yeux lui sortaient de la tête.

— Bon, bah... Pas de bêtises ! lança-t-elle à sa sœur en montant dans la voiture de ses parents.

Le moteur démarra. Ils s'éclipsèrent. Nous nous retrouvâmes seuls devant le commissariat, à nous dévorer du regard. Je ne comprenais plus rien. Pourquoi ne tirait-elle pas un trait sur moi ? Elle pourrait m'effacer de sa vie d'une simple pichenette... Tout serait tellement plus simple... J'allais la bousiller comme les chances qu'elle m'offrait. Pourquoi n'arrivais-je pas à faire en sorte de garder mes distances ?

Pourquoi n'arrivais-je pas à la protéger de moi... ?

— J'espère que la nourriture est comprise dans ton invitation, finit-elle par briser le silence.

Je ne pus m'empêcher de sourire. Je me souvenais très bien des nombreuses soirées que nous avions passées à nous goinfrer. C'était la passion de Tanna et moi, je l'avais toujours accompagnée pour lui faire plaisir.

— Tu m'as pris pour Gordon Ramsay ?

— Tu as raison, on commandera ! Je ne veux pas finir empoisonnée ! me taquina-t-elle.

— Ça y est, tu fais déjà des projets ! J'ai pas dit oui, je te ferais remarquer !

— Non mais je rêve ! C'est toi qui viens de m'inviter !

— Pas du tout ! protestai-je, joueur. J'ai dit « peut-être » !

— Trop tard, tu assumes maintenant ! râla-t-elle en me donnant un coup dans l'épaule.

— Bon, je te ramène, tu dis trop de conneries !

Je l'attrapai par la manche de sa veste pour l'attirer près de mon véhicule de fortune. Elle écarquilla les yeux en découvrant le scooter et mit ses poings sur ses hanches.

— Hors de question !

— Hé ! Tu as un casque ! me défendis-je en fourrant ce même casque sur la tête de Tanna.

Elle haussa un sourcil, mais s'abstint de tout commentaire.

Je grimpai sur mon scooter et attendis qu'elle ajuste son casque. Machinalement, je tendis les mains pour vérifier qu'il n'y avait pas trop de leste. Je ne voulais pas qu'elle perde la tête en chemin...

Elle s'installa derrière moi sans me toucher. Agacé, j'attrapai ses mains et la forçai à entourer mon torse de ses bras, bien fermement. Il me fallut une longue seconde pour parvenir à relâcher ses mains fraîches et douces. Troublé par ce contact et le fait de la sentir dans mon dos, je démarrai brusquement. Le scooter fit une embardée et Tanna poussa un cri de surprise.

— D'accord ! C'était sympa comme balade, maintenant laisse-moi descendre !

Je pouffai de rire et, sans faire attention à sa remarque, démarrai à nouveau. Aucun problème cette fois-ci.

Mon estomac fit un looping lorsque Tanna se pressa contre moi. J'avais besoin de sensations fortes, toutefois les plus fortes m'étaient procurées par Tanna.

J'inspirai doucement. Je devais rester concentré. Me contrôler. Ça s'avérait de plus en plus difficile. Une part de moi voulait faire marche arrière. Je n'aurais qu'à la déposer et à m'enfuir comme j'en avais l'habitude...

L'autre part de moi ne désirait qu'une chose.

Lâcher prise.

Janna

Pourquoi avais-je accepté sa proposition ? Qu'est-ce que je faisais là ? Je n'étais pas certaine que ça soit une bonne idée.
J'avais peur.
Redeviendrait-il l'homme froid et méchant que je connaissais dès le lendemain ? Me laisserait-il seule, blessée et encore plus vide qu'auparavant ?
À croire que j'aimais la souffrance qu'il me procurait...
Parce que je revenais toujours.
— Hugo ? l'appelai-je en poussant la porte d'entrée.
Il m'avait laissée attendre quelques minutes sur le pas de la porte, sous prétexte de vérifier que ce n'était pas trop le bazar. Piètre excuse. Il n'avait jamais été maniaque du rangement. Peut-être était-il stressé ?
Il apparut en haut de l'escalier, de l'eau gouttant sur son visage. Il avait retiré sa veste en cuir et son tee-shirt blanc semblait mouillé. Il collait à son torse musclé. Je me souvins de la dernière fois où j'étais venue ici. Il avait été avec une fille. Cette piqûre de rappel me brûla douloureusement le ventre.
— J'arrive dans une minute. Le lavabo de la salle de bain fuit, expliqua-t-il, agacé.
Je me retins de sourire. J'avais du mal à l'imaginer bricoleur, cependant cette image avait un certain charme. Il disparut de nouveau et je m'installai dans la cuisine. Sur le frigo, il y avait des mémos et des photos. L'une d'elles représentait William et sa sœur, Lisbeth, la mère d'Hugo. Ce dernier, petit garçon, les cheveux clairs en pagaille et les yeux bleus rieurs, chahutait au premier plan,

exhibant son sourire où deux dents manquaient. Je souris. Lisbeth adorait son fils. Et William ne lui aurait jamais tourné le dos.

Que s'était-il passé pour que cette famille soit détruite ?

Et dire qu'Hugo ne se rendait même pas compte que son oncle et son épouse le considéraient comme un fils... Il devait passer tous les jours devant cette photographie sans jamais poser les yeux dessus.

La sonnette me fit sursauter. Hugo attendait-il quelqu'un ? Comme il ne descendait pas, je partis ouvrir la porte. Un livreur de pizza se tenait devant la porte.

— Je suis bien chez les Jones ?

— Euh...

— Oui, me devança Hugo qui venait d'apparaître. Gardez la monnaie.

Il attrapa les deux cartons de pizzas et jeta presque l'argent au visage du livreur avant de s'empresser de refermer la porte. Niveau politesse et amabilité, il était ras les pâquerettes !

Il déposa les pizzas sur la table basse du salon et s'installa sur le sol. Bizarre. La manière dont il se déplaçait dans la maison me dérangeait. On aurait dit qu'il ne se sentait pas chez lui. Il faisait attention à ne rien déranger et aucune de ses affaires ne traînait dans les environs.

Je compris.

Ce n'était pas chez lui. Il détestait cette ville. Il voulait partir. Voilà d'où venaient son je-m'en-foutisme permanent, ses déboires au lycée et sa volonté de tout gâcher. Était-il possible qu'il veuille garder ses distances avec moi pour cette raison ? Parce qu'il savait qu'il partirait d'ici pour ne jamais revenir et qu'il ne voulait pas s'encombrer avec moi ?

Plantée au milieu du salon, je me sentais de plus en plus bête. Depuis le début, je n'avais fait que lui rejeter la faute dessus. Reproches, cris, colère... À mesure que je rassemblais les pièces du puzzle fracassé qu'était sa vie, la situation m'apparaissait sous un nouvel angle.

Hugo avait tout perdu. Sa famille, sa ville, sa liberté, moi...

Trois ans.

C'était long pour un adolescent détruit. Cela laissait forcément des traces. Il avait dû s'adapter pour survivre dans un milieu hostile. Il avait dû faire le deuil de la vie qu'il avait perdue. Je n'avais pas le droit d'attendre de lui qu'il soit le même et de lui reprocher tout et n'importe quoi.

— Tanna, tu commences à me foutre les jetons à rester immobile au milieu du salon, grommela-t-il. Viens manger.

Comptais-je réellement pour lui ? Réagissait-il de cette manière violente et étrange parce qu'il ne savait plus comment se comporter en ma présence ? Parce qu'il avait peur de s'attacher ? Était-il possible que je me sois trompée à ce point à son sujet ?

Le cœur au bord des lèvres, et toute envie de manger disparue, je pris place à côté de lui, sur le sol. Il me détailla avec curiosité, devant se demander pourquoi j'étais aussi bizarre. Sans un mot, il me tendit l'une des deux pizzas. J'ouvris le couvercle et découvris une pizza chèvre, miel et ananas.

Ma préférée.

— Tu t'en es rappelé ? parvins-je à articuler, le sang glacé.

Il secoua la tête, visiblement mal à l'aise.

— De quoi tu parles ? J'ai commandé au hasard.

Il n'avait jamais aussi mal menti.

Sans explication, sans même vraiment comprendre pourquoi, je fondis en larmes.

Hugo

Mon instinct premier fut de bondir sur mes pieds et de partir en courant. Je dus faire appel à toute ma volonté pour étouffer cet instinct.

Les femmes en pleurs, ce n'était pas mon délire. Surtout lorsqu'elles pleuraient pour... une pizza ?

Dépassé par la situation, j'arrachai le carton des mains de Tanna et tentai de raisonner de manière logique. Elle avait eu une longue journée, elle devait être fatiguée. Le contre-coup d'avoir été arrêtée, sûrement. Ou alors, elle pleurait parce qu'elle pensait que je ne me souvenais pas qu'il s'agissait de sa pizza favorite et que ça lui faisait beaucoup de peine ?

— La prochaine fois, je commanderai des sushis, déclarai-je platement, paniqué à la vue de ses larmes.

Elle éclata de rire avant de se remettre à pleurer de plus belle.

Je restai assis en silence, de plus en plus mal à l'aise. Depuis le début, je lui en faisais voir de toutes les couleurs et elle n'avait jamais montré le moindre signe de faiblesse. Alors pourquoi pleurait-elle pour une pizza ? Ça n'avait aucun sens.

J'avais envie d'un joint. Ou d'une bonne bouteille de vodka.

Ou... de la serrer contre moi... ?

— Tu es nul pour remonter le moral ! me taquina Tanna en séchant ses larmes.

Je faillis défaillir de soulagement. J'attrapai la perche qu'elle me tendait. Plus jamais je ne voulais voir Tanna pleurer. Non seulement ça me brisait le cœur et en plus, mon impuissance me foutait en rogne.

— Je ne peux pas être bon de partout, soufflai-je sans oser la regarder. Tu manges ou je te vire de chez moi avec un *doggy bag* ?

— Tu me ferais un *doggy bag* ? Je suis flattée ! Il y a de l'amélioration !

Je levai les yeux au ciel et lui tendis à nouveau sa pizza, crispé. J'espérais qu'elle ne se remettrait pas à pleurer car, cette fois-ci, je me barrerais. Heureusement, elle attrapa une part en reniflant et croqua dedans. Ses joues étaient rosies par sa crise et quelques restants de larmes s'accrochaient encore à ses longs cils noirs.

Mon estomac se retourna. Elle était belle. Et forte.

Cependant, une question continuait à me tarauder : qu'est-ce qui n'allait pas ?

— Euh... C'était quoi ça ? demandai-je en ayant envie de rentrer sous terre.

— Je... Longue journée.

— D'accord.

Elle mentait. Je ne comptais pas chercher plus loin. Je ressentais la fatigue de ces dernières semaines me tomber dessus. J'avais déconné. J'avais fait de la merde. Et, maintenant que Tanna était là, près de moi, je m'en rendais compte, et une immense lassitude m'assaillait. J'avais envie de me laisser aller et de ne pas me prendre la tête. J'avais envie de simplicité. Et d'elle.

Donc je me mis à manger.

Parce que c'était bien beau d'avoir envie, mais passer à l'action et lâcher prise pour de vrai était une tout autre histoire.

D'autant plus que, plus les minutes passaient dans le silence apaisant de notre repas, plus l'envie de fuir grandissait. Mes pensées négatives revenaient me heurter de plein fouet.

Garde tes distances !
Tu n'es pas bon pour elle.
Elle mérite mieux.

Pourtant, elle était là, avec moi, souriante. Elle mangeait avec appétit, ses yeux ambrés courant à travers la pièce pour se familiariser avec cet environnement qu'elle ne connaissait encore que peu. Elle détaillait tout, curieuse, cherchant une trace de moi qu'elle ne trouverait jamais. Silencieuse, elle me jetait parfois un coup d'œil interrogateur, attendant que je relance la conversation de moi-même pour ne pas me brusquer.

Qu'avais-je fait pour mériter un tel traitement de faveur ? Elle aurait dû me crier dessus, me secouer dans tous les sens et me haïr.

La voir si apaisée me retournait l'estomac. Parce que c'était moi qui la rendais comme ça. C'était moi qui influençais ses humeurs. Je détestais avoir ce pouvoir sur elle.

Je détestais la rendre heureuse, parce que la déception ne serait que plus brutale.

Encore une fois, je devais agir vite. Je ne cessais de me répéter qu'il le fallait, sans jamais prendre les dispositions nécessaires. Je replongeais toujours.

Tant pis si la douleur de la perdre me tuait ; je devais l'éloigner pour son bien. Moi, je n'étais pas important. Mais Tanna, ma Tanna, méritait une vie incroyable, pleine de sourires, de bonheur, d'amour ; tout ce que je ne pouvais pas lui offrir.

Je n'étais qu'un boulet accroché à sa cheville.

Je devais être fort. Pour elle. Ma vie était déjà foutue. Pas la peine de bousiller la sienne en prime.

Tanna devait voir le monstre. C'était une obligation.

Je devais agir.

Demain. Demain, j'arrête tout.

Là, j'avais besoin de passer une dernière soirée avec elle. Je voulais la voir sourire et respirer son odeur en catimini, lorsqu'elle était près de moi. Je voulais me perdre dans ses yeux ambrés de lionne, pour une dernière fois.

Avant de renoncer pour toujours.

Hugo

Quitte à vouloir passer une bonne soirée, autant faire les choses bien.

— J'ai des chamallows et du popcorn, tu veux qu'on regarde un film ? proposai-je.

Les mots m'écorchaient la bouche. J'avais envie, mais c'était difficile d'abaisser mes barrières en sachant que je devrais ensuite reconstruire un mur infranchissable.

Elle me jeta un coup d'œil surpris. Un éclat de joie rosit son visage et fit pétiller ses yeux ambrés. Mon ventre se serra.

— D'accord, répondit-elle, sceptique et enthousiaste à la fois.

— Qu'est-ce que tu aimerais voir ?

Je connaissais la réponse à cette question. Tanna avait toujours été fan de thrillers et de films à suspense. Elle était le genre de spectatrice naïve qui écarquille les yeux à chaque rebondissement et retient son souffle lors de chaque révélation. Commentant tout, elle poussait des hoquets de stupéfaction à chaque moment dramatique. Elle aimait aussi les comédies romantiques, devant lesquelles elle ne manquait pas de pleurer. Courageuse, elle se frottait également aux films d'horreur, quitte à en faire des cauchemars. L'action et la science-fiction, sans parler de la fantasy, n'étaient pas son truc.

Enfin... Tout ça, c'était trois années auparavant. Beaucoup de choses avaient changé depuis, peut-être que ses goûts en faisaient partie.

— Pourquoi pas *Ghost* ?

Je levai les yeux au ciel.

— Si c'est un message caché parce que tu espères te débarrasser de moi, sache que je ne reviendrai pas en tant que fantôme !!

Elle rigola et mon cœur loupa un battement. Je préférais de loin la voir rire.

— Pourquoi pas *Ghostbusters* ? Ça reste dans la même thématique !

— D'accoooord, mais après on regarde *Ghost* ! Tu ne demandes pas à ton invitée ce qu'elle veut voir pour ensuite briser ses rêves.

— J'essayais d'être poli ! Si tu as cru un instant que je te laisserais choisir...

Elle m'envoya un coussin au visage, faussement vexée. Ce n'était que de la taquinerie, qui nous amusait autant l'un que l'autre. Je me retins de lui renvoyer le coussin. Je savais comment ça risquait de se terminer et c'était au-dessus de mes forces de débuter une bataille de polochons avec Tanna. Il suffisait d'un instant pour que ma volonté flanche et que je finisse par faire une connerie en me jetant sur elle. Mieux valait garder mes distances.

Je me levai naturellement et elle jeta un coup d'œil à la télévision avant de l'interroger du regard.

— Ah, euh... Ça te gêne de monter dans ma chambre ? William et Sophie vont sûrement rentrer dans la nuit, je ne veux pas les déranger.

Et je me sens mieux dans ma chambre, songeai-je.

C'était le seul lieu où je me sentais un peu chez moi.

Tanna se leva sans protester. Elle me faisait confiance. Ce constat m'acheva.

La situation était allée beaucoup trop loin. Je ne contrôlais plus rien.

Demain, tout ira mieux, me convainquis-je.

Je grimaçai en arrivant dans ma chambre. Le robinet fuyant avait accaparé toute mon attention et j'avais oublié dans quel état je l'avais laissée. Mes bouteilles d'alcool vides s'éparpillaient partout, sur mon lit défait, et sur le sol se trouvaient encore les éclats de verre brisés sur lesquels je m'étais entaillé le pied. D'ailleurs, les traces de sang en témoignaient. Un vrai taudis.

Tanna eut la gentillesse de ne pas faire de commentaire.

J'aurais préféré qu'elle râle, ça lui ressemblait plus que cette attitude maîtrisée. Depuis la crise de la pizza, elle veillait à ne pas me contrarier et à me laisser de l'espace.

— Euh, fais comme chez toi, je vais ranger vite fait.
— Vite fait !?

Elle pinça les lèvres et ses yeux manquèrent de lui sortir de la tête, encore plus lorsque que son regard tomba sur un sachet de cannabis. Je m'empressai de fourrer ça dans le tiroir de ma table de nuit avant qu'elle ne fasse un malaise. Ça m'amusait de la voir aussi outrée et en même temps... Une part de moi refusait toujours de la décevoir. Ce que je pouvais être con...

Les bras croisés, elle me fixa pendant que je remettais un peu d'ordre. Je ramassai les morceaux de verre, poussai les bouteilles dans un coin et ouvris la fenêtre. Il ne fallait pas déconner non plus ; je n'étais pas la fée du logis.

— Heureusement que je ne suis pas maniaque ! grommela-t-elle en grimpant sur mon lit.

C'était plus que troublant de l'avoir dans ma chambre et sur mon lit. La seule personne que j'avais accueillie ici était Barbie Gothique.

— Si tu n'es pas contente, c'est pareil.
— Les popcorn vont arriver tout seuls, peut-être ?

Elle avait cette façon de me parler... Ça me plaisait qu'elle se sente suffisamment en confiance avec moi pour me taquiner. Je me prêtai au jeu. Après tout, c'était moi qui l'avais invitée. J'allumai la télé, cherchai le film sur Netflix pour le mettre en route et redescendis pour ces foutus popcorn.

— La princesse est servie ! râlai-je en lui tendant les sucreries une fois remonté.

Tanna avait retiré sa veste et ses chaussures et s'était enroulée dans la couette. Les yeux fixés sur l'écran, elle ne répondit même pas. Je sentis son odeur mêlée à la mienne lorsque je m'installai près d'elle et j'en eus le souffle coupé. C'était une erreur de l'avoir laissée entrer ici. Je me rapprochais d'elle pour mieux couper les ponts, ce qui ferait d'autant plus mal.

Blasé, je reportai mon attention sur le film.
Je n'avais envie de rien.
De rien d'autre que d'une vie qui n'aurait pas été de la merde.

Dans d'autres circonstances, j'aurais pu être quelqu'un de bien. J'aurais pu prendre soin d'elle. La rendre heureuse.

Un éclat de rire franchit ses lèvres. Combien de fois avait-elle vu *Ghostbusters* ? Des dizaines de fois. Pourtant, ça ne l'empêchait pas de rire à nouveau aux mêmes scènes, de ce semblant d'insouciance qui dormait au fond d'elle, protégé par la retenue qu'elle s'imposait.

Je la contemplai à la dérobée pendant le reste du film.

Parce que mon film, c'était elle.

Sophie

— Détends-toi, William.

Les mains de mon mari étaient crispées sur le volant. Après cette soirée en amoureux, nous rentrions enfin à la maison. Tout aurait dû être parfait, mais une ombre obscurcissait le tableau : Hugo.

William ne pouvait pas s'empêcher de se faire un sang d'encre pour lui. Et moi aussi. Tous les jours, les mêmes questions revenaient. Où était-il ? Que faisait-il ? S'était-il mis en danger ? Reviendrait-il à la maison ?

Nous le perdions un peu plus tous les jours.

J'étais prête à accepter l'angoisse permanente qui me rongeait de l'intérieur, pour cet adolescent que je considérais comme mon fils. Je pouvais accepter sa colère, sa distance, son absence... Toutefois la peur de le perdre était intolérable, autant pour William que pour moi.

Depuis quelques jours, il coulait. Totalement. J'avais retrouvé de nombreuses bouteilles d'alcool fort dans la poubelle et je n'étais pas dupe quant à l'odeur de cigarette qui envahissait la maison. Nous étions impuissants. C'était le pire sentiment qui puisse exister.

Lorsque la sœur de William était décédée, trois ans plus tôt, nous avions tout tenté pour le récupérer. Il n'était qu'un gamin perdu qui avait vécu l'enfer. Rien de ce qui s'était produit n'était sa faute pourtant, il ne parvenait pas se libérer de sa culpabilité.

Les services sociaux l'avaient embarqué. Les psychologues l'avaient examiné. Les résultats l'avaient tué. Et nous l'avions perdu. William n'avait jamais accepté qu'on lui retire son neveu pour le faire incarcérer dans un centre de détention pour mineurs. Nous avions fait tout notre possible pour l'en sortir et à présent qu'il était parmi nous...

C'était comme de vivre avec un mort-vivant.

Rien ne marchait. Ma gentillesse, ma bienveillance, ma tolérance, le ton bourru de William, son inquiétude et son attitude protectrice... Les cris, les pleurs, le chantage... Plus le temps passait, plus nous assistions à sa déchéance. Il nous forçait à le regarder couler, sans jamais accepter les mains que nous lui tendions à répétition.

J'avais peur.

Peur d'échouer à le sauver. Et William l'aimait tellement... Il était tout ce qu'il lui restait de sa sœur. L'enfant que nous n'avions pas. L'adolescent puni par la vie que nous souhaitions à tout prix relever. Mais que faire lorsque quelqu'un refuse d'être sauvé ?

— Me détendre ? On ne sait même pas s'il sera à la maison, Sophie ! grommela William.

— Il est rentré cette nuit. Il finit toujours par rentrer.

Malgré mes propres doutes, j'essayais de voir le côté positif des choses.

— Pour combien de temps ? Il s'est acheté un scooter, bon sang ! Il peut filer à tout moment, du jour au lendemain. Et nous ne le reverrons jamais ! Il fricote avec le gang de la ville, se détruit la santé... Il mange à peine !

— Nous ne pouvons pas l'enfermer, William. Il a droit à la liberté qu'il a perdue pendant trois ans.

— Je le sais ! Je le sais bien...

Son visage s'affaissa, frappé par la culpabilité ne pas avoir pu faire mieux. Je posai ma main sur sa cuisse pour lui apporter du réconfort. Nous restâmes silencieux jusqu'à ce qu'il gare la voiture devant la maison. Aucune lumière à l'intérieur. Mon estomac se serra.

Lourdement, nous sortîmes de la voiture. Le scooter d'Hugo était là, mais ça ne voulait rien dire. Lorsque William introduisit la clé dans la serrure et que la porte déjà déverrouillée s'ouvrit, nous poussâmes un soupir de soulagement en même temps : il était rentré.

Aussitôt, je scannai la pièce. C'était une habitude que j'avais prise. Hugo était si peu présent et se sentait si peu chez lui qu'il allait et venait tel un fantôme. Les signes de son passage ne se repéraient pas toujours de prime abord, c'est pourquoi je les cherchais, afin d'imaginer ce qu'il avait fait, s'il avait mangé, s'il allait bien.

Deux cartons de pizzas étaient posés sur la table basse et un coussin du canapé avait été déplacé. Au moins, j'avais la certitude qu'il avait quelque chose dans le ventre...

Rassurée, j'attrapai les cartons pour les mettre à la poubelle. Un parfum léger flottait dans l'air. Différent de celui d'Hugo. Avait-il ramené quelqu'un à la maison ? Ce serait une première.

— Je monte me coucher, me prévint William en m'embrassant sur la joue.

— Tu ne veux pas aller le voir ?

— Pour ce que ça servira...

Il haussa les épaules. Petit à petit, mon mari commençait à se faire à l'idée qu'Hugo ne deviendrait jamais le fils qu'il aurait aimé avoir. Il arrêtait d'essayer, parce qu'il ne faisait que le repousser et que ça le peinait un peu plus chaque fois. Il ne savait plus quoi faire pour aider son neveu.

— Je vais faire tourner une machine et j'arrive, changeai-je de sujet en lui caressant tendrement la joue.

Son visage s'égaya. Il s'empara de mes lèvres, m'embrassa furtivement avant de s'éclipser. Il n'avait pas remarqué les indices qui m'amenaient à penser qu'Hugo n'était pas seul. Tant mieux, ça éviterait les conflits. William penserait immédiatement qu'il avait ramené une droguée ou n'importe quelle fille louche qui traînait dans les environs mais, moi, je n'en étais pas si sûre.

Malicieuse, j'attrapai la panière à linge et grimpai à l'étage. Je vis aussitôt une lumière filtrer à travers la porte entrouverte de la chambre d'Hugo. Étrange. Il ne laissait jamais la porte ouverte.

Je m'approchai et entendis le bruit de la télévision. Il ne la regardait jamais non plus. Il préférait passer son temps à cogner son punching-ball. Un peu anxieuse, je frappai à la porte et l'entrouvris davantage.

Ce que je découvris me laissa sans voix.

Hugo était bel et bien avec une fille.

C'était Tanna Rodriguez, notre voisine et son ex-meilleure amie.

La jeune fille dormait dans les bras d'Hugo. Il avait l'air maladroit à la tenir ainsi contre lui, tout en maintenant une certaine distance, et la couvait d'un regard soucieux presque attendri. Il remonta la couverture sur elle en veillant à ne pas lui tirer les cheveux. C'était à la fois drôle à voir et… une bouffée d'optimisme. J'en avais les larmes aux yeux.

Je reculai pour lui laisser l'intimité à laquelle il aspirait, mais je cognai la panière dans le chambranle de la porte. Aussitôt, ses yeux se rivèrent sur moi, noirs et inquisiteurs. Je crus qu'il allait s'énerver… Il se contenta de placer son doigt devant ses lèvres pour m'inciter à rester silencieuse. Je hochai la tête et pointai la panière à linge du doigt, interrogatrice. Je ne m'aventurais jamais dans sa chambre. C'était son espace et je le respectais. Il fallait tout de même que je vienne à la chasse aux chaussettes sales de temps à autre.

Il secoua la tête. Je compris le message. Avant de partir, je lui souris. Il me dévisagea froidement avant d'esquisser un semblant de sourire à son tour. Mon cœur bondit de joie. Ça paraissait futile et ridicule, néanmoins ce petit effort de rien du tout me réchauffa le cœur et me redonna espoir.

Tout n'était peut-être pas perdu !

Je refermai la porte en essayant de ne pas trop sourire. Je délaissai ma panière et filai vite dans ma chambre. Sautant à moitié sur le lit où William bouquinait, lunettes sur le nez, je m'empressai de lui murmurer à l'oreille ce que je venais de voir.

À son tour, un sourire fleurit sur ses lèvres.

Le bonheur n'était plus qu'à une porte de chez nous !

Tanna

Il faisait nuit.
J'étais au commissariat, seule. Tout était calme et silencieux, presque angoissant.
Je m'avançai dans le bureau du chef de la police, Davis. Mes doigts éraflaient le mur pour parvenir à me repérer au milieu de l'obscurité. Un souffle retentissait derrière moi, mais il n'y avait personne. Une odeur métallique flotta jusqu'à mes narines. Je frissonnai et mon ventre se noua de peur. Les doigts tremblants, j'actionnai l'interrupteur. La lumière jaillit, me brûlant les rétines.
Devant moi, Alexander Davis était avachi sur son bureau. Le dos rond, les bras pendants dans le vide, il me fixait de ses yeux vitreux, un trou au milieu du front. Le sang s'écoulait lentement de la plaie, noyant les papiers et remplissant le bureau. Je baissai le regard sur mes chaussures ; elles étaient couvertes de sang. Je poussai un cri effroyable.
Je voulus partir en courant, mais je le vis arriver. C'était Hugo. Il avait un revolver dans les mains, encore fumant. C'était lui qui avait explosé la cervelle du chef. Il avait l'air fou. Son visage était déformé par la douleur.
Il contempla ses mains poisseuses, leva les yeux sur moi et s'effondra dans la mare de sang qui grossissait de seconde en seconde. Il se mit à pleurer et, naturellement, je me dirigeai vers lui pour le prendre dans mes bras.
— Chut… Ce n'est pas ta faute… Tu n'y es pour rien…
— Tanna. Je suis un meurtrier.
Je me réveillai en sursaut, un hurlement coincé dans la gorge.

Déboussolée, tremblante, je regardai tout autour de moi et découvris avec stupeur la chambre d'Hugo.

J'étais dans son lit. Dans ses bras. Emmitouflée dans son odeur.

Je fus aussitôt rassurée, malgré le cauchemar que je venais de faire. Si Tess avait été là, j'aurais pu lui demander d'interpréter mon rêve. Elle adorait ce genre d'exercice.

Agacée et encore tremblante, je me rallongeai auprès d'Hugo. Il dormait profondément, les sourcils froncés et le visage crispé. Lui aussi avait l'air d'être en proie à de terribles cauchemars. Je ne l'avais pas remarqué avant, mais l'un de ses bras entourait à moitié ma taille et sa main reposait sur mon ventre. Ce dernier se contracta immédiatement. C'était étrange cette soudaine proximité alors que nous passions notre temps à nous repousser. J'inspirai doucement pour essayer de m'habituer à son toucher.

Je tournai la tête pour pouvoir l'observer. Son visage était à quelques centimètres du mien, enfoncé dans l'oreiller. Son souffle venait chatouiller ma joue. Il semblait moins sévère ainsi endormi. Les traits de son visage se crispaient de temps à autre, cependant il ressemblait plus à l'ancien petit garçon qui roupillait constamment dans mes bras, sous notre cabane de couvertures et d'oreillers.

Je ressentis le besoin impérieux de me tourner entièrement vers lui, pour lui faire face. Son bras glissa sur ma taille, sa main venant trouver sa place sur le bas de mon dos tandis que mon ventre se collait presque au sien. Je ne savais pas quelle mouche m'avait piquée pour être si tactile. Cependant, sa présence effaçait mon cauchemar et mes tremblements diminuèrent jusqu'à disparaître entièrement.

Je gigotai sous la couverture pour la ramener sur moi et déposai ma tête sous la sienne. Ici, son odeur m'enveloppait entièrement, puissante et apaisante. J'avais l'impression d'avoir enfin retrouvé ma place, celle à laquelle l'on m'avait arrachée des années plus tôt.

Quelque chose se relâcha en moi. Ma colère ? Mon manque intense de lui ? Du soulagement ? Un peu tout à la fois. C'était surtout mes remparts qui cédaient un à un, toutes les tonnes de barrières de sécurité que j'avais installées en moi au cours de ces trois dernières années…

Son étreinte se raffermit soudainement autour de moi. Ses bras se contractèrent, faisant rouler ses biceps, et je crus suffoquer sous sa poigne alors qu'il grognait de dépit, violenté par son cauchemar. Instinctivement, je passai mes bras autour de son cou et il enfouit naturellement son visage dans mon cou. Un vertige agréable me saisit. Je le serrai fort contre moi, presque contre mon gré.

— Tu m'étouffes... grommela-t-il d'une voix rauque, créant une nuée de frissons sur la peau sensible de mon cou.

Mon cœur fit un salto.

Que m'arrivait-il ?

— Bonjour à toi aussi ! l'enquiquinai-je dès le réveil.

— Chuuuuut ! Chuis pas du matin ! grogna-t-il sans changer de position.

Le nez dans mon cou, il soupira d'aise et se tut totalement. Son corps se détendit et la pression qu'il exerçait sur moi se relâcha juste assez pour me permettre de respirer normalement.

Nous demeurâmes ainsi un bon moment. Il ne dormait pas, je le savais, et moi non plus. Hugo était ma plus grande faiblesse. Lorsqu'il s'agissait de lui, je ne pensais plus correctement.

Je souris en repensant à la veille. Il était venu me chercher au poste de police. Qui l'aurait cru ? Il me dévergondait autant que je l'assagissais. Peut-être que nous finirions par trouver un équilibre.

— Bon, fit Hugo d'un ton glacial en se redressant. C'était bien sympa tout ça, mais tu peux rentrer chez toi maintenant.

Ou peut-être que l'équilibre n'était absolument pas possible. Et que je finirais par le tuer. Pourquoi gâchait-il toujours tout ?

— Tu es sérieux ?

Il s'écarta complètement de moi en détournant le regard et je vécus cela comme un rejet. Froid et brutal. Injuste. Sa chaleur me manqua aussitôt et je me sentis vide. Dépossédée.

— Oui. Ça va, tu as eu une journée compliquée hier et j'ai eu assez pitié de toi pour te garder cette nuit, mais il ne faut pas exagérer non plus.

— Pitié ? répétai-je sous le choc.

N'arrêterait-il donc jamais ? Je m'étais promis de ne plus l'abandonner et je gardais cette idée en tête, toutefois je ne comprenais pas d'où provenait cette soudaine méchanceté. Quelques minutes auparavant, tout allait bien et là... C'était la descente infernale.

— Oui, pitié. Tu n'as quand même pas cru que je passais du temps avec toi parce que j'en avais envie ?

À quoi jouait-il ?

Je le dévisageai sans rien dire, cherchant à comprendre. Il mentait. Je savais qu'il avait apprécié la soirée que nous avions passée ensemble et qu'il avait été sincère. Les actes ne mentent jamais. Même au réveil ce matin, ses bras m'avaient serrée contre lui en un geste possessif de tendresse, sans même qu'il s'en aperçoive. Alors pourquoi me balançait-il ces horreurs au visage ? Qu'est-ce qui avait changé ? Que se passait-il dans sa tête ?

— Arrête, Hugo.

— Arrête quoi ? De dire la vérité ?

Il ricana avec méchanceté. Je le détestais lorsqu'il était comme ça.

— Tanna. Ne sois pas stupide. Je ne peux pas m'amuser avec toi, je ne peux pas me défoncer et je ne peux pas coucher. Pourquoi crois-tu que je voudrais de toi ? J'ai fait ma bonne action de l'année, je ne te dois rien. Je ne suis pas ta nourrice et j'ai autre chose à foutre que de m'occuper de toi.

J'avais envie de le gifler. De l'étrangler. De le secouer dans tous les sens pour lui faire entendre la raison. Il savait comment me blesser. Et pire que tout, il me faisait espérer pour ensuite mieux me détruire. C'étaient les montagnes russes.

Je croyais en lui et il me décevait. Je le pardonnais et il me blessait. Je m'éloignais, il revenait, et l'histoire recommençait. Encore et encore.

— Je ne me suis pas soucié de toi pendant trois ans, je ne vois pas pourquoi ce serait le cas aujourd'hui, insista-t-il en bâillant à outrance.

Le coup de grâce.

Je n'étais pas obligée de m'infliger cela. J'avais un minimum de respect pour moi-même.

En un geste rageur, je me débarrassai de la couette, que je lui lançai au visage. S'il fut surpris, il n'en laissa rien paraître. Il se leva et s'étira tandis qu'un rictus méprisant naissait sur ses lèvres.

— Une vraie gamine. Je plains ton mec. Au fait, tu me dois dix dollars pour la pizza d'hier soir. Je te fais grâce de l'essence

que j'ai dépensée pour te ramener du commissariat.
Je bouillonnais. Il était exécrable.
Jusqu'à quand tout cela durerait-il ?
En valait-il vraiment la peine ?
— Tu t'en vas déjà ? Dommage, on s'amusait si bien ! ricana-t-il. Bon, rentre vite chez Papa et Maman et surtout ne reviens jamais. On ne sait jamais sur qui tu pourrais tomber dans mon lit…
Trop, c'était trop.
Calmement, je descendis du lit et me dirigeai vers lui. Il se recoiffait devant le miroir, adoptant le rôle du parfait narcissique, chose qu'il n'avait jamais été. Il jouait tellement bien la comédie que ça en devenait effrayant. L'homme aux mille visages…
M'apercevant dans le miroir, il se retourna, sûr de lui et le visage mauvais. Il ouvrit la bouche pour parler ; je ne lui en laissai pas le temps. Je serrai le poing et lui envoyai en pleine figure.
Le choc fut aussi brutal pour lui que pour moi. Sa tête partit en arrière alors qu'il soufflait de surprise et je me mordis la langue afin de retenir le hurlement de douleur qui montait en moi. Son nez avait craqué aussi fort que mes doigts.
Stupéfait, il redressa la tête en se pinçant le nez, qui saignait à peine. Heureusement, sinon je me serais évanouie. La douleur, je pouvais supporter sans problème mais l'hémoglobine… Non, merci.
Bouche bée, il me dévisagea tandis que je me détournais. Sans un mot, je quittai sa chambre. Une fois hors de sa vue, je secouai la main comme une idiote, les larmes aux yeux. Ce que ça faisait mal ! C'était bien la première fois de ma vie que je donnais un coup de poing à quelqu'un. Je devais m'être cassé tous les doigts de la main tant ça me lançait.
En tout cas, ça m'avait bien défoulée ! Je ne regrettais pas de l'avoir frappé, juste pour le plaisir de voir son expression choquée. Je ne lui avais pas fait bien mal, cependant le message était passé. Ras le bol de me laisser faire sans rien dire.
— Bonjour, Tanna ! m'accueillit Sophie dans la cuisine. Tu restes pour le petit-déjeuner ?
— Non, je dois rentrer ! Mais merci, bonne journée !
Ma voix n'avait même pas flanché. Je filai sans demander mon reste.

Ce ne fut qu'une fois dehors que je m'autorisai enfin à éclater en sanglots.

Steven

La tête dans mon journal, je sirotais mon verre d'eau pétillante. Le brouhaha de la télévision regardée par Manuella, dont les pieds reposaient sur mes genoux, m'apportait un certain réconfort.

Je n'avais jamais trop aimé le silence. Même au bureau, je travaillais dans un joyeux raffut, entre les coups de téléphone et les blagues de mes collègues. J'appréciais mon dimanche de repos cela dit. J'étais avec ma femme et mes filles… Enfin, Billie était sur sa machine à coudre adorée et Tanna chez les voisins.

Quelle drôle d'idée d'aller traîner avec le fils Jones !

— Tu sais à quelle heure Tanna va rentrer ? m'enquis-je innocemment.

— La matinée est à peine entamée ! Laisse-la vivre !

Je grimaçai. C'était une chose de laisser vivre ma fille, mais c'en était une autre de la savoir chez un garçon aux fréquentations douteuses et aux agissements catastrophiques. J'essayais de me montrer bienveillant à son égard, parce que Tanna l'aimait beaucoup, toutefois il ne fallait pas pousser mémé dans les orties.

Voyant mon air désapprobateur, mon épouse se pencha vers moi pour m'embrasser près des lèvres.

— Arrête de te faire autant de souci ! Ta fille grandit, il faut l'accepter.

Je bougonnai en levant les yeux au ciel tandis qu'elle pouffait de rire. Avec ses cheveux noirs qu'elle nouait souvent en chignon et ses grands yeux dorés, je la trouvais magnifique. J'étais un homme heureux. Nous fêterions nos vingt ans de vie commune et nos quinze années de mariage à la fin de cette année. J'avais deux filles incroyables, un poste satisfaisant... Que demander de plus ?

Je l'embrassai avec tendresse avant de replonger dans les faits divers du jour.

Je sursautai en même temps que Manuella lorsque la porte d'entrée claqua brusquement. Nous échangeâmes un regard et, taquine, mon épouse sourit.

— Ça répond sûrement à ta question ? Tanna est rentrée ! Bonjour, ma chérie, nous sommes dans le salon !

Déposant mon journal, je tournai la tête vers ma grande fille qui avançait dans la pièce. Aussitôt, je bondis sur mes pieds, rapide comme l'éclair, et me dirigeai vers elle en même temps que Manue.

— Qu'est-ce qu'il se passe ? Parle ? Il t'a fait quelque chose ? Tanna !

J'étais dans tous mes états. Elle pleurait à chaudes larmes, la voix obstruée de sanglots et sa main droite serrée contre sa poitrine. Si ce morveux d'Hugo Jones avait fait quoi que ce soit à ma fille... Je le tuerais !

Manue prit Tanna dans ses bras et je fis de même, essayant de contenir ma colère et de ne pas tirer de conclusions hâtives. Quitte à finir en prison, autant que je sache pourquoi.

— J'ai... J'ai...

— Tu as quoi ? la pressai-je en la serrant plus fort.

Manuella me fusilla du regard et je haussai les épaules. J'étais peut-être un peu bourru, toutefois l'inquiétude me faisait faire n'importe quoi. Je déposai un baiser sur le front de ma petite princesse. Billie, qui avait sûrement entendu sa sœur rentrer, dévala les escaliers. En nous voyant ainsi enlacés, elle vint se joindre à notre étreinte sans un mot. Tanna la serra contre elle de sa main gauche.

— J'ai frappé Hugo ! avoua-t-elle avant de pleurer de plus belle.

Billie, Manue et moi nous regardâmes avec stupéfaction. Les lèvres de mon épouse frémirent et Billie et moi dûmes nous retenir pour ne pas exploser de rire. C'était vraiment inattendu.

Mon angoisse diminua sur-le-champ. De quoi avais-je peur ? Ma Tanna était une vraie guerrière ! Il n'était pas né le garçon qui lui chercherait des noises ! C'était fort de café.

— Et je me suis cassé la main ! enchérit-elle en tendant sa main meurtrie.

— Oh, ma petite puce ! Tu avais positionné ta main comme je te l'avais appris ? l'interrogeai-je tandis que sa mère examinait ses doigts avec intensité. Je savais que la natation était une erreur ! On aurait dû te mettre à la boxe.

— C'est pas trop tard ! intervint Billie.

— Arrêtez de vous moquer ! râla Tanna entre deux sanglots avant d'éclater de rire.

— C'est un peu drôle quand même ! Tu as mis une patate au voisin ! commenta Billie en riant avec elle.

Manuella secoua la tête, un sourire aux lèvres néanmoins. C'était nous qui avions fait ça ; deux petites merveilles fortes et soudées. J'étais fier d'elles.

— Ce n'est pas cassé, déclara ma femme en massant doucement la main de Tanna. Après un peu de glace et de repos, elle sera comme neuve. Tu veux nous dire ce qu'il a fait ?

— Il a été odieux, comme toujours !

— Tu veux que j'aille lui faire passer l'envie d'être odieux avec notre batte de baseball, ma puce ? proposai-je avec véhémence.

Elle rit de plus belle et secoua la tête tout en séchant ses larmes.

— Je crois qu'il a eu son compte ! Vous auriez vu sa tête !

— J'aurais payé cher pour voir ça ! ricana Billie.

Nous rigolâmes tous ensemble afin de dédramatiser la situation. Vraiment, quelle histoire !

Après une dernière étreinte, je séchai les larmes de ma petite puce et l'entraînai avec moi à l'étage. Dans la salle de bain, je la fis asseoir sur le rebord de la baignoire avant de sortir des bandages et de la crème.

Je me saisis de sa main pour la passer sous l'eau froide. Elle renifla. Ça ne m'avait pas l'air trop moche, il n'y aurait même pas besoin de glace.

— La proposition de la batte de baseball tient toujours, lui dis-je doucement.

Elle sourit. Je la préférais ainsi.

— Merci Papa, mais je peux me débrouiller toute seule.

— Je vois ça. Et je te fais confiance. Mais si ce maudit Jones te refait de la peine... Je lui refais le portrait !

Elle éclata de rire et se lova dans mes bras. Je l'étreignis avec force. Les enfants grandissaient si vite... Hier encore, ma Tanna se nourrissait au biberon et là elle frappait des garçons. Ah...

Je bandai sa blessure de guerre avec douceur après lui avoir mis une bonne couche de crème. Ce n'était pas trop enflé, j'avais vu pire. Et elle aussi ! La maladresse coulait dans la famille depuis des générations !

— Merci, souffla-t-elle, réconfortée.

— Je t'aime, ma puce.

— Moi aussi, Papa.

— Bon, allez ! Bandage, anti-douleur et pour te changer les idées, on va aller pique-niquer au parc ! Il fait un peu frais mais...

— Un peu frais !? Il gèle...

— Ça fera du bien à ta main dans ce cas ! me moquai-je gentiment avant de revenir sur ma décision : Bon, très bien. Dans ce cas, nous irons dans ton restaurant préféré. Ça fait longtemps que tu n'as pas mangé de sushis, ça te requinquera !

— Vendu ! accepta-t-elle, tout sourire. Je vais prévenir Billie et Maman !

Sur ce, elle fila à toute vitesse, sa tristesse définitivement oubliée. Enfin... Je savais que ce n'était pas aussi facile. Elle n'avait plus cinq ans, l'âge où il suffisait d'un bisou magique ou d'un conte de fées pour tout arranger. Là, Tanna avait le sourire. Dès le lendemain, elle retomberait dans les soucis qui peuplent la vie des adolescents. J'étais passé par là. Et l'amour était bien le pire des casse-têtes. Je n'étais pas absolument ravi qu'elle fréquente Jones mais... Il fallait bien que jeunesse se passe. Je ne pouvais ni choisir ni décider pour elle. Elle devait faire ses propres choix et je l'encourageais, dans l'ombre, tout comme sa mère, tandis que nous la regardions grandir et devenir petit à petit une incroyable femme.

En attendant qu'elle devienne totalement une adulte et qu'elle affronte ses responsabilités, moi, Steven Rodriguez – le plus génial des papas –, avait le devoir de lui offrir un moment d'insouciance.

Légèreté, sourires et oubli, bonne humeur, amour et dimanche en famille...

Aujourd'hui, c'était sushi party !

Hugo

Tout était redevenu normal.

Quelques jours avaient suffi pour que tout le monde reprenne ses bonnes vieilles habitudes.

Sophie et William, après s'être enthousiasmés du temps que j'avais passé avec Tanna, se montraient à nouveau compréhensifs et réprobateurs à la fois. Barbie Gothique me cassait toujours les bonbons, me harcelant dans les couloirs. Je me bourrais encore la gueule, je fracassais des gamins en échange d'argent et Tanna m'évitait.

D'ailleurs, elle s'était réconciliée avec son mec. Si c'était pas mignon...

Le truc qui me chiffonnait, c'était que, en dépit de la distance qu'elle avait prise par rapport à moi, elle ne semblait pas me détester. Enfin, si, mais comme d'habitude, ni plus ni moins.

Quelque chose avait changé. Malgré mon enthousiasme de folie à lui briser le cœur – pour son bien – et malgré qu'elle m'ait frappé – je ne m'en remettais toujours pas, le coquard sous mon œil en témoignait –, Tanna continuait à m'apprécier. Elle me lançait des petits regards énervés et patients, me disait bonjour dans les couloirs du lycée et s'intéressait toujours à ma vie merdique. Bien sûr, elle refusait de me parler et de passer du temps avec moi – ce qui était compréhensible – mais quand même...

Pourquoi ne me haïssait-elle pas ? J'avais tout fait pour, pourtant.

Jamais je n'avais expérimenté cela. C'était comme si... Comme si elle ne me laisserait jamais tomber, quoi qu'il arrive. Et cette sensation me mettait mal à l'aise. Je ne le méritais pas. Certainement pas après tout ce que je lui avais fait. J'étais un monstre après tout.

Plongé dans mes pensées, les mains fourrées dans les poches, j'arpentais les couloirs du lycée. J'aurais dû être en cours mais… Quel intérêt ? Je m'en tapais le cul de mon cours d'espagnol. Je n'avais pas besoin de passer deux heures à me faire chier sur une chaise pour savoir dire « *Hola, soy Hugo, el más atractivo del mundo* ».

Machinalement, mes yeux cherchaient Tanna. Inutile ; elle était en cours. Je n'y pouvais rien, j'avais pris cette mauvaise habitude depuis bien longtemps. Je soupirai et passai mon chemin.

J'errais comme une âme en peine, sans autre but dans la vie que de voler dans les supermarchés ou de cogner des gosses pour me faire de la thune. Je n'avais pas d'objectifs, pas de projets, pas de famille…

Mais tu as Tanna, susurra une voix nasillarde au fond de ma tête.

Mensonge. Je m'étais arrangé pour m'en débarrasser. Je n'avais personne.

Un coup violent dans l'abdomen me ramena à la réalité.

Déséquilibré, je tanguai un instant avant de baisser les yeux sur… Barbie Gothique. Elle venait de me rentrer dedans en m'enfonçant sa bouteille d'eau dans le sternum. Heureusement que j'étais solide, parce qu'avec tout ce que je me prenais… Je me frottai le torse en grimaçant avant de parler sans réfléchir :

— Désolé, je…

Horrifié, je me tus. La blonde me fixa, les yeux écarquillés de stupeur.

Nous nous dévisageâmes, aussi choqués l'un que l'autre par ce qu'il venait de se passer. Un sourire moqueur finit par étirer ses lèvres tandis que son regard vert pétillait de… tendresse ? Fierté ? Beurk !

— Ooooh ! Tu grandis si vite ! Quoi ? Le méchant Hugo a dit « désolé » ? On dirait bien qu'un petit cœur tout tendre rempli de guimauve se cache à l'intérieur de cette tête de con… A-D-O-R-A-B-L-E. Je ne pensais pas…

— Ta gueule ! l'interrompis-je d'un grognement agacé.

Elle sourit de plus belle. Elle m'offrit un clin d'œil, puis se hissa sur la pointe des pieds et m'embrassa fugacement sur la joue. Et elle me planta là, désemparé, perdu, au bout de ma vie.

— Tu te casses ? m'exclamai-je en me retournant.

— Il y a des gens qui aiment apprendre. Et je crois que tu en fais partie.

Sur ces paroles mystérieuses et complètement connes, elle disparut à l'angle du couloir. Décidément, quelque chose clochait. Je n'étais pas dans mon assiette. Tess avait raison ; je me transformais en guimauve.

Putain de merde de chiotte !

Depuis quand connaissais-je le prénom de cette malade mentale !?

Traumatisé, je quittai le bahut. Je n'étais pas prêt à accepter la révolution qui naissait en moi. Je voulais rester le monstre que j'étais censé être depuis toujours. Pas d'excuses, pas de prénoms et pas de putain de sentiments !

Était-ce vraiment trop demander !?

Abby

— « Oh girls, they wanna have fun! Oh girls just wanna have fun ! Girls, they wanna, wanna have fun, girls wanna have fuuuuuuun ! »

Je continuai à chanter en m'installant devant ma coiffeuse. Comme tous les matins, j'étais de bonne humeur. Insouciante. Je souris à mon reflet dans le miroir et secouai la tête. Mes cheveux roux volèrent dans tous les sens.

— C'est parti !

J'attrapai mon pinceau et commençai à me métamorphoser. Fond de teint, anticerne, blush, crayon, mascara, gloss… J'aimais être jolie. Avec Tess et son look *Rock'n'roll* et Tanna et sa beauté naturelle sauvage, il fallait bien que je mette tous les atouts de mon côté pour briller. Elles s'en fichaient d'être belles mais moi… J'avais parfois l'impression que c'était tout ce que j'avais de mon côté.

Je fronçai mon nez retroussé en ajoutant une couche de blush supplémentaire. Ça me donnait bonne mine, sans pour autant recouvrir les taches de rousseur qui parsemaient mon visage fin. Mes yeux bruns papillonnèrent, charmés par leur reflet. Parfait !

J'étais pressée d'être à ce soir. Avec les filles, nous avions instauré un petit rituel : shopping d'Halloween. Nous allions faire les boutiques afin d'acheter de nombreuses décorations pour se faire une fête entre nous ce week-end et ensuite, direction le restaurant ! C'était trop fun !

— Tu es prête petite crapule ? m'apostropha mon père depuis le rez-de-chaussée. Le bus ne va pas tarder !

— J'arrive !

Je bondis sur mes pieds et réajustai mon chemisier. J'étais excitée comme une puce. J'aimais trop Halloween. Et j'aimais trop Noël aussi. Sans oublier le jour de l'an ! En fait, j'avais un faible pour toutes les fêtes. Pourvu que je puisse m'amuser, rigoler et profiter de la vie, tout me convenait !

Je me saisis de mon sac de cours. Après avoir adressé un clin d'œil à mon reflet, je dévalai les escaliers pour retrouver mon père. Les pieds dans les chaussons Chewbacca que je lui avais offerts, il faisait cuire des œufs et du bacon. Mon estomac gargouilla.

— Tu as encore sauté le petit-déjeuner ce matin ! bougonna-t-il en venant m'embrasser sur le front. Ton déguisement pour Halloween est tout trouvé : un vrai squelette !

— Tu abuses ! gloussai-je en le serrant contre moi. J'ai des réserves ! Et puis je mange au restaurant ce soir avec les filles, je me rattraperai !

— Ne rentre pas trop tard ! Bonne journée, petite crapule !

— Je t'aime ! lançai-je en lui envoyant un baiser volant avant de filer.

J'avais toujours été proche de mon papa, mais notre relation avait carrément évolué lors du décès de ma maman, sept ans plus tôt. Elle s'était battue contre un cancer du sein et avait perdu, malgré tous ses efforts. Elle s'était montrée d'un courage peu commun, postant constamment un sourire sur ses lèvres fatiguées et gercées par les traitements, toujours là pour moi, et veillant à ne me laisser que de merveilleux souvenirs d'elle. Elle me manquait terriblement. Heureusement, mon père était là, incroyable, présent, aimant ; le meilleur du monde.

— Une Abby silencieuse de bon matin, c'est une première ! me taquina Tess dès que je m'installai dans le bus entre elle et Tanna.

Cette dernière semblait fatiguée. Ses longs cheveux noirs étaient attachés en un chignon à moitié défait et son teint pâle m'inquiéta. Je la trouvais changée ces derniers temps. Elle s'éloignait de plus en plus de Julian – alors qu'il était à tomber ! – et paraissait nous faire des cachotteries. Le côté positif dans ce changement : elle s'affirmait !

Depuis qu'elle était avec Julian, elle s'était renfermée et avait voulu tout bien faire. Aller bien par tous les moyens, avoir de bonnes notes, être parfaite et satisfaire tout le monde. Cependant, la vie, ça ne marchait pas comme ça. J'étais contente de constater qu'elle se ressaisissait et qu'elle redevenait pétillante et caractérielle.

— Je me réserve pour la journée, ne t'enthousiasme pas trop ! répliquai-je en la bousculant.

— Ah, ne commencez pas toutes les deux ! Temps mort ! rigola Tanna.

La voir sourire me rassura un peu. Peut-être qu'elle avait passé une mauvaise soirée la veille... Elle avait souvent eu l'air triste cette semaine. Mais bon. Nous étions là pour elle.

— T'as raison, on s'entretuera ce soir ! sourit Tess en passant une main dans ses cheveux platine.

Je lui grognai dessus tel un tigre enragé, ce qui les fit rire toutes les deux. Le trajet se poursuivit dans la bonne humeur. Normal, puisque j'étais là ! La vie était trop courte pour s'embarrasser de pensées négatives et déprimer. Il m'arrivait d'avoir des coups de mou, mais j'essayais toujours de me ressaisir. Je n'avais pas de temps à perdre à me morfondre. J'étais jeune, jolie, j'avais toute la vie devant moi, des amies en or et beaucoup d'amour à donner ! Le ciel, qu'il soit bleu, gris, nuageux ou orageux me satisfaisait tous les jours.

— Tanna, tu invites Julian à notre soirée Halloween ? m'enquis-je innocemment en descendant du bus.

Elle leva les yeux au ciel.

— J'en sais rien. Il a sûrement prévu un truc avec son équipe.

— Tu ne lui as pas demandé ?

— Non.

Ah, ils ne filaient pas le parfait amour en ce moment. C'était nul. J'étais pour Julianna ! Il fallait que j'arrange cette histoire. Ce serait bête qu'ils se séparent pour des bêtises. Parfois, les gens ne sont simplement pas faits pour être ensemble mais, moi, je voulais y croire jusqu'au bout.

Tirer sur la corde, presser l'espoir comme un citron jusqu'à ce qu'il n'en reste rien, c'était mon point fort.

— Puisqu'il faut tout faire ici, je lui poserai la question dans la journée !

— Fais donc ! grogna Tanna en s'infiltrant dans la salle de classe.

C'est donc ce que je fis, six heures plus tard, à la fin des cours. À quinze heures, Julian avait entraînement. Je plantai mes camarades et me rendis sur le terrain de foot.

Que de bons souvenirs ! À mes heures perdues, je venais dans les gradins mâter les garçons en pleine séance d'entraînement. Une ou deux fois, je m'étais même faufilée dans les vestiaires, ni vu ni connu. J'aimais les muscles et la testostérone. J'étais d'ailleurs sortie avec plusieurs membres de l'équipe, ce qui ne m'avait pas empêchée de fréquenter également des gars du club d'échecs ou du club de sciences. J'aimais simplement tout le monde. Je voulais de la tendresse et de l'amour et je trouvais que chaque garçon était intéressant à sa manière, qu'il soit beau, petit, musclé ou pas, intello ou passionné par les jeux vidéo…

Il y avait tant de personnalités à découvrir et d'amour à donner…

Pourquoi se priver ?

Toute guillerette, je fis comme chez moi et m'avançai sur le terrain de foot. Ce ne fut qu'une fois arrivée au milieu que je me rendis compte que quelque chose clochait. Il n'y avait pas de beaux garçons qui couraient torse nu, ni de coups de sifflet de la part de l'entraîneur. J'entendais des cris et, de l'autre côté du terrain, je voyais les joueurs de l'équipe chahuter. Intriguée, je pressai le pas pour m'approcher.

Les joueurs de l'équipe formaient un cercle autour de deux garçons. Je reconnus Julian et le voyou du bahut, le petit nouveau qui cherchait des noises à tout le monde, tabassait les plus jeunes et séchait les cours. Il lui arrivait souvent de jeter des coups d'œil à Tanna et je les avais d'ailleurs vus quelquefois parler ensemble.

Hugo Jones.

J'ignorais ce qu'il voulait à mon amie, cependant ça ne me plaisait pas que celle-ci traîne avec lui. Et Tess… Elle semblait au courant d'un truc, sans jamais vouloir m'en parler. Ça faisait un moment que cette situation m'embêtait, mais comme je n'étais pas du genre à me prendre la tête ou à me poser des questions…

Hugo et Julian se battaient. Et ce n'était pas beau à voir. Les coups de poing fusaient et le sang giclait. On se serait cru dans

Rocky Balboa.

Je fus choquée de constater que, au lieu de séparer les deux brutes, les garçons les encourageaient à l'aide de cris frénétiques. Qu'est-ce qui n'allait pas chez eux ?

— Hé ! Hé-ho ! criai-je pour essayer d'attirer leur attention.

J'aurais tout aussi bien pu être invisible.

N'y avait-il pas suffisamment de misère dans le monde ? Fallait-il en plus que les êtres humains soient bêtes et se complaisent dans la violence brute et idiote pour se divertir ? Moi, je ne disais jamais non aux trucs gnangnans, au romantisme, au monde des Bisounours... Répandre un peu de bonheur, de joie et de sourires parmi tous ces fous, c'était trop demander ?

J'étais d'ordinaire d'un naturel plutôt pacifiste. Je n'aimais pas la bagarre, encore moins les conflits ; la vie était trop courte. J'aurais dû foncer tête baissée et essayer toutes les activités dingues, cependant c'était le rôle de Tanna d'être une tête brûlée et celui de Tess de n'avoir peur de rien. Pourtant, cette fois-ci, j'étais colère. Bordelus.

J'inspirai doucement tandis que les garçons me bousculaient sans me prêter attention. Leurs yeux écarquillés fixaient la scène et leurs bouches se tordaient, vociférant des insultes dans tous les sens.

Je pris mon courage à deux mains et me faufilai au milieu du cercle, là où les coups pleuvaient. Oh... C'était encore plus impressionnant vu de près.

La peur s'insinua lentement en moi. Que pouvais-je faire, moi, frêle papillon au milieu d'un essaim d'abeilles ? Mon instinct me poussait à décamper mais... Je ne pouvais pas cautionner cela. Julian était en difficulté.

Mon premier réflexe fut donc ne me poster devant lui. Ce ne fut pas la meilleure idée que j'aie eue. Je vis le poing d'Hugo Jones arriver à toute vitesse. J'allais me le prendre en pleine figure.

Son regard froid se transforma lorsqu'il m'aperçut. Il fronça les sourcils, comme s'il me reconnaissait, et son poing s'encastra dans l'épaule de Julian, à quelques millimètres seulement de mon visage. Venait-il de m'épargner ?

— Merde, Abby ! Dégage de là, grogna Julian en me poussant brutalement.

Un peu trop brutalement.

Je m'écrasai dans l'herbe aux pieds des autres garçons de l'équipe qui se mirent aussitôt à ricaner. Je virai au rouge cramoisi. De toute ma vie, je n'avais jamais eu aussi honte. Ce n'était pas la réaction que j'espérais, surtout venant de Julian. Le garçon que je défendais corps et âme auprès de Tanna depuis des mois. Celui que j'admirais et en qui j'avais confiance...

Ma confiance, il venait de l'éclater à coups de rires gras et d'indifférence.

Une main tendue apparut devant mon visage. Je souris, soulagée : Julian se rattrapait pour sa goujaterie.

J'attrapai la main en relevant les yeux et mon sourire se figea. Les yeux rivés sur Julian, Hugo Jones ne me regardait même pas. Pourtant, c'était bien sa main qui m'aidait. Toute l'estime que j'éprouvais pour Julian s'évapora dans l'instant.

Finalement, Tess avait raison depuis le début : c'était un abruti.

— Tu n'as rien ? me demanda froidement Hugo, comme si je n'étais qu'un vulgaire insecte qui l'agaçait.

Je secouai la tête, vexée par son manque de considération. Malgré son arcade et sa lèvre fendue, il se dressait de toute sa hauteur, absolument pas dérangé par ses blessures, contrairement à Julian qui grimaçait comme un bébé avec son coquard.

— Julian, qu'est-ce qui te prend ? m'enquis-je en me tournant vers lui. Tu n'es pas du genre à te battre.

— C'est lui qui a commencé !

Réaction typique de gros bébé. Hugo leva les yeux au ciel. Je crus qu'il répondrait un truc du genre « Tu l'avais mérité ! », mais il se tourna vers moi.

— Tu ferais mieux de ne pas rester ici.

Sur ce, il tourna les talons et se fraya un chemin à travers le reste de l'équipe, qui le bouscula dans tous les sens. Il ne se laissa pas démonter, bien au contraire. Fier comme un paon, il se débarrassa des gars qui se trouvaient sur son chemin et fila, serrant les poings. Sûrement pour éviter de revenir se battre. Il devait avoir beaucoup de self-control pour parvenir à mettre un terme à ce déferlement de violence.

— C'est ça ! Casse-toi, mauviette ! siffla Connor, un des gars avec lequel j'étais sortie.

Hum... Et moi qui disais que tous les garçons méritaient d'être connus... Peut-être pas en fait.

— Vous êtes vraiment une bande de cons, déclarai-je en les fusillant du regard. Et je suis vraiment déçue par ton comportement Julian ! Bon entraînement à vous, grosses brutes en couches-culottes !

Je partis sous les moqueries de l'équipe. Sous le choc, je me réfugiai aux toilettes en reniflant. Je tamponnai mes yeux pour effacer les larmes qui menaçaient de couler à cause de ce stress et de cette immense déception. J'avais été secouée, c'était le moins qu'on puisse dire !

En à peine quelques minutes, tout avait changé. Julian était devenu le méchant de l'histoire et ce fameux Hugo...

Était-il possible qu'il ne soit pas un monstre dépourvu de cœur ?

Je commençais à le croire.

Abby

J'inspirai pour me calmer. D'accord, je venais de vivre un moment de stress intense et de honte profonde, sans oublier la déception amicale gargantuesque qui m'étreignait le cœur. Et alors ? J'étais toujours vivante. En plus, les filles devaient m'attendre.

Mince ! Comment allais-je dire ça à Tanna ? Déjà qu'elle n'était pas très bien ces derniers temps…

Je me mordis la lèvre inférieure et mon regard heurta mon reflet dans le miroir. J'étais toute rouge. Je sortis ma trousse à maquillage de mon sac et rectifiai mon teint et mes lèvres. Ces gestes coutumiers m'aidèrent à m'apaiser et, à la fin de ma mise en beauté, j'avais retrouvé une couleur normale et un semblant de sourire.

— Vive le *girl power* ! murmurai-je avant de quitter la sécurité des toilettes.

Tess et Tanna m'attendaient devant le lycée, impatientes. Lorsqu'elles me virent, elles se précipitèrent vers moi.

— Où étais-tu ? m'interrogea Tanna.

— Oh…

— Peu importe, on a des choses à faire ! me sauva Tess en me jetant un coup d'œil intrigué.

Parfois, mon amie me faisait peur. Elle avait une manière de lire à travers les gens qui me mettait mal à l'aise. C'était comme si elle possédait toujours un coup d'avance sur la vie, anticipant les événements avant qu'ils ne se produisent. Elle insufflait à ses proches une énergie qui les poussait à agir. Elle les guidait, sans jamais qu'ils s'en aperçoivent. Et je ne dérogeais pas à la règle. Pourtant, savoir qu'elle pouvait voir en moi et m'orienter vers mon destin sans que je ne le sache me terrifiait. À croire qu'elle était une véritable sorcière.

— Oui, allons-y ! sautai-je sur l'occasion, ne sachant toujours pas quoi dire à Tanna par rapport à son cinglé de copain.

Bras dessus, bras dessous, je les entraînai vers le bus. Direction le centre-ville pour des achats de folie !

— Bon ! L'année dernière, on a fait une soirée « sorcières » pour faire plaisir à Tess ! Cette année, je veux faire une soirée vampires ! m'extasiai-je. Au programme : cercueils, crucifix, gousses d'ail et crocs en plastique !

— Vraiment ? On ne peut pas plutôt faire une soirée arc-en-ciel ou licornes ? soupira Tanna.

— L'année prochaine ! Chacune son tour ! la fusillai-je du regard. En plus, on perdrait tout l'esprit d'Halloween.

— Ouais, c'est le seul jour où je suis dans mon élément ! commenta Tess en ébouriffant ses cheveux platine afin de se donner un petit côté fou.

— Tu abuses ! grimaça Tanna.

Comme à mon habitude, je me mis à me chamailler avec Tess pendant que Tanna faisait l'arbitre. Je ne l'admettrais sans doute jamais parce que c'était bizarre, mais j'adorais nos joutes verbales. Ma sorcière bien-aimée était le genre de fille à toujours avoir une bonne réplique à sortir de son chapeau.

— Bon ! nous arrêta Tanna en arrivant en centre-ville. On fait comme d'habitude ? On se sépare et on voit ce qu'on a trouvé chacune de notre côté. On se retrouve dans une heure au restaurant !

— Ouiiii ! Et surprenez-moi les filles ! Je veux de l'originalité ! exultai-je en sautillant sur place.

— Tanna, en tant que reine des catastrophes, évite les ennuis et Abby évite les garçons ! J'ai pas envie de vous attendre jusqu'à ce que mort s'ensuive comme l'année dernière ! bougonna Tess.

— T'inquiète ! On gère, promis-je avant de filer.

Enfin seule ! C'était le comble. D'ordinaire, je n'aimais pas la solitude. Tess adorait passer des heures dans le noir à penser à son existence et Tanna s'accommodait de la solitude mais moi… Ça m'était insupportable. J'aurais tout le temps du monde d'être seule quand je serais morte, dans mon cercueil ou dans ma petite urne. Pourtant, là, j'avais besoin de réfléchir. Qu'allais-je dire à Tanna ?

— Bonjour, le rayon gousses d'ail c'est par où ? demandai-je en entrant dans le supermarché.

Un vendeur m'indiqua ce que je cherchais d'un mouvement du bras désintéressé.

Les gens ne font attention à rien de nos jours.

Je me plantai devant les gousses d'ail et en attrapai plusieurs. Cette soirée devait être inoubliable. D'accord, l'ail était un peu cliché pour une soirée vampires, mais j'aimais les clichés. Au moins, ils faisaient parler d'eux. Et puis, ils possèdent toujours un fond de vérité, non ? Donc autant se complaire dans l'excès.

— Peur de se faire mordre ?

Je me retournai en sursautant. Un garçon se tenait derrière moi, les mains sur les hanches, un sourire farceur sur son visage rond. Il portait la tenue des employés du magasin et des caisses de fruits et légumes reposaient à côté de lui. Je rougis, les bras chargés d'ail.

— On ne sait jamais ! Tout peut arriver à Halloween, blaguai-je en agitant mes gousses.

— Si seulement c'était vrai ! Je pourrais oser inviter une fille aussi mignonne que toi !

Il détourna le regard, apparemment gêné par sa confession. Malgré mon enthousiasme pour les relations diverses et variées, je revenais souvent au même type de garçons : gigantesque, musclé et bête sur les bords. Pas très grand, le regard fuyant, cet employé atypique possédait un petit quelque chose en plus. Son apparence tout en rondeurs lui donnait du charme et m'inspirait confiance. Et le sourire gêné qu'il essayait tant bien que mal de cacher faisait ressortir ses fossettes. Mon cœur bondit. Il ne m'en fallait pas plus ; j'étais conquise.

— Tu devrais oser ! l'encourageai-je. On ne vit qu'une fois et qui sait, je dirai peut-être oui !

Il sourit tout en se dandinant. Il n'y avait rien de tel qu'un garçon mignon pour me remonter le moral. Je pris un morceau d'ail sur lequel je notai mon numéro de téléphone et lui tendis.

— À bientôt peut-être ! lançai-je avant de filer.

Après tout, Tess m'avait expressément demandé ne pas traîner avec des garçons, et j'avais encore un tas d'achats à faire. J'attrapai un pot de peinture rouge – effet sanguinolent garanti – et payai mes achats. Je poursuivis mon shopping d'Halloween dans la bonne humeur. Citrouilles, crucifix, tout y passa ! Nous ne serions que trois à cette soirée, mais ce serait démentiel. Nous aurions pu être plus nombreux, cependant personne n'en avait envie.

Avec ma rousseur divine et mes sourires, je m'entendais bien avec tout le reste du lycée. En apparence.

La vie est souvent une question d'hypocrisie.

Au fond, la plupart des garçons pensaient que j'étais une fille facile et les filles n'étaient pas plus agréables. Juste parce que j'avais besoin de beaucoup d'amour et de me sentir importante dans la vie des autres. Juste parce que j'assumais le fait d'accumuler les conquêtes. Juste parce que moi, je n'étais pas hypocrite et que je vivais avec mon temps. Ça ne dérangeait personne que les garçons couchent avec des filles différentes tous les jours avant de les jeter comme des déchets mais apparemment, il était horrifiant qu'une fille puisse tomber amoureuse très vite et tout le temps. Pour moi, il ne s'agissait pas d'une question de sexe. Mais ça, personne ne le comprenait, en dehors de Tess et Tanna.

Alors voilà, je n'avais aucune envie que mon Halloween se transforme en bal des faux culs. J'entendais déjà les chuchotements derrière mon dos au lycée, pas la peine de m'infliger ça en soirée. Des films, mes amies et des rires, c'était tout ce dont j'avais besoin.

Je m'empressai de rejoindre notre point de rendez-vous, à savoir le meilleur restaurant italien de Roseville.

— Où est Tess ? m'enquis-je dès que j'arrivai devant le restaurant où patientait Tanna.

— Aucune idée ! Je pensais qu'elle serait la première arrivée, comme toujours.

— Je suis là ! annonça la concernée en débarquant. J'ai réussi à nous réserver un cercueil ! Un vrai de vrai ! C'est pas de la folie !?

J'échangeai un regard consterné avec Tanna.

— Quoi ? Abby, c'est toi qui as dit que tu voulais de l'originalité ! bougonna Tess.

— Non mais pas à ce point-là ! Un cercueil ? À qui l'as-tu volé ? C'est morbide !

— Je suis d'accord avec Abby pour une fois, commenta Tanna, serrant les lèvres pour ne pas rigoler.

— Je ne l'ai volé à personne ! Je l'ai juste loué pour la soirée !

— Tu as loué le cadavre avec aussi ? râlai-je, excédée.

— Punaise ! Je n'y ai pas pensé !

Tanna éclata de rire et je levai les yeux au ciel. Profitant de ce moment d'accalmie au sein de cette dispute ridicule, je m'engouffrai dans le restaurant.

Un cercueil... Quelle cinglée ! Heureusement que personne ne venait à notre soirée, ça aurait été ultra gênant autrement.

Je posai mes fesses à notre table habituelle et mes amies me rejoignirent. J'étais redevenue moi-même et je comptais bien tout dire à Tanna. Dans un petit moment.

— Je meurs de faim ! s'exclama Tanna en se jetant sur le menu.

Elle s'y plongea avec intérêt et j'échangeai un sourire avec Tess. De nous trois, c'était sans doute notre belle Rodriguez qui était la plus gourmande.

— Tagliatelles à la carbonara ou pennes au saumon ? Quoiqu'il y a aussi des gambas... réfléchit-elle à voix haute.

— Pour moi, ça sera une pizza végétarienne ! déclara Tess.

— Allons bon, voilà qui est nouveau, soupirai-je. Depuis quand es-tu végétarienne ?

— Je ne veux plus que mon corps soit un tombeau.

— Dit la personne qui loue des cercueils !

— C'est différent d'en louer un et d'en devenir un ! Tu imagines tous ces animaux à l'intérieur de moi ? C'est nul !

— Tu es obligée de dire ça avant que je ne mange des gambas ? grogna Tanna en refermant la carte d'un coup sec.

Je pouffai de rire, tout comme Tess. Pour soutenir cette dernière, Tanna décida de prendre des tagliatelles aux légumes. Moi, je choisis des lasagnes, rien que pour énerver l'équipe végétarienne.

Le repas fut ponctué de fous rires. Tess et moi avions décidé de conclure une trêve pour ce soir et Tanna paraissait détendue. Ça faisait du bien de la voir comme ça, elle qui semblait si morose ces derniers temps.

Les heures s'égrenèrent tandis que l'inventaire de nos

décorations pour la soirée se faisait. Cercueil, gousses d'ail, faux sang, sucreries, crocs en plastique, maquillage, robes de bombasse, crucifix, croix et autres chapelets, nous étions prêtes. Tess proposa même d'amener la Bible de ses parents, pour la blague.

— Bon les filles, fis-je après un dernier éclat de rire. Je suis désolée d'apporter les mauvaises nouvelles, mais j'ai quelque chose à vous dire.

— Tu te maries ? s'enquit Tess, taquine.

— Non !

— Je vais être tata ? continua-t-elle.

Je lui balançai ma serviette sale au visage, ce qui eut le mérite de la faire grimacer et taire par la même occasion. J'inspirai pour me donner du courage. Tanna restait silencieuse, le regard fixé sur moi et ça ne m'aidait pas à parler. Pourtant, il le fallait.

— Je suis allée sur le terrain de foot pour demander à Julian s'il voulait venir à notre Halloween...

— Il vient ? m'interrogea Tanna en faisant la moue.

— Non. En arrivant, les garçons étaient rassemblés au milieu du terrain et... Julian se battait.

Tess haussa un sourcil tandis que Tanna devenait livide.

— Pardon ? Comment ça, il se battait ? Pourquoi ? Avec qui ?

— Avec... Hugo Jones... avouai-je, le ventre noué. Jones l'a bien amoché.

Tanna bondit sur ses pieds, furieuse. Elle était rouge de colère à présent et ses mains crispées sur la nappe ne présageaient rien de bon. Je frissonnai. Mon amie gardait son calme en toutes circonstances en temps normal.

— Je vais le tuer, siffla-t-elle.

— Enfin ! Ce n'est pas trop tôt ! commenta Tess.

Elle récolta un regard noir.

— Je ne parlais pas de Julian, répliqua-t-elle froidement.

— Quoi ? Mais Tanna ! intervins-je. Ce n'est pas Jones le problème. Je voulais justement te dire...

— Si ! Si, c'est lui le problème ! Depuis qu'il est revenu, ma vie part à la dérive ! De quel droit se permet-il de tabasser Julian ? Il me gonfle ! J'en ai plus qu'assez de ses sautes d'humeur, de son je-m'en-foutisme à la noix, de sa possessivité dissimulée derrière des conneries... Ras le bol !

— Revenu ? répétai-je, hébétée, interrogeant Tess du regard.

J'étais larguée. Tess paraissait être dans la confidence, car elle pinça les lèvres en secouant la tête pendant que Tanna continuait à s'énerver.

— C'est incroyable ! N'arrêtera-t-il donc jamais ? Ce n'est pas suffisant de passer son temps à me blesser ? Il faut maintenant qu'il s'en prenne à Julian ! Je vais aller le trouver ! Je suis sûre qu'il rôde sur ce terrain vague, à trafiquer tout et n'importe quoi avec les tarés du quartier...

Elle semblait s'adresser à elle-même. Les joues rouges, le regard perdu et fou de rage, elle grommelait dans sa barbe. J'avais peur qu'elle n'explose. À trop garder son calme, elle perdait pied. Décidée, elle poussa sa chaise hors de son chemin et prit la direction de la sortie.

— Tanna ! Attends ! Ce n'était pas ce que je voulais te dire !

La porte se referma sur elle. Je ne reconnaissais plus mon amie.

Mince, qu'avais-je fait ? L'avais-je poussée à un point de non-retour ? Était-ce de ma faute si elle réagissait aussi mal ? Je ne comprenais plus rien.

Tess posa une main rassurante sur mon bras.

— Ne t'inquiète pas. Elle sait que Julian est un crétin, il faut simplement qu'elle l'accepte. Elle a besoin de régler son problème et surtout, de se retrouver, parce qu'elle s'est perdue en chemin depuis bien longtemps.

— Ça va, Socrate ? Tu as fini ton cirque ? grognai-je en lui tirant la langue.

Je détestais quand Tess savait tout et qu'elle ne voulait rien dire ou qu'elle parlait en messages codés. Et ça arrivait souvent. La philosophie, c'était bien, mais à petite dose. Au moins, je me sentais un peu mieux. Si Tess ne s'inquiétait pas, cela signifiait que tout rentrerait dans l'ordre. Elle m'offrit un sourire contrit et haussa les épaules.

— Je t'offre une glace. Autant terminer la soirée sur une note positive.

— Pour une fois, je suis d'accord avec toi !

Janna

Folle de rage, je débarquai comme une furie sur le terrain vague. Il était là, bien sûr. Toujours fourré là où ne le fallait pas, ce n'était plus une surprise. Ils étaient une dizaine peut-être. À part lui, je ne connaissais personne.

Un frisson me parcourut. Je n'aurais pas dû être là. C'était une mauvaise idée. Qui était assez bête pour venir dans un squat abandonné, au milieu de la nuit et se confronter à un gang ?

La colère me donnait des ailes et je ne ralentis même pas en arrivant près d'eux. Hugo chuchotait à l'oreille d'un garçon louche, concentré. Il secoua la tête puis releva les yeux et me vit. Son expression changea du tout au tout.

Un voile de panique passa dans ses yeux bleus juste avant qu'il ne se recompose un masque d'impassibilité. Furieux, en quelques enjambées il fut sur moi. Je me fichais bien de son opinion et de son inquiétude, alors je le frappai violemment sur le torse.

— Pourquoi !? Pourquoi tu as fait ça ?

Une lueur mauvaise brilla dans son regard. Il m'attrapa brusquement les poignets pour m'empêcher de le cogner à nouveau. Les autres gars ricanaient. Je m'en moquais bien de lui ficher la honte.

— Tu ne devrais pas être ici ! siffla-t-il.

— Toi non plus ! Réponds-moi ! Pourquoi tu t'en es pris à Julian ? Tu n'as rien d'autre à faire ? Le trafic de drogue ne te suffit plus ?

Hugo me dévisagea comme si j'étais folle. Il lança un coup d'œil furtif à ses compères. Il n'était pas rassuré par leur présence.

Ou plutôt par ma présence parmi eux. Le pauvre, il n'appréciait pas que je fasse une scène devant tous ses petits copains.

Il m'attrapa le bras si fermement que je sursautai et me força à faire demi-tour. Je luttai pour la forme, rien que pour lui montrer que je n'étais pas d'accord et que je n'étais pas sa marionnette. Ses doigts s'enfonçaient dans ma chair et s'il continuait ainsi, il me broierait le bras. Il me traîna plus loin, jusqu'à une voiture noire dans laquelle un garçon écoutait de la musique. De mieux en mieux ! Il comptait me vendre sur le marché noir ?

— Tu me fais mal ! soufflai-je en essayant de me dégager de son emprise.

Sa poigne se desserra aussitôt. Il me lâcha et recula tandis que je me frottais le bras sous ses yeux inquiets.

— Où es-tu allée chercher que je faisais du trafic de drogue ? m'interrogea-t-il d'une voix plus calme.

Je le fusillai du regard.

— Ah, excuse-moi ! Je ne savais pas que des gangs se retrouvaient la nuit au milieu de nulle part pour jouer à la marelle.

Je ne savais même plus pourquoi j'étais furieuse. Il y avait tant de raisons ! Je détestais qu'il bousille sa vie avec ce comportement ridicule et autodestructeur. À croire qu'il essayait d'éloigner toutes les bonnes choses qu'il y avait en lui.

Je le frappai une nouvelle fois pour la forme. Ce fut la fois de trop. Il me plaqua contre la carrosserie de la voiture et je me retrouvai allongée sur le capot, les bras au-dessus de la tête, lui au-dessus de moi. Mon cœur cognait contre ma cage thoracique et j'entendais au loin les rires de ses fréquentations douteuses. Son odeur m'assaillit, brutale et rassurante à la fois.

Le visage d'Hugo, déformé par la colère, n'était qu'à quelques centimètres de mon visage. Je voyais des éclairs marbrer son regard. Un soupçon d'inquiétude également. Malgré la gravité de l'instant, je n'avais pas peur. Jamais il ne me ferait de mal.

Nous nous dévisageâmes durant une longue minute. Il finit par souffler d'agacement.

— Ce n'est pas un mec pour toi, déclara-t-il.

J'avais dû mal entendre. Pour qui se prenait-il ?

— Tu...

— C'est un connard ! me coupa-t-il, la colère ressurgissant, mais pas dirigée contre moi cette fois-ci.

— Pas plus que toi ! crachai-je.

Une lueur de tristesse passa si vite dans son regard que je crus l'avoir imaginée. Il me lâcha et se redressa avant de se passer une main dans les cheveux.

— Rentre chez toi, Tanna.

Je me relevai à mon tour en grimaçant. La carrosserie de voiture, ce n'était vraiment pas agréable. Il avait le culot de me donner des ordres ! De mieux en mieux.

— Laisse Julian tranquille, insistai-je.

Sans répondre, il me poussa vers le côté passager de la voiture et me fit entrer sans ménagement. J'avais atteint la limite de sa patience. Il claqua la porte si violemment que tout l'habitacle trembla puis, se penchant à la fenêtre où se trouvait le garçon, il déclara :

— Ramène-la chez elle. S'il lui arrive quoi que ce soit, tu es un homme mort. Compris, Silas ?

Le concerné hocha la tête et démarra. Après un dernier regard, Hugo tourna les talons et repartit en direction du terrain vague. Je voyais à sa démarche à quel point il était énervé.

Une pointe de panique me noua le ventre. Que faisait-il avec ces garçons ? Serait-il en sécurité ? Je voulus sortir, cependant le dénommé Silas verrouilla les portières et se mit à rouler. Si je lui cognais la tête sur le volant, aurions-nous un accident ou pourrais-je sortir en toute tranquillité ?

— Les ordres sont les ordres, se contenta de dire Silas. Ton adresse ?

Je croisai les bras et regardai le terrain vague s'éloigner. Je crus apercevoir Hugo me lancer un dernier regard. S'assurait-il que son ami me raccompagnait bien chez moi ? Avait-il confiance en ce Silas ? J'espérais qu'il ne m'aurait jamais confiée entre de mauvaises mains mais avec lui, c'était difficile de savoir. Hugo et sa fine équipe finirent par disparaître au loin. La tension dans mon ventre ne diminua pas.

Alors comme ça, Julian n'était pas quelqu'un pour moi. Qu'est-ce que c'était censé vouloir dire ? Il m'avait toujours bien traitée. Il me faisait rire. Parfois. Il tenait à moi. À sa façon. Ce n'était pas une mauvaise personne. Hugo savait-il quelque chose que j'ignorais ? Ou était-ce simplement une forme de jalousie déplacée ? Il y avait bien les rumeurs et les propos de Cindy et Lola, mais...

J'avais besoin de penser à autre chose.

— Qu'est-ce qu'ils font là-bas ?

Silas haussa les épaules. Son flegme commençait sérieusement à me gonfler.

— Je ne sais pas. Je ne suis que le chauffeur. Hugo me paye pour le conduire et la fermer, ça me va bien comme ça.

— Mais... Comment va-t-il rentrer si tu me ramènes ?

Il me lança un regard amusé.

— Tu es au courant que Hugo Jones n'est pas une princesse en détresse ? Si j'étais toi, je m'inquiéterais plutôt pour les autres qui étaient là-bas. Personne n'a envie de croiser le chemin d'Hugo lorsqu'il est énervé. À part toi, peut-être. Je ne sais pas si tu es débile ou inconsciente, mais c'était vraiment impressionnant.

Je fronçai les sourcils et croisai les bras. Nous n'avions pas élevé les cochons ensemble pour qu'il puisse se permettre de me parler ainsi. Je lui donnai mon adresse et ne dis plus un mot.

Je ne comprenais pas. Pourquoi Hugo avait-il besoin d'un chauffeur ? Il avait un scooter. Voulait-il passer inaperçu ? Cela semblait être l'explication la plus plausible. Son oncle et sa tante auraient sûrement remarqué son absence au beau milieu de la nuit s'il avait pris son propre véhicule. Grâce à Silas, il pouvait faire le mur en toute discrétion. Je soupirai.

Ma colère m'avait quittée. Ce n'était qu'un moment de perdition, un moment de trop-plein qu'il m'avait fallu vidanger avec des cris inutiles. À présent que je l'avais vu, ici, à faire n'importe quoi, et que j'avais étanché ma soif de rage, je me sentais fatiguée et lasse. Rongée par l'inquiétude, je ne pouvais rien faire à part rentrer chez moi.

Comment trouver le sommeil en sachant qu'il rôdait dans la nuit et qu'il prenait des risques ?

Quel crétin...

Hugo

Quelle idiote !
Venir ici au milieu de la nuit... Elle ne se rendait pas compte. Elle était inconsciente.
Mais aussi terriblement sexy quand elle était en colère.
En la voyant arriver, j'avais eu le souffle coupé par sa beauté. Ses longs cheveux noirs fouettaient l'air, ses joues étaient rosies par la fureur et son regard ambré crépitait. Une vraie guerrière. Puis, la raison m'était revenue et j'avais paniqué.
Elle ne devait pas être ici. Il n'y avait que Tanna Rodriguez pour se pointer dans un traquenard nocturne. Je ne dealais pas. Toutefois, je n'étais pas tout blanc non plus. Mes fréquentations étaient les pires de la ville. Je rendais des petits services ici et là contre rémunération pour le gang du quartier. Passages à tabac, intimidations, vols et manigances... J'étais craint et respecté. Je faisais ce que je voulais quand je le voulais, j'avais mes propres règles et j'étais indépendant.
Elle s'était pointée comme une fleur au milieu de mes « clients », qui savaient désormais que j'avais une faiblesse. Je devais frapper fort.
— C'est ta copine ? ricana Ulrick, une petite frappe aux cheveux hérissés sur la tête. Elle est sacrément effrontée...
Mon sang se mit à bouillonner. Je changeai de trajectoire et mon poing s'encastra dans le visage d'Ulrick, lui brisant le nez dans un craquement sinistre.
— Eh mec ! m'interpella Big Ben, le leader du gang. On se calme.

— Tu crois que tu peux me donner des ordres ? grondai-je en l'attrapant par le col de son vêtement.

— Tu veux vraiment la jouer comme ça ? sourit-il en levant les mains, signe qu'il ne cherchait pas d'histoires. À huit contre un, je me tiendrais tranquille si j'étais toi.

— Tu crois que tu me fais peur avec tes petits caniches ? Tu ne sais pas à qui tu as affaire.

— Regardez-moi ça... Le larbin de service prend un peu trop la confiance, on dirait.

Les autres rigolèrent et je souris également.

Qui s'y frotte s'y pique...

Je l'attrapai par les cheveux et lui éclatai la tête dans le lampadaire près de moi. Sonné, il s'écroula sur le sol tandis que les autres se jetaient sur moi. Ça risquait d'être divertissant. Je me pris un coup en plein ventre, mais j'en fis abstraction. Je ne craignais pas la douleur. En tant que bon bagarreur, j'avais appris à la dompter et à en faire une force. J'étais devenu insensible.

Sauf à *elle*.

Je donnai un coup de tête au premier gars que je trouvai devant moi. Je recevais des coups et les rendais plus fort encore. Les autres se battaient pour s'amuser. Moi, je me battais pour survivre. Concentration et détermination. Voilà le secret.

Mon poing s'abattit sur la clavicule d'Ulrick qui avait repris ses esprits. Il hurla de douleur. Mon arcade sourcilière explosa et le sang dégoulina sur mon visage. Je mis un autre de mes ennemis au tapis. Deux gars m'attrapèrent par les épaules et tentèrent de me stabiliser alors qu'un troisième s'acharnait sur mon torse avec ses poings. J'aurais des bleus. Peut-être même quelques côtes fêlées.

J'envoyai mon genou dans les parties de mon agresseur et, en me baissant brusquement en avant, parvins à faire voltiger l'un de mes bourreaux au-dessus de ma tête. Il s'écrasa la face contre le bitume et ne bougea plus. Quatre membres du gang étaient désormais hors-jeu. Je commençais à flancher.

Celui qui me retenait par-derrière me fit basculer sur le sol. Je vis sa main arriver et je ne fus pas assez rapide ; mes lèvres éclatèrent sous la force du coup. Le goût du sang envahit ma bouche et je lui crachai au visage avant de lui mettre deux bons coups de pied dans le ventre. Me redressant, je l'achevai d'un coup de coude entre les omoplates. Un de moins. Les trois rescapés me faisant face se jetèrent des regards nerveux, essayant de se mettre d'accord sur la marche à suivre. En l'espace d'une quinzaine de minutes, j'avais réduit en bouillie cinq des leurs.

— Approchez-vous donc, mes poings me démangent. Je n'ai pas assez cassé de mauviettes, je crois, les provoquai-je en essuyant le sang sur mon visage.

Ils hésitèrent. Je les comprenais. Parfois, je me faisais peur à moi-même. Quand je me perdais dans la violence, j'avais toujours du mal à revenir.

— Ztop, bafouilla Big Ben en s'agrippant au lampadaire. Za suffit.

Il était carrément amoché. J'étais plutôt fier de moi.

— On a compris le mezzage, déclara-t-il. On veut pas d'ennuis avec toi.

Je le saisis par le tee-shirt pour le ramener jusqu'à moi. Ses yeux s'écarquillèrent de terreur. J'étais intouchable. Et j'aimais assez cette sensation de pouvoir. Tous s'écrasaient devant moi.

La douleur physique n'était rien. Il existait bien pire.

— Écoute-moi bien, Big Ben, murmurai-je au creux de son oreille. Je ne suis pas rancunier. Je vais vous laisser partir tranquillement. Nos combines prennent fin ce soir. Je ne ferai plus rien pour vous. Je ne veux plus croiser votre chemin. On est quittes.

Big Ben hocha la tête. Je le lâchai et lui tendis la main, espérant qu'il serait suffisamment intelligent pour accepter mon offre. Mieux valait se séparer en bons termes. Il la saisit devant les yeux du reste de son gang. Je lui écrasai la main de ma poigne.

— J'oubliais, dis-je à voix haute. Si je vois l'un d'entre vous s'approcher de la fille de ce soir, la regarder, lui parler ou même respirer près d'elle, je vous tue.

— Za va, accepta Big Ben. Perzonne l'approzera.

— Bien.

Je libérai sa main écrasée et, après un regard menaçant, je tournai les talons. C'était le gang le plus criminel de la ville et surtout, le plus méchant. Toutefois, je doutais qu'ils reviennent me chercher des noises. Je n'étais qu'un ado, une petite main dans leurs trafics. Ils n'avaient pas ce temps-là à perdre, quand bien même je les avais ridiculisés. Peut-être qu'un règlement de comptes me tomberait dessus, un jour ou l'autre. En attendant, hors de question de vivre dans la peur.

Mon sang bouillonnait dans tout mon corps, coulait sur mon visage. Ma tête me lançait. Mon cœur cognait contre mes côtes et tout mon abdomen était douloureux. J'avais pris cher. Pourtant, c'était nécessaire. Pour protéger Tanna, et pour me sortir du pétrin dans lequel je m'étais fourré en décidant de travailler pour eux. C'était de l'argent facile, c'est sûr, mais de l'argent sale. Je ne me sentais plus de faire ça. Peut-être à cause d'*elle*. L'image qu'elle avait de moi était déjà désastreuse. Autant ne pas en rajouter.

Je marchai un moment, les mains dans les poches de mon jean. Le vent frais me faisait du bien. Sans m'en rendre compte, mes pas me conduisirent chez elle. Chez Tanna. Décidément, j'aimais me faire du mal.

Planté devant sa maison, que j'avais jadis connue par cœur, j'attendis. Il était près de quatre heures du matin. La voiture de ses parents n'était pas dans le garage ; ils devaient être sortis. Je me déplaçai de sorte à avoir une vue sur la fenêtre de sa chambre à l'étage. Une lumière filtrait à travers les volets à moitié fermés. Je souris. Elle ne dormait pas, j'en étais sûr. Elle était trop énervée par notre altercation.

Alors, je fis une chose stupide.

Comme le parfait abruti que j'étais, je contournai la maison jusqu'à trouver la porte de derrière. Si je ne me trompais pas et que les Rodriguez n'avaient pas changé leurs habitudes, une clé de secours se dissimulait sous le pot de fleurs près de la porte. C'était une connerie. Tout le monde savait où chercher les clés de secours. Je soulevai le pot et découvris la précieuse.

— Quelle famille d'andouilles !

J'insérai la clé dans la serrure et entrai en prenant bien soin de verrouiller derrière moi et de faire du bruit pour que Tanna m'entende. La connaissant, elle descendrait avec sa batte de baseball et m'en flanquerait un bon coup à travers les oreilles. Je l'aurais cherché. Je me rendais compte que m'infiltrer chez elle en pleine nuit, tel un psychopathe, après notre différend n'avait rien de rassurant.

Je pris place dans la cuisine, adossé à l'évier et attendis. J'entendais déjà le bruit de ses pas dans l'escalier.

— Il y a quelqu'un ?

Je levai les yeux au ciel. Elle était irrécupérable. Pensait-elle vraiment qu'un tueur en série lui répondrait « Coucou chérie, c'est moi, je viens t'égorger » ?

Je la vis apparaître dans l'encadrement de la porte de la cuisine, sa batte à la main. Elle ne me remarqua pas tout de suite. J'eus l'envie folle de casser quelque chose. Elle portait son pull *à lui,* Julian. Elle porterait aussi son odeur.

Malgré ce léger détail, je ne pus m'empêcher de la trouver belle. Ses longs cheveux noirs s'emmêlaient dans son dos, lui conférant un petit côté sauvage que j'aimais bien. Et sa silhouette, qui se dessinait dans l'obscurité, me tordait les entrailles.

Je bougeai légèrement, faisant grincer le plan de travail. Elle sursauta et se tourna vers moi d'un bond. Elle s'approcha sans rien dire et je sus qu'elle m'avait reconnu. Combien de fois étais-je venu la visiter ainsi par le passé ? Trop pour les compter. Elle me donna un petit coup de batte dans le tibia.

— Tu m'as fait peur.

Je me mordis la langue pour ne pas sourire, ce qu'elle n'aurait pas vu dans le noir, de toute façon. La faible lueur de la lune éclairait à peine la pièce. C'était très bien ainsi. Je ne voulais pas qu'elle voie mon visage. Seuls ses yeux ambrés transperçaient la pénombre.

Nous nous dévisageâmes un long moment, dans le silence. Je ne savais pas quoi lui dire. Je ne savais même pas pourquoi j'étais là.

Elle s'approcha de plus près et je vis ses sourcils se froncer. Elle sentait l'odeur de son mec et ça m'énerva. Elle leva la main pour me toucher la joue. Je la laissai faire. Son contact sur ma peau tachée de sang séché m'électrisa.

— Qu'est-ce que tu as fait ?
— J'ai joué à la marelle version adulte.

Tanna me considéra avec mécontentement. Elle savait que j'étais blessé sans pour autant chercher à connaître l'ampleur des dégâts. Du moins pour l'instant.

— Pourquoi ? Qu'est-ce que tu fais là ?
— Je ne sais pas, soufflai-je.

Elle fit mine de partir ; je la retins par la main avec douceur.

Je lui avais déjà fait mal ce soir et je ne comptais pas recommencer. Ma colère et ma peur avaient pris le pas sur ma raison.

— N'allume pas la lumière, la prévins-je.

Nos regards se croisèrent et s'agrippèrent. Elle comprit.

— Tu es si amoché ça ?

— Je ne sais pas. Je me souviens juste de tes réactions quand tu t'écorchais les genoux ou les mains en étant petite. Tu n'as jamais supporté le sang.

Ses yeux miroitèrent. C'était la première fois que j'évoquais notre amitié d'antan. C'était la première fois que j'évoquais un souvenir de nous qui lui prouvait que je ne l'avais pas oubliée, elle. Comment l'aurais-je pu ?

Elle hocha la tête et récupéra sa main avant de s'éclipser. J'eus envie de disparaître à mon tour. Je ne savais pas ce que je foutais là. C'était une erreur.

Je me redressai et me dirigeai vers la porte, mais Tanna revenait déjà. Elle m'attrapa par le tee-shirt et me tira en arrière.

— Tu es gonflé quand même ! Tu t'introduis chez moi et tu veux filer dès que j'ai le dos tourné !

Elle me força à m'asseoir sur une chaise dans la cuisine et je la laissai faire. J'étais fatigué et c'était trop dur de lutter avec elle. Tout ce qu'elle faisait me perturbait.

— Ne fais pas de bruit, Billie dort à l'étage, m'ordonna-t-elle en jetant un regard au plafond comme pour vérifier que sa petite sœur dormait toujours.

Je restai silencieux. Elle déposa une trousse sur le plan de travail et en sortit des compresses et du désinfectant. Puis elle s'approcha de moi et, avec une délicatesse qui me fit sursauter, effleura mon visage de ses doigts frais. Elle passa son index sur ma pommette ensanglantée, sur mes yeux, mes sourcils, mon front, redescendit sur ma mâchoire et enfin sur mes lèvres abîmées.

Je ne respirais plus. Mon estomac s'était retourné et mon cœur avait cessé de battre. Je savais qu'il ne s'agissait que d'un examen de mes blessures, pourtant son contact me tournait la tête. J'avais envie de la serrer fort contre moi.

Arrête. Reste concentré... Garde tes distances.

— Ça risque de piquer un peu, murmura-t-elle en imbibant une compresse de désinfectant.

Avec la même délicatesse, Tanna passa la compresse sur mon visage. Elle avait raison ; mon cœur me piquait. Mes blessures, elles, ne me faisaient aucun effet.

Je soupirai d'aise. Pour une fois que je l'avais près de moi et que je pouvais profiter de son contact...

En silence, elle continua minutieusement à nettoyer mes plaies. J'étais stone. Je ne comprenais pas ce que j'avais fait pour mériter un traitement pareil. Pourquoi était-elle si gentille avec moi ? Si douce ? Après ce que j'avais fait... Elle devait me considérer comme un monstre. Ce que j'étais. J'aurais dû être content ; c'était ce que je voulais depuis le début.

Elle enjamba l'une de mes jambes pour pouvoir se rapprocher de mes lèvres et les désinfecter au mieux. Son genou frôlait l'intérieur de ma cuisse. Elle termina et tâta mon torse. Je laissai échapper un souffle qui n'avait rien à voir avec la douleur, mais c'est ainsi qu'elle l'interpréta.

Sans me demander mon avis, Tanna releva mon tee-shirt. Elle fronça les sourcils en voyant les griffures et les rougeurs grâce à la lueur de la lune. En moins de deux secondes, je me retrouvai torse nu. Mon corps entier se tendit lorsqu'elle passa ses mains sur mon torse d'une manière presque professionnelle. C'était de la torture. Elle se pencha en avant et ses cheveux effleurèrent ma peau nue. Je fermai les yeux. Elle mettait ma patience à rude épreuve. Je ne pouvais pas...

Je l'attrapai par les hanches et la fis asseoir sur ma jambe, celle qu'elle enjambait depuis tout à l'heure. Ainsi à califourchon sur moi... Elle pouvait plus facilement s'occuper de mon torse, non ?

Elle soupira, mais je la sentis trembler. Avait-elle peur ? Non. Je devais la mettre mal à l'aise. Elle avait un copain après tout. Si elle savait à quel point je n'en avais rien à foutre...

Je ne pouvais pas me passer de Tanna.

Janna

Un tremblement m'ébranla. Je me maudis pour cette faiblesse. Cette soudaine proximité avec Hugo me perturbait. Beaucoup plus que je ne l'aurais souhaité. J'étais agacée, parce que je n'étais plus énervée contre lui. Un vrai paradoxe.

Surtout, j'étais soulagée qu'il soit là, près de moi, en un seul morceau. Enfin, façon de parler, vu la quantité de sang qui tachait les compresses... Heureusement que l'obscurité régnait dans la pièce. Le sang, ce n'était pas mon truc. Et Hugo en était couvert.

Un malade de violence.

Pourtant, là, avec moi, il me semblait différent. La manière dont il m'avait attrapé la main ne ressemblait en rien avec sa poigne furieuse de tout à l'heure. Il paraissait fatigué, presque anesthésié et en même temps serein. Ça me rassurait.

J'avais du mal à me concentrer sur ma tâche. Nettoyer des blessures aurait dû s'avérer être un jeu d'enfant et ça l'était, jusqu'à ce que je m'intéresse à son torse. Je discernais ses pectoraux et ses abdominaux sous mes doigts et je commençais à avoir chaud.

J'inspirai discrètement. Son odeur s'immisça en moi et je faillis lâcher ma compresse. Ses mains sur mes hanches me troublaient. J'avais mal au ventre. Nous étions trop proches. Beaucoup trop proches. Et j'aimais beaucoup trop ça. J'arrivais à peine à désinfecter les petites griffures qui ornaient son torse. Mes yeux étaient accaparés par autre chose.

— Ça va ? me demanda Hugo en fixant son regard bleu sur moi.

— C'est à toi qu'il faut demander ça.

Il me regarda et fit une moue agacée.
— Qu'est-ce que c'est censé vouloir dire ?
— Tu sens son odeur.
Je fronçai les sourcils, sans comprendre. L'odeur de qui ? Je remontai une manche de mon pull et l'illumination se fit en moi. Je portais le pull de Julian. Il n'en ratait pas une ! Je le soignais sans lui hurler dessus et il se permettait de me faire des réflexions. Encore heureux que je portais l'odeur de mon copain ! Néanmoins, j'avais beau penser cela, sa remarque me dérangeait. Au fond de moi, j'étais satisfaite que ça lui déplaise. Je voulais qu'il soit jaloux. Un peu.

Je passai une dernière compresse sur sa peau avant d'éloigner mes mains de son torse nu. Elles n'avaient plus rien à faire près de ce danger. J'avais conscience que mes soins ne serviraient pas à grand-chose pour le guérir ou même soulager sa douleur mais, au moins, il ne mourrait pas à cause d'une infection. N'étant pas médecin, je trouvais que c'était déjà pas mal et qu'il avait de la chance que je n'aie pas décidé de le cogner avec ma batte de baseball pour ce qu'il avait osé faire.

Je frémis lorsque sa main effleura ma joue. Je le fusillai du regard ; ça ne parut pas le perturber plus que cela et il replaça une mèche de mes cheveux derrière mon oreille. C'était dingue à quel point il pouvait être doux. Il n'avait rien de l'homme furieux que je croisais constamment dans les couloirs du lycée ou qui me blessait à l'aide de mots cruels. Il ressemblait au meilleur ami qu'il aurait dû devenir s'il n'avait pas choisi la mauvaise pente. Enfin... Un meilleur ami très sexy et troublant, quand même.

Il resta là, à me dévisager, la tête penchée sur le côté. J'avais l'impression qu'il me sondait, qu'il se posait des questions et essayait de trouver les réponses.

Lentement, ses mains relevèrent mon pull. Je me figeai. Je portai un débardeur et un short en dessous. Il m'interrogea du regard, toujours silencieux, attendant une permission que j'étais incapable de lui donner ou de lui refuser. Mon cerveau avait fondu. Je ne parvenais plus à réfléchir.

Il releva le vêtement un peu plus, avec une lenteur démesurée, attendant le moment où je le giflerais de toutes mes forces. Car ce moment arriverait, non ?

Petit à petit, et une chose en entraînant une autre, je le laissai me retirer le pull de Julian. Il fronça les sourcils en découvrant les deux taches similaires au bout de ses doigts que j'avais sur le bras.

— Tu as des bleus, murmura-t-il pour lui-même en passant son pouce sur la zone marquée.

Incapable de répondre, je haussai les épaules. Agacé, il continua à effleurer les marques. Je savais qu'il s'en voulait. Ce n'était que des bleus, je ne les avais même pas remarqués.

Le regard d'Hugo se posa à nouveau sur moi. Et soudainement, il m'enlaça et enfouit son visage dans mon cou. Statufiée, je restai immobile. Il frotta le bout de son nez dans mon cou en humant à fond mon odeur. Celle qui m'appartenait et qu'il aimait. Je n'osais pas le toucher. Ses bras nus contre les miens me nouaient le ventre et son torse chaud sous mes mains me donnait envie de plus qu'une simple étreinte. Je sentais les battements de son cœur tambouriner sous mes doigts. C'était trop. J'avais besoin de fixer ma concentration sur quelque chose ; n'importe quoi.

— Pourquoi tu as frappé Julian ? chuchotai-je en espérant qu'il ne s'énerverait pas.

Son corps se tendit. Ses muscles se contractèrent sous mes mains et je cessai de respirer.

— Je te l'ai dit. Ce n'est pas un mec pour toi.

— Pourquoi ?

— Pourquoi pas ?

Je levai les yeux au ciel. Je sentais qu'il me cachait quelque chose au sujet de Julian et ça m'énervait. Parce que si Hugo doutait de lui... Je n'y pouvais rien, ma confiance s'orientait naturellement vers Hugo plutôt que vers Julian, même si ça aurait dû être l'inverse.

Je me souvins d'Abby. Je n'avais pas écouté ce qu'elle avait à me dire. Et si... ? Voulait-elle me dire qu'elle prenait le parti d'Hugo ? Je me sentais coupable de ne pas l'avoir laissée parler et de l'avoir plantée au restaurant avec Tess. Je n'étais pas une bonne amie en ce moment. Je ne savais plus où j'en étais ni qui j'étais ; Hugo me faisait perdre la tête.

— Dis-moi. S'il te plaît, insistai-je, mourant d'envie de connaître la vérité.

Il soupira, la tête toujours plongée dans mon cou et une

myriade de frissons réveilla ma peau. Mon ventre se contracta, encore. Que m'arrivait-il ce soir ? J'étais instable. Toute ma rage s'était évaporée. Hugo était près de moi, dans mes bras, vulnérable, calme et sincère, et je ne pouvais que profiter de ce moment parce que je savais que ça ne durerait pas. Pourquoi m'en prendre à lui maintenant alors qu'il me donnait tout ce que j'espérais secrètement depuis qu'il était revenu ?

— Pourquoi as-tu frappé Julian ? redemandai-je dans un murmure.

— Je... Il... Je sais lire sur les lèvres.

Qu'est-ce que ça venait faire là ?

Perplexe, je fronçai les sourcils, me souvenant de toutes les fois où, alors que je parlais avec mes amies au réfectoire, j'avais croisé le regard d'Hugo et vu son sourire. Espionnait-il mes conversations !? Mince. Je n'en doutais pas une seule seconde.

Ça m'agaça mais, au lieu de me faire entrer dans une colère noire, j'en éprouvai un certain réconfort. Il s'intéressait à moi et ne me quittait pas des yeux. Une douce chaleur naquit en moi. Mais bon ! Ce n'était quand même pas bien !

— D'accord... ? l'encourageai-je à poursuivre, toujours aussi immobile et... bizarrement calme.

— Je passais par là et...

Je le sentis se contracter contre moi. J'arrêtai de respirer. C'était plutôt troublant de percevoir les réactions de son corps de cette manière, surtout alors qu'il était contre moi.

— J'ai vu ce qu'il disait. Sur toi. Sur d'autres filles. Ça m'a mis hors de moi, je l'ai cogné.

Ça avait le mérite d'être clair. Je restai silencieuse le temps de digérer la nouvelle et Hugo s'en contenta. Il paraissait aussi anesthésié que moi. La douleur ? La fatigue ? Rendait-il enfin les armes ? J'aurais tellement aimé que ce soit le cas... J'en avais assez de ces guerres entre nous. Je voulais que tout s'arrête.

Je le voulais juste lui.

— Qu'est-ce qu'il a dit ?

Il soupira, me faisant frémir de la tête aux pieds. Finalement, il se redressa, libérant mon cou et planta ses yeux dans les miens. J'y découvris tant de choses que je faillis perdre pied. Comment interpréter ce regard lourd de sous-entendus ?

— Ne cherche pas à savoir, Tanna. Il n'en vaut pas la peine. Sache juste que tu mérites mille fois mieux et que… Tu n'es pas la seule dans sa vie.

Il avait prononcé ces derniers mots en baissant la voix, comme s'il espérait que je ne les entendrais pas. Je déglutis avec difficulté et tournai le regard en direction de la fenêtre de la cuisine où perçait un rayon de lune. Je ne voulais pas qu'il voie à quel point j'étais touchée.

D'accord, Julian n'était pas lui. Mais, il avait été important dans une période de ma vie où je ne croyais plus en moi. Il m'avait trouvée belle, intéressante, drôle, avait cherché à me connaître véritablement. J'avais eu confiance en lui et savoir qu'il m'avait trahie me blessait.

J'aurais pu le blâmer, le haïr et lui en vouloir mais, au fond, je possédais ma part de responsabilités dans cette histoire. Je m'étais éloignée, je l'avais négligé, je l'avais traité comme s'il n'était rien depuis le retour d'Hugo. Même si les actes de Julian restaient impardonnables, je comprenais qu'il en ait eu marre et qu'il n'ait pas eu le courage de me dire la vérité en face. Puisqu'il fallait prendre les choses en main, je mettrais un terme à cette relation qui relevait du n'importe quoi.

J'inspirai doucement en m'agrippant instinctivement à Hugo. Le visage toujours de côté, je refoulai les larmes qui menaçaient de me submerger. J'étais plus forte que ça. Tout irait bien.

Parce que, malgré tout, j'avais Hugo à mes côtés.

Hugo

J'avais du mal à réfléchir. J'avais chaud, j'avais froid et mal partout. Pourtant, je me sentais bien. Ça ne m'était pas arrivé depuis la nuit que j'avais passée avec Tanna, lors de notre soirée cinéma qui nous avait menés à... À aujourd'hui en quelque sorte. Je regrettais mes mots durs. Je regrettais mon comportement et ma méchanceté. Je regrettais d'être con.

À présent, je comprenais. Et je l'admettais.

J'avais eu tort.

J'avais cru que me débarrasser de Tanna serait le mieux à faire, parce que j'avais fait mon deuil d'elle depuis bien longtemps. J'avais tué son souvenir lorsque j'étais parti dans ce maudit centre de détention, choisissant la facilité.

Seul problème : Tanna faisait partie de moi.

Malgré tous mes efforts pour annihiler cette partie de moi, pour me leurrer, m'enfermer dans le déni, la repousser... Je ne pouvais pas lutter.

J'avais été bête de croire le contraire.

J'étais passé par tous les stades de la connerie. Peut-être qu'il m'avait fallu tout ça pour parvenir à la conclusion que Tanna représentait tout pour moi et que, même en m'acharnant à la repousser, je n'arriverais jamais à m'éloigner d'elle.

Petit, je passais des moments incroyables avec elle. On rigolait, on jouait, on se disait tous nos secrets, on se comprenait et on se protégeait. Je la considérais comme ma meilleure amie, avec l'innocence que l'on prête à l'enfance. Mon regard sur elle avait commencé à changer peu de temps avant le drame. Et désormais...

Je ne la voyais plus comme une amie. Plus du tout.

Drôle, courageuse, maladroite, sexy, un peu folle. J'aimais ses moues boudeuses, ses piques, ses sourires, sa patience, cette capacité qu'elle avait de toujours me mettre hors de moi tout en étant là pour moi, à toute épreuve.

Elle était tout à la fois, comme une drogue dure qui fait perdre le sens des mesures.

J'avais fini de me voiler la face. J'avouais tout. Certainement pas à elle, mais à moi-même. C'était déjà bien.

À cheval sur mes jambes, presque contre moi, elle défiait l'obscurité du regard pour retenir ses larmes. Vulnérable au milieu de la nuit et de cette situation plus qu'intime, je n'en étais que plus troublé. J'étais allé trop loin pour reculer. Je ne pouvais pas me montrer aussi tendre envers elle et ensuite la rejeter.

J'avais fait mon choix.

Même en sachant que j'étais un monstre, je voulais essayer. Devenir meilleur, pour elle. Faire des efforts. Pour elle. Espérer. Pour elle.

Parce qu'elle en valait tellement la peine ! Je craignais de lui faire du mal, mais pouvais-je faire pire que tout ce que je lui avais déjà fait ? Non. Elle voyait toujours ce qu'il y avait de meilleur en moi. Je voulais lui donner raison.

Marre de me battre pour les mauvaises raisons. Depuis le début, j'aurais dû me battre pour elle. C'était ce que je comptais faire dès à présent. Ce ne serait pas facile ; j'avais détruit toute capacité à ressentir. Plus ou moins. Tanna restait l'exception qui confirmait la règle. J'aurais certainement des rechutes, des mots durs, des actes de pure bêtise. Mais je ferais de mon mieux.

— Il n'en vaut pas la peine, répétai-je en un murmure, les yeux rivés sur elle.

Elle hocha la tête et inspira une nouvelle fois avant de plonger son regard dans le mien. De l'ambre liquide, dénué de toute sauvagerie, pour une fois. Je me contractai tout entier, réveillant mes muscles douloureux. Un tel regard n'était que danger, surtout dans l'état actuel où nous nous trouvions tous les deux. Je devais me contenir.

— Je suis épuisée. Si on allait dormir ? proposa-t-elle.

Quelle idée merveilleuse ! J'étais mort de fatigue, le corps brisé et le pire du pire, je ne possédais plus aucun contrôle. Et elle m'invitait à dormir ? Voulait-elle me tuer ?

Je haussai un sourcil en jetant un coup d'œil vers la fenêtre ; l'obscurité s'éclaircissait.

— Le jour va bientôt se lever, la contrai-je, à moitié crispé par l'envie et dépité par mon incapacité à lui résister.

— Et ? Petit un, c'est le week-end. Petit deux, tu ressembles à un zombie, donc quelques heures de sommeil te feraient du bien. Et petit trois... Depuis quand est-il interdit d'aller se coucher au lever du jour ? Je suis sûre que tu fais tout le temps ça, Monsieur l'oiseau de nuit.

— Hum.

— Hum ? C'est tout ce que tu as à répondre ?

— Tu ne crois quand même pas que je vais admettre que tu as raison ?

— Pas la peine ! Nous savons tous les deux que j'ai toujours raison, fanfaronna-t-elle avec un sourire.

— Dans tes rêves.

Elle leva les yeux au ciel. Puis, à mon plus grand regret, elle quitta mes jambes pour se lever. Je la regardai rassembler sa trousse de soins, son pull et sa batte de baseball. Vraiment... Cette fille n'était pas comme les autres. Sortant de la cuisine, elle revint sur ses pas pour m'interroger du regard.

— Tu viens ?

— Je peux dormir ici, déclarai-je en pointant la chaise du doigt.

— Si tu ne veux pas te prendre un coup de batte, ramène tes fesses immédiatement !

— Avant, je n'aurais pas pris tes menaces au sérieux, mais tu m'as quand même cassé le nez, alors je ne vais pas trop faire le malin. Si je te suis, c'est uniquement parce que tu me terrifies.

Tanna rosit dans la pénombre, gênée. Elle n'aimait sûrement pas que je lui rappelle ce qu'elle avait fait parce que c'était mal, selon elle. Moi, je l'excusais. Je l'avais poussée à bout ce jour-là et puis je préférais la savoir apte à se défendre.

Je me levai avec difficulté. Une vive douleur m'étreignit les côtes et je poussai un grognement. Beaucoup trop de bagarres pour une seule journée. Je ne sentais même plus mon visage.

Je sentis le regard inquiet de Tanna peser sur moi. Je me redressai, ne laissant rien paraître. Je ne voulais pas qu'elle me plaigne. J'avais cherché ce qui m'était arrivé et je m'en fichais. D'ici quelques jours, je serais comme neuf.

Elle pinça les lèvres sans faire de commentaires, alors qu'elle en mourait d'envie. Se détournant, elle s'engagea dans les escaliers. J'hésitai. Voulais-je réellement m'aventurer sur ce terrain-là ? J'étais revenu dans sa chambre fugacement, le soir où elle avait bu, sans m'attarder. Je ne pensais pas avoir le courage d'affronter les souvenirs. Je pouvais encore faire marche arrière et retourner chez moi, dans mon lit. En sécurité. Toutefois, le regard que Tanna me lança du haut des escaliers éclipsa tous mes doutes. Je déglutis, enfilai mon tee-shirt et la suivis, en silence.

Nous redoublâmes de discrétion en passant devant la chambre de Billie. Mieux valait ne pas la réveiller, sinon, cette maudite gosse ne nous lâcherait plus.

Arrivé devant la chambre de Tanna, je me figeai, mal à l'aise. Je ne désirais qu'une chose : m'enfuir à toutes jambes. Je la fixai tandis qu'elle jetait le pull dans un coin de sa chambre et qu'elle rangeait sa batte de baseball près de son bureau. Heureusement pour moi, la pénombre m'empêchait de voir les photos, les effets personnels, les meubles que je connaissais... La pièce était saturée de son odeur. C'était presque insoutenable. Avait-elle ressenti le même trouble lorsque je l'avais invitée à la maison ?

Percevant ma gêne, Tanna revint vers moi. Elle m'attrapa par le tee-shirt afin de me tirer dans la chambre et referma la porte derrière moi. Je ne respirais plus. C'était dangereux de me retrouver seul avec elle, ici. Dans un soupir agacé, elle se glissa dans son lit, me plantant au milieu de la pièce.

— Tu comptes rester là ou tu viens me rejoindre ? m'interpella-t-elle d'une voix fatiguée.

— Je peux dormir par terre.

C'était la meilleure solution. Pour tous les deux. Je reçus un oreiller en plein visage.

— Viens ici !

Son ton empreint d'autorité me fit frémir. Non seulement je ne pouvais rien lui refuser – même si je persistais à croire le contraire –, mais en plus *j'adorais* qu'elle me donne des ordres. Ça produisait sur moi un effet plutôt... Olé-olé.

Épuisé, le corps lourd de douleurs, l'esprit embrumé par mes pensées contradictoires, je m'exécutai. Marre de réfléchir. J'adoptais cette méthode depuis mon retour et ça ne marchait pas. Il était temps de lâcher prise.

Nonchalamment, je la rejoignis dans son lit. L'ancien Hugo n'aurait jamais permis qu'une chose pareille ne se produise. Trop de proximité, d'intimité...

Allongé sur le dos, mon regard se posa naturellement sur le plafond. Je souris. Les étoiles fluorescentes que nous avions placées au plafond pour éloigner les cauchemars étaient toujours là.

Mon cœur – ou du moins ce qu'il en restait – se serra. Tanna avait-elle contemplé ces étoiles tous les soirs en pensant à moi ? Bien sûr, je n'étais pas le nombril du monde, mais nous les avions collées ensemble plusieurs années auparavant. Imaginer qu'elle puisse m'avoir attendu aussi longtemps me foutait le cafard. J'attrapai la couette et couvris nos visages avec.

— Est-ce une tentative de meurtre ? m'interrogea Tanna d'une voix à moitié endormie.

— Si seulement ! grommelai-je en me tournant face à elle.

Ses yeux ambrés miroitèrent dans l'obscurité. Elle savait très bien de quoi il retournait. Nous faisions ça régulièrement avant, pour nous protéger des monstres.

Sauf que là, le monstre, c'est toi, me souffla ma conscience.

Ta gueule, lui répondis-je en lui filant un bon coup de pied au cul pour qu'elle me foute la paix.

— Merci, murmurai-je sans quitter Tanna des yeux.

— Pour quoi ?

Merci d'être là. Merci de m'avoir attendu. Merci de ne jamais m'avoir abandonné. Merci d'être toi, d'être aussi douce et bienveillante, aussi belle dans tes accès de colère, aussi patiente. Merci pour chacun de tes sourires. Merci de te soucier de moi, de ne pas me lâcher, d'être présente quoi qu'il arrive.

Merci pour tout.

Voilà ce que je voulais lui dire. Pourtant, je me contentai de hausser les épaules. Elle me sourit, comme si elle avait compris toutes ces choses que je ne dirais jamais, mais que je pensais si fort.

— De rien, m'apaisa-t-elle avant de venir se blottir contre moi.

Qu'avais-je fait pour mériter une fille aussi incroyable qu'elle... ?

Je méditai longtemps sur cette question tandis qu'elle s'endormait dans mes bras.

Janna

Je me réveillai dans les bras d'Hugo. C'était la deuxième fois et ça me troublait toujours autant.

J'inspirai doucement pour apaiser mon cœur qui battait la chamade. J'étais éreintée. Mon accès de colère de la veille, ainsi que la nuit blanche – sans parler de l'ascenseur émotionnel qu'Hugo me faisait constamment vivre – avaient raison de moi. Heureusement que je pouvais traîner au lit en ce samedi matin. Mes parents auraient fait un infarctus s'ils nous avaient trouvés au lit ensemble.

D'un soupir, je repoussai la couette qui formait une cabane au-dessus de nos têtes. La lumière m'agressa aussitôt et je grognai en même temps qu'Hugo. Mes yeux se posèrent automatiquement sur lui et mon estomac se retourna.

On aurait dit qu'il sortait tout droit d'un film d'horreur. Son arcade sourcilière était fendue et couverte de sang séché, une ecchymose immense ornait sa pommette et s'étendait sous sa barbe et ses deux yeux au beurre noir m'inquiétaient. Ses lèvres avaient été réduites en charpie. Seul son nez avait été épargné. Je comprenais mieux pourquoi nous étions restés dans le noir la veille.

Il ouvrit un œil et haussa un sourcil pour m'interroger.

— Je suis si moche que ça ? grommela-t-il en se passant une main sur le visage.

— Tout dépend de ta définition de moche.

— Hum...

Il se tourna sur le côté et attrapa la couette pour se cacher en dessous, à l'abri de la lumière. L'appréhension m'envahit. Hugo était imprévisible. La dernière fois que j'avais dormi avec lui – la seule fois en fait –, il s'était réveillé de bonne humeur et m'avait fait vivre un enfer une demi-heure plus tard. Cela recommencerait-il aujourd'hui ? Je voulais que les choses soient simples, sans conflits. Mais je n'étais pas la seule décisionnaire.

— Tu as toujours les étoiles.

Sa voix me parvint de manière étouffée à travers la couette.

— Quoi ?

— Les étoiles. Au plafond. Tu les as toujours.

Mon regard se porta sur les criminelles qui m'avaient trahie. Enfin, au point où j'en étais... Je me trahissais toute seule. Un sursaut de gêne rosit mes joues. C'était un truc de gamin, j'avais un peu honte de les avoir gardées. Elles me rappelaient Hugo et nos soirées passées ensemble, elles apaisaient mes peurs et mes angoisses, un peu comme s'il était là...

— C'était trop fatigant de les décoller, mentis-je. Il aurait fallu un escabeau, tout ça...

Le matelas tressauta. J'arrachai la couette et le découvris en train de rire. C'était un spectacle étrange que de voir son visage tuméfié s'illuminer au contact de son rire.

— Tu te moques de moi !?

— Pas... du tout ! pouffa-t-il. La peur de l'escabeau et la flémingite aiguë... C'est du sérieux, je n'oserais pas me moquer !

Je lui flanquai un bon coup d'oreiller. Il me l'arracha des mains et m'attrapa spontanément dans ses bras. Je me figeai et cessai de respirer. Il se raidit contre moi, tout rire oublié et me lâcha aussitôt.

Sans comprendre pourquoi, mes bras se retrouvèrent à entourer son cou tandis que je me pressais contre lui. Je ne savais pas ce que je voulais, je ne savais pas où j'en étais... Je ne savais rien. Pourtant, lorsqu'il me rendit mon étreinte, avec maladresse, une vague de soulagement et... d'autre chose me submergea.

Timidement, je posai ma tête sur son épaule, dans le creux de son cou. J'avais mal au ventre, mal au cœur. C'était douloureux de me retrouver dans ses bras après autant de temps, après toutes les horreurs que nous nous étions balancées, après tout. Était-ce l'accalmie avec un nouveau déferlement de violence ?

— Est-ce que tu vas encore... ? murmurai-je sans parvenir à

trouver les mots.

Cependant, comme toujours dans notre relation complètement loufoque, l'un comprenait l'autre et vice versa.

— J'espère que non.

— Tu espères ?

— Malgré ma perfection, je suis quelqu'un d'assez instable, me taquina-t-il.

— Ce qu'il ne faut pas entendre !

— Si tu ne veux rien entendre alors tais-toi.

Je quittai la chaleur de son épaule pour me redresser et le foudroyer du regard. Ses blessures étaient encore plus impressionnantes de près, cependant un sourire malicieux étirait ses lèvres.

— Je te rappelle que tu es dans ma chambre et dans mon lit, donc c'est toi qui devrais te taire ! râlai-je.

— Sinon quoi ? Tu vas appeler tes parents ?

Ce que je détestais quand il se montrait insolent ! Il avait le don de m'énerver et le plus fou dans tout ça c'était que chaque énervement était différent ! Agacement, colère, fureur, jalousie... Hum. Toujours à me taquiner, à me provoquer... À croire qu'il aimait lorsque je me mettais en colère.

— Pourquoi appeler mes parents alors que j'ai une super batte de baseball qui n'attend que d'être utilisée ?

— Me casser le nez ne t'a pas suffi !? s'offusqua-t-il.

Je rougis de honte à ce souvenir et il éclata de rire. Je cachai mon visage contre son torse, dépitée. Il faisait vraiment ressortir le pire de moi-même. Ses mains sur mes hanches me brûlaient. Je me sentais bien dans ses bras.

— Regarde donc mon nez ! Tordu à jamais par ta faute !

Taquin, il attrapa mon visage entre ses mains afin de m'obliger à le regarder. Un choc électrique me parcourut de la tête aux pieds. Ses mains sur mes joues... Chaudes, fortes, rassurantes... Ce n'était pas bon. Pas bon du tout.

— Tu as vu la petite bosse ? C'est à cause de toi que je suis difforme ! grogna-t-il en rapprochant mon visage du sien.

Je fixai son nez. Il avait bel et bien une bosse. Minuscule.

— Tu exagères ! Ça se voit à peine !

Malgré ma gêne, mon cœur tambourinant et mes frissons, je

ne pouvais quand même pas le laisser dire des âneries. Il leva les yeux au ciel et me lâcha enfin. La fraîcheur de l'air ambiant parut me glacer face à la chaleur incandescente qu'il avait provoquée sur mon visage. Il s'amusait à me mettre dans l'embarras ? Il n'était pas le seul à pouvoir jouer à ce jeu-là.

Je tendis la main vers lui et il se recula instinctivement. Il sembla tout aussi surpris par son geste que moi. Je n'y fis pas attention. Je savais qu'il n'appréciait pas forcément le contact, parce qu'il en avait perdu l'habitude. Toutes ses étreintes restaient maladroites, sauf dans ses moments d'impulsivité. Il ne touchait et ne se faisait toucher que lors de bagarres. Avec prudence, j'approchai à nouveau ma main de son visage. Il loucha lorsque mon index effleura la petite bosse sur son nez. J'eus beaucoup de mal à ne pas éclater de rire.

Je poursuivis la découverte de son visage. C'était l'une des rares fois où je pouvais l'approcher sans qu'il ne s'énerve, alors j'en profitais. J'effleurai son arcade sourcilière, sa pommette enflée, l'égratignure sur sa joue puis ses lèvres abîmées. Il laissa échapper un souffle qui chatouilla mon index et me retourna l'estomac. Ses yeux agrippèrent les miens, intenses. Je cessai de respirer, mon doigt toujours sur ses lèvres, ses mains toujours sur mes hanches.

— Tanna ! C'est déjà midi… Tu viens manger ? annonça la voix de ma mère derrière la porte.

Nous sursautâmes en un même mouvement et je m'agrippai brutalement à lui.

— Tanna ?

— Oui ! J'arrive, répondis-je sans quitter Hugo des yeux.

Je l'entendis redescendre et le silence s'installa. Puis, nous éclatâmes de rire. Comme lorsque nous étions gosses et que nous avions fait une bêtise. Ce n'est qu'en cet instant que j'eus la sensation d'avoir pleinement retrouvé mon meilleur ami.

Et peut-être même un peu plus que ça…

Hugo

Allongé sur le canapé du salon, je contemplais le plafond.

J'aurais dû être sur le terrain vague à gagner de l'argent sale, en compagnie du gang de Big Ben. J'aurais dû être derrière le centre commercial, à fumer des joints avec la clique de drogués de la ville. J'aurais dû être seul, effondré par terre au milieu d'une route abandonnée, bourré et anesthésié.

Mais tout ça appartenait au passé. J'y avais mis un terme la veille alors que je tabassais mes anciens employeurs pour assurer la sécurité de ma voisine. Que s'était-il passé pour que j'en arrive là ?

J'éprouvais le besoin bizarre de commencer une vie moins chaotique dans le seul but de la rendre fière de moi. Ça me déprimait. J'avais la désagréable impression d'être faible. Au moins, quand je me défonçais et buvais, j'avais le contrôle.

Maintenant, tu as Tanna, murmura une petite voix dans ma tête.

Hum. Je ne pouvais pas nier le déclic que j'avais eu dans la nuit. Le bien-être qui m'avait envahi alors que je me trouvais à ses côtés. Ma volonté de devenir meilleur, d'arrêter mes conneries, de me battre pour elle.

J'ai envie d'avancer.

Je devais me reprendre en main. Fini la vodka et le shit. Adieu la violence et mon besoin de me faire souffrir à travers la souffrance des autres. Terminé l'autodestruction. Une bonne partie de ma vie avait déjà été bousillée. Trois ans d'enfermement, ce n'était pas rien. Avais-je vraiment envie de foutre en l'air tout le reste de ma vie ? Alors que j'avais la possibilité de repartir sur de bonnes bases et d'essayer de faire quelque chose de bien ?

Il m'avait fallu du temps, mais je sortais enfin la tête hors de l'eau.

Grâce à *elle*.

Était-ce le destin qui avait placé une fille aussi formidable que Tanna sur mon chemin ? Était-ce le destin qui nous avait liés d'amitié ? Et, était-ce ce même destin qui nous avait amenés à nous retrouver ? Je ne croyais pas en ces conneries, mais… Peut-être que oui.

Je n'avais que dix-sept ans, bientôt dix-huit. Je n'en étais même pas au quart de ma vie. L'idée que le reste de mes jours soit aussi sombre que mes premières années d'existence me donnait envie de crever. Ce qui n'était pas la solution.

Tanna représentait l'espoir. Un rayon de soleil au milieu de ce cauchemar. Elle me faisait croire que tout était possible, que j'avais un avenir devant moi, une occasion de tout recommencer et de me racheter.

Seule ombre au tableau : j'avais les jetons, putain de merde ! C'était bien beau de vouloir vivre dans le monde des Bisounours, mais la réalité était la suivante : la majeure partie du temps, la vie c'était l'horreur. Insupportable. C'était plus facile de me divertir, de noyer mes angoisses dans l'alcool, d'étouffer mes souvenirs dans les joints et de brimer mes émotions à travers l'indifférence et la violence. Affronter la vie ? M'affronter moi-même ? Je préférais prendre le thé avec Satan.

Étais-je seulement capable de faire table rase du passé ? De me redonner une chance ? D'accepter la possibilité que je puisse être heureux, sans ressentir de la culpabilité, sans démolir toutes les chances qui m'étaient données ?

Un sourire amusé étira mes lèvres. La tête que Tanna avait fait, ce matin, lorsque j'étais passé par la fenêtre pour filer en douce…

— *Tu es malade ? Tu vas te tuer !*

— *Ce n'est qu'un saut dans le vide, j'ai connu pire. Et puis tu préfères que je vienne manger avec tes parents ?*

Elle m'avait foudroyé du regard, de ses beaux yeux ambrés. Les bras croisés, elle avait hésité, s'était approchée de la fenêtre, avait analysé la distance qui me séparait de la terre ferme. Presque trois mètres. J'avais décelé la panique dans ses yeux et ça m'avait achevé. Tanna s'inquiétait pour moi, après toutes les crasses que je lui avais faites. Honteux, je m'étais approché d'elle et, maladroit, je lui avais tapoté le bras.

— *Je ferai attention*, lui avais-je promis.

J'avais vu à quel point la situation la perturbait. J'avais été un criminel en fuite dans cette chambre, chassé par ses parents qui ignoraient tout de ma présence. C'était plutôt ironique. C'était la première fois que je devais fuir par la fenêtre et c'était aussi une première pour Tanna.

— *Si tu te tues, je te tue,* m'avait-elle menacé avant d'ouvrir la fenêtre tout en me lançant un regard lourd de menaces.

Bien sûr, j'avais levé les yeux au ciel, fier comme paon et confiant. J'avais enjambé le rebord de la fenêtre. J'étais resté un instant perché ainsi, à la contempler, passant des petits bleus sur son bras, à son pyjama léger pour finir par son visage crispé par l'angoisse. Puis, avec aisance, je m'étais pendu dans le vide et je m'étais laissé glisser le long du mur en prenant appui sur la gouttière. Je m'étais alors agrippé aux rosiers grimpants puis avais posé les pieds sur les aspérités du mur. Tanna m'avait observé, les lèvres pincées, les yeux écarquillés, alors que j'atterrissais sur le sol sans une égratignure.

— *Je suis vexé que tu aies douté de moi !* avais-je fanfaronné en m'étirant.

Son regard de lionne s'était embrasé et, furieuse, elle m'avait balancé une balle en mousse en plein visage avant de refermer la fenêtre. Surpris, j'avais éclaté de rire. Une minute plus tard, elle était revenue me faire un petit signe de la main derrière la vitre, timide et adorable, avant de filer à nouveau. Mon cœur avait loupé un battement.

La balle en mousse se trouvait désormais dans ma main. Je n'arrêtais pas de la presser, en un geste qui m'apaisait. Étrangement, cette foutue balle de rien du tout portait son odeur.

— Hugo ? Tout va bien ? Tu es malade ? Tu as besoin de quelque chose ?

Je levai les yeux sur Sophie qui, courbée au-dessus du canapé, me fixait avec inquiétude. Derrière elle, mon oncle se grattait la barbe, perplexe.

Je me redressai en position assise, soudain mal à l'aise ainsi jeté sous le feu des projecteurs. Il faut dire que je ne venais jamais dans le salon, encore moins sur le canapé, certainement pas en leur présence et un week-end en plus ? Jamais de la vie. Je comprenais qu'ils puissent penser que j'étais mourant.

— Euh... Bah... Non. Ça va.

Leurs yeux faillirent leur sortir de la tête. Une réplique mauvaise me brûlait le bout de la langue, vestige de mon ancien comportement désagréable. C'était sympa de leur part de se faire du souci, surtout après tout ce que je leur avais fait endurer.

— Tu es sûr ? m'interrogea mon oncle, suspicieux. Tu es bourré ? Tu as fumé ? Où étais-tu cette nuit ?

Le bon vieil interrogatoire ! C'était une routine ici. Au lieu d'envoyer mon poing dans la figure de William, je pressai la balle en mousse qui libéra une bouffée du parfum de Tanna. C'était tordu. Je me shootais à son odeur, cette dernière m'aidant bizarrement à me calmer. J'avais pété une durite.

— J'étais... pas loin.

Je ne pouvais pas dire que j'avais passé la nuit chez les Rodriguez puisqu'ils n'étaient même pas au courant. Ça mettrait Tanna dans l'embarras.

— Sois plus précis ! grommela mon oncle.

J'allais lui faire avaler la balle en mousse d'une minute à l'autre. D'accord, je voulais changer, mais ça ne se ferait pas en cinq minutes et il ne fallait pas non plus pousser mémé dans les orties.

— Laisse-le tranquille, chéri, intervint Sophie, souriante. Il est là, c'est tout ce qui compte.

— On dirait qu'il sort tout droit d'un film d'horreur ! protesta-t-il.

Ah oui. J'avais oublié ce détail.

— Ça ne se reproduira plus, me sentis-je obligé de me justifier.

La mâchoire de mon oncle se décrocha. Bouche bée, il me dévisagea avec de gros yeux, comme s'il avait assisté à la fin du monde ou au retour des dinosaures. Même Sophie n'en revenait pas.

— Ah... Bon... Très bien... bafouilla-t-il.

Plutôt comique. C'était bien la première fois que je le voyais dans cet état.

— Si tu as besoin de quoi que ce soit, d'antidouleurs ou autre, n'hésite pas, m'indiqua Sophia, aux anges.

Je hochai la tête et me rallongeai sur le canapé, sous leurs regards médusés et remplis d'espoir. Je ne pouvais pas leur en vouloir ; j'étais moi-même assez perturbé par mon nouveau comportement. Cela durerait-il ? Ça ne tenait qu'à moi, mais moi je ne tenais qu'à Tanna. Il ne restait plus qu'à voir où cela me mènerait.

Le projet « Hugo Jones : la Reconstruction » était en marche.

Tess

Le silence.

C'était ce qu'il y avait de plus précieux sur cette planète.

J'avais eu une excellente idée. Un cercueil pour Halloween. Que demander de mieux ? Il faisait sombre, un peu frais, mais ça restait confortable. J'avais opté pour un modèle rembourré. Si Abby n'était pas une poule mouillée et qu'elle avait essayé l'intérieur, elle aurait adoré ! Elle ne savait pas ce qu'elle ratait.

L'obscurité complète me contentait. C'était si difficile de nos jours de trouver un endroit parfaitement noir ! Avec tous les lampadaires, la lumière du jour et même les étoiles… Une vraie galère. Ici, aucun problème. J'étais soulagée de constater que je passerais mon éternité en paix, au calme.

Je levai les yeux au ciel lorsqu'on toqua sur le haut de mon cercueil. Ça faisait quoi ? Dix minutes que j'étais là ? Et on m'embêtait déjà…

— Tess ? Tu es toujours vivante ?

Le ton d'Abby était à la limite de la médisance, cependant je perçus l'inquiétude derrière sa question. C'était un comble que ce cœur d'artichaut ait autant de mal à faire face à ses émotions… Je donnai un coup méthodique sur la porte, qui s'ouvrit en un grincement lugubre.

— Oui, c'est génial. Tu veux prendre ma place ?

Elle grimaça en secouant la tête tandis que Tanna me dévisageait avec de grands yeux ronds. Parfois, j'avais l'impression d'être incomprise. Qu'y avait-il de mal à aimer le silence et la solitude ? Se retrouver face à soi-même, seule avec ses pensées, confrontée à la vie, à ses doutes, à son intériorité dans son intégralité... avait quelque chose de grisant. D'inexplicable. Si je comprenais aussi bien mon entourage, c'était parce que je me comprenais bien moi-même. J'étais en paix avec tout. Je m'acceptais, avec tout ce que cela impliquait et je n'éprouvais aucune crainte quant au néant absolu.

— Vous faites de ces têtes... soupirai-je sans bouger.
— Si tu voyais la tienne, tu...
— Les bonbons nous attendent ! intervint Tanna en me tendant une main pour m'aider à m'extraire de mon cercueil.

Je m'exécutai à contrecœur. J'aurais tout le temps de profiter de ce petit paradis quand j'aurais définitivement rejoint les ténèbres. En attendant... Je pouvais bien trouver quelques sucreries à me mettre sous la dent. Ou sous les crocs pour ce soir.

Nous nous étions surpassées. La maison entière de Tanna pullulait de citrouilles, crucifix, gousses d'ail et faux sang. Plusieurs araignées plus vraies que nature se baladaient ici et là, me rendant nostalgique. Enfant, j'avais un élevage d'araignées. Ça se passait très bien jusqu'à ce que l'une de ces petites friponnes ne ponde dans les sous-vêtements de ma mère. Depuis ce jour, elle avait banni tous les insectes de la maison.

— Un peu de punch, les filles ?

Je souris en acceptant le verre que me tendait la mère de Tanna. Déguisée en pin-up, elle était renversante avec son eye-liner et sa robe évasée. Steven avait l'air d'avoir fait un saut dans le temps, il sortait tout droit des années quatre-vingt. Ils formaient un beau couple et partiraient bientôt s'amuser avec leurs amis pour une soirée endiablée au restaurant. Une parenthèse amusante avant El Día de los muertos, que les Rodriguez fêtaient chaque année pour honorer leurs défunts.

— C'est délicieux, Manuella. Le faux sang est très réussi, la complimentai-je.
— Merci !
— Bon, les filles ! sourit Steven en passant un bras autour des épaules de son épouse. On vous laisse ! Billie et ses copines devraient arriver dans la soirée, après leur chasse aux bonbons. Amusez-vous et pas de bêtises !

Des bêtises ? Avec moi, pas de risque. J'étais l'ange qui

veillait sur toute la maisonnée.

Je replongeai mes lèvres dans le punch tandis que Tanna accompagnait ses parents dehors pour les dernières recommandations.

— On regarde quel film en premier ? m'apostropha Abby en m'attirant dans le salon.

Elle se mit à faire défiler tous les films d'horreur et d'épouvante que Netflix proposait. Il y en avait des tonnes. Aucun qui pourrait me faire peur, néanmoins. La réalité m'effrayait plus que la télévision.

— Pourquoi choisir ? s'égaya soudainement Abby en repoussant ses cheveux roux. On a qu'à tous les regarder ! On a le temps !

— Avant Netflix, j'aimerais vous parler, intervint Tanna en nous rejoignant dans le salon.

Je retins un sourire. Je ne voulais pas la vexer dès maintenant, alors qu'elle n'avait même pas encore entamé son discours d'excuses. Parfois, c'était épuisant de tout connaître à l'avance.

Je me laissai tomber sur le canapé et attrapai le saladier de popcorn au beurre salé. Je connaissais déjà la fin de toute l'histoire de Tanna et de celle d'Hugo aussi. Après tout, elles étaient étroitement liées. Enfin, je n'étais pas omnisciente non plus. Il restait une pièce du puzzle qui me manquait concernant Jones. Son passé. Son traumatisme. Parviendrait-il à le dépasser ?

J'aurais aimé dire que oui, mais on ne savait jamais dans de telles situations. Heureusement, il avait Tanna. Grâce à sa patience et son caractère bien trempé, elle l'aiderait à aller mieux. Ils étaient deux âmes qui s'étaient reconnues et qui ne pouvaient se passer l'une de l'autre. Un tel phénomène n'arrivait pas tous les jours.

— Rien de grave, j'espère ? C'est Julian ? s'inquiéta Abby en s'asseyant près de moi.

C'était fou comme son point de vue avait changé sur Julian. Elle avait vraiment dû être choquée par leur altercation. Désormais, elle le détestait peut-être autant que moi.

— Non. Je voulais juste m'excuser. Je sais que j'ai été bizarre ces derniers temps et que je n'ai pas été une très bonne amie, mais je me sens mieux. Je pense que je redeviens moi-même petit à petit. À partir de maintenant, je suis là pour vous. Et pour moi !

— Tu es toujours une bonne amie, Tanna, la rassurai-je.

— Oui, même quand tu nous abandonnes au restaurant avec toutes les courses ! la taquina Abby.

De toute façon, notre rouquine adorée n'était pas rancunière. Elle n'était qu'amour et bienveillance. Des personnes comme ça, on en rencontrait peu dans une vie. J'espérais qu'elle ferait partie de la mienne jusqu'à la fin. Mais je ne lui dirais jamais ; elle prendrait la grosse tête. Tanna rosit, honteuse, ce qui fit pouffer Abby.

— Tu n'as pas à te justifier Tanna, et tu es pardonnée, lui assurai-je avant d'arracher la télécommande des mains d'Abby.

— Au vol ! hurla la concernée.

— Chacune son tour ! tempéra Tanna en s'asseyant entre nous deux, détendue et souriante.

— Je suis heureuse que tu sois redevenue toi-même, déclarai-je en attrapant mon amie dans mes bras. J'en avais marre de la Tanna passive ! J'espère que ça te servira de leçon !

— Oui, ô grande maîtresse, oracle et prophétesse !

— Pour une fois, je suis d'accord avec Tess ! rigola Abby en rejoignant notre étreinte.

Je les serrai fort contre moi et les contemplai. Elles avaient fermé les yeux toutes les deux et affichaient d'immenses sourires. Leur visage rayonnait de bonheur. Leurs cheveux ébouriffés volaient dans tous les sens alors que nous nous serrions les unes contre les autres. Moi aussi je devais ressembler à ça, pétillante et heureuse.

Elles étaient mes petits soleils, mes petites poupées que je choyais et qui m'empêchaient de sombrer dans l'indifférence et la solitude. Le monde me blasait et, parfois, j'avais l'impression que rien ne m'atteignait. Que j'étais froide comme la pierre, à la limite de l'insensibilité, et que je contemplais ma vie passer sans rien faire. Et puis, je jetais un coup d'œil à Abby et à Tanna et alors, tout allait mieux. Elles étaient de véritables ancres au milieu de cet immense océan que représentait le monde.

Abby et Tanna étaient mes plus beaux projets, mes plus belles réussites, mes souvenirs les plus intenses.

J'avais de la chance de les avoir. Je me le répétais tous les jours.

— Bon, assez d'amour les filles ! Gardons ça pour la Saint-Valentin ! Place à l'horreur !

— Il n'y a jamais trop d'amour ! protesta Abby avant d'éteindre la lumière pour une ambiance plus adaptée à la soirée.

— Tu veux aller faire un tour dans le cercueil ? la provoquai-je.

— Les enfants ! Un peu de calme, le film commence, souffla Tanna.

Abby me jeta un regard courroucé derrière l'épaule de notre amie et je haussai les sourcils pour lui faire peur. Elle sourit et je lui fis un clin d'œil avant de reporter mon attention sur l'écran où des giclées de sang apparaissaient déjà.

Des amis, des films, des bonbons et quelques sorts bien placés... Que demander de plus ?

Tess

Mon portable vibrait dans ma poche. J'étais encore habillée. Et à moitié endormie. J'entendais la respiration de mes deux amies, plongées dans le sommeil. Qui pouvait bien me déranger aussi tôt ?

Je fis appel à toute ma volonté pour franchir la barrière de l'inconscience. Mes yeux s'ouvrir brusquement sur la pénombre. J'inspirai doucement. Le ciel s'éclaircissait à peine derrière les rideaux de la fenêtre de la chambre de Tanna. Cette dernière, roulée en boule entre Abby et moi, dormait profondément, les sourcils froncés. J'esquissai un sourire amusé. Elle devait rêver d'un certain Jones… Abby ronflait doucement, la bouche ouverte. Je fus tentée de prendre une photo pour l'enquiquiner mais bon… La soirée avait été assez mouvementée, entre nos joutes verbales, notre abus de punch et les frissons garantis qu'avaient déclenchés les films d'horreur… Billie et ses copines s'étaient égosillées à de nombreuses reprises – accompagnées d'Abby et Tanna –, ce qui m'avait bien fait rire.

La vibration se poursuivait dans ma poche. Je levai les yeux au ciel et me redressai avec précaution afin de ne pas réveiller mes deux camarades. Nous avions dû dormir quoi ? Deux heures ? J'étais fatiguée. Je pourrais toujours me réfugier dans mon cercueil pour une petite sieste dans la journée, je ne devais le rendre qu'à dix-huit heures…

Numéro inconnu.

Je quittai la chaleur du lit, puis la chambre. Tout était calme dans la maison. Les parents de Tanna devaient être rentrés de leur soirée et dormaient encore. Je descendis les escaliers pour gagner le salon et veiller à ne déranger personne. Mon téléphone avait arrêté de vibrer. Je déverrouillai mon écran d'accueil et fus assaillie par plusieurs messages.

De ???: Le cimetière.

De ???: Viens, merde !

De ???: Si tu dors…

De ???: Je vais faire une connerie, là, ça me casse les couilles de voir cette tombe de merde !

De ???: Barbie Gothique, réveille-toi !!!!

Voilà qui éclairait ma lanterne. Qui d'autre qu'Hugo m'appelait Barbie Gothique ? Ce surnom était d'ailleurs vexant, je n'avais rien d'une Barbie. Comment avait-il eu mon numéro ? C'était moi, l'espionne du lycée, qui extorquais les informations aux autres… Il commençait à me faire de l'ombre.

Cimetière, connerie, manque de politesse et injures… Il s'agissait d'une mission à ma hauteur. Je ne cherchai pas à comprendre plus longtemps. Je remontai afin de laisser une note aux filles pour leur dire que j'avais dû partir plus tôt, puis quittai la maison de Tanna.

Le ciel s'éclaircissait à l'horizon, mais il faisait encore sombre. Je pensais savoir pourquoi Hugo se trouvait dans un cimetière au lendemain d'Halloween et mon petit doigt me disait que ça ne serait pas beau à voir.

Néanmoins, j'étais étonnée qu'il se tourne vers moi. Il avait beau faire semblant de me détester, je savais que ce n'était pas le cas. Il appréciait nos clashs et, même s'il ne l'admettrait jamais, avoir quelqu'un qui se souciait de lui de loin, sans l'étouffer, et qui le poussait dans ses retranchements, lui plaisait.

Je déambulai dans le quartier en me dirigeant vers le cimetière. Ce n'était pas la porte à côté et, en dépit de toutes mes qualités, je n'étais pas réputée pour mon goût du sport. J'aimais prendre mon temps, observer, écouter, en conclure des hypothèses. Hugo pouvait attendre et j'avais le sentiment que quelques minutes supplémentaires de solitude lui feraient du bien. Dès que j'arriverais… Ce serait difficile pour lui. Parce qu'il était enfin mûr, prêt à exploser et à se révéler. Émotionnellement parlant, il risquait d'en voir de toutes les couleurs.

Tout était calme. Les gens se réveillaient dans les maisons ou se préparaient à prendre leur petit-déjeuner, encore ensommeillés. Le ronronnement des voitures me parvenait depuis la route principale, légèrement à l'écart du quartier de Tanna. Une légère brise se promenait dans l'air. Il faisait encore tiède pour un début de mois de novembre. Les températures ne tarderaient pas à descendre et, vu le soleil timide, la neige pointerait bientôt le bout de son nez également. J'avais hâte.

J'adorais le silence oppressant que créaient les chutes de neige, la beauté des paysages recouverts, la pluie de flocons frais... Les glissades, les bonshommes de neige, les batailles, les chocolats chauds, les soirées plaids... C'était ma saison préférée.

Je soupirai et poursuivis mon chemin, les yeux tantôt rivés sur mes pieds, tantôt sur le ciel qui se teintait de bleu clair.

Je le vis dès que j'arrivai. Je longeai le mur en pierre puis franchis le portail entrouvert. Les tombes s'alignaient, plus ou moins entretenues, témoignant d'un degré de richesse différent selon les modèles. Même dans la mort, l'inégalité persistait...

L'ambiance qui régnait dans les cimetières était spéciale. Autant j'appréciais le calme des cercueils, autant ce calme-là était rempli de murmures inaudibles, de présences invisibles et d'un souffle oppressant. Je pressai le pas pour rejoindre Hugo qui grommelait près d'une tombe. Des cannettes de bière vides et écrasées jonchaient le sol. Heureusement qu'il n'avait pas appelé Tanna ; elle l'aurait tué.

— Beau déguisement, Jones ! l'interpellai-je en m'approchant. L'alcoolique violent et grincheux, c'est tout toi.

Il me décocha un regard noir, presque brutal, et je crus un instant qu'il allait se montrer agressif. Il se contenta de réduire en bouillie la cannette qu'il tenait dans sa main. Autant j'avais une certaine confiance en lui lorsqu'il était sobre, autant je ne me fiais absolument pas aux personnes sous l'influence de l'alcool.

— Qu'est-ce que tu fous là ? m'apostropha-t-il d'un ton acerbe.

— Tu m'as envoyé des messages. Quelle est la connerie que tu t'apprêtais à faire ? Retourner à la case départ et gâcher ta vie ? Mauvaise idée si je peux me permettre, tu t'en sortais bien jusqu'à présent.

Il shoota rageusement dans une cannette qui rebondit sur une tombe. Aucun respect.

Désolée, chers esprits, soyez en paix, je m'occuperai des cannettes, promis-je silencieusement.

Soudain, Hugo se laissa tomber par terre. Il se prit la tête dans les mains et resta ainsi, ronchon, alcoolisé et désemparé face à la vie et tous les efforts qu'il faisait pour s'en sortir.

Je le rejoignis. Après avoir déplacé les cannettes, je m'assis à côté de lui, devant la tombe. Gregor et Lisbeth Jones. Les parents d'Hugo. Quel terrible secret se cachait derrière cette histoire ? Je ne tarderais pas à le découvrir. Le moment était venu.

Hugo avait besoin de se confier, la vérité reposait sur le bout de sa langue et l'étouffait. Il fallait qu'il la crache cette vérité, qu'il l'exorcise sur des mots pour se débarrasser de ses maux. Et sa nouvelle vie débuterait, purifiée de toutes les souffrances qu'il avait vécues jusqu'à présent et qui l'avaient rongé sans répit.

Aujourd'hui, je serais l'exutoire d'Hugo Jones.

— C'est la première fois que tu viens sur la tombe de tes parents ? devinai-je, ne le quittant pas des yeux.

Il émit un grognement agacé avant de relever brusquement la tête, les yeux abritant une rage sourde.

— Ils ont osé l'enterrer avec elle. Ils ont osé... Elle méritait mieux que ça. Tellement mieux !

Prise au dépourvu par cette réponse, je reportai à nouveau mon attention sur la tombe. Je ne connaissais rien de l'histoire des Jones, à part les rumeurs qui circulaient. Tanna n'en parlait presque jamais. La version officielle de l'histoire ? Hugo était le méchant. Avait-il assassiné ses parents ? Cette idée me dérangea. Sous ses airs de dur et sa violence à fleur de peau, je ne le croyais pas capable d'un tel acte.

— Pourquoi méritait-elle mieux ? Ce sont tes parents, il est normal qu'ils soient ensemble...

Le regard qu'il me décocha me tétanisa. Je n'avais jamais lu autant de colère dans les yeux de quelqu'un. J'eus presque peur.

— Normal ? NORMAL !? Rien n'est normal dans ce monde merdique ! hurla-t-il en bondissant sur ses pieds.

Je me relevai à mon tour, ne souhaitant pas rester en position de faiblesse face à lui. Je n'étais pas sûre à cent pour cent qu'il ne me ferait rien. Malgré la bienveillance que je lui accordais, je n'étais pas Tanna ; je ne lui faisais pas confiance les yeux fermés.

Il serra les poings et, avant que je n'aie pu faire quoi que ce soit, les abattit sur la plaque où était écrit le nom de ses parents. Encore et encore, il cogna, jusqu'à ce que les noms soient éclaboussés par le sang de ses mains. Même alors, il ne s'arrêta pas. Il en semblait incapable, tout comme il semblait incapable d'arrêter de hurler. Je n'avais jamais assisté à un tel déferlement de violence. Pour une fois, je n'avais plus rien à dire. Pas de phrases philosophiques, de mots à double-sens, de sous-entendus sarcastiques.

Rien que du choc et de l'impuissance devant le spectacle effroyable qui se déroulait sous mes yeux.

Pouvais-je vraiment l'aider ?

J'avais envie de me détourner, de fermer les yeux et de l'abandonner. D'oublier. De le laisser seul avec ses démons.

Tanna ne l'aurait jamais laissé. Il avait besoin de soutien.

J'inspirai doucement pour m'insuffler le courage qui me manquait. J'étais une sorcière moderne. Je réglais les problèmes. Je m'accrochais aux âmes en peine comme une sangsue et je les vidais de leur souffrance. Je pouvais le faire.

Hugo était mon plus grand challenge ; il serait aussi mon plus beau tableau.

Prise d'une impulsion, je le poussai brutalement. Mon geste fit réagir Hugo. Il chancela, déséquilibré, étonné, comme perdu. Il se retourna pour me faire face, me surplombant de toute sa hauteur et de toute sa colère, les poings ensanglantés brandis, prêts à frapper.

— Je crois en toi, murmurai-je en le fixant droit dans les yeux.

Il parut se prendre un coup en pleine face. Il ne comprit pas.

— Je crois en toi, répétai-je, plus fort.

Il secoua la tête et pâlit. Ses mains se mirent à trembler. Je m'approchai, mettant de côté cette sensation d'angoisse qui me tiraillait. Tout allait bien. Je n'avais rien à craindre.

— Tu es quelqu'un bien, ajoutai-je.

— Quelqu'un de bien ? Je suis un MONSTRE ! Un putain de monstre ! J'ai fait… J'ai…

Désemparé, il laissa tomber ses poings et regarda tout autour de lui, cherchant une échappatoire. Il n'y avait que moi, cette tombe détruite, et lui, face à son passé.

— Qu'est-ce que tu veux, Tess ? Qu'est-ce que tu cherches à faire !? s'écria-t-il avec ferveur. Je suis… Je suis un connard, violent, méchant, insensible qui aime faire souffrir les autres ! Pourquoi vous ne voulez pas le comprendre !? Toi et Tanna… Vous attendez que je commette l'irréparable pour vous prouver que je suis pourri jusqu'à la moelle ? Grande nouvelle, j'ai déjà commis le pire ! Il n'y a pas d'espoir pour moi ! Je ne mérite pas de pitié, de gentillesse, de… Je ne la mérite pas elle ! Ma vie est foutue ! Alors barre-toi, fous-moi la paix !

C'était l'appel à l'aide désespéré d'un enfant apeuré qui ne cherchait qu'à être sauvé. Et aimé.

J'attrapai brusquement son visage entre mes mains, pour l'obliger à me regarder. Je n'étais pas Tanna. Je n'étais pas amoureuse de lui. Cependant, j'aimais cet abruti, d'une certaine manière. J'avais envie d'être son amie, d'être là pour lui. Il me touchait.

Je savais ce que c'était d'être au fond du trou. De ne plus avoir envie de rien. De se détester. Je savais ce que c'était que d'affronter la plus obscure et effroyable des noirceurs, de celles qui vous envahissent l'âme, qui vous paralysent et vous poussent à accomplir les pires monstruosités. Mais le temps guérissait tout. Tout le monde méritait une seconde chance. Hugo devait sortir de ce cercle vicieux et de cette douleur qu'il s'infligeait pour rien.

Là, il arrivait au point de non-retour. Ce serait soit tout, soit rien. Il avait besoin de passer par là et de tuer ce qui le rongeait pour renaître.

— C'est faux. C'est faux ! lui assurai-je avec véhémence. Tu n'es pas toutes ces choses. Tu es tout l'inverse. Tu sais pourquoi tu cherches la violence ? Pour t'anesthésier. Parce que tu es loin d'être insensible. Toi, méchant ? Regarde comme tu prends soin de Tanna, sans même qu'elle le sache. Je te vois veiller sur elle tous les jours au lycée. Tu as protégé Abby et tu fais attention à moi. C'est être un monstre, ça ?

Il secoua la tête, essayant de se libérer de mon étreinte. Je serrai plus fort. Il n'avait pas envie d'entendre ça, mais je n'en avais rien à faire.

— La seule personne que tu aimes faire souffrir c'est toi-même, Hugo.

— Tu ne sais RIEN, me cracha-t-il au visage.

— C'est vrai. Je ne sais pas ce que tu as vécu. Et je ne prétends pas savoir ce que tu ressens. Mais je sais qui tu es aujourd'hui. Et je sais que ta vie est loin d'être foutue ! Tu ne fais que la commencer. Il faut que tu arrêtes de te saborder. Il faut que tu arrêtes de reculer et de te complaire dans l'apitoiement. Tu es plus fort que ça ! Regarde toutes les épreuves que tu as affrontées ! Merde, tu es Hugo Jones ! Trouve la force de te pardonner et avance ! Je serai là. Tanna sera là. Arrête. Juste, arrête. Lâche prise.

Je le griffai presque tant ma poigne sur son visage l'enserrait. Ses yeux bleu foncé étaient teintés de larmes fantômes qu'il retenait. De souvenirs qui le hantaient.

— Lâche prise, soufflai-je avec force.

Une seconde incroyablement longue passa. Le temps parut s'arrêter sur Hugo et moi, yeux dans les yeux, en un mélange de haine, d'espoir, de deuil et d'amour. Et finalement…

Il le fit.

Il lâcha prise.

Hugo s'écroula dans mes bras, secoué par les sanglots. Je l'accompagnai dans sa chute jusqu'au sol et le serrai contre moi de toutes mes forces, le laissant extérioriser les émotions négatives qu'il avait si longtemps gardées enfouies en lui.

Il pleura longtemps.

Depuis combien de temps ne s'était-il pas autorisé à se laisser aller ainsi ? Fierté oblige, il ne l'aurait jamais fait devant Tanna. Mais moi… Il était en confiance, il n'y aurait aucun jugement, jamais, et que de la bienveillance et de la compréhension. Je m'en voulus d'avoir douté de lui et d'avoir eu peur. J'avais eu tort.

Au bout d'un bon moment, il commença à se calmer. Il se contenta de garder la tête sur mon épaule, sûrement pour que je ne voie pas son visage strié de larmes. J'en conclus que c'était l'instant idéal pour engager la conversation.

— Tu veux en parler ?

Il secoua la tête, ouvrit la bouche, la referma, me lança un regard rempli de crainte et finit par acquiescer. Le soulagement m'envahit. Il était enfin prêt à se confier.

Devant la tombe de ses parents et toujours dans mes bras,

Hugo Jones me raconta ce qu'il s'était passé près de trois ans auparavant.

Hugo

J'étais anesthésié. Mais dans le bon sens du terme. Je me sentais vide aussi. Une sensation de légèreté et de bien-être m'envahissait. Comme si je ne pesais rien. Comme si un immense poids m'avait été retiré des épaules. Ça faisait un bien fou.

J'avais tout dit à Barbie Gothique. Tess. J'avais eu envie de la flamber sur place et même de l'enterrer dans ce foutu cimetière. J'avais résisté à ces pulsions et avais pris sur moi pour... parler. Moi, communiquer !? Du jamais vu. Et pourtant...

Notre conversation repassait sans cesse dans ma tête.

— *Tu vois, c'est pour ça que je suis un monstre*, avais-je terminé ma grande révélation.

Barbie Gothique avait secoué la tête puis posé une main sur mon épaule. Son contact m'avait gêné ; elle n'était pas Tanna. Je n'avais rien dit, j'avais laissé faire, parce que c'était agréable d'avoir quelqu'un à mes côtés.

— *Tu es loin d'être un monstre. Tu as fait tout ce que tu as pu. Tu as fait ce qu'il fallait. Tu n'étais qu'un enfant.*

Ses mots résonnaient encore dans ma tête. Dans mon corps. Ils m'inondaient de chaleur et peut-être même de soulagement. Pour la première fois, je n'étais pas considéré comme le méchant de l'histoire. Ça m'avait perturbé.

— *Je n'étais pas qu'un enfant. Tout est ma faute. Si j'avais réagi plus tôt... Si j'avais dit quelque chose... Si je n'avais pas fermé les yeux...*

— *Arrête*, m'avait-elle ordonné avec fermeté. *Ce n'était pas à toi d'agir, Hugo. Tu n'es pas responsable des actes des autres et encore moins coupable. Arrête de remettre la faute sur toi. Ce que tu as vécu est loin d'être facile, mais tu as fait de ton mieux. Et tu es quelqu'un de bien. Fais-moi confiance.*

Je n'avais pas répondu. C'était facile à dire pour elle. Elle n'avait pas été emprisonnée pendant trois ans. Elle n'avait pas ressassé ces images, encore et encore, elle n'avait pas été réveillée toutes les nuits par des cauchemars et elle n'avait pas ce poids insupportable de souffrance mêlée à de la culpabilité qui enflait en elle. Elle ne savait pas ce que c'était.

J'avais eu le temps de me détester des milliers de fois, à chaque minute, tous les jours. J'avais eu le temps d'accepter l'idée que j'étais un monstre, puisque les autorités avaient décidé de me placer en centre de détention.

La réaction de Tess, ses mots, sa détermination à croire en moi... Ça me faisait du bien. J'envisageais le problème sous un nouvel angle.

— *Mais Tanna... Je... Je sais que je veux faire des efforts pour elle mais... Je ne la mérite pas.*

— *Le mérite n'a pas sa place parmi les sentiments*, m'avait-elle sermonné d'un ton mystérieux. *Tanna sait qui est le véritable Hugo. Tu devrais lui dire la vérité. Elle la découvrira tôt ou tard, tu sais comment elle est.*

— *Ouais, une vraie fouineuse*, avais-je marmonné, embarrassé par Tess. *Je ne me sens pas prêt.*

— *On n'est jamais prêt.*

— *Tu me fatigues avec tes proverbes à la con.*

J'avais récolté une tape derrière la nuque qui m'avait chauffé un moment.

— *Dis-le à Tanna. Elle comprendra. Tu te sentirais soulagé et elle est la seule qui puisse véritablement t'aider. Parce que, comme tu l'aimes à la folie, tu as besoin de savoir qu'elle te voit pour ce que tu es vraiment. Et l'amour guérit tout.*

À ce stade, j'avais dû devenir rouge tomate. Pour qui se prenait-elle ? Moi, aimer Tanna à la folie ? L'amour ? Non merci. J'avais déjà assez de faiblesses comme ça, non ?

Les nerfs à vif, à la suite de cette discussion, j'étais parti. Comme un lâche. Et après avoir adressé un doigt d'honneur à Barbie Gothique. Décidément, je gâchais tout. Tout le temps.

Depuis, je glandais à la maison, vidé de toute ma rage habituelle et un peu perdu. Heureusement, la balle en mousse de Tanna imbibée de son odeur m'aidait à ne pas trop paniquer quant à mon état végétatif. C'était vraiment bizarre de ne plus être en colère. Presque effrayant. Je n'avais jamais rien connu d'autre que ce sentiment étouffant depuis trois ans.

— Tout va bien, Hugo ?

Je relevai les yeux sur le visage de Sophie, rond et bienveillant. Son regard bleu se posa sur mes mains qui serraient ma balle en mousse et un pli soucieux apparut sur son front.

— Oui.

Un mince sourire étira ses lèvres. Je n'avais fait que répondre calmement, pas la peine de s'emballer pour si peu.

— Je pensais qu'on pourrait faire des hamburgers maison ce soir, ça te dit ?

Son enthousiasme me piqua le cœur. Avais-je envie de manger avec mon oncle et ma tante ? Je ne le faisais jamais. Ils me laissaient toujours une assiette au micro-ondes, que j'attrapais avant d'aller m'enfermer dans ma chambre où je mangeais seul avec ma musique à fond, mes bouteilles d'alcool et mes joints.

— D'accord, acceptai-je.

Après tout, un bon hamburger avec des produits de qualité ne me ferait pas de mal. Je crus que les yeux de Sophie allaient lui sortir de la tête. Elle se maîtrisa rapidement, sans doute parce qu'elle craignait de me brusquer et se dandina, ne sachant pas comment agir.

— Bon, euh… Cool, alors, tenta-t-elle, gênée.

J'esquissai un sourire amusé. Entendre le mot « cool » dans la bouche de ma tante me paraissait tout à fait irréel. Mais bon, je n'étais plus à ça près, entre mes aveux, mon calme olympien et ma soudaine envie de hamburgers en famille…

— Et si on invitait les Rodriguez ? Ça serait l'occasion de renouer le contact !

Je fronçai les sourcils et elle perdit son sourire. L'idée de voir mon oncle et ma tante fricoter avec les parents de Tanna ne me disait rien qui vaille. Et en même temps… J'en avais envie. Ça faisait si normal… Une soirée entre voisins, des hamburgers, des rires et des confidences. Étais-je capable de bien me comporter pendant toute une soirée ? Tanna me manquait. J'avais besoin de la voir. Ce serait l'excuse parfaite.

— Ou pas, rajouta Sophie avec précipitation.

C'était abusé que ma propre tante soit obligée de faire attention à ses faits et gestes pour ne pas me brusquer. J'aurais presque pu éprouver de la culpabilité si je n'avais pas été aussi stone.

— Non, c'est une bonne idée.

Elle écarquilla les yeux, hocha la tête et fila, craignant que je change d'avis.

J'avais vu Tanna la veille, alors que je m'étais réveillé dans ses bras. Halloween était passé, ce matin j'avais déconné et, en ce dimanche soir convivial, elle me manquait. Déjà. Un peu plus de vingt-quatre heures s'était écoulé et je n'en pouvais plus de son absence.

J'avais terriblement besoin de cette féroce lionne au cœur sauvage et au sourire d'ange.

Tanna...

Mon amie d'enfance, mon souvenir d'absence...

Mon tout.

Janna

Une soirée chez les Jones. Avec mes parents et ma sœur. C'était le monde à l'envers.

J'étais fatiguée de ma soirée Halloween. Nous nous étions couchées très tard, ou plutôt très tôt et nous avions peu dormi. Au réveil, Abby et moi avions constaté l'absence de Tess sans nous inquiéter ; elle filait souvent en douce. J'avais pris un rapide petit-déjeuner avec ma rouquine préférée et nous avions traîné au lit en papotant.

J'avais ensuite glandé sur Instagram et YouTube. Je n'étais pas une fille très « connectée » mais j'aimais bien, de temps à autre, regarder des vidéos marrantes. J'avais failli avoir une crise cardiaque lorsque Billie, en pleine forme, avait débarqué dans ma chambre pour m'annoncer que Papa et Maman avaient accepté d'aller manger chez les Jones. Mon cœur s'était arrêté l'espace d'un instant et j'avais regardé ma sœur de travers.

— *Bah quoi ?* avait-elle rit, malicieuse et pénible. *Ça te donne une excuse pour fricoter avec Hugoooo.*

— *On ne fricote pas !*

— *Mon œil ! Tu crois que je ne vous ai pas entendus dans la nuit de vendredi à samedi ?*

J'avais rougi furieusement.

— *Billie ! Tu es pire que Maman !*

Elle avait gloussé avant de filer en me faisant des grimaces plus que suggestives. Insupportable, cette petite peste !

Et maintenant, je me tortillais devant mon miroir, me débattant avec des doutes vraiment ridicules au sujet de mes vêtements.

Devais-je opter pour quelque chose de décontracté ou au contraire enfiler un truc habillé ? Je ne m'étais jamais souciée de mon apparence avec Hugo. Pourtant, aujourd'hui, ça me semblait important.

Je choisis un jean bleu foncé et un chemisier blanc. C'était simple et joli. Billie me taclerait sans aucun doute pour mon manque d'originalité, mais personne ne pouvait être aussi exubérant qu'elle. J'attachai mes cheveux en une queue de cheval pour ne pas les avoir dans la figure et appliquai une touche de gloss sur mes lèvres afin de me donner bonne mine.

— Tanna, tu es prête ? m'appela mon père depuis le rez-de-chaussée. On y va !

Je grimaçai. J'imaginais déjà la scène : mes parents en face de William et Sophie Jones, ma sœur au milieu d'Hugo et moi. Le malaise à l'état pur. Je pouvais toujours refuser et me faire porter souffrante. Mais… Je mentirais en disant que je n'avais pas très envie de voir Hugo. Alors je descendis, partagée avec mes sentiments contradictoires.

— Tan' punaise ! râla Billie. Quelle simplicité ! Mes yeux saignent.

Je l'avais prédit…

Je m'apprêtais à répondre, cependant elle remonta les escaliers en courant. Trente secondes plus tard, elle était de retour. Elle m'entoura le cou d'une chaîne discrète ornée d'un pendentif qui reposait désormais juste au creux de ma poitrine.

— Comme ça, Hugo saura où regarder, murmura-t-elle discrètement dans mon oreille pendant que mes parents sortaient.

Je devins rouge écarlate. Elle passa un bracelet bling-bling à mon poignet et améliora ma queue de cheval à l'aide d'un ruban doré. Je sursautai en grognant lorsqu'elle passa des créoles tout aussi dorées à mes oreilles.

— Voilà, ce n'est pas grand-chose, mais le doré te rend plus lumineuse, commenta-t-elle en admirant son chef-d'œuvre. Bon choix de gloss au passage. Maintenant vole de tes propres ailes, petit oisillon.

— Je vais te tuer.

— Mamaaaan ! Tanna me menace, hurla-t-elle en rejoignant nos parents dehors.

Je levai les yeux au ciel en souriant.

— Les filles, *peace*, rigola mon père en refermant derrière moi.

Je plaquai un baiser sur la joue de mon insupportable sœur et suivis le mouvement en direction de la maison d'Hugo, à quelques mètres de là. Combien de fois nos parents avaient-ils partagé des barbecues ou des soirées ensemble ? Combien de fois avaient-ils organisé nos fêtes d'anniversaire ensemble ? Lisbeth et Gregor n'étaient plus là désormais, mais Sophie et William semblaient avoir repris le flambeau. C'était vraiment étrange de ressasser tous ces souvenirs qui se superposaient à ce présent flamboyant.

— Bien le bonsoir ! nous salua William en ouvrant la porte.

Avec ses cheveux bruns, sa barbe fournie et ses lunettes rondes, il me faisait penser à un nounours jovial. Des mains furent serrées, des bises échangées et bien vite, je me retrouvai face à Hugo. Il se tenait à l'écart, l'air agacé et assombri par les ecchymoses qu'il portait encore sur le visage. Ses yeux bleu foncé étaient rivés sur moi et je rosis en repensant au pendentif et au commentaire de Billie.

— Bonjour, Hugo le lugubre ! l'interpella-t-elle en s'immisçant entre lui et moi. Alors comment tu trouves Tanna aujourd'hui ? N'est-elle pas somptueuse ?

Il m'adressa un regard interrogateur et surpris et je secouai la tête en levant les yeux au ciel. Elle n'en ratait pas une.

— Somptueuse est exagéré, morveuse, répliqua-t-il en la contournant pour me rejoindre.

Bizarrement, ça me vexa. Ne me trouvait-il pas jolie ? J'avais envie de me terrer dans un coin.

— Je la trouve belle, comme tous les jours, ajouta-t-il sans me regarder avant de filer dans la cuisine.

J'échangeai un regard choqué avec ma sœur qui, bouche bée, n'en revenait pas. Elle se reprit bien vite néanmoins et afficha un petit air suffisant. Cette fois-ci, je ne pus m'en empêcher : je passai une main agacée dans ses cheveux pour la décoiffer.

— Tu es morte ! enragea-t-elle.

— Tu es morte d'abord ! répliquai-je de manière enfantine.

J'entendis mes parents soupirer et Sophie rigoler. La tante d'Hugo était toujours souriante et de bonne humeur. Avec son visage arrondi et ses grands yeux bleus, elle respirait la joie de vivre et contrastait avec son mari, le nounours rêveur.

— On vous a apporté une tarte chèvre/potimarron et les filles ont fait une Torta de cielo ! sourit ma mère.

— Oh, il ne fallait pas, c'est adorable, merci à vous ! s'égaya Sophie. Je vous en prie, installez-vous, faites comme chez vous !

— Ici, c'est bon enfant ! enchérit William. On vous attendait pour faire cuire la viande et couper les légumes, comme ça, chacun a le hamburger de ses rêves.

— J'adore le concept ! s'exclama ma sœur. Tanna, si tu allais dans la cuisine déposer notre gâteau ? Hugo te montrera le chemin du frigo.

— Bonne idée ! accepta Sophie sans comprendre le sous-entendu.

Billie me colla le plat dans les mains et me poussa en direction de la cuisine. C'était décidé : dans la nuit, j'irais découper tous ses vêtements et je prendrais un malin plaisir à la voir sangloter sur les dépouilles de sa garde-robe.

J'arrivai dans la cuisine rouge pivoine et Hugo afficha un sourire narquois. Était-il de mèche avec ma diablesse de sœur ? Je lui fourrai le plat dans les mains avec brusquerie et il le rangea dans le frigo sans un mot. Je m'apprêtais à repartir, mais un détail retint mon attention : ses mains étaient dans un état lamentable. Que s'était-il passé ? S'était-il encore battu ?

— Qu'est-ce que tu as fait ? l'interrogeai-je en attrapant ses mains dans les miennes, suspicieuse.

Il frémit et je crus qu'il allait se reculer. Ce ne fut pas le cas.

— Une thérapie, murmura-t-il en souriant.

— Une thérapie ? répétai-je, pas certaine d'avoir bien compris.

Il sourit davantage et posa les yeux sur moi. La chaleur que je lus dans son regard m'électrisa tout entière. Quelque chose avait changé. Je ne discernais plus la rage destructrice au fond de ses yeux. Le soulagement m'envahit aussitôt et je souris à mon tour. Je ne savais pas de quelle thérapie il parlait et ce qu'il avait fait, mais une chose était sûre : il s'était enfin affranchi de ses démons.

Hugo contempla ses mains dans les miennes avec circonspection. Il hésita, puis finit par entrelacer ses doigts aux miens avec maladresse. Ce geste fit bondir mon cœur et me coupa le souffle. C'était bizarre, et unique, et adorable. C'était Hugo.

Lorsqu'il reposa ses yeux sur les miens, un frisson me parcourut de la tête aux pieds. Je me perdis dans ce bleu foncé qui abritait des constellations que je connaissais par cœur et que je comprenais. Je rosis sous l'intensité de ce regard.

— Hum, au fait... Je pensais ce que j'ai dit tout à l'heure... souffla-t-il, gêné.

Sa gêne disparut bien vite au profit d'un sourire joueur. Il détacha ses mains des miennes, m'offrit un clin d'œil amusé et me planta dans la cuisine, stupéfaite, perdue et... contente malgré moi.

Comme toujours avec Hugo Jones, rien n'était jamais simple.

C'était l'une des raisons pour lesquelles je l'aimais.

Hugo

J'avais l'impression d'être dans la quatrième dimension.

Manuella et Sophie parlaient de leur job et Steven et mon oncle parlaient bouffe. Billie ne cessait de me casser les bonbons à faire des sous-entendus. Tanna était à deux doigts de lui lancer son hamburger à la figure ce qui, je devais l'admettre, me faisait rire. Et moi... Je ne me sentais absolument pas à l'aise. Ça faisait bien longtemps que je n'avais pas participé à un événement de ce genre.

Mon oncle et ma tante me jetaient des coups d'œil furtifs de temps à autre, devant sûrement craindre que je pète les plombs à table. Mais non. Pas ce soir. Je n'éprouvais plus le besoin de tout casser, de les insulter ou de les frapper. Que de progrès ! Tout ça grâce à une tombe. Et un peu à Barbie Gothique aussi. Et à Tanna. Et à tout le monde, en fait.

Je mangeais de bon appétit. Je trouvais un certain réconfort à écouter les piaillements des uns et des autres. Surtout, je me sentais bien en face de Tanna, à lui jeter des regards à la dérobée. Depuis le début du repas, elle avait fait tomber ses couverts par terre deux fois, avait renversé son verre d'eau et fait voler ses feuilles de salade sur la table. Un vrai désastre. Pourtant, c'était ce qui la caractérisait. Sa maladresse me rassurait ; certaines choses ne changent jamais.

Je ne savais plus vraiment où j'en étais par rapport à elle. Les paroles de Tess revenaient me taper sur le système, tout comme mon envie de fuir et ma culpabilité. Je n'étais pas encore tout à fait guéri.

Désirais-je être ami avec Tanna ? Pas spécialement. Je voulais plus. Mais j'avais peur. Réfléchir ? À quoi bon ? J'avais envie de simplicité, de m'amuser, de rigoler, de retrouver la complicité que nous avions.

— Salade ? m'interpella Billie en me tendant le saladier.
— Merci.

Je me servis et, lorsque je relevai la tête, vis que tous les regards étaient fixés sur moi. J'étais l'attraction de la soirée.

— Il sait dire merci ! s'émerveilla faussement la peste en gloussant.

Mon oncle et ma tante prirent un air paniqué. Je me contentai de la fusiller du regard et de lui mettre un coup de pied sous la table qui la fit grimacer. Ce geste m'arracha une idée. Malicieux, je heurtai le pied de Tanna. Elle sursauta et s'étrangla avec l'eau qu'elle avalait. Je dus me retenir pour ne pas éclater de rire alors que sa mère lui tapait dans le dos. Elle me foudroya de ses beaux yeux ambrés.

Le courroux de Tanna Rodriguez. Existait-il quelque chose de plus excitant et sublime ?

Je recommençai. Elle m'interrogea en fronçant les sourcils. Je haussai les épaules, l'air de rien. Je sentis son pied s'enfuir et le rattrapai aussitôt. J'emprisonnai sa cheville entre mes jambes.

Chacun de ses contacts m'électrisait, me faisait sursauter à chaque fois, et j'avais toujours besoin de plus. Ce n'était jamais suffisant. Au départ, j'avais cherché à fuir, effrayé par ces sensations anormales qui m'assaillaient. Maintenant… Je voulais ressentir cette adrénaline, ces frissons, ce désir qu'elle créait en moi. Je voulais la prendre dans mes bras, ne jamais quitter la douceur de ses mains, sentir le bout de son nez dans mon cou et fourrager dans sa chevelure de lionne.

Nous terminâmes le repas ainsi, jambe contre jambe. Je restai plutôt silencieux, préférant écouter les conversations plutôt qu'y participer. Je n'avais rien à dire et puis, socialement parlant, je n'étais pas le plus doué.

De temps à autre, je captais le regard énervé du père de Tanna posé sur moi. Avais-je fait quelque chose de mal ? Il devait être au courant de mon caractère difficile et du temps que je passais avec sa fille. Ça me mettait un peu mal à l'aise. Je n'aimais pas savoir que la famille de Tanna ne m'appréciait pas, surtout alors que j'avais passé autant de temps avec eux dans mon enfance. Et puis, j'éprouvais la désagréable envie de leur plaire.

Le repas s'était éternisé. J'avais l'impression que ça faisait des années que j'étais assis le cul sur cette chaise, à écouter des âneries qui ne m'intéressaient pas forcément. La seule chose qui me retenait de fuir, c'était Tanna. Elle m'envoyait de petits regards tantôt interrogateurs tantôt amusés. J'avais envie de me retrouver seul avec elle.

Une bouffée de panique m'envahit. J'étais véritablement en train de changer et je ne savais pas quoi faire des sentiments que je laissais enfin naître en moi. C'était flippant de m'autoriser à vivre et à ressentir. Renversant.

Énervé par moi-même, je quittai la table brusquement, sans un mot, sous les regards étonnés des Rodriguez. Alors que je me dirigeais vers ma chambre, j'entendis mon oncle déclarer avec bienveillance :

— C'est la première fois que nous l'avons à table avec nous. Je suis fier de lui, mais il ne faut pas trop lui en demander.

— Oui, il fait beaucoup d'efforts, enchérit Sophie, un sourire dans la voix.

Je suis fier de lui...

Ma gorge se noua. C'était bien la première fois que mon oncle disait ça. Je me dépêchai de grimper à l'étage et de m'enfermer dans ma chambre, à l'abri des commentaires, de Tanna et de mes émotions.

J'avais besoin de bouger. Jadis, j'aurais fumé un joint et vidé une bouteille de vodka. Cela dit, je commençais à comprendre que ce n'était pas la solution à tous mes problèmes. Les conneries ne m'attiraient plus.

Je poussai un soupir et ramassai les bouteilles qui jonchaient le sol de ma chambre. Je les déposai dans ma corbeille puis jetai mes barrettes de shit et autres réjouissances dans les toilettes de la salle de bain qui jouxtait ma chambre. Une salle de bain pour moi tout seul... Si ce n'était pas du luxe.

Je prenais doucement conscience de la chance que j'avais d'être ici, chez mon oncle et ma tante. Ils auraient pu me laisser là-bas. Ils auraient pu me foutre dehors. Pourtant, ils avaient préféré me loger, me nourrir et m'offrir une famille.

Déboussolé, les nerfs à vif, je me laissai tomber sur mon lit.

Étais-je en train de tourner la page ? De guérir ? De me reconstruire ?

Je l'espérais.

Parce que merde, se réveiller et prendre la vie en pleine tronche, ça faisait fichtrement mal.

Tanna

Je me mordillais la lèvre. Je n'arrivais pas à m'en empêcher. Je m'inquiétais pour Hugo. Il était parti si vite...
Je me tortillai sur ma chaise. C'était impoli de quitter la table. Je pris mon mal en patience. Mes parents s'entendaient bien avec les Jones et cette constatation me soulageait. Inconsciemment, je recherchais leur aval.
— Tanna, tu reprends du gâteau ? me proposa William avec un sourire.
Notre Torta de cielo avait un franc succès. J'en aurais volontiers repris, par gourmandise, toutefois je préférais aller voir Hugo. En plus, Billie n'arrêtait pas de me faire des grimaces et des gestes brusques me signifiant de le rejoindre. Insupportable. J'allais la vendre sur le Bon Coin.
— Non, merci, refusai-je poliment en rosissant. Veuillez m'excuser, je vais voir ce que fait Hugo.
— Bien sûr ! Mais c'est à tes risques et périls, plaisanta William avec pourtant un soupçon d'inquiétude dans le regard.
Craignait-il que son neveu s'en prenne à moi ? Il se rappelait peut-être la première fois où j'étais venue ; ça s'était mal passé... Mon père me fusilla du regard, apparemment agacé par mon attitude, mais ma mère posa sa main sur son bras en un geste apaisant. La chaise racla sur le sol alors que je me levais. J'avais l'impression d'être au centre de l'attention et de crier au monde entier que je tenais à Hugo. Je me dépêchai donc de m'éclipser.
Incertaine, je poussai la porte de sa chambre. Cette dernière

était plus propre et rangée que la dernière fois. Assis sur son lit, la tête entre les mains, Hugo paraissait plus vulnérable que jamais. Peut-être avait-il besoin de ce temps libre pour se retrouver ou réfléchir ?

— Hugo ? l'interpellai-je doucement, ne sachant pas où me mettre.

Il releva aussitôt la tête et son regard miroita.

— Qu'est-ce que tu fais là ?

J'aurais pu m'offusquer de sa question, toutefois son ton n'était pas agressif. Je m'approchai de lui, embarrassée. Je passais mes journées à lui crier dessus, à être en colère contre lui, à le provoquer parfois même et, maintenant qu'il se comportait en adulte mature et calme, moi, j'agissais comme une enfant perdue.

— Je ne sais pas trop, répondis-je en toute honnêteté. Je venais voir si tu allais bien.

— Tu t'inquiétais pour moi ?

— N'exagérons rien, soufflai-je en levant les yeux au ciel.

Brusquement, il m'attrapa le poignet et m'attira vers lui. Je perdis l'équilibre et atterris sur ses genoux ce qui, à en voir son air ravi, était l'effet recherché. L'une de ses mains se posa sur ma hanche tandis que l'autre restait serrée autour de mon poignet.

— Qu'est-ce que tu fais ?

Mon cœur battait tant la chamade que je n'avais réussi à émettre qu'un murmure d'oisillon paniqué.

— Je ne sais pas trop.

Il plongea ses yeux dans les miens, amusé. Mon visage n'était qu'à quelques centimètres du sien. Tous ces contacts... Ces petits moments d'intimité, ces sourires de connivence, cette tension... Ça faisait beaucoup d'un coup. Depuis qu'il m'avait rejointe dans la nuit il y avait deux jours de cela et que nous nous étions rapprochés, nous semblions ne plus pouvoir nous détacher l'un de l'autre.

— C'est ma réplique, le contrai-je, retrouvant un peu de mon aplomb.

Je passai l'une de mes jambes de l'autre côté des siennes pour le chevaucher et enroulai mes bras autour de son cou. Mon audace m'étonna autant que lui. Il haussa un sourcil, surpris, puis ses lèvres s'étirèrent en un rictus. Ses bras m'entourèrent aussitôt et me plaquèrent contre son torse. Mon souffle s'échappa de mes lèvres et mon corps se tendit.

Hugo était vraiment imprévisible. J'aimais le fait de ne jamais pouvoir anticiper ses réactions. Je me sentais plus vivante en sa présence. Sur le qui-vive. Marchant sur un fil, telle une funambule risquant la chute à tout instant.

— J'en ai assez de réfléchir, m'avoua-t-il, les yeux rivés aux miens. Je suis prêt à baisser ma garde et à… lâcher prise. Partante ?

J'aurais pu me mettre à glousser comme une hystérique. Il produisait cet effet énervant sur moi : il me faisait perdre tous mes moyens. Je voulais dire oui. Le seul problème… Si je lâchais prise, je me jetterais sur lui, là, tout de suite.

— J'écoute, me pressa Hugo, joueur.

Était-ce un jeu pour lui ? Une opportunité de penser à autre chose et de bien se marrer ? Cette idée me serra le cœur. Il avait encore des choses à me prouver même s'il avait changé depuis son retour.

— Je veux bien essayer d'être partante.

— Je prends, accepta-t-il simplement avant d'ajouter : Même si je ne suis pas très sûr de comprendre ce que ça veut dire.

— Je croyais que tu en avais assez de réfléchir ?

— Très juste. Ne réfléchissons plus.

Sur ce, il enfouit son visage dans mon cou en me serrant contre lui. Je le pressai contre moi en retour, le laissant humer mon odeur à sa guise pendant que je faisais la même chose. Son torse était dur et ferme contre ma poitrine et ses bras musclés m'entouraient si fort que… j'avais un peu chaud.

— Dors ici ce soir, me demanda-t-il brusquement sans quitter mon cou.

Je frissonnai en sentant son souffle sur ma peau. Dormir ici ? Ce soir ? Oui. Non. Enfin… J'en avais envie. Mais quelle idée avait-il derrière la tête ? Ou était-ce moi qui avais des idées derrière la tête ?

— Oublie, grogna-t-il en se redressant alors que je tardais à répondre.

— Hors de question ! protestai-je avant d'avoir eu le temps de réfléchir.

Je raffermis ma prise autour de son cou pour éviter qu'il ne parte. Il fuyait lorsqu'il se sentait contrarié. Après tous ses progrès, je n'avais aucune envie qu'il retombe dans ses travers. Je soutins son regard interrogateur malgré la gêne qui m'assaillait.

— Tu réfléchis, me fit-il remarquer.

Il n'avait pas tort.

— J'aimerais, mais je ne pense pas que mon père aime l'idée.

Il fit une petite moue agacée. Songeur, son regard passa à travers moi le temps d'une longue minute avant qu'il ne finisse par sourire, de ce rictus dont lui seul avait le secret. Il préparait un mauvais coup.

— Tant pis. Je viendrai dormir chez toi. Je n'aurai qu'à escalader le mur jusqu'à ta fenêtre, ni vu ni connu, et le tour sera joué.

J'eus beau essayer de le convaincre d'abandonner cette idée farfelue, rien n'y fit.

Deux heures plus tard, il se trouvait dans mon lit.

Étendus sous mes étoiles phosphorescentes, nous passâmes la nuit à discuter et à rigoler jusqu'à ce que le sommeil nous emporte au petit matin.

Hugo

Elle était belle.

Allongée sur le dos, un bras au-dessus de la tête et l'autre serrant la couette contre elle, les cheveux éparpillés sur le matelas, Tanna paraissait sortir de l'un de mes rêves. Sa respiration soulevait sa poitrine, dissimulée par le large tee-shirt qu'elle portait pour dormir. Elle soupirait de temps en temps et gigotait aussi. Son visage détendu resplendissait face à la lueur du soleil qui se levait. Et moi, j'étais un parfait crétin.

Depuis quand passais-je mon temps à contempler une fille dormir ?

Ça ne me ressemblait pas d'être réveillé d'aussi bonne heure. Sauf si je n'avais pas dormi... Nous avions passé la nuit à discuter, de tout et de rien. Je lui avais parlé de ma vie en centre de détention et elle m'avait parlé de la sienne avec sa famille. Son entrée au lycée. Ses amies. Les âneries de Billie. Ça m'avait fait un bien fou, même si nous n'avions absolument pas évoqué nos souvenirs d'enfance. Le sujet restait tabou, impossible à aborder à cause d'une certaine pudeur. Pour moi, les années passées avec Tanna lorsque j'étais enfant étaient d'excellents souvenirs. Une enfance heureuse avec beaucoup d'amour et d'amitié. En parler me rappelait que j'avais tout perdu...

Ce n'est pas tout à fait vrai... Tanna est juste là...

Juste devant moi. Endormie. Magnifique.

C'était dur de rester sage alors que je n'avais qu'une envie ; la prendre dans mes bras. Mais... Une minute. Je pouvais le faire. Depuis que j'avais instauré la règle d'arrêter de réfléchir, l'acte prônait sur la parole.

J'inspirai doucement et me tournai vers elle. Incertain et maladroit comme souvent, j'effleurai sa joue avant de m'écarter et de me redresser en position assise. Vraiment, je n'y arrivais pas. Je n'osais pas.

— Tu t'en vas ? marmonna-t-elle, inquiète et à moitié endormie.

Je tournai la tête vers elle juste au moment où elle ouvrit les yeux. Ses prunelles ambrées me frappèrent et un long frisson parcourut mon corps.

— Non.

Elle m'agrippa le tee-shirt et m'attira à elle. Déstabilisé, je me laissai faire. Aussitôt, elle noua ses bras autour de mon cou et cacha son visage contre mon torse. Incapable de bouger, je dus lutter pour réussir à respirer de nouveau. Je refermai mes bras sur elle en tentant de me débarrasser de la raideur qui avait saisi mon corps. Son odeur était partout. J'adorais ça.

— Qui aurait cru que derrière cette lionne enragée se cachait un tout petit chaton quémandant des câlins ? la taquinai-je en la serrant fermement.

— Huuuuum ! grogna-t-elle en me tapant le torse.

— Le manque de sommeil te rend grincheuse.

— La ferme ! ronchonna-t-elle en me mettant une main sur la bouche tandis que je riais.

Je déposai un baiser à l'intérieur de sa paume et elle me retira immédiatement sa main. Mon rire mourut dans ma gorge. Que venais-je de faire ? Ça avait été si spontané, si naturel... Que m'arrivait-il ?

— Toi, le manque de sommeil te réussit, murmura-t-elle en effleurant ma joue.

Je retins une grimace. Je n'avais pas l'habitude de ça et je ne savais pas comment m'y prendre, ni comment gérer le flot d'émotions qui me submergeait.

Je décidai de me détendre et d'apprécier le moment. Je n'avais pas souvent l'occasion de traîner au lit, encore moins pour câliner quelqu'un... Alors qu'elle se blottissait davantage dans mes bras, je me mis à lui caresser les cheveux. Elle soupira et referma les yeux. Je sentais sa tête peser sur mon torse et son corps chaud contre le mien. J'avais envie de la protéger, de la garder pour toujours près de moi. C'était nouveau comme sensation.

Nous restâmes une bonne heure ainsi. Tanna somnolait et moi, je jouais avec sa chevelure brune et la contemplais, sans parvenir à croire que tout ceci était réel. Je sursautai en même temps qu'elle lorsqu'une sonnerie retentit. Elle s'extirpa aussitôt du sommeil et attrapa son portable. Sur l'écran s'afficha le nom de Julian.

Je sentis une rage sourde bouillir en moi. Ce moins que rien l'avait trompée. Je le savais, je l'avais pris en flagrant délit. Je le détestais. D'une façon ou d'une autre, il avait été important pour Tanna et il avait brisé sa confiance sans regrets ni remords. Il avait fait de la peine à MA Tanna. Et ça, ça ne passerait jamais.

— Allô ?

Je levai les yeux au ciel. Était-ce vraiment le moment de répondre à cet abruti ?

Agacé, je resserrai mes bras autour de Tanna en un geste possessif et la ramenai contre moi. Je vis ses joues se teinter de rouge et j'en éprouvai une grande satisfaction. J'effleurai son cou de mon nez, espérant la déstabiliser pendant sa conversation passionnante avec le trouduc. Ouais, j'étais le diable en personne.

— Je suis chez moi, répondit Tanna en posant sa main libre sur la mienne, sur son ventre.

J'adorais la douceur de sa peau. C'était si nouveau, si tendre...

— Ce n'est pas vraiment le moment.

J'entrelaçai mes doigts aux siens, émerveillé. Elle rougit davantage et mon ego fut plus que satisfait.

— Non, Julian. Cet après-midi, si tu veux. Il faut qu'on parle de toute manière.

Oh oui. Il fallait qu'ils parlent. Que Tanna le jette comme une vieille chaussette pourrie et après... Après quoi ? Mon cœur loupa un battement.

Après, rien ni personne ne se mettrait plus entre nous.

— D'accord. Oui, parfait. À tout à l'heure.

Elle raccrocha. J'étais content de voir qu'elle ne lui témoignait aucune attention particulière. Je ne voulais pas qu'elle retombe dans le panneau et qu'elle retourne avec cet abruti. Je continuai à jouer avec ses doigts, caressant la pulpe de son index et de son pouce, et la paume de sa main. Elle me laissait partir à sa découverte sans rechigner. J'aimais bien. Sachant que le contact physique n'était pas forcément mon délire, Tanna me laissait aller à mon rythme, m'habituer à elle, à sa peau, à son odeur...

J'avais vécu trois ans sans tendresse, sans contacts, sans parents ni amis. Depuis ma sortie, j'avais passé quelques nuits avec des inconnues, mais tout avait été sans intérêt, dénué d'émotions. Je ne cherchais qu'à passer le temps et à oublier, à me tuer l'esprit. C'était vraiment nul. Avec Tanna, tout était différent. Je ressentais pour de vrai. Mon corps réagissait au sien et j'éprouvais des sensations déroutantes qui me faisaient perdre la tête.

— Ça ne te dérange pas ? l'interrogeai-je en remontant mes doigts sur son poignet.

— De quoi ?

— Que je te touche.

Elle se retourna pour me faire face, surprise. Sans retirer sa main de la mienne, elle ramena la couette sur elle et se rapprocha de moi, son visage en face du mien, à seulement quelques centimètres. Ses yeux ambrés me coupèrent le souffle. D'aussi près, ils étaient encore plus beaux. Elle passa son pouce sur le dos de ma main sans me quitter des yeux.

— Est-ce que ça te dérange que je touche ? me renvoya-t-elle la question, soucieuse.

— Non, répondis-je avec sincérité. J'aime que tu me touches.

Elle rosit et baissa les yeux. Je découvrais une autre Tanna, moins dans la retenue, moins dans la colère, plus douce et vulnérable. Et j'appréciais cette facette d'elle. J'avais l'impression d'être le seul à avoir la chance de la connaître sous cet angle. J'avais l'exclusivité, j'étais privilégié. Tout comme elle avec moi.

— Ma réponse est la même, déclara-t-elle en rosissant de plus belle.

— Quelle tricheuse ! Tu attends que je réponde pour me voler mes répliques.

— Oui, et alors ? Je n'y peux rien si tu as de bonnes répliques, me tira-t-elle la langue en souriant.

J'aurais bien attrapé sa langue pour la mettre dans ma bouche. Eh merde. Ça commençait à devenir n'importe quoi cette matinée au lit avec elle. En même temps... Elle tentait le diable. Lorsque je passais trop de temps avec Tanna je devenais fou. Fou d'elle.

— Très bien, tu gagnes, admis-je. Je suis le roi des répliques.

Elle rit. Si près de moi. Si jolie, même de bon matin, avec ses cheveux en désordre et son air encore endormi. Quelque chose en moi remua et j'eus un semblant de mal au ventre.

D'ici peu, je devrais m'échapper par la fenêtre pour rejoindre ma maison et laisser Tanna aller voir son futur ex. Mais, pour l'instant, je profitais.

Je savourais chaque seconde.

Janna

Stressée, je n'arrêtais pas de jouer avec le bout de ma tresse.

Depuis qu'Hugo était parti, une boule d'angoisse s'était formée dans mon estomac. C'était bête. Je n'étais pas en tort. Julian avait déconné, c'était lui le méchant de l'histoire.

Mais tout n'était pas aussi simple. Je reconnaissais que j'avais été très peu présente pour lui et que je ne l'aimais pas comme je l'aurais dû. Avais-je été amoureuse ? Non. Alors pouvais-je réellement lui en vouloir ? En un sens, je l'avais trompé également. J'avais cru que je développerais des sentiments plus forts avec le temps… En vain.

Je craignais la réaction de Julian. Même s'il était allé voir ailleurs, il tenait à moi, à sa manière. Je ne voulais pas le blesser ni lui faire de peine. Nous avions été amis. Nous avions vécu pas mal de bons moments ensemble. Ça restait compliqué de mettre un terme à tout ça.

— Salut, belle brune.

Je sursautai lorsque Julian m'embrassa sur la joue, un sourire réjoui sur le visage et sa veste de l'équipe de foot sur le dos.

— J'ai l'impression que ça fait une éternité qu'on ne s'est pas vus…

— Julian, il faut qu'on parle, le coupai-je en repoussant sa main qui avait tenté d'attraper la mienne.

Il se figea et fronça aussitôt les sourcils, interloqué par mon ton si sérieux. Devant comprendre qu'il s'agissait d'un sujet important, il hocha la tête et m'indiqua un banc un plus loin. Je lui avais donné rendez-vous dans le parc près de mon quartier, prête à me réfugier à la maison dès que la situation tournerait au vinaigre. Je me mordis la langue pour ne pas sourire en repensant à la proposition d'Hugo : péter les rotules de Julian si ça se passait mal. Un brin excessif.

— Un problème ? m'interrogea-t-il en prenant place en face de moi.

Je ne pouvais plus reculer. Je pris une profonde inspiration et me lançai.

— Je suis au courant pour les filles que tu vois, ce qu'il se passe dans les vestiaires, ton altercation avec Abby... Tout.

Son visage se décomposa. Ça aurait presque pu être amusant si la situation n'avait pas été aussi critique. Il secoua la tête, ouvrit la bouche, la referma. Comptait-il m'inventer une excuse à coucher dehors et me baratiner ? Allait-il tout nier en bloc ? Ou, au contraire, assumer ?

— Je suis désolé.

Je ne m'attendais pas à ça. Avec des yeux de chien battu, il secoua de nouveau la tête et se passa une main sur le visage. Il paraissait dépassé par les événements. Pensait-il que je ne le découvrirais jamais ? Au moins, il s'excusait.

— Pourquoi ? demandai-je, à demi soulagée. Je te faisais confiance.

— Je sais. Mais je ne sais pas, souffla-t-il, honteux, les yeux baissés. Tu voulais attendre pour passer aux choses sérieuses et j'ai cru que je pourrais te laisser le temps qu'il te fallait et... Je tiens à toi Tanna, c'est sincère. Mais avec les gars aux vestiaires et leurs commentaires, la pression, les filles qui se pavanaient... J'ai merdé. Ça n'excuse rien, pourtant je préfère être honnête. Je crois que je te dois la vérité.

Je devais lui reconnaître qu'il avait le courage d'admettre et d'être lucide. Julian n'était pas un mauvais garçon. Il avait été influencé par ses potes, et moi j'avais été bien trop absente. Je ne regrettais pas de ne pas avoir couché avec Julian. Je ne m'étais jamais vraiment sentie prête ni en confiance. Cependant, j'avais été lâche. Je l'avais gardé à mes côtés, espérant que tout s'arrange, que des sentiments inexistants naissent et je lui avais fait perdre son temps.

— D'accord. Je m'excuse aussi. Je n'ai pas forcément été

sincère avec toi et, d'une certaine manière, je t'ai gardé pour moi, t'empêchant de trouver quelqu'un qui pourrait réellement te correspondre.

Julian s'étonna de ma réponse. Je les lui devais, ces excuses. J'avais envie que tout se termine bien. Il n'y avait aucune raison de se prendre la tête ni de se faire la guerre.

— C'est peut-être vrai, mais peu de personnes trouvent le vrai amour aussi jeune, sourit Julian, bienveillant. C'est normal de faire des essais. Je ne suis pas la bonne personne pour toi et tu n'es pas la bonne pour moi. J'aurais dû m'en rendre compte plus tôt. On s'entendait si bien que j'ai cru...

— Moi aussi, j'ai cru, le coupai-je en lui prenant la main, soulagée par sa réaction. Je suis d'accord avec toi. Et je suis contente que tu le prennes comme ça.

— Donc... Tu ne m'en veux pas ? s'enquit-il, penaud.

— Hum. Je t'en veux un peu. J'aurais préféré que tu me quittes avant de fréquenter d'autres filles. Je vais juste avoir besoin d'un peu de temps pour... faire passer la pilule.

Il hocha la tête. Je serrai doucement sa main dans la mienne avant de la relâcher. Sans doute le dernier contact que nous partagerions.

— C'est fini alors ? Même en tant qu'amis ?

— Oui, c'est fini, lui assurai-je. Et je ne suis pas sûre que nous puissions rester amis. Pas tout de suite, en tout cas.

Malgré tout, j'avais mal au cœur. Ce n'était pas facile de renoncer à une personne à laquelle l'on tenait.

— Je comprends, accepta-t-il d'un air attristé. Si je peux me permettre... Je crois que tu fais partie de ces personnes qui ont la chance de trouver leur moitié. Ne laisse pas ta chance passer. Tu as déjà quelqu'un qui n'attend que toi, même si cet abruti ne le sait pas encore.

Stupéfaite, je le laissai déposer un baiser sur ma joue.

— Fais attention à toi, Tanna, et sois heureuse.

Après un dernier regard et une dernière caresse, Julian se leva et partit. Je le connaissais ; il avait beaucoup de peine. Il ne me le montrerait pas, par fierté peut-être ou par pudeur. Quant à moi... Je me sentais à la fois triste et soulagée, en deuil de tous nos souvenirs partagés et secouée par les derniers mots de Julian.

Je demeurai de longues minutes sur mon banc. Je méditais. Sur cette relation passée qui aurait pu être un échec, mais qui m'avait au final permis d'évoluer et de me recentrer sur ce qui comptait réellement.

Oui. J'avais peut-être bel et bien trouvé ma moitié.

Tess

Amusée, je mangeais mes frites sans rien dire.

Cette année, la petite magicienne que j'étais avait fait fort. En à peine quelques mois, j'avais réussi à délivrer Hugo Jones de son passé et à rabibocher Tanna avec elle-même. Je me félicitais. Je m'offrirais peut-être même des fleurs.

Depuis cette fameuse journée où Hugo m'avait révélé la vérité et avait pleuré dans mes bras, il avait changé. Bien sûr, il restait le gars impulsif et insupportable qu'il était, mais il y avait de l'amélioration. Pour commencer, il ne fuyait plus devant Tanna. C'était un effort considérable. Et puis, il ne frappait plus les gens du lycée et ne traînait plus avec de mauvaises fréquentations. Il s'était même fait un ami, Silas, son ancien chauffeur. Dingue.

Il s'était aussi trouvé de nouvelles occupations et s'était réconcilié avec sa famille. En quelque sorte. Il passait plus de temps avec eux. Et avec moi aussi. Nous nous amusions à nous lancer des piques, comme depuis le début, mais ça lui arrivait aussi de se confier.

Depuis la reprise des cours, Hugo traînait avec nous. Il nous parlait dans les couloirs et nous rejoignait parfois à la cafétéria, tout ça sous le regard désapprobateur de Julian. Il fallait l'avouer ; en quittant la star de l'équipe de foot, Tanna avait perdu sa place de privilégiée au sein de l'établissement. Toutes les personnes qui lui parlaient auparavant simplement pour se faire bien voir par Julian l'ignoraient désormais. Ça ne la dérangeait pas, puisqu'elle nous avait nous et Hugo. Ils ne cessaient de s'échanger des regards lourds de désir et de se tourner autour…

— Arrête de bondir sur ta chaise, Tanna, tu vas me donner la nausée, grommela Abby en dévorant ses cuisses de poulet.

Mes lèvres se redressèrent en un rictus. Tanna faisait cela tous les midis : elle cherchait Hugo du regard. Électron libre, il ne déjeunait que rarement à la cafétéria, préférant être seul. Pour être avec Tanna, il faisait l'effort de venir de temps en temps. Elle ne disait rien lorsqu'il ne venait pas, mais son regard arborait toujours une pointe de déception. C'était incroyable à quel point ils s'adoraient tous les deux et à quel point ils étaient bêtes de ne pas s'en apercevoir. Mais bon. Ils étaient sur la bonne voie. D'ici peu de temps, ils craqueraient, j'en mettais ma main à couper.

— Il va venir aujourd'hui, lui assurai-je calmement.

— Comment tu peux savoir ça ? me fusilla-t-elle du regard, agacée.

— Ça fait trois jours. Tu lui manques.

Ils ne pouvaient pas se passer l'un de l'autre.

Tanna rosit aussitôt. Elle arrêta de jeter des coups d'œil alertes à la porte et se mit – enfin – à manger. Je jubilais. Il n'y avait rien de tel que de la confronter à la vérité pour qu'elle prenne ses jambes à son cou. Maintenant que Tanna et Hugo ne rencontraient plus aucun obstacle pour se mettre ensemble, ils faisaient les timides. Fatigant.

Avec un grommellement agacé, Hugo se laissa tomber à côté d'Abby, en face de Tanna. Voilà. J'en avais presque marre d'avoir raison. Tanna faillit s'étouffer avec l'une de ses frites et je lui décochai un sourire moqueur.

— Bonjour à toi aussi, prince charmant, le taclai-je sans attendre.

Il me jeta une frite dessus.

— Bonjour, grogna-t-il sans m'accorder un regard, bien trop occupé à dévorer Tanna des yeux.

Que de progrès ! Ils se dévisageaient et se jaugeaient sans un mot. La tension était palpable. C'était limite gênant pour Abby et moi.

— Franchement, prenez un hôtel, ça devient ingérable, s'exclama Abby.

Les deux se tournèrent vers elle d'un même mouvement et, s'ils avaient eu des mitraillettes à la place des yeux, elle serait morte fusillée dans l'instant. Elle se ratatina dans sa chaise et je me retins de rigoler.

— Abby, déjà si tard ! déclarai-je en me levant. C'est l'heure d'y aller, on a plein de choses à faire avant le début des cours.

— Ah bon ? s'enquit-elle, perdue.

Grand dieu. Qu'avais-je fait pour mériter une rouquine pareille ?

Je l'attrapai par le bras et l'entraînai à ma suite. Elle eut à peine le temps de récupérer son plateau-repas et manqua de trébucher. Hugo et Tanna pâlirent en même temps en voyant que nous les abandonnions. C'était la première fois qu'ils se retrouvaient seuls depuis que Tanna avait quitté Julian et depuis qu'Hugo se reconstruisait. Ils étaient en public, alors ils ne risquaient pas de se jeter l'un sur l'autre mais, avec eux, on ne savait jamais.

Tess la magicienne frappait encore. Coup de théâtre à Roseville.

— Amusez-vous bien ! les enquiquinai-je une ultime fois avant de disparaître à l'extérieur avec Abby.

— Tu es vraiment la pire des sorcières ! me gronda cette dernière, les mains sur les hanches.

— Je sais ! Mais il faut bien qu'on les secoue un peu ! À ce rythme, dans dix ans on y est encore.

— C'est vrai. Je n'en peux plus de leurs jeux de regards, de leurs sourires et tout ! Je me sens exclue. Quitte à l'être, autant que ce soit pour de bon et qu'ils se mettent ensemble. Ensuite, il faudra te trouver quelqu'un Tess ! Comme ça, on pourra faire des sorties entre couples ça serait génial.

— Ouais, le paradis, ironisai-je.

— N'est-ce pas ? se réjouit Abby sans saisir le sarcasme. J'ai trop hâte ! Je vais t'organiser un speed-dating de malade.

— Si tu fais ça, je te tue.

— Super ! Je savais que tu serais contente !

J'inspirai pour éviter de lui arracher la tête. En rentrant, c'était décidé, je ferais une poupée vaudou à son effigie. Excédée par l'attitude de Tango –il leur fallait bien un petit nom – et la niaiserie d'Abby, je filai.

Être une magicienne n'était pas de tout repos.

Néanmoins, je savais que je ne faisais pas tout cela pour rien.

Quelque chose de beau en ressortirait.
 Tanna et Hugo étaient faits pour être ensemble.

Hugo

Je me tenais devant Tanna, comme un con, sans trouver quoi dire.

Depuis cette dernière nuit que nous avions passée ensemble, nous avions tous les deux joué au roi du silence.

Tout en étant une véritable torture, me tenir loin d'elle m'avait fait du bien. J'avais arrêté les joints et l'alcool – malgré quelques rechutes. J'avais recroisé quelques fois Big Ben et son gang, mais je n'avais pas eu de problèmes. Et j'avais appris à connaître Silas. Qui aurait cru que mon chauffeur nocturne était en fait un gars sans prise de tête qui aimait jouer aux jeux vidéo et manger des pizzas ? Je n'avais pas parlé de moi, pourtant il m'avait beaucoup parlé de lui et, bizarrement, l'écouter m'avait plu. C'était bien de se concentrer sur les problèmes des autres.

Mes relations avec mon oncle et ma tante s'étaient considérablement améliorées. Je mangeais avec eux le soir et ils me laissaient tranquille le reste du temps. Parfois, ils me posaient une question ou s'intéressaient à ma vie. Ça semblait les rendre heureux, alors pourquoi pas ?

J'avais eu besoin de me poser, prendre un peu mes distances avec Tanna. Pour débuter une nouvelle existence, plus saine, et vivre pour moi.

Toutefois, ma Rodriguez me manquait. Je ne savais pas comment revenir vers elle. Elle aussi avait pris ses distances. Par peur ? Par colère ? Parce que je l'avais ignorée ?

D'accord, il y avait toujours nos regards intenses et ses petits sourires en coin, mais cela voulait-il vraiment dire quelque chose ?

J'avais l'impression d'être un crétin ne sachant pas comment se comporter avec les filles. Alors, je la fixais. Droit dans les yeux, j'essayais de déchiffrer toutes les nuances ambrées qui composaient son regard de lionne.

— Tu vas me fixer encore longtemps comme ça ? s'agaça-t-elle tandis que le rose s'emparait de ses joues.

— Oui.

Elle soupira, sans pour autant baisser les yeux.

— Tu fais quoi cet après-midi ? l'interrogeai-je.

Une lueur amusée se réveilla dans ses yeux ambrés.

— J'ai cours. Et toi aussi, je crois, même si tu sembles l'avoir oublié.

— L'école... Je ne vais pas coller des gommettes jusqu'à la fin de ma vie. Il existe d'autres options que le cursus scolaire tranquille, sécurisant et tout tracé.

Je n'y avais jamais vraiment réfléchi auparavant mais, à présent que je le disais à voix haute, ça me paraissait être la vérité absolue. Je ne me voyais pas sur les bancs de la fac à faire de longues études dans le but de faire un métier chiant à en crever. Je voulais de l'action et... aider les autres. Alors apprendre l'histoire de mon pays, qui consistait en une bande de crétins ivres de pouvoir faisant des guerres, parler espagnol, ou dessiner des triangles, je n'en avais rien à secouer. Toutefois, c'était important pour Tanna. Elle aimait cela, apprendre, étudier, créer. Et je respectais ça.

— C'est vrai, m'accorda Tanna, songeuse et surprise par mon sursaut de rébellion.

— Bien sûr que c'est vrai. J'ai toujours raison.

Le coin de ses lèvres frémit et elle finit par rigoler.

— N'en fais pas trop non plus !

— Viens avec moi cet après-midi, lançai-je de but en blanc.

Elle fronça les sourcils, hésita. Toujours sans me lâcher du regard. Je me noyais dans ses yeux. J'y lisais tellement de choses... J'avais l'exclusivité, le privilège de voir en elle. C'était enivrant.

— Qu'est-ce que je gagne en échange ? sourit-elle, joueuse.

— Je te dois toujours une glace, non ? Caramel beurre salé. Supplément crème fouettée et chocolat. Et... citronnade ? Tous les pancakes au sirop d'érable que tu veux ? Plein de câlins ? Et...

— D'accord, d'accord ! m'interrompit-elle en plaquant sa

main sur ma bouche. Si tu me prends par les sentiments...

Ses doigts sur mes lèvres réveillèrent mon corps. Je ne l'avais pas touchée depuis une éternité et cette sensation... indescriptible... m'avait manqué. J'attrapai sa main pour la retirer de ma bouche avant de faire une connerie.

— Tu es obligée d'accepter ? complétai-je sa phrase.

— Évidemment !

Je me levai, lui volai son plateau-repas et filai, espérant qu'elle me suivrait.

— Hé ! Je n'ai pas fini mes frites ! se plaignit-elle en arrivant derrière moi.

— J'en mettrai quelques-unes dans mes poches.

Elle grimaça tandis que je débarrassais son plateau et le posais sur le tapis roulant destiné à les rapporter en cuisine.

Sans réfléchir, je me saisis de sa main et entrelaçai mes doigts aux siens. Je me sentis aussitôt tout chose. J'avais oublié ce que ça faisait de sentir sa peau contre la mienne au cours de ces dernières semaines. Je la tirai hors de la cafétéria et – karma de merde – nous tombâmes nez à nez avec Julian et ses connards d'amis. La main de Tanna se crispa sur la mienne.

— Tanna ? Tu pars avec lui ? l'apostropha Julian.

J'aurais pu intervenir, mais ma lionne était assez grande pour le faire toute seule. Si j'estimais que le trouduc dépassait les bornes, je me chargerais de lui. Pour l'instant, autant laisser Tanna gérer.

— Oui, répondit-elle simplement.

— Il a une mauvaise influence sur toi...

Cette fois-ci, ce fut ma main qui écrasa celle de Tanna.

— Julian, soupira-t-elle. Je ne crois pas que tu aies ton mot à dire. Et oui, je compte bien partir avec lui, là, tout de suite.

Il cligna des yeux, comme s'il était débile. Ce qu'il était.

— Que tu passes du temps avec lui, soit, mais que tu sèches les cours...

Heureusement que Saint Julian est là pour veiller sur la pauvre petite Tanna menacée par le grand méchant Hugo.

— Merci de t'inquiéter pour moi, l'interrompit Tanna. Mais je n'ai qu'un cours cet après-midi et j'ai largement le niveau pour m'en passer. Maintenant, si tu veux bien m'excuser... On se parle plus tard !

Ils échangèrent un regard de connivence qui ne me plut pas du tout. Tanna serra ma main dans la sienne et m'entraîna avec elle à l'extérieur. Une fois dehors, j'arrachai ma main de celle de Tanna, énervé.

— Tu lui parles encore !?

Elle se tourna vers moi et haussa un sourcil. J'étais sur les nerfs. J'avais envie de tout casser.

— Oui.

— Oui ? C'est tout ce que tu réponds ? Et c'était quoi ce regard, là ?

J'avais envie de me foutre des baffes. Une sensation grandissante d'insuffisance prenait possession de moi. Comptait-elle retourner se jeter dans les bras de cet abruti ? Après ce qu'il lui avait fait ? Alors que moi… Moi, j'étais là, et…

Mes pensées fondirent en même temps que ma colère lorsqu'elle se rapprocha de moi pour passer ses bras autour de mon cou et me dévisager, à seulement quelques centimètres de mon visage. Son odeur m'assaillit et instinctivement, je refermai mes bras sur elle.

— Tu es jaloux ?

— Quoi !?

— Scrais-tu jaloux, Hugo Jones ?

Un sourire amusé illuminait son visage et j'avais du mal à me concentrer. L'avoir si proche de moi… C'était de la torture. Mais… Étais-je jaloux ? Franchement ? Mille fois oui. Je la voulais que pour moi. Du moins, dans la limite du raisonnable.

— Oui.

Elle écarquilla les yeux, choquée et perdit son sourire. Elle ne devait pas s'attendre à ce que je réponde par l'affirmative. Comme elle s'apprêtait à prendre la fuite, je resserrai aussitôt mes bras autour de sa taille. Maintenant que je l'avais contre moi, hors de question de la laisser filer.

— Il ne faut pas, répondit-elle, mal à l'aise sans pour autant éviter mon regard.

— Pourquoi ?

— Parce que.

— Parce que quoi ?

— Tu me soûles ! grogna-t-elle en se débattant pour essayer d'échapper à mon étreinte.

— Ce n'est pas une nouveauté, rigolai-je en glissant mon visage dans son cou pour humer son odeur. Alors, parce que quoi ?

— Parce que c'est toi ! souffla-t-elle, agacée.

Comme si ça répondait à ma question. Ça voulait tout et rien dire à la fois.

— Tu comptes me répondre ça à chaque fois ?

— Oui. Tu as fini ? Je veux ma glace.

Je la relâchai enfin et la poussai devant pour qu'elle avance. Décidément, elle avait vraiment le don de me taper sur les nerfs. Je lui avais bel et bien promis une glace. Sans oublier le reste de ma promesse…

Plein de câlins.

Janna

Hugo était bizarre aujourd'hui. Dans le bon sens du terme. Entreprenant, souriant, jaloux… Je n'en revenais toujours pas de cette révélation. J'aimais bien qu'il me montre qu'il tenait à moi.

Arrivés au *Smoking Iceberg*, nous prîmes des glaces à emporter. Hugo insista pour passer à l'épicerie afin d'acheter une bouteille de citronnade et des pancakes avec du sirop d'érable.

Après cette petite escapade nécessaire à notre survie, Hugo me conduisit vers le parc. Depuis que nous avions quitté le lycée, il se murait dans le silence. J'aurais pu m'inquiéter si je n'avais pas été autant habituée à ses changements d'humeur. Ça faisait partie de lui. Même lorsqu'il était enfant, il lui arrivait de se renfermer pour réfléchir, les sourcils froncés et l'air agacé. Puis, sans prévenir, il me lançait une blague au visage et ce moment d'absence était oublié. Certaines choses ne changent jamais.

Il organisait donc un pique-nique. Il nous conduisait vers le parc, ce même parc où nous nous étions rencontrés treize ans auparavant. Mon cœur tressauta. Qu'est-ce que cela signifiait ? Il n'évoquait jamais notre relation passée.

Je levai les yeux sur le ciel. Il était gris, sans aucun signe de pluie à l'horizon. Pour l'instant. Il ne faisait pas spécialement froid, même si je portais une petite veste. Une journée banale, dépourvue de soleil, pourtant loin d'être comme les autres. Puisque je la passais avec Hugo.

— Tu es bien silencieuse, m'apostropha-t-il en me poussant doucement, taquin.

— Moi !? Non mais je rêve, c'est toi qui es muet.

— N'importe quoi !

Quelle mauvaise foi ! Il m'attrapa le poignet et me conduisit jusqu'au bac à sable. Il retira son sweat, le posa sur le sable et m'invita à m'y asseoir.

— Comme tu es galant ! me moquai-je pour cacher mon trouble. Tu penses à tout.

— Il paraît, tout le monde me le dit, fanfaronna-t-il en me rejoignant. Pousse-toi un peu. Moi non plus je ne veux pas me salir.

Il se colla contre moi et je rigolai. C'était peut-être un prétexte pour se rapprocher de moi, car depuis quand craignait-il de se salir ? Mon cœur frissonna à cette pensée. Il me mit mon pot de glace dans les mains et, sans un mot, je commençai à manger. Le goût du caramel beurre salé pétilla sur ma langue. Aimais-je vraiment ce parfum ou était-ce la présence d'Hugo qui le rendait si délicieux ? Était-ce le parfum de nos souvenirs ?

— À quoi tu penses ? m'interrogea-t-il en me donnant un petit coup de coude.

— Au caramel beurre salé.

— Tu es obsédée.

— Peut-être un peu, je l'admets. Pourquoi tu m'as amenée ici ?

— Pourquoi pas ? Je voulais juste passer un moment avec toi. J'ai l'impression que ça fait une éternité.

Il n'avait pas tort, j'avais cette impression aussi. J'avais passé beaucoup de temps en famille, notamment avec Billie qui avait insisté pour refaire l'intégralité de ma garde-robe. J'étais sortie plusieurs fois avec Tess et Abby également, et j'avais préparé des dossiers pour l'université l'année prochaine.

Et j'avais pensé à Hugo…

Tout le temps.

Le silence s'éternisa tandis que nous dégustions nos glaces accompagnées de citronnade. Ce moment était d'une simplicité incroyable et pourtant je le préférais peut-être à tous ceux que nous avions vécus.

— Je suis fière de toi, finis-je par révéler à Hugo une fois ma glace terminée.

Interloqué, il se tourna vers moi. Il semblait choqué par ce que je venais de dire et gêné aussi, d'une certaine manière. Un éclat d'émotion brillait dans ses yeux aux mille constellations.

— Quoi ? Pourquoi ?

Ton brutal, presque agressif. Pour se protéger. Parce qu'il avait peur de ce que je pouvais lui confier.

— Je suis fière de tous les efforts que tu fais pour te libérer de ton passé.

Ce n'était pas facile pour moi non plus de prononcer ces mots à voix haute. Je lui livrais mes pensées et ça me gênait autant que lui. Il me fixa longuement avant de détourner le regard pour contempler l'horizon. À quoi pensait-il ?

— Hum. Merci, marmonna-t-il.

Peut-être prenait-il conscience de la portée de mes paroles ? Je demeurai perdue un moment dans mes pensées jusqu'à ce que je me reçoive une pleine poignée de sable sur la poitrine. Stupéfaite, je regardai autour de moi afin de voir d'où cela provenait et découvris Hugo, une « boule » de sable dans la main, prêt à me la jeter au visage.

— Non mais tu es complètement malade ! m'écriai-je, heureuse de ne pas en avoir reçu dans la bouche.

— Ben quoi ? Il n'y a pas de neige ! fit-il innocemment en faisait crisser le sable entre ses doigts.

— Fais un bonhomme de sable pas une bataille ! C'est pas vrai…

J'époussetai mon pull en secouant la tête. Ce garçon était un véritable gosse. À l'instant où je terminai de nettoyer mon haut, une nouvelle vague de sable m'éclaboussa.

— C'est décidé. Je vais te tuer, déclarai-je.

Il écarquilla les yeux, surpris par mon ton sévère. Sans lui laisser la possibilité de répondre ou de m'envoyer du sable à la figure, je me jetai sur lui.

Hugo

Tanna s'écrasa sur moi et je m'effondrai sur le dos au milieu du sable. Elle m'avait pris par surprise. Ainsi à califourchon sur moi, ses cheveux noirs volant autour de son visage, j'avais du mal à me concentrer. Ses yeux ambrés lançaient des éclairs. Elle attrapa une poignée de sable et l'approcha de ma bouche.

— Je te jure que je vais te le faire manger ! gronda-t-elle en secouant ses cheveux pour faire tomber les grains de sable qui l'embêtaient.

Hum… J'aimais tellement la voir en colère. Quand elle me foudroyait ainsi du regard, l'intégralité de son corps tendu, rempli de tension, les lèvres pincées et les cheveux fous… Je ne pouvais pas m'en empêcher ; j'avais une douloureuse envie d'elle.

— Vas-y, fais-toi plaisir ! Ça croustille sous la dent, la tentai-je en passant mes bras sous ma tête, tranquille.

Elle plissa les yeux, énervée que ses menaces ne marchent jamais avec moi. Elle souleva brusquement mon pull et lâcha sa poignée de sable à l'intérieur. Je grimaçai en sentant les grains dévaler ma peau jusqu'à mon pantalon. En me relevant, j'en aurais de partout. Peut-être même dans le caleçon.

En voyant ma tête, Tanna éclata de rire en rejetant ses cheveux en arrière, victorieuse. Je me redressai d'un coup, la surprenant, et la renversai à mon tour dans le sable.

— Nooooooon ! hurla-t-elle en se débattant.
— Siiii !

Désormais sur elle, j'en profitai pour la chatouiller. C'était bizarre, enfantin, mais elle avait toujours été chatouilleuse et ça me permettait de la toucher, l'air de rien, sans la brusquer. Elle se mit à rire et à se tortiller dans le sable, tentant d'échapper à mes mains par tous les moyens. La voir gigoter comme un ver en envoyant du sable de partout me fit rire également.

— Arrête !

— Pardon ? Je n'ai pas entendu, fis-je en poursuivant la torture.

— Hugooooo !

Tout mon corps frémit de plaisir. L'entendre crier mon prénom, même dans un tel contexte, c'était quelque chose... Sa voix enrouée et enroulée dans le rire, mélange d'énervement et de supplique... Un délice.

— Tu feras tout ce que je veux si j'arrête ? la taquinai-je sans cesser.

— Oui, bien sûr ! Je te mettrai toutes les gifles que tu voudras !

J'éclatai de rire et Tanna profita de mon inattention pour rouler sur le côté, me déséquilibrer, et me faire tomber. Là, elle se saisit aussitôt de mes poignets et les « bloqua » au-dessus de ma tête, ce qui me fit rire encore plus. Comme si elle pouvait me retenir ainsi... Il aurait fallu qu'elle m'attache. Ce qui pouvait se faire, d'ailleurs, je n'étais absolument pas contre. En tout cas, ça me plaisait assez d'inverser les rôles de cette manière. Nous étions sur le même pied d'égalité, chacun dominant l'autre à tour de rôle, à sa façon.

— Tu mériterais que je t'enterre vivant ! grogna-t-elle, couverte de sable et les cheveux ébouriffés.

Vision idyllique qui hanterait certainement mes rêves.

— Je t'aide à creuser, si tu veux, susurrai-je.

Tanna leva les yeux au ciel et, lentement, fit glisser ses doigts de mes poignets à mes mains. Mon ventre se contracta douloureusement. Je saisis ma chance et entrelaçai mes doigts aux siens. Le contact de sa peau sur la mienne, malgré les grains de sable, faillit me faire avoir un AVC.

Comme nous l'avions décidé la dernière fois, nous ne réfléchissions plus. J'agissais et vivais l'instant présent, en savourant les sensations qui me troublaient tant. C'était aussi nouveau pour moi qui ne me laissais jamais aller, que pour Tanna, qui n'arrêtait jamais de se poser des questions.

Ses yeux agrippèrent les miens, interrogateurs, tandis que ses joues rosissaient. À travers ce regard, elle me posait mille questions et me faisait part de tout ce qu'elle ressentait. Son trouble, son envie de se rapprocher de moi, sa gêne, son indécision, ses doutes...

Elle me submergea tout entier, juste avec un regard. J'en avais du mal à respirer. C'était comme si le monde qui nous entourait avait entièrement disparu. Peut-être même que le temps s'était suspendu en plein vol, percuté par la beauté de Tanna. Même mon cœur s'était arrêté.

C'était la première fois que je vivais quelque chose d'aussi fort avec quelqu'un. Avec elle.

— Hé ! C'est un parc pour enfants ici ! Dégagez de là.

Nous sursautâmes en un même mouvement et je me redressai aussitôt pour récupérer Tanna dans mes bras. Je tournai la tête pour découvrir une mère de famille accompagnée de ses trois enfants. Ils nous fixaient avec de grands yeux, demandant à voix haute pourquoi de grandes personnes dormaient dans le bac à sable.

Tanna devint rouge écarlate de honte, ce qui m'amusa grandement. Nous n'avions rien fait de mal. Et puis, même si ça avait été le cas, je m'en carrais l'oignon.

Je pressai doucement la main de Tanna pour la rassurer tandis qu'elle bondissait sur ses pieds. Nonchalant, je me redressai sans me presser et rassemblai les vestiges de notre goûter improvisé sous le regard furibond de la mère. Ses enfants étaient déjà passés à autre chose, ne pouvait-elle pas faire pareil ?

J'étais énervé. Elle avait détruit notre moment. Déjà que nous n'en avions pas beaucoup, alors si en plus les crétins du quartier s'y mettaient....

— Nous partons, excusez-nous pour le dérangement.

Excusez-nous de vivre, pendant qu'on y est...

Je sortis du parc sans un regard en arrière pour la mère et ses gosses. Les mains dans les poches, je pris la direction de chez moi. Ce n'était pas comme si je comptais retourner en cours. Et, secrètement, j'espérais que Tanna me suivrait. Ce qu'elle fit, de mauvaise grâce. Je sentais sa colère irradier d'elle, alors même qu'elle se trouvait derrière moi et que je ne la voyais pas. Hum. Une Tanna énervée par mon attitude. Mince alors...

— Tu abuses, Hugo ! Tu aurais au moins pu être poli, me sermonna-t-elle en entrant derrière moi dans ma maison.

Qu'est-ce qui m'avait pris de la ramener ici ? Nous étions seuls. En privé. À l'abri des regards et des dérangements. Je n'étais pas certain de lui résister longtemps.

Je refermai la porte derrière elle et, aussitôt, je sentis l'air s'épaissir. Elle m'attirait comme un aimant.

— Tu rigoles ? grognai-je. J'ai été très poli. J'aurais pu l'être beaucoup moins.

— Tu n'as rien dit.

— Justement.

Elle leva les yeux au ciel et je partis dans la cuisine me servir un verre d'eau. J'avais conscience de paraître bizarre avec mon comportement changeant, mais je ne pouvais pas m'en empêcher. De toute façon, Tanna me connaissait. Sûrement mieux que moi-même.

— Arrête de bouder, se moqua-t-elle en me rejoignant.

— Tu as du sable partout, répondis-je en la détaillant.

— Toi aussi.

J'eus un mouvement de recul lorsqu'elle approcha sa main de ma joue. J'inspirai doucement et me détendis ; c'était Tanna. J'avais encore du mal avec les mouvements brusques et inattendus, mais je faisais confiance à la douceur de ma lionne. Elle frotta ma joue et je sentis quelques grains de sable tomber sur le sol.

— Une douche s'impose, déclarai-je avec un grand sourire, une idée derrière la tête.

Sans lui laisser le temps de répondre, je l'attrapai par la taille et la soulevai pour l'entraîner à l'étage. Elle se mit aussitôt à se débattre en riant.

— Qu'est-ce que tu fais !? Lâche-moi tout de suite !

En guise de réponse, je resserrai d'autant plus mon étreinte autour d'elle. Ça me faisait du bien de la sentir près de moi ainsi. J'avais retrouvé la meilleure amie qui m'avait tant manqué et que j'avais essayé de rayer de ma vie.

— Hugo ! Tu es insupportable aujourd'hui ! se plaignit-elle en rendant les armes.

— Seulement aujourd'hui ? ronchonnai-je, presque déçu.

— Pfff !

Je souris. Il y avait de cela quelques mois, mon visage était si impassible que le moindre mouvement aurait déchiré ma peau. J'avais fait tant de chemin depuis, que je ne pouvais plus m'empêcher de sourire auprès de Tanna. Si j'avais toujours été l'ancien moi, je me serais refermé comme une huître et je l'aurais envoyée balader. Une part de moi avait constamment envie de la rejeter, de l'éloigner, de la protéger de moi. Mais l'autre part de moi, qui désirait plus que tout sa présence, avait pris le dessus.

Arrivé à l'étage, j'entrai dans ma chambre et l'amenai dans ma salle de bain. Une douche simple, un évier sur lequel étaient posées ma brosse à dents et une savonnette, une serviette qui pendait sur le portant… J'étais minimaliste. Je n'aimais pas m'embarrasser d'objets inutiles et ma chambre en était tout autant dépourvue. Je la déposai dans la cabine de douche et la rejoignis avant qu'elle n'ait le temps de s'enfuir.

Quelle idée de merde avais-je encore eue ? Déjà que j'avais du mal à me contenir lorsqu'elle se trouvait dans la même pièce que moi, alors dans un espace aussi exigu qu'une cabine de douche… Nous ne pouvions même pas bouger. J'étais vraiment con. Ou inconsciemment un génie, au choix.

— Tu es sérieux ? fit-elle en me fusillant du regard.
— Ben quoi ? Il faut bien enlever tout ce sable !
— Si tu crois une seule seconde que je vais…

Sa phrase se termina en un hurlement tandis que l'eau froide déferlait sur nous. Je m'empressai de régler la température. Je ne voulais pas non plus qu'elle chope une pneumonie. Elle me mit un bon coup de pied dans le tibia et je grimaçai.

— Aucune reconnaissance ! grommelai-je.

Tanna me jeta un regard courroucé et soudain, j'eus envie de me prendre une bonne douche glacée. L'atmosphère sembla s'épaissir et la cabine de douche se rétrécir. Elle recula jusqu'au mur en carrelage, libérant un petit espace entre nos deux corps, espace que je me dépêchai de combler, instinctivement. Elle m'interrogea du regard, surprise, mais je n'avais aucune réponse à lui donner. La majeure partie du temps, lorsque je me trouvais avec cette fille, je ne savais plus ce que je faisais.

Son regard sur moi me perturbait. Sa proximité douloureuse me faisait perdre mes moyens. Ses lèvres m'attiraient. Je n'avais jamais été aussi tenté de ma vie qu'en cet instant. C'était une douce torture. Le temps s'éternisait, me rendant la tâche encore plus difficile.

Je devais être masochiste.

Parce que j'avais terriblement envie d'embrasser Tanna Rodriguez…

Tanna

J'avais terriblement envie d'embrasser Hugo Jones.

J'en étais la première surprise. Je perdais complètement les pédales. Dans cet espace clos, sous l'eau chaude, à quelques centimètres de lui et après les moments que nous avions passés... Sans oublier son regard rieur et ses lèvres boudeuses qui me faisaient de l'œil... Je n'arrivais plus à réfléchir. Encore moins à résister.

Pourquoi résister ?

Nous étions censés arrêter de réfléchir. Pourtant, je ne faisais que ça. Hugo était bien plus doué que moi pour la spontanéité. J'avais un peu peur, mon cœur battait la chamade. Dès qu'Hugo bougeait d'un millimètre, mon corps réagissait à son mouvement, lui offrant une réponse.

Je ne contrôlais plus rien.

J'approchai ma main de la joue d'Hugo, mourant d'envie de le toucher. Il sursauta et eut un mouvement de recul, comme souvent lorsque je faisais un geste auquel il ne s'attendait pas. Petit à petit, il s'habituait à moi, à mon contact.

Je fus tentée de retirer ma main, alors qu'elle se trouvait déjà à mi-chemin, mais il l'attrapa pour la poser sur sa joue. Sa peau sous mes doigts me brûla. Tout comme son regard. Je l'incitai à se rapprocher de moi, ce qu'il fit, sa main enserrant doucement mon poignet. Je ne comprenais plus ce qu'il se passait. Comptait-il m'embrasser ?

J'attendais. Je guettais ses réactions. J'espérais.

Qu'attend-il ?

Je caressai sa joue et mes doigts glissèrent vers ses lèvres, que j'effleurai lentement. Une vive lueur s'alluma dans ses yeux et son souffle sur le bout de mes doigts m'électrisa. J'avais presque l'impression qu'il y déposait des baisers, alors même qu'il ne bougeait pas.

Qu'attend-il ?

Il avança un peu plus, presque inconsciemment, et colla son corps contre le mien. Je frissonnai tout entière malgré l'eau chaude qui se déversait sur nous. La situation nous échappait totalement. Comment en étions-nous arrivés là ? Nous nous étions perdus de vue et d'un coup, retrouvés, pour une après-midi entre amis qui dégénérait.

L'une des mains d'Hugo se posa sur ma hanche et je passai mon bras libre autour de son cou. Cette proximité était douloureuse et exquise à la fois. Je voulais plus, tout en ayant peur. Hugo me dévorait du regard, dans l'expectative, dans le doute. Peut-être craignait-il que je me braque ? Après tout, il n'aimait pas vraiment le contact et notre relation était bizarre. Inexplicable.

Mais même…

Qu'attend-il ?

Il m'apparut soudain que j'avais tort sur toute la ligne. Qu'attendais-je moi ? Pourquoi laisser Hugo prendre cette décision ? J'avais envie de l'embrasser et il ne semblait pas décidé à se lancer alors qu'il en mourait d'envie. J'ignorais ce qui le retenait, mais moi, rien ne me retenait.

Pris de frénésie suite à cette révélation, mon cœur se mit à tambouriner un peu plus fort. Le temps se suspendit tandis que j'attirais le visage d'Hugo vers moi. Il était si grand que même ainsi penché, je dus me hisser sur la pointe des pieds pour atteindre ses lèvres. Tous mes doutes et toutes mes craintes disparurent lorsque j'effleurai les lèvres d'Hugo, timidement. Plus rien n'existait en dehors de son souffle qui se mêlait au mien et de cette caresse qui enflammait tout mon visage.

C'était irréel.

Malgré l'eau chaude, je fus à nouveau secouée de frissons, exquis, profonds, qui ébranlèrent tout mon être. Cette caresse ne me suffisait pas ; j'avais envie de plus.

Sous le choc, Hugo s'était figé, le corps entièrement tendu. La tension était palpable entre nous et sa poigne sur ma hanche ne faisait que confirmer le contrôle qu'il exerçait sur lui-même et qu'il s'apprêtait à perdre. Parce que je voulais qu'il arrête de se contrôler. Qu'il lâche prise comme je venais de le faire.

À nouveau, j'effleurai ses lèvres des miennes. Elles étaient incroyablement douces et tendres.

Presque comme s'il n'y croyait pas et qu'il vivait un rêve, il me rendit ma caresse, avec une douceur dont je ne l'aurais pas cru capable. Je planais complètement. Mon cœur battait si fort qu'il risquait de s'envoler à tout moment. Contre moi, le torse musclé d'Hugo battait le même tempo.

Ces effleurements me rendaient folle. L'attente était insupportable, autant pour moi que pour lui. Je le devinais à ses souffles emplis de désir et agacés en même temps. J'esquissai un sourire amusé tandis qu'il caressait encore mes lèvres des siennes, me découvrant, me taquinant, me demandant l'autorisation de poursuivre leur exploration. Nous étions tous deux conscients de que nous faisions et ce constat me grisait.

Il le voulait autant que moi.

Je soupirai contre ses lèvres et il perdit pied. C'était peut-être le signal qu'il attendait, ou le soupir de trop. Il fondit brusquement sur moi pour s'emparer de mes lèvres et m'embrasser à pleine bouche. Mon corps se colla contre le sien, répondant à cette attraction irrépressible qui me poussait toujours vers lui tandis qu'un gémissement m'échappait. Je m'agrippai à son cou et ses mains fourragèrent dans mes cheveux trempés. Son odeur m'enivrait, ses lèvres dévoraient les miennes, avides et passionnées.

Il me pressa contre le carrelage frais de la douche et je l'embrassai à nouveau, sans hésiter. Je m'abandonnai à ce baiser torride que nous avions tant attendu, à ce contact, à Hugo...

— Tanna, souffla-t-il contre mes lèvres sans cesser de les embrasser, encore et encore.

Je resserrai mon étreinte autour de son cou. Essoufflée, je lui rendis ses baisers avec ferveur. Il s'écarta brusquement de moi et ce fut comme si on arrachait une partie de moi. Je voulus le rattraper, mais je m'immobilisai face à lui. D'un mouvement brusque, il venait de retirer son tee-shirt.

Je me retrouvai devant ses pectoraux et ses abdominaux bien dessinés avec l'envie irrépressible de passer mes mains sur son torse. Les souvenirs de la nuit où je l'avais soigné, peau contre peau, remontèrent en moi et je frémis de désir.

Percevant mon trouble, les yeux bleu foncé d'Hugo se teintèrent de malice. Il s'approcha de moi, attrapa mes mains et les posa à plat sur sa peau brûlante. Je réagis dans l'instant en lui sautant dessus. Il rigola contre mes lèvres tandis que j'effleurais son torse et partais à la découverte de chacun de ses muscles.

— Je savais que tu mourais d'envie de me tâter, murmura-t-il en un baiser.

J'éclatai de rire, rire qui mourut bien vite lorsqu'Hugo plongea dans mon cou pour y déposer une multitude de baisers incandescents. Mon corps se cambra contre le sien et je l'attirai à nouveau contre moi ; il ne semblait jamais assez près.

Comme s'il lisait dans mes pensées, il se saisit soudainement de mes cuisses pour hisser mes jambes autour de sa taille, ce que je m'empressai de faire. Ainsi soulevée et pressée contre le carrelage, je profitai de ses lèvres dans mon cou.

Je rejetai la tête en arrière et le laissai poursuivre, savourant chaque frisson, chaque choc électrique qui réveillait tout mon corps. Je ne savais même plus où je me trouvais tant ses baisers me faisaient perdre la tête. J'avais l'impression qu'entre ses mains, collée à son torse et dévorée par sa bouche, j'étais la huitième merveille du monde. La manière qu'il avait de me jeter des petits regards adorateurs que je lui rendais de façon démultipliée, ses gestes qu'il tentait de maîtriser et qui devenaient tendres de voracité, ses baisers lents et impatients à la fois... Je n'arrivais même pas à décrire comment je me sentais.

Désirée.

Aimée.

Heureuse.

Il remonta jusqu'à ma mâchoire, couvrit mon visage de baisers avant de revenir à mes lèvres, plus calme. Plongés dans notre étreinte, nous sursautâmes d'un même mouvement lorsque la porte d'entrée claqua au rez-de-chaussée.

— Hugo ? Tu es déjà rentré ? retentit la voix de Sophie.

J'échangeai un regard avec Hugo, qui leva les yeux au ciel.

Sophie avait bien choisi son moment. Il caressa distraitement ma joue tout en répondant :

— Sous la douche !

Je rougis furieusement avant de me souvenir que Sophie ignorait que je me trouvais là. Hugo haussa un sourcil amusé en découvrant ma réaction et je lui flanquai un coup de coude dans les côtes. Il sourit davantage et s'empara de mes lèvres pour les effleurer, ce qui me fit tout oublier.

— Tu as encore séché le lycée ? demanda Sophie, beaucoup plus proche cette fois-ci.

Elle devait se trouver dans la chambre d'Hugo. Je rougis à nouveau.

— Quelques cours, grogna Hugo sans quitter mes lèvres.

— Je pensais que c'était fini tout ça ! soupira notre bourreau de la journée. Tu en as pour longtemps, sous la douche ?

Il leva les yeux au ciel et posa son front contre le mien.

— Je vais devoir la rejoindre, murmura-t-il en me regardant droit dans les yeux.

— Et je vais devoir partir.

Je jetai un coup d'œil désespéré à mes vêtements trempés. Je ne pouvais absolument pas traverser la rue ainsi.

— Je vais sortir et ramener Sophie au salon. Tu prendras des vêtements dans mon armoire et dès que la voie est libre, tu files.

Il me contempla profondément durant une longue seconde, où je décelai dans ses yeux quelque chose qui m'intimida. Il effleura mes lèvres une dernière fois. Mon cœur tambourinait dans ma poitrine.

Juste comme ça, il sortit de la douche. Je le regardai retirer son jean et passer une serviette autour de sa taille. Il me fit un dernier clin d'œil avant de quitter la pièce, me laissant seule, fébrile et perdue sous l'eau chaude.

Que venait-il de se passer ?

Qu'avais-je fait ?

Hugo

Je vivais un rêve.

La sensation de ses lèvres sur les miennes, sa peau chaude contre la mienne, ses yeux ambrés pétillants de sauvagerie... Je me repassais ces images depuis la veille. J'avais vraiment l'impression que rien n'était réel et que tout allait s'effondrer. C'était la première fois en trois ans que je goûtais au bonheur. Je ne voulais pas y renoncer et en même temps ça me terrifiait. J'avais tout fait pour me sortir Tanna de la tête et la repousser. Échec cuisant. Qu'allais-je faire désormais ? J'avais autant peur de m'investir que de m'enfuir.

— Tu vas être en retard au lycée, m'indiqua mon oncle en passant la tête à travers la porte de ma chambre.

Il n'avait pas supporté que j'embarque Tanna avec moi la veille pour lui faire sécher les cours. Comment l'avait-il appris ? Mystère. En tout cas, j'étais LA personne fautive à abattre.

— Ouais, répondis-je en sortant de mon lit.

J'attrapai mon sac à dos et sortis. Je contournai mon oncle pour descendre, mais il me retint.

— Hugo, pour hier... J'ai peut-être été un peu dur...

Je me figeai en fonçant les sourcils. C'était rare de la part de mon oncle de reconnaître ses torts. Il se remettait constamment en question, sans jamais l'avouer devant moi. Fierté ou peur de mal faire, peut-être. À part hurler et me faire des reproches, nos relations ne volaient pas haut.

— Pas plus que d'habitude, rétorquai-je, plus acerbe que je ne l'aurais voulu.

Il hocha la tête, mal à l'aise et me tapota maladroitement le bras.

— Oui, euh... Fais attention à Tanna, c'est une fille bien. Et toi aussi.

Une chaleur étrange m'envahit pour venir se loger dans ma poitrine. Ma gorge se serra et je hochai la tête en un geste mécanique, à court de mots. Le pensait-il vraiment ou n'étais-je qu'un poids mort pour lui ?

Sans un regard de plus, je filai. À cet instant, je préférais être n'importe où – même en cours – plutôt qu'ici. J'aperçus Tanna monter dans le bus au bout de la rue. Elle rejoignit Barbie Gothique et la rouquine. J'aurais pu courir pour faire le trajet avec elle, mais je préférais qu'elle reste avec ses amies. Nous aurions le temps de nous voir plus tard et j'avais besoin de quelques minutes de solitude. Qu'il pleuve ou qu'il vente, j'aimais me rendre au lycée à pied pour profiter de la liberté que je perdais dès que je me retrouvais enfermé entre quatre murs.

— Hey, je t'emmène ?

Je relevai la tête pour découvrir Silas, accoudé à la fenêtre de sa voiture noire. Cette même voiture qui m'avait servi pour tous mes trafics et autres conneries du genre. Silas avait joué le rôle de chauffeur sans jamais poser de questions ni émettre de jugements. Je ne m'étais pas intéressé à lui, par flemme et manque flagrant d'utilité mais désormais, il était ce qui se rapprochait le plus d'un ami. Pizzas et jeux vidéo. D'une simplicité affligeante, pourtant j'avais besoin de ça dans ma vie.

— Merci, mais je préfère marcher, m'excusai-je en haussant les épaules.

— Ça marche, se moqua-t-il gentiment. Pizzas ce soir ?

— Ouais, bien sûr.

Il leva le pouce, referma sa vitre et repartit en trombe. Je contemplai la voiture s'éloigner, songeur.

À quel moment ma vie avait-elle changé à ce point ? Avais-je pris un virage dangereux sans m'en rendre compte ? Avais-je enfin levé le pied sur les conneries ?

Je passai ma journée dans un brouillard bizarre, entre rêve et réalité. Évidemment, je ne prêtai aucune attention aux cours. Je n'arrivais pas à sortir Tanna de mes pensées. Je sentais constamment la sensation de ses lèvres sur les miennes.

À plusieurs reprises, j'avais essayé de trouver ma voisine-meilleure-amie-presque-petite-amie sans parvenir à lui mettre le grappin dessus. Bizarre, d'autant plus que j'avais vu la rouquine et que Tess était venue me parler dans la journée.

Que se passait-il ?

Cela faisait maintenant près d'une demi-heure que je patientais près du casier de Tanna. Elle y passait tous les soirs et je comptais bien avoir des explications sur son silence, qui n'avait aucun sens à mes yeux. J'avais beau essayer de réfléchir à ce que j'avais fait de mal, je ne trouvais rien. Mieux valait la confronter avant de m'énerver.

Je me redressai en la voyant arriver. Lorsqu'elle m'aperçut, elle marqua un léger temps d'arrêt, prête à faire demi-tour, avant d'avancer d'un pas lourd vers moi. Je me tendis aussitôt. Son visage était fermé, ses yeux inquiets.

— Salut, fit-elle en ouvrant son casier, sans me regarder.

Je ne répondis pas. C'était inutile. Je la fixai tandis qu'elle rangeait ses affaires, tentant de me maîtriser. Qu'est-ce qu'elle me faisait ?

— Pourquoi tu m'as évité toute la journée ? l'interrogeai-je de but en blanc, n'ayant pas l'habitude de tourner autour du pot.

— Je ne t'ai pas...

— Tanna.

Je claquai la porte de son casier en un geste sec. La patience n'avait jamais été mon fort. Elle serra son sac contre sa poitrine en un geste protecteur, les yeux rivés sur le sol. Je l'attrapai par le bras et elle sursauta. J'adoucis ma poigne, ne voulant pas la blesser, puis la conduisis à l'extérieur. Être enfermé dans le bahut accentuait ma mauvaise humeur et ma nervosité.

Une fois dehors, j'inspirai pour me calmer. Il s'agissait de Tanna. Il devait forcément y avoir une explication à son comportement.

— Qu'est-ce qui ne va pas ? lui demandai-je, plus calme.

Aucune réponse. Aucun regard. Je sentais déjà mon monde s'écrouler. Elle ne voulait plus de moi. Je le savais. Je la connaissais. Mais j'avais besoin de l'entendre. Et de la toucher une dernière fois.

Contrôlant les tremblements qui agitaient mes mains, je lui relevai le visage. Au fond de ses yeux ambrés, je ne lus que de la tristesse et du trouble.

— Réponds-moi, exigeai-je.

Toutes les craquelures qu'elle avait recollées se fissuraient à nouveau. Je tombais en miettes, par sa faute. Pourquoi me faisait-elle ça ?

— Je... Ce qu'il s'est passé hier...

Voilà. Nous y étions.

— Tu m'as embrassé.

— Je sais, souffla-t-elle. Mais je... Je ne sais pas si c'était une bonne idée. Je veux dire... Tu étais mon meilleur ami et... Tu es parti, revenu et maintenant...

— Tu m'as embrassé, lui reprochai-je, cassant. Tu n'aurais jamais dû faire ça si tu n'étais pas sûre de toi. Tu n'aurais jamais dû me faire croire... Tu n'aurais pas dû.

J'arrachai ma main de sa joue.

— Hugo... Comment est-ce que je peux être sûre ? Comment est-ce que je peux savoir que ce n'est pas n'importe quoi tout ça et que je ne vais pas te faire encore plus de peine ? Ou te perdre ? Ou gâcher ce que nous avons déjà ? Tu es sûr toi, peut-être !?

— Bien sûr que oui, sifflai-je en serrant les dents.

Elle écarquilla les yeux, ne s'attendant certainement pas à cette réponse aussi catégorique. Comment pouvait-elle me faire ça ? Elle m'avait redonné espoir et elle me retirait ça. Elle me tuait un peu plus. Je savais que ça finirait mal. Pourtant, j'avais toujours cru que ce serait moi qui lui ferais du mal.

Sentant la rage monter en moi, je me détournai. J'entendais ses paroles, mais je n'avais pas envie de comprendre. Ni de la rassurer.

— Hugo, attends ! me supplia-t-elle en me rattrapant. S'il te plaît, ne fais pas ça, ne me déteste pas.

— Tu n'aurais jamais dû m'embrasser ! hurlai-je en faisant volte-face. Jamais je ne l'aurais fait ! Putain, Tanna ! Jamais je n'aurais pris le risque de faire évoluer notre relation si j'avais su que tu n'étais pas sûre ou prête ou une autre merde du même genre ! Tu es tout pour moi ! Pourquoi tu as fait ça ? Depuis le début, je me fatigue à te repousser pour te protéger et quand je rends enfin les armes, quand je lâche prise, tu gâches tout ! Pourquoi ?

Ses yeux s'emplirent de larmes. Ainsi devant moi, stupéfaite et peinée, les cheveux noirs dans le vent, elle n'avait jamais été aussi belle. Ni aussi loin de moi.

Je sus que j'étais définitivement perdu lorsque les larmes qui roulèrent sur ses joues me firent mal et me transpercèrent le cœur. Parce que même dans ma colère, qui aveuglait mon jugement, elle restait tout et la voir souffrir m'était insupportable.

— Hugo... Je...

— La ferme ! Tais-toi. Tu en as assez dit. Je ne veux plus te voir.

Les mots sortirent de ma bouche sans que je ne puisse l'empêcher. Je ne savais pas pourquoi je disais ces conneries alors que la seule chose que je désirais, c'était oublier toute cette scène horrible, la prendre dans mes bras et la consoler. Mais là, dans l'état où je me trouvais, je n'arrivais pas à repousser ma rage. Ce que je retenais, c'était qu'elle m'avait blessé alors que je lui avais tout donné. C'était une réaction d'enfant, de connard égoïste, une réaction débile.

C'était comme si toutes les craintes que j'avais imaginées prenaient aujourd'hui vie. Elle me rejetait. Je n'étais pas assez bien. Je n'étais pas une bonne personne. Je n'étais pas pour elle.

Et si même Tanna m'abandonnait, que me restait-il ?

Je me détournai et, sans un regard en arrière, l'abandonnai à mon tour. Alors qu'elle était vulnérable. Alors qu'elle ne comprenait pas ma réaction. Alors qu'elle s'en voulait sûrement à en mourir. Alors qu'elle pleurait.

Seul le bruit de ses sanglots m'accompagnerait désormais.

Tout était fini.

Tess

Il paraît que la violence ne résout pas les problèmes.

D'accord, mais ça soulage. Et là, en cet instant, j'avais vraiment très envie de baffer Tanna et Hugo.

Après tous les efforts que j'avais fournis, tous les plans machiavéliques que j'avais mis en place, toute la patience dont j'avais fait preuve, ces abrutis trouvaient encore le moyen de tout gâcher. J'allais les tuer.

D'un pas énervé, je sortis de ma cachette pour me diriger vers Tanna. J'étais partagée entre l'envie irrépressible de la secouer dans tous les sens et le besoin de la réconforter. Je pouvais peut-être faire les deux. Je la réceptionnai dans mes bras et la serrai très fort.

— Te... Tess ? sanglota-t-elle en s'agrippant à moi.

— Chut.

Voilà qui était sage de ma part : je la faisais taire gentiment avant de l'étrangler. Je raffermis encore plus mon emprise autour d'elle. Qu'avais-je fait pour mériter des amoureux pareils ? Tous les jours, je mettais mon grain de sel dans les histoires des autres pour arranger leurs conneries et ça se passait à merveille. Pourquoi diable – si tu existes ! – Tanna et Hugo sortaient-ils du lot ?

Ils me demandaient plus de travail que les autres, en tant qu'amis et en tant que couple en devenir.

— Tu... Tu m'étouffes... renifla Tanna.

— Vraiment ?

Elle avait de la chance que je me contente de l'étouffer. Je la relâchai finalement et elle tangua un instant sur ses jambes avant d'essuyer son visage trempé de larmes.

— Que s'est-il passé ?

Comme si je ne le savais pas déjà.

— J'ai tout gâché, décréta-t-elle avant de fondre à nouveau en larmes.

Elle était réaliste au moins, je ne pouvais pas lui enlever ça. Bien sûr que j'étais peinée de la voir dans cet état, mais l'agacement l'emportait. Depuis le début, elle courait après Hugo. Pourquoi avait-il fallu qu'elle se pose des questions maintenant ? Certes, elle n'était pas infaillible, cependant après tout le travail que j'avais fait sur et avec Hugo, ça tombait horriblement mal. Il allait replonger dans ses travers, c'était une certitude. Parce que c'était une tête de cochon qui se nourrissait de colère et qui ne savait pas gérer le deuil ou les émotions négatives. En perdant Tanna, il pensait tout perdre et déciderait de foutre à nouveau sa vie en l'air.

Des semaines de boulot foutues. J'allais devoir tout recommencer.

— Pourquoi ?

Elle secoua la tête sans arrêter de pleurer. La voir comme ça calma un peu ma frustration. J'essuyai ses larmes en inspirant doucement pour me calmer. Il y avait toujours de l'espoir.

— Calme-toi, ça va s'arranger, lui assurai-je en réfléchissant déjà à un moyen de réparer les pots cassés.

— Non, il… Il me déteste.

Elle s'effondra à nouveau dans mes bras et je l'étreignis sans l'étouffer cette fois-ci. Je ne l'avais jamais vue dans cet état. Avant Hugo, elle était d'une passivité affligeante. Elle ne donnait pas son opinion, ne se confrontait pas aux autres, évitait le conflit… Depuis qu'elle avait retrouvé son meilleur ami, j'avais eu la chance d'assister à sa renaissance. Elle vivait enfin pleinement. Ce n'était pas le moment de tout laisser tomber.

Tango.

Moi, je ne les abandonnerais pas.

— Tanna, tu sais comment il est. Extrême, un peu comme toi. Il ne te déteste pas. C'est même tout l'inverse.

— Comment tu peux savoir ça ?

— Je sais tout.

Ce n'était peut-être pas le meilleur moment pour lui dire que j'avais passé beaucoup de temps avec Hugo. Après tout, elle nous cachait sa relation avec lui à Abby et moi, nous disant simplement qu'ils étaient amis. De mon côté, je n'avais pas parlé des discussions que j'avais eues avec Hugo, de ce jour-là dans le cimetière et de tout le reste. Quand elle l'apprendrait... Il y avait de fortes chances pour qu'elle le prenne mal.

— Vous êtes là ? J'ai mis une éternité à vous trouver et je... Qu'est-ce qu'il ne va pas ?

Abby se précipita sur nous, ses cheveux roux rebondissant autour de son visage. L'air inquiet, elle nous interrogea du regard et je haussai les épaules. Je ne pouvais pas parler à la place de Tanna, surtout qu'Abby vivait littéralement dans son monde de conte de fées. Elle avait longtemps défendu le couple Tanna/Julian, mais était très vite passée à Tango.

— J'ai tout gâché avec Hugo, lui avoua Tanna sans hésitation, les yeux rouges et gonflés.

— Arrête de dire ça, m'agaçai-je en intimant à Abby de ne faire aucun commentaire.

— Bon. État d'urgence, soupira-t-elle. Les filles, vous savez ce qu'on va faire ? Une soirée pyjama. Vous venez chez moi, on se goinfre de glace et Tanna, tu vas nous raconter exactement ce qu'il s'est passé. Et demain, tout ira mieux.

— Ça n'ira jamais mieux, protesta Tanna en suivant tout de même Abby.

— Si encore une parole négative sort de ta bouche, je te tue, la menaçai-je, à bout de patience.

Contre toute attente, un rire étranglé lui échappa.

— Merci d'être là, les filles.

— On est là pour ça ! sourit Abby en lui collant un baiser sur la joue. Allez, sèche tes larmes. Tu veux nous raconter ce qui ne va pas sur le chemin ?

Abby était décidément plus douée que moi pour réconforter Tanna. Je ne pouvais pas être parfaite, je m'occupais déjà du cas Hugo Jones, c'était compliqué de les gérer tous les deux.

Le silence s'installa pendant quelques instants alors que nous nous dirigions chez Abby puis Tanna finit par prendre la parole.

— Je ne sais pas ce qu'il s'est passé. J'ai paniqué.

— Pourquoi, mon chou ?

Je gardai le silence, préférant écouter. Il me fallait toutes les informations pour trouver une solution et je ne voulais pas prendre le risque de brusquer mon amie. Elle était déjà dans un état pitoyable, inutile d'en rajouter.

— Hier... J'ai embrassé Hugo.

— Quoi !? Mais c'est génial ! s'enthousiasma Abby, rayonnante. Waouh, je n'aurais jamais pensé que tu ferais le premier pas ! Je suis admirative, moi je laisse toujours les garçons faire le premier pas et je...

— Merci Abby, l'interrompis-je avant qu'elle ne se lance dans un discours sans fin.

Elle rosit et se racla la gorge.

— Oui, bon. Pourquoi tu pleures alors ? Ce n'était pas bien ?

Elle vivait vraiment dans un autre monde. Dans la quatrième dimension, même. Au moins, ça eut le mérite de faire rire Tanna.

— Si, c'était vraiment très bien. Trop bien pour être vrai. J'ai juste paniqué. Je veux dire... Il est parti pendant trois ans. Je n'ai pas eu de ses nouvelles. Il ne m'a pas dit au revoir. Et quand il est revenu, il a fait comme si je n'existais pas et comme si je ne comptais pas. On s'est rapprochés et maintenant... Je ne sais plus trop où j'en suis, ni ce que nous sommes. Et si nous n'étions qu'amis et que je le perdais en voulant plus ? Et puis, il change si facilement d'avis. Un jour il m'apprécie et le lendemain je n'existe plus.

— Tu as peur qu'il te blesse ? l'interrogeai-je, surprise.

Tanna le connaissait mieux que personne. Je n'aurais jamais pensé qu'elle puisse éprouver ce genre de craintes. Après tout, peut-être qu'elle saturait. À force d'être toujours là pour Hugo, de le relever, de lui accorder une confiance aveugle, de s'en prendre plein la gueule... C'était normal qu'elle finisse par flancher. Moi, je savais pourquoi Hugo agissait ainsi et que la dernière chose qu'il voulait, c'était la faire souffrir. Paradoxalement, tout ce qu'il faisait, c'était pour la protéger. Même si c'était du n'importe quoi.

— Je ne sais pas trop... hésita-t-elle. Il m'a déjà blessée et... Ça va. C'est juste que... J'ai peur de m'investir, de tout lui donner et qu'au final il m'abandonne.

— Il ne t'a pas abandonnée.

— Pardon ?

— Il y a trois ans, précisai-je. Tu l'as vécu comme un abandon, mais ce n'était pas lui le responsable.

Tanna me dévisagea avec stupéfaction, choquée que j'en sache autant, tandis qu'Abby tentait de comprendre. C'était un véritable épisode des *Feux de l'amour*.

Tanna avait vécu quelque chose sans connaître les raisons, raisons que moi je connaissais sans pouvoir lui dire. Abby croyait tout savoir alors qu'au final, elle n'était au courant que de la situation actuelle et pas de ce que Tanna avait vécu ni de ce que moi je savais par rapport à Hugo. Ouais. Un peu d'aspirine devrait faire l'affaire.

— Tanna, si tu veux que ça marche avec Hugo, il faut que tu arrêtes de vivre dans le passé et de le blâmer pour quelque chose dont il n'est pas responsable, lançai-je d'une voix douce.

Quelle amie serais-je si je ne la secouais pas de temps à autre ?

— Quoi ? Mais je ne le blâme pas...

— Je crois que si, la coupai-je. Tu as peur qu'il ne soit pas sincère, qu'il te laisse à nouveau et qu'il te blesse. De manière inconsciente, bien sûr. Arrête de penser à ce qui pourrait arriver et accepte juste la personne qu'il est maintenant.

Elle fronça les sourcils et nous dépassa, vexée.

Tout ça ne marcherait pas. Pour comprendre Hugo et ses réactions, Tanna avait besoin de connaître la vérité. Je ne pouvais pas la lui révéler, ce n'était pas mon rôle. Et Hugo, têtu comme il l'était, ne lui dirait jamais.

Mais il y avait peut-être une autre solution...

— La bouffe règle tous les problèmes ! décréta Abby en nous attrapant par le cou. Arrêtez de bouder et vive la glace ! Tout s'arrange.

Oui. Tout s'arrangerait. J'y veillerais.

Janna

« *Tu es tout pour moi.* »
« *Tu gâches tout.* »
« *Je ne veux plus te voir.* »
Je m'éveillai avec ces mots dans la tête. Ceux d'Hugo.
Après avoir passé la soirée à me bourrer de glace et à écouter les conseils de mes amies, j'étais tombée comme une masse.
En grimaçant, je me relevai, la tête lourde et le corps courbatu. Abby et Tess avaient disparu. La maison était silencieuse. Je jetai un coup d'œil au réveil sur la table de nuit. 10 h 09. Mes amies étaient parties en cours et m'avaient laissée là.
Décidément, cette année, je faisais n'importe quoi. Mes résultats ne pâtissaient pas trop de mon inattention récente. Ces dernières semaines, j'étais concentrée sur Hugo, si bien que je ne vivais plus recluse dans mes devoirs. Mon dossier restait excellent et j'obtiendrais sans aucun doute les universités que je visais. Donc… Une journée de congé… Pourquoi pas ?
« *Je ne veux plus te voir.* »
Cette phrase ne me quittait plus. Comment avions-nous pu en arriver là ?
Mes yeux s'emplirent à nouveau de larmes. Peut-être que Tess avait raison. D'un coup, tous mes doutes étaient réapparus et j'avais tout gâché. Je craignais de tout donner pour ensuite tout perdre. Il restait encore tant de non-dits et de secrets entre Hugo et moi, comment lui accorder ma confiance ?
Le cœur lourd, je quittai le lit d'Abby. Je partis dans la salle de bain me passer un peu d'eau sur le visage, rassemblai mes

affaires et quittai la maison. Épuisée, je retournai chez moi, à une demi-heure de là. Tess avait dû prévenir mes parents ; je n'aurais pas de problèmes. Ils étaient au travail. Billie était à l'école. J'aurais la maison et le silence pour moi toute seule.

Une fois assise dans mon lit après une douche brûlante, je pris le temps de contempler le plafond. Et de réfléchir.

— Bon, Tanna, ça suffit ! m'exhortai-je en me redressant brusquement.

Je n'étais pas du genre à m'apitoyer sur moi-même. Lorsqu'Hugo était parti, j'avais tant pleuré que j'avais mis longtemps à m'en remettre. Je ne voulais plus jamais vivre ça.

— Trouve une solution ! Qu'est-ce qu'il te manque !?

Je bondis hors de mon lit et me mis à faire les cent pas. Quelque chose m'échappait, je le savais. Méthodiquement, je repassai en boucle tous les souvenirs que je partageais avec Hugo depuis son retour. Notre première altercation au lycée, toutes nos disputes, la glace au *Smoking Iceberg*, le terrain vague puis le moment où j'avais soigné ses blessures, le poste de police, notre baiser, le repas chez son oncle et sa tante…

Le poste de police. Alexander Davis. Celui qui s'était occupé de l'enquête. Celui qui connaissait la vérité. L'illumination se fit en moi.

L'excitation me parcourut avant de se muer en sueur froide. Si Hugo ne m'avait pas parlé de ce qui lui était arrivé, il devait avoir une raison. Voulais-je véritablement prendre ce risque ? Peut-être que ça empirerait tout…

Je me rassis sur mon lit le cœur au bord des lèvres, indécise. C'était une décision importante que je ne pouvais pas prendre à la légère. En agissant ainsi, je trahissais Hugo. Il me faisait confiance et j'allais fouiller son passé, derrière son dos… Cependant, comment avancer et réparer mes torts s'il ne me disait rien ?

J'aurais aimé que Billie soit là. Avec son franc-parler et sa maturité impressionnante, elle aurait pu me conseiller sans problème.

Énervée, je me levai à nouveau. Pourquoi en faisais-je tout un fromage ? Tess me dirait qu'il n'y avait pas de problème, que des solutions, et Abby me pousserait vers l'amour à grand renfort de proverbes ridicules et d'enthousiasme débordant. Il fallait que je

sois courageuse. J'avais la journée entière devant moi, ce qui me laissait largement le temps de me rendre au poste de police. De là, je pourrais m'entretenir avec Alexander Davis.
 Oui. Je ne pouvais plus attendre.
 Direction la vérité.

Tess

— Arrête, tu me rends folle ! grogna Abby en plaquant ma main sur la table.

Frénétique, je tapais la table de mes ongles depuis une bonne demi-heure. Je fusillai Abby du regard. Dernièrement, ma patience était mise à rude épreuve et je me montrais moins aimable qu'à l'accoutumée. Je m'adoucis. Mon amie n'était en rien responsable.

— Désolée.

— Tu es intenable depuis hier. Déjà que tu as passé la nuit à parler, si c'est en plus pour m'énerver avec tes ongles...

— Tu sais où je vais te les mettre mes ongles ?

— Bougonne en plus de ça ! Tu as besoin d'un mec.

— Je vais te frapper, Abby.

— Je dis ça, je dis rien, fit-elle en repoussant ses cheveux roux, malicieuse.

Je ne réagis pas et plongeai dans mes haricots verts. J'étais éreintée. J'avais décidé de sacrifier mes précieuses heures de sommeil pour murmurer à l'oreille de Tanna toute la nuit le prénom d'Alexander Davis. Je croyais à cent pour cent à l'influence du bourrage de crâne nocturne. L'inconscient, tout ça... Avec un peu de chance, Tanna aurait l'illumination au cours de la journée et se dirait qu'une visite à ce cher Monsieur Davis s'imposait.

C'était vraiment la dernière tentative. Après, j'abandonnais et je les tuais tous les deux. Donc je croisais les doigts pour que mon plan fonctionne.

— On se fait un ciné après les cours ?

Je relevai la tête pour découvrir Abby et ses grands yeux de chien battu. Comment refuser ?

— Avec plaisir. Ça me permettra de souffler un peu, j'ai trop de travail.

— Toi, du travail ? pouffa-t-elle. Tu ne fais jamais tes devoirs, tu ne révises pas et je ne sais même pas si tu suis en cours.

— Tout est une question de point de vue.

— Tu penses que Tanna viendra avec nous ? Ça pourrait lui faire du bien.

— Je pense… qu'elle a autre chose à faire ce soir.

— Toi et tes mystères !

— Sois pas jalouse, tu as d'autres talents !

Elle prit un petit air suffisant et j'éclatai de rire. Elle se joignit à moi, s'étouffant à moitié avec ses légumes et je ris de plus belle. Même si nous nous chamaillions tout le temps et que j'aimais lui envoyer des piques, j'adorais Abby. C'était un vrai rayon de soleil.

— Oh non, grogna Abby en écarquillant les yeux.

— Quoi ? Un de tes ex qui revient à l'attaque ?

Elle me balança un petit pois sur le nez.

— Pire ! Hugo.

Je n'eus pas le temps de me retourner que le concerné arrivait déjà à notre table. Par bon esprit de camaraderie, Abby croisa les bras et le fusilla du regard. Il haussa un sourcil, étonné, et se balança d'un pied sur l'autre. Je retins un ricanement. Qui aurait cru que le grand Hugo Jones serait impressionné par le regard furibond de notre Abby ? En tout cas, elle respectait à merveille le code d'honneur des filles : garçon = gros con. Sauf que c'était Tanna qui avait déconné…

— Hugo, bonjour. Que pouvons-nous faire pour toi ? l'accueillis-je, neutre comme la Suisse.

— Tanna n'est pas là ?

Son air sombre et ses yeux cernés m'apprirent qu'il n'avait rien dormi de la nuit. Peu de temps auparavant, j'aurais eu peur qu'il fasse une connerie mais aujourd'hui, son regard était calme. La violence qui vivait en lui s'était estompée. Il commençait doucement à évoluer.

— Non, elle est restée chez elle mais…

Il était déjà parti. Pas de merci, pas un regard, rien. J'avais vu la culpabilité et le stress dans ses yeux. Il était concentré sur son objectif : trouver Tanna. Pour discuter, je l'espérais.

— On devrait s'inquiéter ? Ou prévenir Tanna ? Ou les deux ? m'interrogea Abby, anxieuse.

— Laissons plutôt faire le Destin.

Je ferais bien d'appliquer moi-même ce conseil. J'avais fait tout ce que j'avais pu.

Maintenant, c'était définitivement à eux de jouer.

Tanna

Je me sentais mal à l'aise au milieu des policiers. Ils discutaient, tapaient sur leurs claviers, faisaient des allers-retours avec les délinquants qu'ils venaient d'arrêter... Je ne me souvenais que trop bien de ma première expérience ici.

Sois courageuse, m'ordonnai-je en me dirigeant vers le bureau d'Alexander Davis. *Tu peux le faire. Tu dois le faire.*

Je n'arrivais pas à croire que je me rendais chez l'ennemi numéro un d'Hugo pour obtenir des informations. Tout aurait pu être différent s'il s'était décidé à me parler. Une vague de culpabilité m'envahit. Je n'aurais pas dû être ici. Mais... Je voulais prendre les choses en main, pour une fois. Tout réparer.

Alors, je tapai à la porte du chef de la police. La porte s'ouvrit si brusquement que j'en sursautai. Avec ses cheveux grisonnants, sa barbe assortie et ses yeux verts durs remplis de sagesse, il était impressionnant.

Au téléphone, il haussa un sourcil en me découvrant et me fit signe de patienter. Je hochai la tête, les joues roses, gênée.

— Tanna, c'est ça ? Que puis-je faire pour toi ? m'interrogea Davis en m'invitant à entrer quelques minutes plus tard.

— C'est à propos d'Hugo...

Il me dévisagea, attendant que je développe. Je déglutis. Je me sentais ridicule. Il avait sûrement d'autres choses à faire que de répondre aux questions d'une adolescente pour arranger une peine de cœur. Je faisais n'importe quoi.

Allez, lance-toi, m'encourageai-je.

— J'aimerais... connaître son histoire. Que s'est-il passé avec ses parents ? Pourquoi a-t-il été envoyé en centre de détention ? Pourquoi y a-t-il eu une enquête ? Comment a-t-il pu autant changer ? Quel est votre rôle dans tout ça ? Je ne serais jamais venue à vous si… C'est juste qu'Hugo refuse de me parler et je… J'ai besoin d'avoir des réponses, pour le comprendre et être là pour lui. Ça me rend folle de ne pas savoir.

Je n'avais pas prévu d'en dire autant ; les mots étaient sortis sans que je ne puisse les arrêter. J'avais l'impression d'être une gamine en mal d'attention. D'autres gens que moi avaient besoin de la police, pour de réels problèmes et je lui faisais perdre son temps. J'étais vraiment… idiote.

— Ça fait beaucoup de questions pour une jeune fille de ton âge, répondit-il calmement, son regard aiguisé m'analysant.

Je soutins son regard et ce fut à mon tour de garder le silence.

— Je ne pense pas que ce soit mon rôle de te raconter cette histoire.

La déception m'envahit.

— Je comprends.

J'avais la gorge nouée. Je déglutis et baissai finalement les yeux. Au moins, j'aurais essayé.

— Je suis rattaché au secret professionnel. Mes lèvres sont scellées. Néanmoins…

Une étincelle d'espoir se ralluma. J'interrogeai silencieusement le chef de la police, attendant qu'il poursuive. Ses yeux pétillaient de bienveillance malgré son visage impassible.

— J'éprouve une certaine affection pour Hugo et je pense que tu es peut-être la personne qu'il attendait sans le savoir.

Prise au dépourvu, je rosis. Nous nous jaugeâmes du regard durant ce qui me sembla durer une éternité avant que ses épaules se relâchent imperceptiblement. Il croisa les mains et s'installa plus confortablement dans son fauteuil.

— William Jones devrait t'apporter les informations dont tu as besoin. Je te conseille de prendre ton courage à deux mains et de l'interroger.

J'ouvris la bouche, la refermai. Me tourner vers l'oncle d'Hugo… L'idée me semblait terrifiante. Comment réagirait-il ? Je me voyais mal lui parler ouvertement de sa défunte sœur. C'était d'ailleurs l'une des raisons pour lesquelles j'étais venu ici.

Ai-je réellement le choix ? Je ne suis pas venue jusqu'ici pour abandonner si aisément...

Honteuse d'être parvenue à de telles extrémités et me sentant particulièrement ridicule, je bafouillai des excuses avant de m'empresser de quitter le commissariat. Le chef de la police m'adressa un petit signe, l'air confiant. Peut-être que ce passage express dans son bureau était le coup de pied aux fesses dont j'avais besoin... Je n'avais plus le choix désormais.

Le retour jusqu'à chez moi se fit dans l'angoisse la plus totale. Ce fut au bord de l'évanouissement que je frappais à la porte des Jones.

Il ne sera pas là... Il doit sûrement travailler...

— Tanna ?

— Oh, vous êtes là !

— Je suis rentré plus tôt. Entre ! Comment vas-tu ? Que puis-je faire pour toi ?

Le cœur battant à toute allure, je pénétrai dans la maison. J'inspirai d'un coup et me lançai. Inutile de faire durer le suspense.

— Je voudrais savoir ce qu'il s'est passé il y a trois ans.

Les épaules de William s'affaissèrent. Son visage se ferma tant que je crus qu'il allait me congédier. Puis, il soupira et m'indiqua le canapé. Je m'assis aussitôt.

— Gregor Wilson...

Il s'humecta les lèvres, réajusta ses lunettes, les mains tremblantes. Je me sentais terrible de lui imposer ça. Même si j'aurais peut-être dû le faire plus tôt...

— ...battait ma sœur, Lisbeth.

Il ferma les yeux, éprouvé. Le murmure flotta longuement dans l'air tandis que, glacée d'effroi, je n'osais rien dire.

— Et dire qu'il a eu le culot de prendre notre nom...

Je n'avais jamais songé à cela. D'ordinaire, c'était l'homme qui donnait le nom au reste de la famille. Ce devait être un soulagement pour Hugo d'être ainsi rattaché à Lisbeth, en fin de compte. William poussa un petit soupir, se passa une main sur le visage puis déclara :

— C'était une femme intelligente, amoureuse et aimante, mais entièrement dévouée à son... mari.

Quelques larmes perlèrent dans ses yeux. Je ne me souvenais

que trop bien de la douceur de la maman d'Hugo. Les mains tremblantes, William reprit :

— Un jour… Apparemment, il s'en est pris à Hugo. Il n'était au courant de rien, il défendait juste Lisbeth. La situation a dégénéré. Gregor…

Ses poings se serrèrent si violemment que je sursautai. Je n'avais jamais vu William dans cet état.

— Il… il l'a rouée de coups. Ma sœur. Hugo l'a menacé avec un couteau de cuisine. Gregor est devenu fou. S'est ensuivie une bataille dramatique où Hugo… a été forcé de poignarder son père. Lisbeth et Gregor sont décédés à l'hôpital des suites de leurs blessures et Hugo, considéré comme dangereux a été envoyé en centre de détention. C'est Davis qui s'est occupé de l'affaire…

Je demeurai figée d'horreur.

Ce n'était pas vrai. Ça ne pouvait pas être vrai.

Pourtant, le regard empli de culpabilité de William ne mentait pas.

— Je n'ai rien vu, tu sais… Ma propre sœur. Elle semblait heureuse. Je m'en voudrai toute ma vie de n'avoir rien vu… Veiller sur Hugo… C'est la moindre des choses…

Je secouai la tête, incapable d'émettre le moindre son. Des larmes amères coulaient sur mes joues. Je ne m'étais jamais sentie aussi mal de toute ma vie.

Comment avais-je pu ne pas me rendre compte que Gregor, qui paraissait si gentil, battait sa femme ? Comment avais-je pu être aussi aveugle ? J'aurais dû m'en apercevoir. J'aurais pu faire quelque chose.

Pire encore. Comment avais-je pu en vouloir à Hugo d'être parti sans me donner de nouvelles ? Et d'être violent et agressif ? Comment avais-je pu être si égoïste ? Je ne l'avais pas soutenu. Je n'avais pas suffisamment cherché à le comprendre. Depuis le début, je trouvais son comportement intolérable, mais je comprenais tout désormais.

J'étais un monstre…

— Tanna.

Je sursautai presque. J'avais oublié que je n'étais pas seule. William me considérait avec compréhension, son visage s'étant adouci. Il attrapa mes mains et les serra dans les siennes. Elles étaient puissantes, calleuses et chaudes. Rassurantes.

— Tu n'étais qu'une enfant, déclara-t-il comme s'il s'agissait d'une évidence. Tu es toujours une enfant. Tu n'es pas responsable des actes des autres. Tu n'aurais rien pu faire. Hugo change. Il accepte enfin son passé. Ce n'est pas le moment pour toi de t'y plonger, Tanna.

En théorie, il n'avait pas tort. En pratique... Je me détestais. J'avais été si bête !

— Ne te torture pas, me conseilla-t-il en me lâchant. La vie est trop courte pour s'attarder sur les choses qu'on ne peut pas changer. J'en sais quelque chose...

Il me serra l'épaule, les yeux humides. Je me relevai, vacillante.

C'était un cauchemar. Mon meilleur ami avait vécu l'enfer et je n'avais pas été là pour lui. J'inspirai et me dépêchai de sortir.

Dès que je fus dehors, je me précipitai vers une poubelle pour vomir tout ce que j'avais en moi.

Hugo

— Elle n'est pas là.

Je me figeai devant la porte d'entrée, le poing en l'air, prêt à toquer. Billie, accoudée à la fenêtre, me dévisageait d'un air amusé. Je fourrai mes mains dans mes poches et m'approchai d'elle.

— Tu sais où elle est ?

— Je me doutais que tu ne venais pas nous rendre une visite de courtoisie, me piqua-t-elle en levant les yeux au ciel.

Je haussai un sourcil, intrigué par son ton plein de reproches. La confrontation frontale n'avait jamais trop fonctionné avec moi, donc Billie avait intérêt à avoir de bons arguments.

— Tanna n'est pas la seule Rodriguez à t'apprécier. Viens jouer à Mario Kart avec moi, exigea-t-elle en arborant un air boudeur qui me rappela sa sœur.

Elle avait un sacré toupet cette gamine. C'était certainement de famille. Bien qu'étonné, je n'hésitai pas une seconde. Maintenant que j'étais là, autant rester.

— Tu n'as aucune chance, répondis-je en enjambant le rebord de la fenêtre pour la rejoindre.

— Tu sais que les voisins vont sûrement appeler les flics en pensant que tu viens cambrioler la maison ?

— Mario Kart n'attend pas.

Elle pouffa avant de se laisser tomber sur le canapé et de me tendre une manette. C'était un peu bizarre de me retrouver chez Tanna sans qu'elle soit là, mais Billie prenait assez de place pour que je ne me sente pas mal à l'aise.

— Je vais t'exterminer ! fanfaronna-t-elle en démarrant une partie.

Je lui donnai un coup de coude en guise de réponse et me concentrai sur l'écran. Avec moi, pas de paroles ; que de l'action ! Je n'avais pas joué à ce jeu depuis une éternité. Un nœud m'enserra la poitrine lorsque les souvenirs de mes journées jeux vidéo passées avec mon père remontèrent à la surface. Ce n'était vraiment pas le moment. Le cri de victoire de Billie, qui venait de m'envoyer une carapace rouge, m'aida à me reconcentrer.

— Tu vas regretter ça, morveuse !

— Je t'attends sur la ligne d'arrivée, gros nul !

Sans surprise, sa prophétie se réalisa puisque je terminai quatrième. Son expression suffisante me fit grogner.

— Je suis rouillé ! me défendis-je en débutant la seconde course.

— Ça ne sert à rien de trouver des excuses. Assume que tu es nul.

Je lui administrai un nouveau coup de coude et la projetai dans le vide en la poussant grâce à un champignon accélérateur.

— Eh bim ! Tu rigoles moins.

— Pfff. Je vais me venger.

Elle m'écrasa deux minutes plus tard avec un canon. Dès lors, tout partit en vrille. Notre but n'était plus de gagner, mais de nous entretuer grâce à des plans machiavéliques. À ma grande surprise, je me laissai aller et enchaînai les fous rires avec Billie. Ça faisait du bien de rigoler après tous ces drames débiles.

J'avais beaucoup réfléchi pendant la nuit et j'en étais arrivé à la conclusion que j'avais surréagi. Je n'aurais jamais dû passer mes nerfs sur Tanna simplement parce que ses doutes et paroles m'avaient vexé. Depuis des semaines, je lui en faisais voir de toutes les couleurs et là, au lieu de la soutenir quand c'était à son tour de déconner, je l'enfonçais. J'avais paniqué et j'avais fait usage de la violence, comme toujours.

J'inspirai doucement en maltraitant ma manette. Peu importe mes raisons, ça n'avait pas d'importance. Aujourd'hui, je venais pour tout arranger.

Notre partie se prolongea tant que, lorsque j'entendis la porte d'entrée claquer, j'étais prêt à affronter Tanna. Du moins, je le croyais. Toutefois, je compris, en tournant la tête vers elle au milieu d'un éclat de rire, que je n'étais absolument pas prêt à affronter son teint livide, ses yeux gonflés et son expression horrifiée. Tout cela n'avait rien à voir avec notre dispute de la veille.

Mon sang ne fit qu'un tour et je bondis sur mes pieds, laissant Billie me noyer tranquillement sur l'écran.

— Qu'est-ce qui s'est passé ?

Elle tourna la tête vers moi et son regard me passa au travers, comme si je n'existais pas. Je serrai les poings en tâchant de conserver mon calme. Si quelqu'un lui avait fait du mal...

— Tanna ? l'interpella sa sœur en fronçant les sourcils. Qu'est-ce qui ne va pas ?

Était-ce ce connard de Julian ? Ou bien le gang de Big Ben ? Ils m'avaient pourtant juré qu'ils ne la toucheraient pas.

Je franchis la distance qui me séparait d'elle et l'attrapai un peu rudement par les épaules pour l'examiner sous toutes les coutures. Là, elle releva les yeux sur moi et me vit. Me vit vraiment. Pour tout ce que j'étais.

Ce que je lus dans son regard ambré me glaça le sang.

— Hugo.

— Oui, c'est bien moi, rétorquai-je avec une pointe d'agacement parce que je ne comprenais pas ce qui lui arrivait.

— Pardonne-moi, je t'en supplie.

J'eus tout juste le temps de la rattraper avant qu'elle ne s'effondre dans mes bras, en pleurs. Maintenant, j'en étais sûr : ce n'était pas à propos de notre dispute. Tanna n'était pas du genre à supplier, surtout pas moi.

Je la serrai fort, à demi paniqué, et fis signe à Billie pour qu'elle foute le camp. Elle m'offrit un charmant doigt d'honneur, associé à un regard tueur, avant de monter dans sa chambre. J'inspirai, la tête dans le cou de Tanna, pour me remplir de son odeur. Elle m'avait manqué.

— De quoi tu parles ? l'interrogeai-je sans la lâcher.

Je savais que Tanna n'aurait jamais rien fait de mal pour me blesser. Cependant, les doutes m'assaillaient. De quoi s'agissait-il ? Son silence me faisait monter en pression. À tout moment je pouvais exploser.

— Tanna. Arrête de pleurer.

C'était pire que tout de la voir malheureuse. Peu importe ce qu'elle avait fait et la raison pour laquelle elle voulait que je la pardonne, je ne supportais pas de la voir pleurer.

Elle hocha la tête en sanglotant, agrippée à mon tee-shirt, inspira et fit d'incroyables efforts pour arrêter. De plus en plus énervé, je pris son visage entre mes mains et essuyai les dernières larmes qui brillaient dans ses yeux de lionne. J'étais brusque, presque brutal, mais je ne savais pas comment gérer cette situation.

— Parle-moi, exigeai-je.

Elle hocha à nouveau la tête et déglutis. Elle luttait toujours contre ses larmes. Comment pouvait-elle m'énerver et me faire craquer en même temps ?

— Je suis allée voir Alexander Davis et... ton oncle...

Mon cœur s'arrêta de battre. Le temps se suspendit. Mon corps entier se raidit.

Mes mains se crispèrent sur son visage et je la lâchai comme si elle m'avait brûlé. Une bouffée de haine et de pure panique monta en moi.

Pourquoi ?

Pourquoi m'avait-elle fait ça ?

Maintenant elle savait. Voilà pourquoi elle me dévisageait avec horreur. Elle savait que j'étais un meurtrier. Que tout était de ma faute. Que j'étais un monstre. Elle allait m'abandonner. Et mon monde s'effondrerait.

Encore une fois.

Tanna

La manière dont il me regardait était effroyable. Pour la première fois, j'eus peur de lui. Pas de ce qu'il pourrait me faire, mais de ce qu'il pourrait se faire à lui-même.

Il se détestait.

Moi, je l'aimerais pour deux s'il le fallait.

— Pourquoi tu as fait ça ?

Son ton dénué d'émotion, froid et cassant, me retourna l'estomac. Comment l'empêcher de fuir ? De se braquer ? Comment gérer sa colère ? Je n'étais pas omnipotente. Il y avait des côtés d'Hugo que je ne pouvais ni gérer ni réfréner.

Il fallait que je me calme. Au plus je sangloterais, au plus ça l'énerverait. Il voulait des réponses. J'avais échoué à être une bonne amie lorsqu'il en avait eu le plus besoin. Aujourd'hui, je serais forte. Pour lui.

J'inspirai doucement, repoussant les larmes qui risquaient de tout gâcher. Son immobilité et son impassibilité me terrifiaient. Je préférais quand il s'énervait et me criait dessus. Au moins, je savais comment réagir. Là… Je me sentais comme une moins que rien. Je détestais son silence. Ça n'augurait rien de bon. Je devais désamorcer la bombe.

— Je voulais te comprendre, avouai-je d'une voix rauque en osant enfin affronter son regard.

— Me comprendre ? Et qu'as-tu compris Tanna ? Dis-le-moi.

Je frissonnai. Sa froideur me glaçait les entrailles. Je laissai passer un instant, incapable de formuler ce que j'avais en tête.

— J'ai compris ce que tu avais vécu.

— Ah oui ? Tu as poignardé ton père récemment ? Je n'étais pas au courant.

— Hugo, ne fais pas ça.

— Ne fais pas quoi ? Ce n'est que la vérité, Tanna. Si tu n'étais pas prête à l'entendre, ça ne servait à rien de comploter derrière mon dos.

— Je n'ai pas comploté derrière ton dos, rétorquai-je, sentant ma colère s'éveiller. Je voulais seulement savoir, parce que tu n'as jamais rien voulu me dire.

— La prochaine fois, je t'enverrai un faire-part : « Salut, j'ai tué. »

Ça aurait pu être drôle si la situation n'avait pas été si dramatique. Il était redevenu odieux et ses sarcasmes brutaux et dépourvus d'émotion alourdissaient l'atmosphère. J'avais l'impression de suffoquer devant cet homme qui tenait tant à passer pour un monstre. Je savais que ce n'était pas lui. Pourtant, il était convaincu du contraire.

— Tu n'as pas eu d'autre choix, tentai-je en essayant de ne pas me démonter.

— Tu étais là peut-être ? Qu'est ce que tu en sais ? Tu ne sais rien.

— Alors dis-moi. Dis-moi ce qu'il s'est passé. Parle-moi.

— J'ai pris un couteau et je l'ai planté dans le ventre de mon père pendant que ma mère crevait à côté. J'ai vu son regard, la douleur dans ses yeux. J'ai entendu le bruit de sa chair se déchirer et j'ai senti le sang brûlant couler sur mes mains. C'est ce que tu veux entendre ?

Mon estomac se retourna. Mon cœur crépita de douleur. Comment avait-il pu survivre à une telle épreuve ? Ce n'était pas étonnant qu'il ait tant changé. Son enfance avait été détruite. Tout comme son innocence. Et maintenant, il s'auto-détruisait, pensant qu'il était coupable. J'avais si mal pour lui.

— Oui, c'est ce que je veux entendre. Continue.

Je voulais qu'il explose. Garder cette rancœur en lui ne lui apporterait rien. Et son manque de réaction m'effrayait.

— Il n'y a rien à dire de plus.

— Tu es un meurtrier, non ? Qu'est-ce que ça fait de tuer quelqu'un ? Tu te sens surpuissant ? Tu prends du plaisir ?

Je me dégoûtais. De telles immondices qui sortaient de ma bouche... Je n'arrivais même pas à y croire. Mais je voulais le pousser dans ses retranchements, le faire réagir.

Une étincelle s'alluma dans son regard et je sentis un poids libérer ma poitrine. Il garda le silence, les bras ballants, me dévisageant. Il me connaissait par cœur. Il savait ce que j'essayais de faire.

— Je te dégoûte, commenta-t-il en me défiant de le contredire.

Il voulait que je dise ce qu'il voulait entendre. Cependant, ça ne marchait pas comme ça. Il se trompait.

— Ce n'était pas de ta faute.

— Je suis un monstre.

— Tu essayais de sauver ta mère.

— J'ai échoué ! hurla-t-il soudainement en envoyant son poing dans le mur. J'ai échoué et je les ai tués tous les deux !

Je secouai la tête en me mordant le bout de la langue pour éviter de pleurer. En moi, un mélange de sentiments incontrôlables me bouleversait. Je voulais le consoler, le protéger à tout prix, l'aimer à la folie, mais mon corps tremblait, apeuré par son visage déformé par une rage lointaine qu'il avait tenté de contenir jusqu'à présent.

— Tu n'étais qu'un enfant, Hugo, murmurai-je.

— J'avais quatorze ans ! QUATORZE ANS ! cria-t-il en retirant son poing ensanglanté du trou dans le mur. J'aurais dû être capable de sauver ma mère. J'aurais dû me rendre compte de ce que mon père, cette ordure, lui faisait subir. J'aurais dû le tuer plus tôt. J'aurais dû faire quelque chose, n'importe quoi. Je les ai tués tous les deux.

— Non, objectai-je en caressant son visage.

Il repoussa ma main si fort que je crus qu'elle allait se casser. Un éclair de culpabilité et de panique passa dans ses yeux. Il recula.

— Ce n'est rien, soufflai-je en avançant vers lui avant de rectifier : Je n'ai rien.

— Je suis exactement comme mon père. Je vais finir par tuer tous ceux que j'aime.

— C'est faux.

— C'est vrai ! Regarde ce que je te fais ! Regarde le connard que je suis ! Je fais souffrir tout le monde.

— Tu te trompes. Tu es quelqu'un de bien, assurai-je avec véhémence. Tu étais le meilleur ami que j'ai jamais eu et tu es devenu un garçon exceptionnel. À l'écoute, intelligent, protecteur, respectueux et aimant, Hugo. Tu as toujours été là pour moi. Ce qui n'est pas mon cas. Je t'ai laissé tomber. Je t'ai reproché ton départ sans savoir. J'ai été la pire amie que tu puisses avoir. J'ai été égoïste, égocentrique, bête...

Il me dévisagea comme si j'étais folle. Profitant de son moment de stupéfaction, je m'approchai de lui et, lentement, pris son visage entre mes mains. Elles tremblaient. Lui aussi, tremblait.

— Tu dis n'importe quoi, siffla-t-il sans bouger, sans me regarder.

— C'est toi qui dis n'importe quoi.

Il ne répondit pas. Je passai mes bras autour de son cou et me blottis contre lui. Je n'étais pas naïve au point de penser que la crise était passée, néanmoins ce moment d'accalmie m'aidait à me calmer. Hugo ne bougeait toujours pas et ses bras refusaient de m'étreindre. C'était à peine s'il respirait. Je le serrai plus fort.

— Je suis désolée d'avoir été une mauvaise amie et d'avoir parlé à ton oncle, murmurai-je, le visage contre son torse immobile.

Le silence me répondit.

À chaque fois qu'il faisait ça, j'essuyais un rejet supplémentaire. Je ne m'en offusquai pas. Je le sentis hésiter. Ses mains effleurèrent ma taille, agacées, impatientes et timides tout à la fois et, finalement, il referma brusquement ses bras autour de moi, me serrant à m'en briser. Je me surpris à examiner ses épaules et ses bras puissants et à humer son odeur tandis qu'il plongeait son visage dans mon cou pour frotter son nez sur ma peau. Une multitude de frissons qui n'avaient rien à voir avec la peur réveillèrent ma peau.

— Pourras-tu me pardonner ?

— Il n'y a rien à pardonner.

Le soulagement m'ébranla si fort que je faillis m'effondrer. Je m'agrippai à lui, rassurée, n'arrivant pas à croire à quel point j'étais chanceuse. Mon enthousiasme se dissipa cependant rapidement.

— Mais... Je ne peux pas... J'ai besoin de temps, déclara-t-il en se reculant, redevenu dur et froid.

Ce fut comme s'il venait d'arracher une partie de moi en se

détachant ainsi de moi.

Je hochai la tête, incapable de parler à cause du nœud qui obstruait ma gorge. Je savais ce que cela voulait dire. J'avais échoué. Encore une fois. Parce que s'il prenait ses distances et partait, il ne reviendrait jamais. Il penserait que ce serait pour le mieux, se refermerait comme une huître, redeviendrait le Hugo violent qu'il avait réussi à oublier et je ne pourrais jamais le récupérer.

Mais que pouvais-je faire à part accepter sa décision ?

Sans un mot ni un regard de plus, il me contourna et partit.

Je me laissai glisser contre le mur, vidée, découragée et coupable. Jamais je ne m'étais sentie si impuissante. Pourtant, même si je n'y croyais plus, j'attendrais. Autant de temps qu'il le faudrait.

J'attendrais Hugo.

Hugo

Les cris. Les coups. Son corps étendu sur le sol, le visage détruit, couvert de couleurs effroyables, brisé comme un pantin désarticulé.

La rage de mon père.

Les murs de la cuisine, le couteau, le sang.

Les secondes qui s'éternisent, le râle de mon père, la souffrance. La culpabilité, les sirènes des ambulances, les lumières bleues.

Et le rouge.

Sur mes mains, sur mon visage, sur le couteau.

Dans mon âme.

Toutes ces images que j'avais tenté d'annihiler de ma mémoire défilaient à présent dans ma tête. Je ne pouvais plus les chasser, elles revenaient par centaine, m'étouffaient le cerveau et le cœur. Elles étaient partout. Ancrées en moi, pour toujours.

Je ne savais plus où j'en étais. Tout se mélangeait.

Ce n'était pas de ta faute.

C'était la faute de qui alors ?

Tu essayais de sauver ta mère.

Et elle est morte.

Tu n'étais qu'un enfant.

Un enfant robuste et intelligent, qui aurait dû savoir.

Petit, je vouais une admiration sans limites à mon père. C'était mon héros, celui qui me protégeait des monstres sous mon lit. Alors que ça avait toujours été lui le monstre. Et je l'avais aimé, sans concession.

Comment accepter ça ? Comment vivre avec ça ? J'avais négligé ma mère pour jouer au baseball, aller faire du vélo et partir en camping. Bien sûr, c'était elle qui m'embrassait le soir avant de dormir, qui préparait mes goûters, qui soignait mes bobos et me murmurait des je t'aime. Mais tel le petit garçon turbulent que j'étais, je n'avais d'yeux que pour lui.

Gregor Wilson. Le bourreau de ma mère.

Et maintenant, elle n'était plus là, je ne pouvais pas lui dire à quel point je regrettais et à quel point je l'aimais et l'admirais. C'était elle mon héroïne. Combien de temps avait-elle enduré la violence de mon père, sans rien dire ? Elle aurait pu partir, mais c'était à cause de moi qu'elle était restée. Parce que j'aimais trop mon père. Parce qu'elle voulait me protéger.

Je me haïssais.

Je haïssais le monde entier.

Je ne voulais qu'une chose : tout casser.

Peut-être même me casser moi.

Pourquoi ne serais-je pas exactement comme mon père ? J'étais son fils. Je partageais la même colère, et une violence sans nom sommeillait en moi. Parfois, je me faisais peur. Lorsque je me renfermais, je ne ressentais plus rien, aucune once de culpabilité, de regret ou de compassion. Je devenais un véritable monstre.

Pourquoi Tanna ne le voyait-elle pas ?

Dépassé par les événements et ces milliers d'horreurs qui tournaient en boucle dans ma tête, je me mis à courir. Finalement, le pire était arrivé. Tanna savait. Comment pouvait-elle m'aimer désormais ? En sachant ce que j'avais fait ?

J'avais cru... J'avais cru qu'elle ne l'apprendrait jamais. Que je pourrais rester le petit garçon d'antan. Quelqu'un de bien. Maintenant qu'elle savait, comment pourrait-elle supporter ma vue ? Je devais la dégoûter, la terrifier.

J'accélérai. Je croisai mon oncle et ma tante en voiture. Les yeux exorbités, William freina en m'appelant à travers la fenêtre. Le temps qu'il ouvre la porte, j'étais déjà hors de portée.

Comment pouvaient-ils me supporter, lui et Sophie ? J'étais responsable de la mort de sa sœur. Il aurait dû me haïr, alors pourquoi m'offrait-il un toit et une famille ? Je ne les comprenais pas, aucun d'entre eux.

Personne ne voyait-il donc le monstre que j'étais ?

Je courus encore, sans m'arrêter, même alors que mes poumons risquaient d'exploser. Arrivé dans le centre-ville, je marquai un temps d'arrêt, perdu. Le lycée se dessinait au loin. La sonnerie retentit. L'effroi me saisit ; je n'avais aucune envie de rencontrer les abrutis qui aimaient tant leurs cours pour se créer un avenir merveilleux. Moi, je n'avais aucun avenir.

Je me remis à courir. J'aperçus Tess et son amie, la rouquine. Toutes les deux m'interrogèrent du regard, le visage inquiet. Je les ignorai. Pourtant, Tess savait, elle. Je lui avais tout dit au cimetière, devant la tombe de mes parents.

Elle aussi avait dit que je n'étais pas responsable. Que je méritais d'être heureux et de me pardonner. D'avancer.

Ce souvenir, bizarrement, m'apaisa. Je ralentis. Je ne savais plus quoi penser. Tout le monde était débile ou était-ce moi le problème ?

La rage revint, encore plus forte qu'auparavant. Les articulations de mes poings craquèrent. Je me remis à courir. Pendant ce qui me sembla durer une éternité.

Je finis par arriver dans une zone déserte où se dessinaient quelques maisons à l'horizon. J'étais à la limite de la ville, près des bois et de la route principale. Au loin, j'aperçus un gang. Ce n'était pas celui de Big Ben. Cheveux rasés, vestes en cuir, attitude de mauvais garçon... Ils devaient être six, peut-être sept. Ils se croyaient forts et méchants, pourtant j'étais persuadé qu'aucun d'eux n'avait tué. Moi si.

M'apercevant, ils m'examinèrent, l'air prêts à en découdre. Parfait. Pile ce dont j'avais besoin.

Décidé, j'allai à leur rencontre, repérai d'un coup d'œil le chef et lui envoyai mon poing dans la figure. Une longue minute de choc régna au milieu du groupe. Puis ce fut le chaos.

Ils se jetèrent tous sur moi, d'un même mouvement. Un uppercut dans le ventre me plia en deux tandis que mon visage recevait trois poings à la fois. Le goût du sang, métallique, envahit aussitôt ma bouche. Je crachai, me redressai et frappai à mon tour, sans grande conviction.

Je voulais avoir mal. Je voulais souffrir. Payer mes dettes. Endurer ce que ma mère avait enduré, sans rien dire, alors que je ne voyais rien. J'avais l'impression bizarre et malsaine que ça me rapprochait d'elle.

Un coup m'ouvrit l'arcade, l'autre la pommette, puis les lèvres. J'étais anesthésié. Comparés à la douleur que je ressentais à l'intérieur, les coups n'étaient rien. Ils ne soulageaient ni ma peine ni ma culpabilité et encore moins ma colère. Ce n'était pas la bonne solution.

Sortant de la torpeur dans laquelle les coups m'avaient plongé, je repoussai mes assaillants en marmonnant des excuses inintelligibles. J'avais la bouche en sang, les yeux gonflés, mal partout. Je brandis les mains devant moi en signe de reddition. Un jour, je pourrais vraiment mal finir en cherchant la merde à ce point. Je me mettais en danger, je jouais avec le feu et la mort.

Ils décidèrent que j'avais assez morflé et se reculèrent pour me laisser passer, me crachant dessus. J'aurais pu répliquer. J'aurais pu me défendre et leur faire ravaler leurs airs victorieux et hautains. Je ne fis rien. C'était moi qui étais venu les provoquer. J'avais eu ce que je voulais, eux avaient passé un agréable moment en regonflant leur ego... Tout le monde était content.

— Casse-toi, connard ! Et qu'on ne te revoie pas, pauvre merde.

Je hochai la tête et levai le pouce en m'éloignant.

— Il a quand même des couilles, ce petit con, grogna l'un d'entre eux, amusé.

Vacillant, je rebroussai chemin. Rien de telle qu'une bonne raclée pour me remettre les idées en place.

J'en avais ras le cul de me sentir coupable, de me sentir mal, en colère. Je voulais avancer. Je voulais Tanna. Et tisser des liens avec mon oncle et ma tante, avoir une famille. Un avenir. Des projets. Un job sympa.

Je m'étais interdit tout cela jusqu'à présent. Pourquoi ? Ça ne tenait qu'à moi de m'offrir tous ces rêves sur un plateau d'argent.

Ouais. J'avais du boulot.

Il paraît que rien n'est impossible...

William

Assis sur le canapé du salon, je ne cessais de serrer ma tasse de café dans mes mains, pour m'ébouillanter, me faire penser à autre chose et me tenir éveillé. Il était plus de minuit. Hugo n'était toujours pas rentré. Et je me faisais un sang d'encre. Sans compter la culpabilité qui me rongeait de l'intérieur depuis maintenant plusieurs heures.

Comment avais-je pu ne pas me rendre compte du mal-être de mon neveu ?

Comment avais-je pu être aussi insensible ? Avais-je pris la mauvaise décision en confiant le passé d'Hugo à Tanna ?

— Arrête de te fustiger, tenta de m'apaiser Sophie en me prenant les mains. La situation est difficile, mais tout ira mieux.

— Je voulais offrir une vie meilleure à ce gosse et… Je n'ai fait qu'empirer les choses. Le faire revenir ici…

— …était une excellente idée, me coupa-t-elle. Il avait besoin d'affronter son passé et d'avancer.

— Ça ne marche pas.

— William. On ne refait pas le monde en cinq minutes. Les blessures prennent du temps pour se refermer. Et peut-être… qu'un suivi psychologique lui ferait du bien. De parler à quelqu'un, d'extérieur.

Je ne répondis pas, honteux de me montrer si impatient et radical. J'avais perdu ma sœur et j'en souffrais tous les jours. Hugo avait perdu sa mère. Il l'avait vue mourir sous ses yeux. Je ne pouvais même pas imaginer le chaos qui régnait dans sa tête.

Je n'avais pas été présent pour lui. Je n'avais même pas eu de discussion avec lui. Rien. J'avais juste fait comme si de rien n'était, comme s'il n'avait pas perdu ses parents et passé trois ans de sa vie enfermé. M'en voulait-il de pas m'être suffisamment battu pour obtenir sa garde ? Me reprochait-il ne pas m'être assez investi dans notre vie familiale et d'avoir laissé sa mère périr sous les coups de son mari ? Était-ce pour toutes ces raisons qu'il se battait et jouait au loubard ?

Était-il encore temps pour tout réparer ?

J'en doutais, même si Sophie me disait le contraire.

Je sursautai en entendant la porte du salon s'ouvrir, renversant presque mon café sur mes mains. Je bondis sur mes pieds et mon cœur se serra lorsque je découvris mon neveu, que je considérais comme mon propre fils, dans un sale état. Son visage boursouflé n'était plus qu'un amas de chair et de sang. Il n'avait rien de cassé ; ça guérirait. Mais cette image ne guérirait jamais.

Le voir comme ça... Je ne savais pas si j'avais envie de le serrer dans mes bras ou de l'étrangler. J'étais paralysé.

— Qu'est-ce que vous faites là ? Vous ne dormez pas ? demanda-t-il d'une voix pâteuse.

Sophie s'approcha de lui. Il eut un mouvement de recul lorsqu'elle leva la main pour la poser sur son front. J'eus un nouveau pincement au cœur. Ce gosse manquait cruellement de confiance en les autres. Comment l'en blâmer ?

— Il est brûlant, commenta Sophie avant de le pousser un peu vers le salon. Viens t'asseoir.

— Je vais bien, grogna-t-il en se dégageant de son étreinte.

— Tu n'en as pas l'air, déclarai-je.

Son regard dur passa à travers moi. Il m'ignora royalement et nous contourna pour emprunter les escaliers et certainement aller s'enfermer dans sa chambre.

— Manuella nous a raconté ce qu'il s'est passé avec Tanna cet après-midi, lançai-je. Billie a tout entendu.

Il se figea dans les escaliers. Mon annonce avait capté son attention.

— Viens t'asseoir, s'il te plaît.

Je crus qu'il s'y opposerait, comme il s'opposait à tout d'habitude. Pourtant, il se retourna vers nous et descendit les escaliers avec une résignation qui me fit froid dans le dos. Il se laissa tomber sur le canapé en grognant de douleur.

Sophie s'éclipsa dans la cuisine et revint une minute plus tard avec un verre d'eau et un comprimé d'aspirine qu'elle tendit à Hugo. Sans sourciller, il avala le comprimé et but l'eau d'une traite.

— Peut-être que nous devrions l'emmener à l'hôpital, s'inquiéta Sophie.

— Je vais bien, répéta mon neveu.

Il releva la tête et me défia de le contredire d'un regard noir. Cherchait-il à ressentir ce que sa mère avait ressenti avant de mourir ? Était-ce pour lui une manière de se punir ? D'évacuer la culpabilité qui le rongeait ? Pas une seule fois je ne m'étais posé ces questions auparavant. Aujourd'hui, je le regrettais amèrement.

Je pris place en face de lui et Sophie vint me rejoindre pour m'épauler. Le silence s'éternisa. Comment commencer pareille conversation ? Je ne voulais pas empirer les choses.

— Tu veux parler de ce qu'il s'est passé chez Tanna ? lançai-je abruptement, à court d'idées.

— Qu'est-ce que tu veux savoir ? rétorqua-t-il.

Malgré son comportement grognon, il semblait apaisé, d'une certaine façon. Toujours aussi dur, têtu et distant, mais je ne voyais plus cette rage familière qui habitait constamment son regard. J'avais cru que c'était parce qu'il était en pleine crise d'adolescence et qu'il voulait faire de ma vie un enfer. Je m'étais trompé. C'était lui qui vivait un enfer depuis le début.

— Pourquoi penses-tu être responsable de la mort de ta mère ?

Il leva les mains en l'air comme si je posais la question la plus idiote au monde.

— J'étais là. Je l'ai laissée mourir.

— C'est faux, Hugo, m'adoucis-je. Tu as essayé de la défendre du mieux que tu le pouvais du haut de tes quatorze ans. Tu es resté près d'elle, tu as appelé les secours, que pouvais-tu faire de plus ?

— La sauver. J'aurais dû me rendre compte plus tôt de ce qu'il se passait. J'aurais dû dénoncer mon père. Aujourd'hui encore, je n'arrive pas complètement à le haïr parce que ça reste mon père. Quel genre de personne je suis dans ce cas, hein ?

Mon cœur se serra. Je secouai la tête, incapable de parler.

Sophie prit le relais. Avec douceur, elle le rejoignit et attrapa l'une de ses mains qu'elle serra fort.

— Tu es un être humain, tout simplement, avec des émotions. Je ne prétends pas savoir ce que tu vis, mais je sais que tu n'es pas responsable des actes de ton père et que tu n'es pas comme lui.

— Tu es loin d'être comme lui, enchéris-je en m'installant à mon tour à ses côtés.

— Comment vous pouvez le savoir ? Tout ce que je fais, c'est de la merde.

— C'est faux, protesta mon épouse. Tu traverses une période difficile, la pire qui soit, et n'importe qui dans ta situation perdrait le contrôle. Tout bien considéré, tu ne t'en sors pas si mal que ça.

Elle sourit et il laissa échapper un grognement à moitié amusé.

— Mais vous, vous êtes là et c'est comme si… rien ne s'était passé, cracha-t-il, soudainement tendu.

— J'ai perdu ma sœur, répondis-je calmement. Ma petite sœur, avec qui j'ai partagé toute mon enfance. Personne ne peut prétendre que rien ne s'est passé. Moi non plus je n'ai rien fait. Je n'ai jamais posé de questions. Je ne me suis pas suffisamment intéressé à elle, je ne me suis douté de rien. J'ai partagé des barbecues avec Gregor, ri à ses blagues, cautionné les piques qu'il envoyait à ma sœur sans jamais lever le petit doigt. Et maintenant, Lisbeth est morte. Comment crois-tu que je me sente ?

Il me dévisagea longuement et je soutins son regard. Il avait toutes les raisons du monde de m'en vouloir. Moi, j'étais un adulte et je n'avais rien fait. Je n'avais pas sauvé sa mère, ma propre sœur. Alors comment lui l'aurait-il pu ?

— Si je suis aussi dur avec toi, ajoutai-je, c'est peut-être parce qu'au fond, j'ai peur que tu me haïsses autant que tu le hais lui. Autant que tu te hais toi.

— Je ne te hais pas, murmura-t-il en baissant les yeux.

— Hugo, il y a plein de responsables dans cette histoire, poursuivis-je, en partie soulagé. Tellement de choses auraient pu être différentes si j'avais été plus présent, si Lisbeth ne s'était pas mariée, si les voisins avaient parlé… Mais si je sais une chose, c'est que toi, Hugo, tu es le plus innocent de tous. Ta mère t'aimait plus que tout. Elle voudrait que tu te pardonnes. Que tu sois heureux. Elle serait fière de toi. Nous sommes fiers de toi.

Il secoua la tête, les poings serrés, les larmes aux yeux.

— Mais, lui... hoqueta-t-il, je l'ai tué. J'ai tué mon père. Je l'ai tué...

Il s'effondra dans mes bras en pleurant et je le serrai fort. Sophie l'étreignit également.

Nous aurions dû avoir cette conversation depuis des années. Nous n'aurions jamais dû le laisser dans ce centre de détention, à être puni pour quelque chose dont il n'était pas fautif. Nous aurions dû nous battre.

— Je sais, soufflai-je en le laissant évacuer sa peine. Je sais. Mais tu n'as pas eu le choix, tu le sais ça, n'est-ce pas ?

Il hocha la tête, incapable de formuler le moindre mot. La police m'avait raconté comment tout s'était passé, dans les moindres détails. J'avais essayé d'y penser le moins possible, en état de choc à l'époque. Aujourd'hui, trois ans avaient passé et je me rendais compte de l'horreur qu'il avait vécue.

Toutefois, je le savais et nous le savions tous : il n'avait pas eu le choix.

Gregor s'était rué sur lui, fou de rage, prêt à lui faire subir le même sort que sa mère. Dans la panique et la précipitation, Hugo s'était emparé d'un couteau de cuisine sur le plan de travail dans le but de lui faire peur et son père, dans son élan, s'était empalé sur ce dernier.

C'était un accident. Un tragique accident. Que nous aurions tous pu éviter, mais qui existait malgré tout et avec lequel nous devions vivre tous les jours.

— Tu ne seras jamais comme lui, Hugo, lui répétai-je. Jamais.

Je raffermis ma prise autour de lui. Je voulais qu'il sente que j'étais là désormais. C'était la première fois que je le voyais dans cet état. Pour l'enterrement de Lisbeth, il n'avait même pas versé une larme et s'était contenté de regarder la scène d'un air dur, le visage fermé. Il lâchait tout ce qu'il avait en lui aujourd'hui. Après cela, peut-être qu'il trouverait la force de repartir de zéro et de se créer le futur qu'il méritait.

— Tout va bien, Hugo, lui murmura Sophie en l'embrassant sur le front. Tout ira mieux.

Nous échangeâmes un regard lourd de sous-entendus en le serrant contre nous. Oui, désormais, je l'espérais, tout irait mieux.

Nous ferions de notre mieux.

Tess

— Bien le bonjour, Monsieur Grincheux, lançai-je en débarquant dans la pièce.

Hugo, allongé dans son lit, se redressa en sursautant. Il me dévisagea, encore à moitié endormi, avant de grogner et de se rallonger. Son oncle m'avait bien dit qu'il avait mauvaise mine, mais je n'imaginais pas que c'était à ce point-là, coquards et tout le tralala.

— Qu'est-ce que tu fous là ? m'agressa-t-il en se massant le front.

— Ravie de voir que tu n'as rien perdu de ton caractère de merde.

Je m'assis sur son lit, juste à côté de lui, et lui tendis la bouteille de whisky que j'avais dans les mains.

— Tu m'as apporté de l'alcool ? m'interrogea-t-il, sous le choc.

— Je trouvais que c'était une bonne idée pour anesthésier ta connerie. Et puis ça te ressemble bien, non ?

Il attrapa la bouteille rehaussée d'un kiki rouge et, amusé, la posa sur sa table de nuit. Malgré son air fatigué et son visage abîmé, il semblait différent. Enfin en paix. Mon cœur se gonfla de fierté et de bonheur face à ce constat.

Rien de ce que j'avais préparé ne s'était passé comme prévu. Certes, Tanna était allée rendre visite à Alexander Davis, qui l'avait dirigée vers Monsieur Jones. Elle avait appris la vérité sur Hugo et… Il avait pété un plomb, comme toujours. Il faisait le mort depuis plus d'une semaine. Tanna n'avait aucune de ses nouvelles et elle se faisait refuser l'accès à la maison par William, ce qui la peinait beaucoup. Hugo n'avait répondu à aucun de ses messages. Donc j'étais là. Dans le secret le plus total.

— Tu peux m'expliquer ce qu'il se passe ? Par rapport à ton absence et à Tanna éventuellement.

— Je croyais que tu savais tout, Barbie Gothique ?

— Je vieillis.

Il haussa un sourcil avant de lever les yeux au ciel. Il ne cherchait même plus à comprendre mes âneries. Avec moi, moins on en savait, mieux on se portait.

— J'avais besoin de réfléchir, finit-il par révéler, les yeux rivés au plafond. Après tout ce qu'il s'est passé… Je devais prendre du recul.

Un peu de bon sens avait fini par entrer dans sa petite tête, alléluia !

— J'ai… J'ai demandé à mon oncle de ne pas laisser entrer Tanna, poursuivit-il. Je l'ai laissée tomber comme une chaussette, comme d'habitude et… Je ne sais pas quoi faire.

— Comment ça, tu ne sais pas quoi faire ?

J'étais à deux doigts de l'étriper. Si j'avais fait tout ça pour qu'il se rende compte qu'au final, il n'était pas prêt à être avec Tanna… Il rejoindrait le caveau familial.

Il haussa les épaules.

— Explique-moi, exigeai-je en m'allongeant à ses côtés.

Le silence me répondit. Le silence s'éternisa. Le silence m'énerva. Et finalement…

— Je suis perdu en ce moment, soupira-t-il. Je commence tout juste à… accepter et… faire mon deuil.

— Laisse-la être là pour toi, Hugo.

— Je ne sais pas si j'en ai envie. Je ne sais pas si je peux être là pour elle actuellement.

Voilà qui était sensé. Pour une fois qu'il avait de bonnes raisons de se montrer distant, je ne risquais pas de le morigéner. Plus de rage, plus de conneries, plus de cache-cache. Il assumait tout en étant lucide quant à la situation. Mon cœur se gonfla d'amour : j'étais si fière de mon petit protégé, il grandissait si vite !

— Figure-toi que j'ai la solution à tous tes problèmes.

Il grogna, ne me croyant pas. Je ne lui en voulais pas ; les gens

se compliquaient souvent la vie pour rien. La preuve avec Tango.
— Ah oui ? Et quelle est cette fameuse solution secrète ?
— Le temps.

Il me regarda de travers et je lui offris un immense sourire. Il finit néanmoins par hocher la tête, parce que j'avais raison, comme toujours.

— J'ai envie d'un truc simple, finit-il par dire. J'ai envie de faire les choses bien. De flirter un peu sans prise de tête, de rigoler, de l'inviter à de vrais rendez-vous...
— C'est une bonne chose, non ?
— Je ne sais pas.
— Tu ne sais rien.

Hugo grogna à nouveau et m'envoya son oreiller en pleine figure.

— Moi, je trouve ça très bien et très sain.
— Si Barbie Gothique valide, alors nous sommes tous sauvés.
— Hé-ho, Monsieur le rabat-joie, on se calme.
— D'où te vient cette bonne humeur insupportable ?
— J'ai rencontré une fille, révélai-je.
— Une fille, hein ?

Il me coula un regard en coin avec un petit sourire narquois. Ça me faisait plaisir de le voir aussi taquin. Lorsqu'on apprenait à le connaître et qu'on passait outre ses manières d'ours mal léché, Hugo Jones devenait un excellent ami.

— Tu as quelque chose à dire, peut-être ? m'agaçai-je.
— J'ai toujours quelque chose à dire.

Je me crispai. L'avis des autres, j'en avais d'ordinaire rien à faire, cependant je n'avais aucune envie d'essuyer ses commentaires médisants. Je restais donc sur mes gardes.

Il attrapa la bouteille de whisky, l'ouvrit et but une grande gorgée avant de me la tendre. Pourquoi pas ? C'était presque midi et puis je ne pouvais pas le laisser boire seul.

— J'écoute ! m'impatientai-je en avalant à mon tour une gorgée de whisky.

Grimaçant, je sursautai lorsqu'il approcha son visage du mien pour me regarder droit dans les yeux.

— Cette mystérieuse fille a beaucoup de chance, souffla-t-il. Et j'espère que tu seras heureuse.

Mon cœur loupa un battement. Je me détendis. C'était sans aucun doute la plus belle chose qu'il m'ait dite. Je l'appréciais à sa juste valeur.

— Je le suis déjà.

Nous échangeâmes un regard complice. Hugo était la première personne à savoir concernant ma rencontre et j'étais contente qu'il en soit ainsi.

En silence, nous continuâmes à boire tour à tour, souriants et heureux, les pensées occupées par la fille de nos rêves.

Manuella

Le silence régnait autour de la table. C'était un lundi matin tout ce qu'il y avait de plus normal. Et pourtant. L'atmosphère était lourde d'émotions négatives.

Nous étions tous touchés par ce qu'il s'était passé avec Hugo. J'avais l'impression d'être retournée trois ans en arrière. Steven lisait son journal la mine sombre, sans jamais tourner la page. Il ruminait, tout comme moi.

Nous n'avions jamais posé de questions au sujet de Lisbeth et Gregor Jones. Ils étaient décédés, leur fils était parti et nous avions continué notre vie en gérant au mieux nos enfants. Aujourd'hui, nous connaissions la vérité. C'était une terrible tragédie. Ce qu'Hugo avait affronté alors qu'il n'était encore qu'un enfant... Il y avait de quoi avoir mal au cœur.

Billie était affectée, toutefois ce n'était rien par rapport à Tanna. Elle n'avait pas souri depuis une semaine. Les traits tirés, le visage fatigué et les yeux ailleurs, elle remuait sa cuillère dans son bol de céréales sans les manger. L'impuissance me pesait.

Comment la rassurer et la réconforter ? Hugo avait son propre chemin à faire et ça prendrait sûrement du temps. Je n'avais pas de remède miracle.

— Mange un peu, Tanna, l'encourageai-je doucement.

Elle sursauta et contempla ses céréales comme si elles venaient juste d'apparaître devant elle.

— Tu préfères peut-être autre chose ? lui demanda Steven. J'ai le temps de faire des churros. Ou des mousses à l'ananas...

— Non, merci. Je ne vais pas tarder à y aller de toute façon...

C'était une vraie torture de la voir si triste sans pouvoir rien faire. Lorsqu'Hugo était parti, je l'avais ramassée à la petite cuillère. Elle avait mis du temps à se remettre de cette séparation, même si je me rendais désormais compte qu'elle ne s'en était jamais totalement remise. Elle reprenait vie au contact de ce garçon.

Parfois, la vie est bizarrement faite. Je croyais sincèrement que leur bonheur était étroitement lié l'un à l'autre. Une relation ainsi, si fusionnelle, si authentique et profonde, ça ne se trouvait pas de partout. Cependant, cela pouvait s'avérer destructeur. L'équilibre était la clé.

Je lui tendis le bol de myrtilles. Je savais qu'elle aimait bien cela. Elle en attrapa quelques-unes et m'embrassa sur la joue.

— Tu veux que je te prête du gloss ? proposa Billie. Un peu de paillettes, ça ne fait jamais de mal.

— Non ça va, merci.

— Tu es sûre ? Parce que le look jogging, c'est sympa, mais à long terme…

Mon mari mit un coup de coude dans les côtes de Billie pour la faire taire. Tanna leva les yeux au ciel. Si elle ne sourit pas, elle semblait au moins amusée, c'était déjà un progrès.

— Ça fait un style dynamique, commenta Steven en guise de soutien envers notre aînée.

Tanna l'embrassa sur la joue à son tour et ébouriffa les cheveux de sa sœur avant de monter dans sa chambre chercher ses affaires. Son fameux pantalon de jogging lui tombait sur les hanches. Je pinçai les lèvres ; elle avait maigri. J'espérais que cette situation de durerait pas trop longtemps, je n'avais aucune envie que la santé de ma fille se dégrade.

J'échangeai un regard avec mon époux ; nous partagions le même avis. Sauf que lui se montrait beaucoup moins bienveillant à l'égard d'Hugo. Il avait toujours en travers de la gorge la main abîmée de sa fille chérie.

— Je peux sortir demain soir ? nous demanda soudainement Billie. Mes amis font une soirée pyjama.

— Un soir de semaine ? répliquai-je en la contemplant.

Elle adopta un air angélique.

— Oui. Avec tout ce qu'il se passe, tu comprends, je pense que ça me ferait du bien de changer d'atmosphère…

— C'est bien la fille de sa mère, commenta Steven, amusé.

J'attrapai son journal et lui en flanquai un bon coup derrière la nuque.

— Quoi ? Aussi rusée que toi ! tenta-t-il de se rattraper en m'embrassant au coin des lèvres.

— Je peux, du coup ?

J'esquissai un sourire. Mes deux filles étaient incroyablement intelligentes. Parfois un peu trop pour leur âge.

— C'est bien essayé, Billie.

— Oui, on devrait récompenser l'effort en lui donnant la permission de sortir, non ? rit Steven en ébouriffant les cheveux de notre cadette qui grogna de dépit.

— À situation exceptionnelle, réponse exceptionnelle, décrétai-je, décidée à abdiquer. Tu peux aller à ta soirée pyjama Billie, mais que ça ne devienne pas une habitude. Et vous ne vous coucherez pas trop tard, tu as cours le lendemain.

— Merciiii !

Elle bondit de sa chaise et se jeta dans nos bras. Ah, les enfants... Ils nous aimaient que lorsque ça les arrangeait ! Je n'allais cependant pas me plaindre d'une étreinte avec ma fille ; elles devenaient de plus en plus rares à mesure que Billie grandissait. Je la serrai fort contre moi et déposai un baiser sur son front.

— Vous êtes les meilleurs parents du monde !

— N'en fais pas trop non plus si tu ne veux pas que tes pauvres parents aient des doutes sur ta sincérité, grommela Steven en terminant son café d'une traite.

Billie s'apprêtait à répondre quand la sonnette retentit. Il était presque sept heures trente du matin ! Qui pouvait bien venir nous déranger à cette heure-là ?

La sonnerie s'égosilla de nouveau. Steven, excédé, esquissa un mouvement pour se lever. Je le retins en posant ma main sur son bras.

— J'y vais.

Ma fille jeta un coup d'œil par la fenêtre et une expression bizarre apparut sur son visage. Sans un mot, elle quitta la salle à manger et grimpa à l'étage. Steven m'interrogea du regard ; je haussai les épaules en me dirigeant vers la porte. En ouvrant, je faillis faire un arrêt cardiaque, ce qui aurait été un inconvénient majeur pour m'occuper des enfants que je devais aujourd'hui voir en consultation.

— Hugo, parvins-je à dire en masquant au mieux ma surprise. Puis-je savoir ce que tu fais ici à une heure aussi… matinale ?

Il cacha ses mains dans ses poches, mal à l'aise. Malgré ses cheveux ébouriffés et son sweat-shirt qui lui donnait un air négligé, il semblait en forme. Les blessures sur son visage avaient viré au jaune et disparaissaient peu à peu. Depuis que nous avions renoué avec Sophie et William, ils nous tenaient au courant de l'évolution d'Hugo, de leurs tracas du quotidien, de leurs doutes et de leur vie en général. C'était dommage que nous ayons perdu autant de temps à vivre à côté sans jamais se soucier les uns des autres…

— Je suis désolé de vous déranger si tôt, décréta-t-il tandis que son regard fouillait les escaliers derrière moi. Est-ce que Tanna est déjà partie ?

Je croisai les bras, à mon tour gênée. J'ignorais quoi faire et dans quel état d'esprit ma fille se trouvait par rapport à Hugo. Serait-elle contente de le voir ou considérerait-elle cela comme une trahison si j'admettais qu'elle était encore là ? Même si j'avais beaucoup d'affection pour Hugo, qui n'était qu'un gamin un peu perdu, ma fille passait avant tout. Je devais penser à elle et son bien-être et, pour l'instant, Hugo était l'inverse de ce dont elle avait besoin.

— Écoutez… Je sais que j'ai mal agi. J'aimerais arranger les choses… Est-ce qu'elle est là ?

Je soupirai, rendant les armes.

— Depuis quand tu me vouvoies ? Je t'ai vu grandir, le sermonnai-je gentiment. Rien n'a changé. Parce que je crois sincèrement en toi, je te laisse rejoindre ma fille. Elle est dans sa chambre. Mais attention, c'est vraiment ta dernière chance.

— Merci, Manuella, sourit-il.

Je caressai sa joue avec bienveillance. Il se crispa un peu, m'offrit un sourire contrit et je le laissai passer. Il se dépêcha d'autant plus de monter lorsqu'il aperçut Steven et son air mécontent.

— Tu es irrécupérable, s'agaça-t-il en levant les yeux vers le plafond.

— C'était la meilleure chose à faire.

— J'espère pour toi ! Ça commence à bien faire qu'il fasse souffrir ma fille.

— Ta fille, comme tu dis, n'est pas toute blanche non plus, lui fis-je remarquer alors qu'il me prenait dans ses bras.

Il grommela dans sa barbe sans rien ajouter. Amusée, j'embrassai passionnément mon mari. Rien n'avait changé après toutes ces années passées ensemble ; nous nous aimions toujours comme au premier jour.

J'espérais qu'il en irait de même pour Tanna et Hugo…

Tanna

Debout devant la fenêtre de ma chambre, mon sac de cours dans la main, je contemplais la rue sans vraiment la voir, perdue dans mes pensées.

Encore une journée où je ne verrais pas Hugo et où il ne répondrait pas à mes messages. Où était-il ? Que faisait-il ? Comment allait-il ? C'était de la torture de ne rien savoir.

Il y a quelques mois de ça, je vivais une vie ennuyeuse et ne me doutais pas un seul instant que mon meilleur ami reviendrait ni que je développerais des sentiments pour lui. Je ne me serais pas doutée que nous nous disputerions autant, que nous nous aimerions encore plus, que nous retrouverions notre complicité d'antan, que je sortirais de ma torpeur grâce à lui... Je n'aurais pas imaginé la souffrance, les souvenirs, les rires...

Notre relation, bien qu'en dents de scie, me manquait terriblement. *Il* me manquait terriblement.

— Tanna ?

Je sursautai et lâchai mon sac qui s'écrasa sur le plancher. Cette voix...

Je me retournai d'un coup, quittant ma triste contemplation. Étais-je en train de rêver ? C'était tout de même une drôle de coïncidence qu'à l'instant où je pensais à Hugo, il apparaissait directement dans ma chambre.

— Hugo ? Qu'est-ce que tu fais là ?

Je ne savais pas quoi penser ni quoi dire de mieux.

— Je... Je voulais prendre de tes nouvelles et te proposer de te conduire au lycée si tu es d'accord...

— En scooter ? lui demandai-je en haussant un sourcil.

Il m'offrit un sourire qui voulait tout dire. Je n'avais pas envie de me lancer dans une conversation interminable maintenant, de l'interroger sur les raisons de son silence, de nous lancer des reproches à la figure... Alors je récupérai mes affaires par terre, passai mon sac sur mon épaule et sortis de ma chambre.

Hugo me suivit, les mains dans les poches, silencieux et gêné. Lui non plus ne savait pas quoi faire. Même enfant, il avait toujours eu du mal à revenir après une dispute, mais une fois que c'était oublié, ça l'était pour de bon, contrairement à moi qui ruminait tout.

— Bonne journée, ma chérie, me cria ma mère depuis la cuisine.

— Bisous ! répondis-je en m'empressant de sortir, étouffée par cette atmosphère pesante.

Au passage, j'attrapai le regard courroucé de mon père. Il n'appréciait vraiment pas Hugo. Un vrai papa poule.

Sans un mot, je me dirigeai vers le scooter, me saisis du casque, que j'enfonçai sur ma tête, et grimpai sur l'engin. Hugo me rejoignit, vérifia que la jugulaire de mon casque était bien ajustée et démarra. Un sursaut de peur me surprit lorsque le scooter fit un bon en avant. J'entourai aussitôt Hugo de mes bras et, instinctivement me plaquai contre lui.

Très vite, nous arrivâmes au lycée. Nous étions en avance. À contrecœur, je le lâchai et descendis. Je m'apprêtais à enlever le casque, mais il s'en chargea à ma place, effleurant mon cou de ses doigts au passage.

— Nous avons quelque chose à faire avant de commencer notre journée de cours ennuyeuse à mourir, déclara-t-il avec une pointe de solennité.

Il attrapa ma main pour m'inciter à le suivre et je perdis le fil de mes pensées. J'avais passé trop de temps sans son contact. Naturellement, j'entrelaçai mes doigts aux siens. Il m'entraîna vers les casiers et me lâcha pour sortir une épingle de sa poche. Puis, comme si c'était la chose la plus normale au monde, il plaça l'épingle dans le cadenas du casier qu'il avait choisi.

— Où as-tu appris à faire ça ?

Un sourire étira ses lèvres tandis qu'un cliquetis résonnait dans le couloir vide.

— Mieux vaut que tu ne le saches pas mais... Plus de gens qu'on ne le voudrait sont des pros du crochetage de serrure, crois-moi.

— Qu'est-ce qu'on fait ici, Hugo ? À qui appartient ce casier ?

— À Cindy, répliqua-t-il. Ou Lola. Je ne sais même pas qui est qui, l'une des deux.

Je haussai un sourcil surpris. Cindy et Lola, alias Tic et Tac. Les deux filles qui m'avaient envoyée au poste de police. Sans oublier que c'étaient également elles qui m'avaient avoué la vérité à propos de Julian, d'une manière bien peu élégante. Je m'étais promis de leur rendre la monnaie de leur pièce. Avec tout ce qu'il s'était passé... Ça m'était sorti de la tête. Apparemment, Hugo n'oubliait pas ce genre de détails.

Avec un sourire victorieux sur les lèvres, il sortit son bras du casier et brandit un petit carnet rose à fanfreluches qui me fit lever les yeux au ciel. Du Cindy tout craché. Même jusqu'à dans leurs effets personnels elles restaient des clichés ambulants.

— Qu'est-ce que tu veux faire avec ça ?

— C'est le journal intime de l'une de nos deux victimes.

— Comment tu sais ça ?

— Hum. Il se pourrait que j'aie mené ma petite enquête auprès de Silas, qui a lui-même posé des petites questions à droite à gauche et... Voilà le résultat.

— Tu es diabolique.

Je le pensais à moitié. Vraiment, qui aurait cru qu'il prendrait cette histoire autant à cœur ? Il ferma le casier et reprit ma main.

— Qu'est-ce que tu as prévu de faire ? Dis-moi, je veux savoir à quoi je vais être mêlée.

— Rien du tout. Mais ça, elles ne le savent pas...

Mes sourcils se froncèrent. Je n'étais pas certaine de comprendre. J'arrachai le carnet des mains d'Hugo et entrepris de le feuilleter en vitesse.

« Les gens me trouvent bête. Heureusement, Lola est pire que moi. Parfois, je la regarde avec l'envie de la gifler. Mais j'aime passer du temps avec elle justement pour me sentir supérieure. Ce n'est pas si difficile vu le petit pois qu'elle a à la place du cerveau.

Dire qu'elle croit que je suis son amie ! Elle est naïve. Je n'ai pas d'amis, je me suffis à moi-même. »

« L'équipe de foot est si nulle ! Ils pensent qu'ils sont les meilleurs alors qu'ils sont juste des gros bébés. De toute façon, dans cette ville de merde, personne ne m'arrive à la cheville. Vivement que je devienne une star, que j'apporte un peu de célébrité à Roseville. Et tout le monde m'adulera enfin. »

« Tanna Rodriguez. Toujours à faire sa timide. Je la déteste. Je ne sais pas ce que Julian lui trouve... Il serait mieux avec moi ! »

Cindy me détestait parce que je lui avais volé Julian... J'avais de la peine pour elle. Elle devait être mal dans sa peau pour écrire de telles choses.

— Si elle t'embête, tu n'auras qu'à lui faire croire que tu comptes partager ses pensées à tout le lycée. Elle devrait te laisser tranquille... souffla Hugo dans mon oreille.

Derrière moi, il s'était penché par-dessus mon épaule pour lire les bêtises de Cindy. Sa proximité me fit frissonner. Je m'écartai un peu et lui rendis le carnet.

— Tu es...
— Un génie ?

Un sourire m'échappa. Je le frappai au niveau du torse.

— N'exagérons rien !
— Admets-le.
— Jamais de la vie !

Haussant un sourcil, il tenta de m'attraper. Je me mis à courir et mes éclats de rire retentirent longuement dans le couloir.

Abby

— Waouh !

Je n'allais pas m'en remettre.

— J'aurais dû avoir cette idée moi-même, c'est une idée de génie, soupira Tess, excédée.

— Tu ne peux pas être au four et au moulin, très chère.

Tess et Tanna me regardèrent bizarrement avant de rigoler. Je rejetai mes cheveux roux en arrière. Piéger Cindy et Lola de cette façon...

— C'est vrai que je ne suis pas toujours d'accord avec Jones, mais il a quelques atouts, reconnus-je.

— Où est-il d'ailleurs ? demanda Tess à Tanna.

La concernée haussa les épaules et fouilla automatiquement le réfectoire du regard, comme elle le faisait tous les midis, par habitude.

— Je ne sais pas.

— Il arrive toujours quand on parle de lui ! gloussai-je en le pointant du doigt.

Deux secondes plus tard, il s'asseyait auprès de Tanna. Le temps semblait s'arrêter lorsque leurs regards se croisaient et une bulle se créait autour d'eux, modifiant l'atmosphère. L'air crépitait de désir, de tendresse, de complicité et d'amour. Ils étaient hors de tout et je ne comprenais toujours pas comment j'avais pu passer à côté de ça.

— Alors, il paraît que tu es un génie du crime ? ricana Tess en dardant ses yeux verts sur Hugo.

— Les rumeurs vont vite ! rit-il en dévorant Tanna du regard.

Je bus une gorgée de mon jus de tomate. Je ne savais pas si j'appréciais Jones ou pas. Il était mignon – si l'on aimait les *bad boys* un peu cassés. Et il était entièrement dévoué à Tanna, d'une manière bizarre qui lui était propre. En fait, je l'aimais bien quand Tanna l'aimait bien et je le détestais quand elle le détestait. Code d'honneur des meilleures amies ; la base.

— Très cher Hugo, comment comptes-tu rattraper ta semaine d'ignorance ? l'interrogeai-je innocemment.

— Tu es qui toi déjà ? me rembarra-t-il, me faisant m'étrangler avec mon jus de tomate.

Je sentis Tanna lui mettre un grand coup de pied sous la table et ça me fit rire autant que sa grimace.

— Choquée, outrée, déçue. Tanna, tu devrais le quitter.

— Oh mince ! soupira Hugo. Je n'avais pas réalisé que c'était la rouquine qui décidait pour tout. Ô pardon divine Abby, pourrais-je éventuellement te soudoyer et obtenir ta bénédiction en échange de mon abominable jus de tomate, peut-être ?

— Si gentiment proposé… Tanna, tu devrais le garder encore un peu.

Si nous nous amusions grandement, Tess y compris, Tanna ne semblait pas passer un bon moment. Elle jouait avec la nourriture dans son assiette, le visage fermé, fatiguée et osant à peine affronter le regard d'Hugo.

— Tu en es où avec Damien ? demanda Tess pour changer de sujet.

— Je crois que je l'aime bien, genre plus que les autres, mais comme c'est difficile à savoir, on prend notre temps et on a décidé de ne pas être exclusifs.

— Vraiment ? siffla-t-elle, narquoise. Je doute que l'idée vienne de lui.

— Il faut bien essayer plusieurs paires de chaussures pour trouver la bonne, c'est pareil avec les garçons ! Pour l'instant, aucun n'arrive à la cheville de Damien, donc ça veut dire que je suis sur la bonne voie avec lui, non ? Je veux être sûre de mon choix.

— C'est… Malheureusement assez logique, commenta Tess sous le regard amusé de Tango.

Eh oui. J'étais la reine de la relation amoureuse. Il faudrait peut-être que je saupoudre mes amis de paillettes pour les aider un peu.

— Tanna ? l'interpella Hugo avec une pointe d'anxiété dans la voix.

Hihi. Pour une fois que c'était lui qui prenait les devants ! Mon amie darda son regard doré sur lui, intriguée.

— J'aimerais t'inviter au restaurant ce soir, si tu veux bien. Pour discuter. Et parce que j'ai envie de partager un vrai rendez-vous avec toi.

— Ooooh ! geignis-je, immédiatement attendrie.

Tess me mit un coup de coude. Quelle rabat-joie ! C'était culotté de la part d'Hugo de faire une telle proposition devant nous. S'il était indécis auparavant, désormais, il affichait la couleur. Tanna prit tout son temps pour répondre, ses sourcils froncés montrant sa contrariété.

— C'est nouveau ?

— Oui, répliqua-t-il simplement sans se vexer.

Malgré tout ce que je pouvais reprocher à cet imbécile, il avait du courage. Était-ce suffisant pour tout réparer ? Moi, j'aurais dit oui en une seconde... L'amour n'appelle aucune rancune.

— Tanna, dis oui !

— Abby, arrête de te mêler de ce qui ne te regarde pas, grogna Tess.

— Toi, la sorcière en carton qui ne fais aucun effort pour les rabibocher, arrête de m'embêter ! S'ils voulaient que ça ne me regarde pas, ils ne seraient pas là.

Le regard qu'elle me lança, noir et dur, m'intimida. Entre elle et moi, c'était une habitude de nous chamailler, pourtant il suffisait d'un coup d'œil de sa part pour me faire comprendre quand j'allais trop loin. Je ne savais pas ce que j'avais dit de mal cette fois-ci...

Je me renfrognai et croisai les bras, boudeuse.

— Pourquoi ? le questionna Tanna, sans faiblir.

J'avais du mal à dire si elle était fâchée, triste ou contente mais, en cet instant, elle me fit penser à une lionne, majestueuse et déterminée. Heureusement, Hugo avait les épaules pour lui faire face et ne pas se laisser dévorer tout cru.

— J'ai envie de simplicité. De normalité. De m'engager avec toi comme j'aurais dû le faire depuis longtemps.

A-D-O-R-A-B-L-E.

Mon petit cœur fondait. Même Tess contemplait la scène avec ses grands yeux verts, fascinée. Il ne manquait plus que le popcorn. Tanna céda.

— Je veux des sushis.

— Tes désirs sont des ordres, sourit Hugo, son corps se relâchant imperceptiblement sous l'effet du soulagement.

— Bien joué ! le félicitai-je en lui tapotant l'épaule. Je fais officiellement partie de la team Tango.

— Très peu pour moi les couples à trois...

Je rougis tandis qu'ils éclataient tous de rire. Je finis par les rejoindre. Hugo était décidément un vrai farceur. Pas étonnant que Tanna ait du mal à le supporter.

Et pas étonnant qu'il la fasse autant craquer...

Tanna

Nerveuse, je n'arrêtais pas de me recoiffer dans le miroir. J'avais envie d'être jolie ce soir. C'était une occasion importante. Et ma sœur le savait parfaitement.

— Tu es magnifique, Tanna, arrête de stresser, me répéta-t-elle pour la millième fois.

Elle avait raison. Je me reconnaissais à peine. Billie était une vraie fée de la mode. Elle avait passé deux heures à me préparer. Mes cheveux tressés descendaient jusqu'au milieu de mon dos tandis que quelques fines mèches encadraient mon visage. Mes cils, allongés par le mascara, agrandissaient mon regard et mes paupières avaient été recouvertes d'un bleu foncé discret et pailleté qui faisait ressortir l'ambre de mes iris. Mes lèvres rouges contrastaient avec ce maquillage ténébreux et mes cheveux noirs...

Je ne savais pas trop si c'était moi. J'en fis part à Billie.

— C'est une facette de toi, déclara-t-elle. Pourquoi ne devrait-il y avoir qu'une Tanna alors qu'il peut y en avoir plusieurs ? Hugo te trouve déjà sublime au naturel, s'il ne s'évanouit pas devant cette Tanna-là, je ne m'appelle plus Billie Rodriguez.

Je souris, amusée. Ces derniers temps, elle endossait le rôle de la grande sœur, celui que j'avais tenu pendant toute son enfance, lorsque nos parents travaillaient beaucoup et qu'elle ne pouvait compter que sur moi. Je l'étreignis longuement pour la remercier et me rassurer. C'était ridicule d'être aussi stressée pour si peu.

C'était Hugo. Mon meilleur ami. Mon confident. Mon chieur. Mon tout.

— Assez perdu de temps, enfile la robe !

— Oui, Cheffe, m'exécutai-je.

Billie remonta la fermeture Éclair qui se trouvait dans mon dos. C'était une robe noire assez simple, qui faisait son petit effet. Décolletée juste ce qu'il fallait, cintrée et légèrement évasée au niveau de mes hanches pour les mettre en valeur... J'étais vraiment jolie.

— Les talons maintenant !

Je grimaçai.

— C'est vraiment nécessaire ?

— Tanna. Remets-tu en cause mes compétences de pro de la mode ?

Je levai les yeux au ciel en enfilai les sandales à talons rouges qui s'accrochaient au niveau de la cheville. Je tanguai sur mes pieds et manquai de m'étaler de tout mon long à travers ma chambre sous le regard désespéré de ma sœur. Néanmoins, les chaussures m'allongeaient la jambe et apportaient de la couleur à l'ensemble tout en rappelant mes lèvres. Elle avait l'œil.

— PAR-FAIT, s'émerveilla-t-elle en contemplant son chef-d'œuvre. On dirait une princesse guerrière. Je t'en supplie, ne détruis pas mes rêves : ne tombe pas.

— Tu m'en demandes beaucoup.

Franchement, je ne me donnais pas dix minutes avant de m'étaler par terre. Je l'embrassai sur la joue pour la remercier et nous sursautâmes toutes les deux lorsque la sonnette retentit. Je tournai la tête vers elle, paniquée.

— Papa ! souffla-t-on en chœur.

Elle se précipita dans les escaliers, moi sur ses talons avec mes talons – ahah. Notre père fut plus rapide. Il ouvrit la porte et accueillit froidement Hugo.

— Cher voisin, grommela-t-il en le laissant entrer.

Agrippée au mur des escaliers, je descendais tant bien que mal, les yeux rivés sur Hugo. Je fus soulagée en voyant qu'il avait également fait un effort. Je me serais sentie bête d'en avoir fait des tonnes pour rien.

Il portait un jean noir et son éternel blouson en cuir, mais avait arrangé ses cheveux et enfilé une chemise blanche qui dessinait un peu trop bien son torse musclé. Une bouffée de chaleur m'accueillit en bas des escaliers et cela s'accentua lorsqu'il posa les yeux sur moi. Il sembla déconcerté l'espace d'un instant et Billie adopta un air satisfait.

— Tu es...

— Fais attention à ce que tu vas dire, jeune homme, le coupa mon père.

— Papa ! protestai-je en même temps que ma sœur.

Ma mère se plaça à ses côtés et passa un bras autour de sa taille pour le calmer. J'étais rouge de gêne, surtout qu'Hugo n'arrêtait pas de me dévorer du regard.

Billie me prit la main et m'embarqua de force jusqu'à lui, à qui elle tendit cérémonieusement ma main. Il la prit sans hésitation et je rougis encore plus si c'était possible.

— Par pitié, ne la laisse pas tomber, le menaça ma sœur, excédée.

Il comprit le sous-entendu et hocha la tête, amusé.

— Jamais. Je ne voudrais pas qu'elle se fasse mal.

— Rapprochez-vous que je prenne une photo ! nous ordonna ma mère.

La soirée pouvait-elle être encore plus gênante ?

Hugo passa un bras autour de ma taille et je me laissai instinctivement aller contre lui, moins agacée par l'instant photographie. Je laissai ma mère capturer plusieurs fois l'instant sous le regard courroucé de mon père et le visage ravi de ma sœur.

— Bon, on devrait y aller, annonçai-je pour me soustraire à mes parents.

Hugo m'ouvrit la porte sans me lâcher la main. Il devait être terrifié à l'idée que je me casse la figure. Moi, je m'étais habituée à ma maladresse. Juste avant que l'on ne sorte, mon père retient Hugo par le bras. Je me figeai, inquiète.

— Si tu fais du mal à ma fille...

— Je vous promets que je vous laisserai me tuer, compléta-t-il sans se démonter.

Surpris par cette réponse pour le moins radicale, mon père hocha la tête. Ma mère soupira et, en tant que sauveuse, entreprit de refermer la porte sur nous.

— Passez une excellente soirée ! nous lança-t-elle avant de claquer la porte.

Hugo me conduisit avec précaution jusqu'à la voiture de son

oncle. Il m'ouvrit la portière et je rosis sous l'attention avant de monter.

— C'est une idée de Billie les talons ?

Je grimaçai, prise la main dans le sac.

— Cette gamine aura notre mort.

— Tu n'aimes pas ? l'interrogeai-je, anxieuse.

— Si, beaucoup, et j'aimerais sans doute encore plus quand je devrais te porter dans mes bras pour éviter une chute malencontreuse.

Je lui flanquai un coup sur le bras. Mes yeux revenaient sans cesse sur sa chemise blanche. Ça lui allait vraiment, vraiment bien. Il démarra. Avait-il appris à conduire durant ces dernières semaines ?

— Tu es magnifique, souffla-t-il à peu près à la moitié du trajet.

Le rouge s'empara à nouveau de mon visage. C'était incroyable ce pouvoir qu'il exerçait sur moi. Il vint m'ouvrir la portière en arrivant sur le parking du restaurant asiatique et je me retins de lever les yeux au ciel. Je n'étais pas sûre d'avoir autant d'attentions par la suite alors mieux valait en profiter. Nous paraissions bien trop habillés à côté du restaurant cosy et tout en sobriété. Mais j'avais exigé des sushis alors…

Hugo me tint la porte pour me laisser entrer et m'aida même à m'asseoir. Je commençais sérieusement à me faire du souci, même si j'appréciais le fait qu'il prenne tout cela au sérieux. Il me prouvait beaucoup ce soir.

— Tu n'aimes même pas les sushis, protestai-je doucement une fois que nous fûmes installés.

— Je vais faire un effort.

— Quel gentleman.

— Profites-en, ça ne m'arrive qu'une fois par an.

Je me mordis la lèvre pour m'empêcher de sourire, en vain. Je n'étais plus fâchée, simplement dans l'expectative. À quoi tout cela rimait-il ?

Stressée, je me mis à jouer avec le pli de ma serviette. La main d'Hugo vint aussitôt recouvrir la mienne et un frisson m'ébranla. Son pouce caressa le mien, puis le dos de ma main et enfin ma paume, avec beaucoup de douceur.

— Tu rougis, commenta-t-il, amusé.
— Évidemment que je rougis. J'aime ton contact.

Je dus m'empourprer encore plus. Ce n'était pas commun pour moi d'être aussi franche. J'en étais un peu gênée, cependant j'en avais assez d'attendre. Et puis, si je pouvais le déstabiliser au passage...

Il haussa un sourcil, incapable de répondre, et poursuivit ses caresses jusqu'à ce que le serveur nous ramène nos plats. Je me mis à manger, pensive. Nous n'avions jamais eu de rendez-vous à proprement parlé et ça avait un côté officiel intimidant.

— Alors, ces sushis ? me demanda-t-il pour combler le silence.

— Ça ne vaut pas le caramel beurre salé, mais ils sont très bons.

— Je savais que tu dirais ça. J'ai rempli mon congèle de glaces, histoire de t'attirer à la maison pour la nuit.

Je m'étouffai avec mon sushi et il éclata de rire. Je bus plusieurs gorgées d'eau fraîche et lui donnai un coup de pied sous la table pour me venger. Il leva les yeux au ciel et emprisonna ma cheville entre les siennes, avec un naturel désarmant.

— Tu es vraiment...
— Désolé, m'interrompit-il, redevenant sérieux. Je suis désolé de t'avoir ignorée et de t'avoir laissée sans explications. Ce n'est pas une excuse, mais j'avais besoin de temps pour remettre de l'ordre dans ma tête, dans ma vie, et je sais maintenant ce que je veux.

— Qu'est-ce que tu veux ? lui tendis-je la perche, satisfaite de ses excuses.

— Une pizza, parce que les sushis, c'est définitivement pas mon truc.

Je lui remis un coup à l'aide de mon pied libre, tout en souriant. Il était insupportable ; ça me faisait rire. J'aimais trop ça, son côté imprévisible et ses blagues nulles, ainsi que le fait qu'il me fasse tout le temps languir.

— Eh bien va commander ta pizza et laisse-moi manger en paix !

— C'est moi qui conduis, je te rappelle.
— Je rentrerai à pied.

— Alors dans ce cas...

Il fit mine de se lever. Je le retins en attrapant sa main. Fier de lui, il entrelaça ses doigts aux miens. Nos regards se heurtèrent et je frémis.

— C'est toi que je veux, Tanna, murmura-t-il au milieu du brouhaha.

— Hum ? Quoi ? Pardon ? Je n'ai pas bien entendu, tu peux répéter ?

Il se pencha vers moi et se prêta au jeu.

— C'est toi que je veux.

C'était incroyable d'entendre ça après autant d'attente, de crises, de doutes...

— Et toi, qu'est-ce que tu veux, Tanna ? Je te préviens : si tu veux encore m'embrasser, tu as intérêt à savoir ce que tu veux.

Sans hésiter, et malgré les gens qui nous entouraient, je me levai, attrapai son visage entre mes mains et l'embrassai à pleine bouche.

Je sentis sa surprise, pourtant il me rendit mon baiser avec autant d'empressement que moi. Quelques gloussements, applaudissements et grognements retentirent dans la salle, mais ça n'avait aucune importance. Il n'y avait plus qu'Hugo.

Trois ans, c'était long.

Mais une vie entière sans lui, ça l'était encore plus.

Je ne voulais plus perdre de temps ni me poser de questions. Je savais que c'était lui. Ça l'avait toujours été. Nous étions passés par tous les états possibles et nous avions vécu des moments extrêmement compliqués, néanmoins j'espérais désormais que tout irait bien. Il ne pouvait en être autrement.

Je délaissai ses lèvres pour rencontrer son regard aux mille constellations.

— Je suis partante pour prendre le dessert chez toi, murmurai-je.

— Je n'en doutais pas un seul instant.

Je rigolai et quittai la chaleur de ses bras pour regagner ma place. Le reste de la soirée s'écoula en un éclair, à travers un méli-mélo confus et joyeux de blagues, de confidences, de bêtises et de complicité.

Hugo

Je me sentais bien. Vraiment bien. Pour la première fois, ma vie ne déraillait pas.

Je m'étais effondré pour mieux me relever. J'avais accepté mon impuissance face à la mort de ma mère, j'apprenais à gérer ma rage qui ne me consumait plus et je venais de retrouver ma Tanna. Définitivement.

Je croyais à peine la chance que j'avais. En dépit de toutes mes conneries, de toutes les fois où je l'avais repoussée et blessée, elle m'avait pardonné. Elle me voulait. Moi, Hugo Jones. Le meurtrier accidentel. Le fracassé en rémission.

C'était presque trop beau pour être vrai.

Instinctivement, je serrai sa main dans la mienne tandis que je la conduisais jusque chez moi. À l'instant où la porte se referma sur nous, Tanna attrapa ma chemise pour m'attirer à elle. Je la laissai m'embrasser, savourant la douceur de ses lèvres, son parfum, son corps contre le mien. J'aimais cette brutalité qui la saisissait lorsqu'il était question de moi, cet empressement et la brusquerie de ses mouvements. Elle perdait toute retenue. C'était grisant.

Je refermai mes mains sur ses hanches et la plaquai contre le mur sans cesser de l'embrasser. Heureusement que Sophie et William m'avaient laissé la maison pour la nuit…

— Tu sais que le caramel beurre salé n'attend que toi… ? murmurai-je contre ses lèvres.

Elle attrapa ma lèvre inférieure et la mordit en guise de

réprimande. Mon corps réagit aussitôt et je laissai échapper un gémissement de plaisir.

— Plus tard ! décréta-t-elle, catégorique.

Nous échangeâmes plusieurs baisers, passant du calme à la frénésie, de la découverte à l'impatience. Le temps n'avait plus d'importance ; une bulle nous enveloppait. Je ne me lassais pas de sa saveur.

Ses doigts finirent par s'égarer sur les boutons de ma chemise. Son regard de lionne rivé au mien, elle entreprit de les déboutonner un par un, avec une lenteur démesurée. Ce qu'elle était belle... Je n'avais jamais été patient ; je voulais qu'elle m'arrache ce vêtement inutile qui me séparait d'elle. Pourtant, j'attendis sagement qu'elle ait terminé.

Lorsque ses mains chaudes effleurèrent mon torse nu, je cessai de respirer. Elle dessina chaque ligne de mon torse du bout des doigts, provoquant en moi une envie irrépressible de la prendre dans l'instant. Des milliers de frissons cavalaient sur ma peau. Elle me fixait toujours de son regard ambré, une pointe de défi brillant à l'intérieur. Elle attendait le point de rupture, le moment où je craquerais. Et ça ne tarderait pas si elle continuait comme ça.

— Tu es sûre que tu ne veux pas de glace ?

Elle posa un léger baiser sur mes lèvres.

— Qu'est-ce qui ne va pas ? chuchota-t-elle en passant une main dans mes cheveux.

— Je ne veux pas... te brusquer ou faire quelque chose qui...

— Je te veux tout entier, me coupa-t-elle, les mains sur mes joues. Je suis sûre de moi. Je te fais confiance.

La détermination que je lus sur son visage m'ébranla. Je la contemplai un long moment, gravant cet instant irréel et magique dans ma mémoire. Elle était magnifique, les joues rosies par notre proximité, les cheveux un peu en bataille et l'air farouche. Je dus prendre trop de temps, car le doute s'installa dans ses yeux.

— Si tu es d'accord, bien sûr, murmura-t-elle en baissant le regard. Je comprends si c'est trop tôt et que tu as besoin de plus de temps pour t'habituer à mon contact, parce que je sais que ce n'est pas ton truc et je...

Je l'interrompis d'un baiser brûlant. J'attrapai ses mains et les posai à plat sur mon torse.

— Touche-moi, exigeai-je.

Elle s'exécuta, découvrant à nouveau mon torse, mes épaules, mon dos, griffant légèrement mes côtes. Je fermai les yeux, dépassé par cet ouragan de sensations délicieuses qui réveillaient mon corps.

Son contact… Sa douceur brutale… Elle…

C'était presque trop.

— Embrasse-moi.

Tanna frotta ses lèvres contre les miennes, joueuse, lécha ma lèvre inférieure puis promena sa bouche le long de mâchoire, dans mon cou et enfin sur mon torse. Je me saisis de l'une de ses mains pour la poser sur mon cœur. Je rouvris les yeux et l'embrassai passionnément tandis que mon cœur battait la chamade. Je voulais qu'elle sache, qu'elle sente, à quel point je l'aimais.

— Je t'aime, lui soufflai-je dans le creux de l'oreille, choqué de trouver le courage de lui dire.

Elle noua ses bras autour de mon cou et je dévorai le sien de baisers. Je poursuivis mon exploration un moment, savourant la texture de sa peau sous mes lèvres. Ses soupirs m'incitaient à ne pas m'arrêter et je n'en avais pas envie. Ce déluge de sensations, de plaisir, me tournait la tête.

Elle finit par se libérer de mon étreinte pour m'offrir son dos. Délicatement, je descendis la fermeture Éclair de sa robe et parsemai son dos de bisous. Elle laissa échapper quelques éclats de rire, chatouilleuse, et je souris. Sa robe glissa jusqu'au sol en un mouvement sensuel et j'eus le souffle coupé devant la beauté de ses courbes.

Intimidé, j'effleurai ses lèvres doucement, mes pensées fixées sur la lingerie noire qu'elle portait et qui la rendait terriblement sexy. Elle se débarrassa de mon pantalon et de mon boxer et je me laissai faire, ne quittant pas ses lèvres ni sa langue. Ainsi nu devant elle, je me sentais presque gêné. Mais les caresses de Tanna, ses baisers et ses regards emplis de désir m'aidaient à me détendre et à tout oublier.

Tout était si parfait… L'espace d'une minute, j'eus peur que tout s'effondre, que l'ancien moi refasse surface et gâche tout. Je serrai Tanna contre moi. Sa peau contre ma peau était la plus délicieuse des tortures.

C'était étrange pour moi. Toutes les relations charnelles que j'avais eues n'avaient été que des coups d'un soir, sans importance, mécaniques et dépourvues d'intérêt. Je n'avais jamais pris mon temps, apprécié le moment, ni pris la peine de faire réellement attention au corps de mes partenaires. Je ne leur avais jamais rien demandé, je n'avais rien ressenti pour elles. Là, la seule chose qui comptait était Tanna. Tout tournait autour d'elle. Se sentait-elle à l'aise ? Appréciait-elle mes gestes ? Que voulait-elle ?

Tout était décuplé et cela me faisait me sentir vivant.

Était-ce donc ça d'être amoureux ? Véritablement, irrémédiablement, éternellement ? Était-ce cela de se donner sans concession ?

Grâce à Tanna, j'avais enfin découvert l'amour véritable.

Et mieux encore : le lâcher-prise.

Janna

J'étais sur un nuage, dans un autre monde, un monde de douceur, de passion et d'Hugo.

J'avais enfin retrouvé mon Hugo, de la plus belle des manières qui soit. Je ne pouvais plus me passer de ses baisers ni de ses caresses. Chacun de ses gestes provoquait en moi des sensations qui m'étaient inconnues jusqu'à présent. Je devenais empressée, enflammée. Sous ses regards, je me sentais belle. En sécurité. Et désirée.

D'un commun accord, nous nous dirigeâmes vers le canapé, dans le salon. J'eus tout le loisir de contempler son corps musclé et je rougis un peu sous son regard amusé. Il était beau dans la semi-pénombre, avec ses cheveux bruns décoiffés par mes caresses et son éternel sourire insolent.

Je le poussai sur le canapé et grimpai sur lui à califourchon. Si j'étais anxieuse, je savais ce que je ne voulais pas. Ce serait ma première fois et je refusais qu'il décide. Qu'il m'accompagne, qu'il me guide, qu'il comble ma maladresse, d'accord, mais c'était mon corps : je voulais gérer.

— Tout va bien ? m'interrogea-t-il d'un murmure en me caressant la joue.

— Je n'ai jamais été aussi loin et c'est important pour moi.

— C'est important pour moi aussi.

— Est-ce que… Ça ne t'ennuie pas si… on reste ainsi ? Je me sentirai plus à l'aise.

— Pas du tout, me sourit-il en me caressant les cheveux, tendre et rassurant à la fois.

Ses lèvres retrouvèrent les miennes et je me détendis aussitôt. Je laissai courir mes doigts sur sa peau, profitant de cet instant. Je le sentais frémir sous mes caresses et c'était une sensation incroyable de savoir que c'était moi qui provoquais cela chez lui. J'effleurai son torse, ses côtes, ses hanches, fasciné par la texture de sa peau et ses soupirs. Il était patient, me laissant le découvrir à ma guise et à mon rythme. Ses mains sur ma taille me brûlaient tout autant que son regard.

J'inspirai doucement et, plus confiante, retirai mon soutien-gorge. Je rosis de moi-même, de ma nudité, de ce qu'il pourrait en penser. Je me sentais bien dans mon corps, mais sous le regard d'Hugo, tout était plus intimidant. Il se redressa pour effleurer mes lèvres et replacer une mèche de mes cheveux.

— Tu es belle, souffla-t-il.

Cette banalité suffit à me faire sourire et rougir de plaisir. Il attrapa ma tresse et la défit. Mes cheveux retombèrent en cascade dans mon dos et sur ma poitrine, dans le désordre le plus complet. Je vis la lueur de plaisir traverser le regard d'Hugo : il me préférait les cheveux détachés.

Il passa l'une de ses mains dedans et me renversa légèrement la tête pour m'embrasser dans le cou, agrémentant ses baisers de sa langue brûlante. Je m'agrippai à lui et le laissai descendre jusqu'à ma poitrine. La lenteur dont il faisait preuve ne rendait l'instant que plus aphrodisiaque et mettait ma patience à rude épreuve. Le désir montait en moi, impérieux, pressé, insoutenable.

Sa main vint englober l'un de mes seins et sa bouche s'occupa de l'autre. Je me cambrai en gémissant, troublée par ce plaisir brut qui m'envahissait. Je passai mes mains dans ses cheveux et les lui tirai, agacée par autant d'attente. J'avais du mal à contenir mon impatience alors que ses lèvres traçaient des sillons brûlants sur les zones les plus sensibles de mon corps.

Il grogna et je tirai plus fort, lui arrachant un gémissement. Je n'étais pas surprise qu'il aime la brutalité : c'était du Hugo tout craché. Histoire de le provoquer un peu plus, je passai mes mains dans son dos et lui griffai les omoplates, les côtes, lentement, juste assez pour l'agacer et lui faire ressentir quelque chose de plus... fort. Il gémit à nouveau et me mordilla juste sous le sein, m'arrachant un petit cri de surprise.

— Tu griffes, je mords, me prévint-il, amusé.
S'il pensait que ça allait m'arrêter...
Joueuse, je passai mes ongles sur ses pectoraux qui se contractèrent aussitôt. Il plongea dans mon cou pour me mordre plusieurs fois et, cette fois-ci, ce fut moi qui gémis. Je le griffai encore, pour qu'il recommence, car la sensation, piquante et violente à la fois, me plaisait beaucoup.

Fiévreuse, je glissai ma main sur son sexe tendu pour le caresser. Il soupira sans cesser de me mordiller. Je fermai les yeux tandis que je guidais sa main sur mes jambes. Il dépassa ma culotte et son pouce m'effleura...

Je me cambrai contre lui, le souffle coupé par ce frisson exquis qui ébranlait mon corps. Il s'empara de mes lèvres sans cesser ses mouvements, doux et lents. Son odeur m'enveloppait tout entière, tout comme sa tendresse, son amour, son désir.

Les minutes s'égrenèrent. Ses caresses se firent plus appuyées et mon souffle plus court. La main effleurant toujours son membre, je m'abandonnais à ses sensations qui déferlaient en moi. Ses doigts m'arrachaient des gémissements, me tournaient la tête...

Tremblante de désir et le ventre noué par le plaisir, je m'écartai de lui et me levai pour me séparer de mon dernier vêtement. Je me rassis sur lui. Nous nous dévisageâmes quelques instants, puis je lui tendis un préservatif, qu'il enfila. Je rougis dans la semi-pénombre, soudainement gênée. Il sourit, m'embrassa sur le bout du nez et je rigolai.

— S'il y a quoi que ce soit qui ne va pas...
— Tu seras le premier au courant, le taquinai-je en le faisant taire d'un baiser.

Il prit mon visage entre ses mains pour le couvrir de baisers, ce qui me fit rire encore plus et finit de me rassurer. Je caressai sa joue, son nez, ses sourcils, ses lèvres pendant qu'il effleurait mon dos de ses doigts, puis mes côtes, mes seins, et enfin mes hanches.

Le cœur battant, je me hissai à son niveau de sorte que la pointe de son sexe effleure le mien. Je frémis, entourai son cou de mes bras et, avec précaution, redescendis le bassin pour le laisser me pénétrer, très lentement. Il ne bougea pas d'un pouce, me laissant faire, et lorsque je fus totalement assise sur lui, je m'arrêtai et ne bougeai plus à mon tour, crispée.

Je restai un moment ainsi, tâchant de m'habituer à cette sensation un peu douloureuse et bizarre. Une des mains d'Hugo traçait de petits cercles dans mon dos, m'arrachant des frémissements, tandis que l'autre effleurait doucement mon bas-ventre.
— Tanna ?
— Oui ?
Je relevai la tête pour rencontrer son regard inquiet.
— Ça va ?
— Oui. Ça va.
La douleur disparaissait à mesure que je m'habituais à la sensation. Je me sentais emplie d'Hugo – littéralement. Il effleura mes sourcils froncés et me mordit la lèvre inférieure, m'arrachant un soupir de plaisir. J'avais un peu peur de bouger. Je griffai ses côtes, sachant que je récolterais une morsure. Elle ne tarda pas à arriver. Il s'empara de l'un de mes tétons pour le faire rouler entre ses doigts. Je me contractai tout entière et me pressai contre lui.

J'inspirai et, décidée, commençai très légèrement à onduler sur lui. Je fus surprise par la sensation, peu confortable. Les doigts d'Hugo trouvèrent mon clitoris et… Aussitôt, un déferlement de frissons, de chatouilles délicieuses et de plaisir m'assaillit. Peu à peu, mes gestes timides gagnèrent en assurance. Ses caresses me faisaient perdre la tête…

J'accélérai un peu le rythme tandis qu'Hugo accompagnait mes mouvements, de ses doigts et de son bassin. Je rejetai la tête en arrière afin de lui faciliter l'accès à mon cou, qu'il dévora de baisers langoureux. Il agrippa fermement mes hanches et je soupirai de plus en plus, fébrile.
— Tanna, continue… gémit-il.

Sa voix enrouée par le désir était plus sexy que jamais. Je lui griffai le dos et, lorsqu'il me mordit juste en dessous de la clavicule, une vague de plaisir plus brutale que les autres m'emporta. Je fermai les yeux sans pouvoir m'empêcher de crier. Mon corps poursuivait ses va-et-vient de son propre chef, habité par la force du plaisir.

Très vite, je sentis Hugo se contracter alors que ses mouvements devenaient désordonnés et, dans un gémissement libérateur, il atteignit à son tour l'apogée de son plaisir.

Le souffle court, nous restâmes dans les bras l'un de l'autre, encore accrochés. Ma peau, sensible, était parcourue de frémissements. Mon cœur tambourinait à toute allure. J'avais chaud et mes muscles contractés se relâchaient doucement. Je me blottis contre Hugo qui déposa aussitôt une ribambelle de petits baisers sur mon visage.

Je frémis. Puis me redressai en tirant sur les cheveux d'Hugo. Il releva la tête et m'interrogea du regard. Je rosis.

— Encore !

— Tanna Rodriguez, diantre ! Seriez-vous devenue insatiable ? rigola-t-il en humant mon odeur.

— Je te veux, déclarai-je simplement.

Cela suffit à rallumer l'étincelle de désir dans ses yeux. Il me renversa brusquement sur le canapé tandis que je gloussai. Je n'avais plus peur du tout. Je le voulais juste lui, encore et encore. Il m'embrassa sur le bout du nez.

— Heureusement pour toi, ma Tanna adorée, nous avons toute la nuit devant nous…

Il me sourit et je lui rendis son sourire en l'attirant à moi.

— Mieux que la nuit, nous avons toute la vie…

Épilogue

Je débarquai sur le parvis de l'église en courant, espérant ne pas être en retard. Non, personne n'était encore rentré : tout allait bien. Ça aurait été con de louper ce mariage.

Je ralentis, fourrai mes mains dans les poches et, l'air de rien, cherchai Tanna à travers la foule. Je n'eus aucun mal à la trouver. Même au bout de dix ans, elle m'attirait encore comme un aimant.

Elle était belle, dans sa robe de demoiselle d'honneur rouge, avec son air furieux que j'aimais tant. Ses yeux dorés lançaient des éclairs. Un frisson me parcourut tout entier. Je ne me lasserais jamais d'elle.

Énervée, elle brava la foule pour se planter devant moi.

— Où étais-tu !?

— J'avais oublié les alliances.

Je crus qu'elle allait littéralement me tuer. Je sortis le petit écrin de la poche de ma veste de costume et lui montrai en guise de preuve. Elle fronça les sourcils, me les arracha des mains et réajusta ma cravate qui s'était barrée en chemin. Amusé, j'attrapai son visage entre mes mains et l'embrassai longuement. Elle se détendit entre mes bras et je bombai le torse, fier comme un paon d'avoir cet effet sur elle.

Machinalement, ses doigts effleurèrent mon torse, à l'endroit exact où je m'étais tatoué une adorable petite tortue verte. Elle avait le même tatouage, sur les côtes, et je l'effleurai à mon tour. Nous nous l'étions fait juste après l'obtention de notre diplôme, promesse d'amour et de toujours. Nous avions besoin de nous sentir liés alors que nous nous apprêtions à emprunter deux chemins différents : elle l'université, et moi l'école de police. Aujourd'hui, Tanna était prof, j'étais flic, nous venions à peine d'acheter notre maison. Je chérissais encore cette petite tortue idiote qui symbolisait le début de notre relation, des années de cela, au beau milieu d'un bac à sable.

— Calme-toi, tout se passera bien, la rassurai-je en la serrant contre moi.

Elle arbora un air ronchon qui me fit sourire.

— Tu as vu Billie ? m'interrogea-t-elle, avec une pointe de panique dans la voix.

— Je l'ai croisée parmi les invités, arrête de t'inquiéter.

Elle me sourit, soulagée. Depuis que sa petite sœur était partie s'installer en Italie après avoir obtenu son diplôme en mode, Tanna se faisait du souci. Elles s'appelaient souvent et la morveuse revenait régulièrement, mais ce n'était plus pareil. Nous avions tous des vies différentes. Nous avions tous grandi.

Ça foutait un sacré coup de vieux.

Tanna se recoiffa, les mains tremblantes. Elle était nerveuse et essoufflée. Avec la chaleur qu'il faisait aussi, ce n'était pas étonnant. Une bouffée de panique m'envahit. Après toutes ces années, j'avais encore du mal à tempérer ma peur de la perdre, surtout depuis ces derniers mois. Je l'attrapai par la main pour la conduire dans l'église en priorité alors que les invités commençaient déjà à rentrer. Je croisai mon oncle et ma tante, resplendissants, qui se chuchotaient des mots doux à l'oreille. Je forçai Tanna à s'asseoir, non loin d'eux.

— Mais…

— Il n'y a pas de mais qui tienne ! la coupai-je avant qu'elle n'ait le temps de protester.

Elle leva les yeux au ciel, énervée. Elle n'aimait pas se sentir diminuée, néanmoins il fallait qu'elle se repose, même si elle était demoiselle d'honneur. Je m'agenouillai près d'elle et posai mes mains sur son ventre bien rond. Tanna sourit aussitôt et passa ses mains dans mes cheveux, m'incitant à poser ma tête sur son ventre. Je m'exécutai.

— Comment vont mes petites jumelles ? murmurai-je en sentant la peau se tordre sous les coups de pied des deux sauvageonnes.

Tanna m'avait assuré que c'était normal, mais avoir des trucs qui bougent dans le ventre comme ça... Ça m'impressionnait un peu. Je l'embrassai au niveau du nombril. Les invités qui passaient devant nous pour s'installer nous jetèrent des regards attendris.

Tanna était la plus belle des femmes enceintes. Elle rayonnait littéralement. Et moi, malgré mes cernes et la difficulté de concilier travail et Tanna, je m'occupais d'elle de mon mieux, satisfaisant tous ses caprices, partant lui chercher de la glace au caramel beurre salé au milieu de la nuit, supportant ses sautes d'humeur, lui redonnant le sourire quand elle était épuisée ou qu'elle avait peur...

Moi aussi j'avais peur. Peur d'être un mauvais père.

Cependant, auprès de la femme de ma vie, tout me semblait possible et, après tout ce temps, elle croyait encore en moi comme au premier jour. Ça m'aidait à ne pas paniquer.

— Lili et Ella se portent comme des charmes ! grimaça ma magnifique femme.

Je rigolai un peu. Nous avions choisi les prénoms en l'honneur de sa mère, Manuella, et de la mienne Lisbeth. Elle aurait été comblée.

J'embrassai une nouvelle fois le ventre rond, rêveur et impatient de rencontrer mes filles et d'entamer le reste de mon existence avec les trois femmes de ma vie.

— Ça commence ! s'écria Tanna en bondissant de sa chaise, déjà émue.

J'effleurai l'alliance qu'elle portait à son annulaire et nous échangeâmes un regard complice, empli des souvenirs de notre propre mariage, cinq ans plus tôt.

Ouais. Moi, Hugo Jones, étais un homme marié. Et j'allais devenir papa. Si l'on m'avait dit ça dix ans plus tôt... Je ne l'aurais jamais cru.

J'accompagnai Tanna vers l'autel et pris place à côté d'elle. Une chance que je sois témoin et qu'elle soit demoiselle d'honneur. Tess n'aurait voulu personne d'autre.

La musique retentit et ma Barbie Gothique arriva, vêtue d'un tailleur simple couvert de fleurs noires. Elle n'avait jamais perdu cette part de bizarrerie et de sorcellerie qu'elle avait en elle. Je me rappelais encore le jour où elle nous avait avoué toutes les manigances qu'elle avait mises en place pour Tanna et moi. Nous en étions restés bouche bée.

Et maintenant, elle était là, elle avait trouvé l'amour à son tour et ça ne m'étonnait même pas : il avait été sous nos yeux depuis le départ. Connaissant Tess, elle avait dû savoir. Depuis toujours.

Elle m'offrit son légendaire sourire narquois lorsqu'elle prit place devant l'autel, à côté de nous et du prêtre. Ses yeux verts pétillaient de mystères, de souvenirs, de magie et de bonheur. L'émotion m'étreignit. Tanna pleurait déjà. Je serrai sa main pour la réconforter autant que pour m'empêcher de fondre en larmes.

Quelques minutes plus tard, la seconde mariée apparut, incroyable dans une robe digne des princesses, avec sa chevelure rousse décorée de marguerites.

Abby était renversante.

Elle avait toujours voulu un mariage grandiose, issu des contes de fées. Elle avait longtemps accumulé les conquêtes avant de se rendre compte que la femme de sa vie était sous ses yeux. Tess l'avait attendue, patiemment, sagement, et voilà que nous étions là.

Tanna et moi n'avions rien vu venir.

Nous avions tous eu notre *happy end*.

— Tu sais, maintenant que j'y pense, Tess et Abby, c'était une évidence, décréta Tanna le soir venu, lors de la célébration.

— Ah bon ? Je ne crois pas qu'elles aient été d'accord une seule fois dans leur vie, marmonnai-je en songeant à toutes leurs chamailleries.

Tanna me frappa le bras. J'adorais ça.

— Elles sont d'accord ce soir !

C'était vrai. Dans les bras l'une de l'autre, au milieu de la piste de danse couverte de pétales de roses, accompagnées d'une musique mystique qui correspondait bien à Tess, elles n'avaient jamais été aussi heureuses. Leurs parents étaient là. Mon oncle et ma tante aussi. J'étais resté leur seul enfant. Billie, la policière du style, examinait les tenues de chacun. Steven et son petit côté excentrique faisait danser sa femme Manuella, qui riait aux éclats.

— Tu viens danser ? lui proposai-je en l'attirant sur la piste.

Elle rougit de plaisir et mon cœur eut un loupé. Elle était si belle... Je la serrai contre moi en tâchant tant bien que mal de ne pas lui marcher sur les pieds.

J'avais tellement de chance. Jamais de ma vie je n'aurais cru avoir droit au bonheur. Mais il était là, devant mes yeux. Tout ce que j'avais affronté, toutes les épreuves... J'en avais parcouru du chemin.

Toujours accompagné de ma meilleure amie, de ma confidente, de mon amante, de ma femme et de la mère de mes enfants.

Tanna Rodriguez.

Une larme m'échappa. Les doigts de Tanna la rattrapèrent et elle se hissa sur la pointe des pieds pour m'embrasser avec tendresse. Ses yeux dorés, de lionne, me contemplaient avec amour. Qu'avais-je fait pour mériter une femme aussi incroyable ?

Je n'aurais jamais de réponse et c'était sûrement mieux comme ça.

— Tout va bien ? s'inquiéta-t-elle.

— Je t'aime, répondis-je en l'embrassant à mon tour.

Le sourire qu'elle m'offrit valait tous les je t'aime du monde.

Tanna Rodriguez était tout.

Elle était mes plus belles années, passées comme à venir.

Elle était mon millésime.

Remerciements

Il s'en est passé des années avant que je n'ose publier l'histoire de Tanna et Hugo… D'abord publiée sur Wattpad, j'ai dû procéder à pas mal de réécritures pour en faire ce roman, dont je suis désormais contente.

Tout cela n'aurait pas pu se faire sans l'aide de Blanche, mon amie et bêta-lectrice, qui m'a pointé les différents problèmes d'intrigue et Aihle, ma seconde bêta, qui m'a redonné confiance en cette histoire en laquelle je ne croyais plus. Merci à vous deux, les filles. Ce livre, c'est un peu le vôtre ! <3

Un grand merci à Thomas également, qui s'est chargé de chasser les coquilles. Comme toujours, efficacité et humour sont au rendez-vous et c'est un vrai soulagement de pouvoir te confier chacun de mes projets !

Mille mercis à Julia pour la couverture incroyable qu'elle m'a proposée. Je suis fan de cette couverture, merci pour ta patience et ta bienveillance, et d'avoir donné vie aussi aisément à Tango.

Mon dernier remerciement s'adresse à toi qui lis ces lignes. Merci d'être là, merci d'avoir dévoré ce livre et d'avoir passé un moment en compagnie de Tanna et Hugo.

J'espère que leur histoire t'a plu et que je te retrouverai pour d'autres aventures ! 😊

Si vous avez aimé l'histoire de Tanna et Hugo, n'hésitez pas à laisser un commentaire sur ma page Amazon, Booknode, Goodreads etc. pour soutenir l'auteure indépendante que je suis ! C'est important et ça fait toujours plaisir d'avoir des retours !
À vos claviers !

Pour rester informé.e.s de toutes les actualités,

Je vous invite à me suivre sur mon compte Instagram :
gaelle.bonnassieux

Sur ma page Facebook :
Gaëlle Bonnassieux Auteure

Ou encore sur mon site internet :
gaellebonnassieux.com

En espérant vous retrouver très vite pour de nouvelles aventures !

Vous ne connaissez pas encore :

Maddy et Johan – She-Wolf
Kimi et Josh – Hate me Harder
Hazel et Dylan – ImpatienceS
Leïa et Travis – Aussi Sage que Toi
Alysson et Nyx – Sous le Soleil de Minuit
Sacha, Cielle, Shushu, Raphaël et tous les autres surnaturels complètement barrés de LA – Dusk & Dawn

Rendez-vous sur Amazon pour les découvrir !

Printed by Amazon Italia Logistica S.r.l.
Torrazza Piemonte (TO), Italy